本书为国家社科基金一般项目"中日古代文论范畴关联考论"（批准号13BWW021）最终成果。

博士生导师学术文库

A Library of Academics by
Ph.D.Supervisors

中日"美辞"关联考论

—— 比较语义学试案

王向远 著

光明日报出版社

图书在版编目（CIP）数据

中日"美辞"关联考论：比较语义学试案 / 王向远
著 . -- 北京：光明日报出版社，2019.4
（博士生导师学术文库）
ISBN 978 - 7 - 5194 - 5264 - 3

Ⅰ.①中… Ⅱ.①王… Ⅲ.①比较文学—文学研究—
中国、日本 Ⅳ.①I206②I313.06

中国版本图书馆 CIP 数据核字（2019）第 081532 号

中日"美辞"关联考论——比较语义学试案

ZHONGRI "MEICI" GUANLIAN KAOLUN——BIJIAO YUYIXUE SHIAN

著　者：王向远

责任编辑：曹美娜　黄　莺　　　　　　责任校对：赵鸣鸣
封面设计：一站出版网　　　　　　　　责任印制：曹　净

出版发行：光明日报出版社
地　　址：北京市西城区永安路 106 号，100050
电　　话：010 - 67017249（咨询）　　63131930（邮购）
传　　真：010 - 67078227，67078255
网　　址：http：//book. gmw. cn
E - mail：caomeina@ gmw. cn
法律顾问：北京德恒律师事务所龚柳方律师

印　　刷：三河市华东印刷有限公司
装　　订：三河市华东印刷有限公司
本书如有破损、缺页、装订错误，请与本社联系调换，电话：010 - 67019571

开　　本：170mm×240mm
字　　数：311 千字　　　　　　　　　印　　张：22.5
版　　次：2019 年 9 月第 1 版　　　　印　　次：2019 年 9 月第 1 次印刷
书　　号：ISBN 978 - 7 - 5194 - 5264 - 3
定　　价：98.00 元

目　录
CONTENTS

绪　论

一、比较文学与"比较语义学"

中国的比较文学研究及东方文学交流史研究发展到今天，在丰富的研究实践中矫正了来自西方的某些方法论的局限与弊病，形成了自己行之有效的方法论的若干范畴，对此，我在《中国比较文学百年史》特别是《比较文学系谱学》中都有过总结与论述。随着研究实践的不断推进，方法也需要不断探索和更新，而方法的自觉更新又必然推动研究上的创新。就中外文学关系史特别是东方文学关系史研究而言，尤其如此。

中外文学关系史及东方文学关系史研究，可以划分为"点""线""面"三种类型。"点"就是具体个案问题的研究，如日本学者丸山清子的《源氏物语与白氏文集》、杨仁敬先生的《海明威在中国》之类，重在材料发掘与微观分析，追求的是"深度模式"；"线"就是许多个案在纵向时序链条上的关联性研究，如钱林森教授主持的十七卷本《中外文学交流史》、王晓平先生的《近代中日文学交流史稿》等书，重在历史性的系统梳理，追求的是"长度模式"；"面"就是空间性的、横向的关系研究，如童庆炳先生主编的《中西比较诗学体系》、钱念孙先生的《文学横向发展论》等书，重在理论性的概括与总体把握，追求的是"高度模式"。三种类型互为依存，相辅相成。其中，"点"的研究是全部研究的基础与出发点，"点"的研究不足，"线"也无法连成，中外文学关系史就写不出来，相关的理论概括就缺乏材料的支撑，"面"就不成其"面"而流于支离空疏。只有"点"的研究积累到一定程度，才可能有系统的"线"性著作出现，才可能有总体性综合性的"面"的理论著作问世。而随着"点"的研究的不断增多，又会不断补充其"线"、充实其"面"，促进中外文学关系史类著作与相关理论概括类著作的更新与提高。可见，"点"的研究是最为基础、最为重要的。

"点"的研究很重要，"点"的研究方法的更新也很重要。但迄今为止，关于"点"的研究方法的探索与概括最为不足。例如，以两个以上作品文本的审美分析为特征的"影响研究"，固然属于"点"的研究，但这种方法如果缺乏明确的学术动机与问题意识，弄不好就会流于大胆的假设，而最终无法求证，对"中外文学关系研究"而言，有时不免失之于"虚"。又如，美国学派提出的"平行研究"法，主要在没有事实关系的两个以上的对象之间进行比较，也属于"点"的研究，但这种"平行比较"的方法流于简单化，而缺乏学术价值，它得出的结论有许多是难以被"文学关系史"所采信的。我国学者在"平行研究"基础上修正而成的"平行贯通研究"法，不满足于 X 与 Y 两个"点"的比较，而追求连点成线，所以它不再属于"点"的研究方法的范畴，更不必说法国学派的以文献实证为特色的"传播研究"方法了，它实则属于"文学史"的研究方法的范畴，更适合于系统的文学发展史的研究。可见，在我国乃至世界比较文学学术史上，关于"点"的研究方法的探讨最为薄弱，问题也最大。

最近七八年来，我在申报与研究国家社科基金相关研究项目的过程中，试图在"点"的研究上寻求突破，并谋求在方法论上有所更新。我所思考和探索的方法，就是"范畴关联考论"或"概念关联考论"，亦即"比较语义学"的方法。

众所周知，在中国传统学术中，有一门研究古汉语词义解释的一般规律和方法的学科，叫作训诂学，它与文字学、音韵学共同构成传统"小学"的三大内容。训诂学的宗旨是对古代文献的词义做出尽可能正确的解释，以帮助今人理解古字、古词、古文，因此训诂学也可以称作"古汉语词义学"，这与现代的"语义学"相当类似。先秦时代的"名家"及"名学"，还有发展到汉代末期至魏晋时期的"名理之学"，都围绕名实（概念与实在）关系加以考辨，也与现代"语义学"相近。欧洲各国则有源远流长的"阐释学"，但阐释学主要是对文本意义的阐释，而不是对词语意义的解释。19世纪初叶，发端于德国的"语义学"则是当时的语言学繁荣发达的产物，它将阐释的重点转到词语及其含义上。1838年，德国学者莱西希较早主张把词义的研究建成一门独立的学科，他称这门学科为"语义学"。1893年，法国语言学家布雷阿尔首先使用了"语义学"这个术语，并于1897年出版了《语义学探索》一书，从此，语义学逐渐从词汇学中分离出来，成为语言学的一个新的分支学科，并逐渐影响到英美世界。同时，语义学逐渐方法论化，向相关学科迁移，并出现了三个主要的分支与流派。一是"语言学语义学"，作为语言学的一部分，主要是运用词汇统计学的方法，研究词义之间的关系及其演变；二是"历史语义学"，不是对普通词语，而是对特定名词概念（关键词）的语义生成及嬗变进行历史的诠释，也称"概念（或观念）史研究"，三是"哲学语义学"或称"语义哲学"，主张只有语言才是哲学分析、逻辑分析的最主要的甚至是唯一的对象，注重对语词和语句做所谓"话语分析"。

近几年来，已有人注意到了国外的"语义学""历史语义学"的研究并加以提倡，武汉大学还专门召开过关于"历史文化语义学"的国际学术研讨会，并编辑出版了题为《语义的文化变迁》的会议论文集（武汉大学出版社，2007）。其中，历史文化语义学的主要提倡者和实践者、武汉大学的冯天瑜教授在收入该书卷首的《"历史文化语义学"刍议》一文中，认为陈寅恪提出的"凡解释一字，即是作一部文化史"的名论，昭示了"历史文化语义学"的精义，历史文化语义学就是要"从历史的纵深度与文化的广延度考析词语及其包蕴的概念生成与演化的规律"。从我国近年来相关研究的实践上看，在文学研究领域出现的一系列所谓"关键词"的研究，包括《中国当代文学关键词》《西方文论关键词》《文化研究关键词》等书的立意布局，显然都是受到了语义学方法，特别是历史语义学方法的影响。这种方法的运用使相关研究在各个"点"上更为凸现和深化，又具有历史意识的贯穿，故能令人耳目一新。但是，我国现有的许多"关键词"研究，仅仅是对"语义学"方法的运用，还不是我所说的"比较语义学"。因为不管是中国的训诂学，亦或是欧洲的语义学，还是当代中国的"关键词"研究，大都是在同一种语言、同一种文化体系内进行的。只有当"语义学"研究扩大到跨语言、跨文化的范围，"语义学"才能成为"比较语义学"。

我认为，可以将"语义学"的方法加以扩展与改造，使之发展为"比较文学语义学"，简称"比较语义学"。将它作为比较文学，特别是东方文学关系史的研究方法，是十分必要和可行的。同时需要指出的是，比较语义学，更为准确的称谓或许应是"比较词义学"。因为它是对构成语句的最小、最基本单位的"词"的研究，特别是对那些最终形成了概念乃至范畴的"词"的研究，而主要不是那些由一系列词汇构成的语句。不过，鉴于"比较语义学"的称谓已有约定俗成的倾向，所以如此沿用下去也未尝不可。

那么，作为比较文学研究方法的"比较语义学"是什么呢？就是在跨语言、跨文化的范围与视野中，对同一个概念范畴在不同民族、不同国度、不同时代的文学交流中的生成与演变，进行纵向的梳理与横向的比较，以便对它的起源、形成、运用、演变的历史过程做追根溯源的考古学的研究，描述其内涵的确立过程，寻求其外延的延伸疆界，分析某一概念的内涵与外延发展变化的具体的历史文化语境，从丰富的语料归纳、分析与比较中，呈现、构建出相关概念范畴的跨文化生成演变的规律。

在西方学者已有的研究实践中，有对某些名词概念进行跨语言、跨文化的语义研究，自然属于以上我所界定的"比较语义学"的范畴。但对西方的"语义学"来说，跨语言、跨文化的比较研究虽然也有，却不是必要的条件。换言之，在一种语言内部从事语义学研究也是完全可行的，并且是语义学研究的主流。而且，欧美世界的语义学研究，即使跨出了某种民族语言的范畴，也是在西方语言系统内部进行的。并且，他们似乎并没有形成"比较语义学"的学科方法论的自觉，而作为比较文学方法论的"比较语义学"，更是无人提及。

对中国学者来说，从事"比较语义学"具有天然的优势和丰富的资源。中国与西方各国特别是与亚洲邻国，都有着源远流长的文化与文学交流关系，细察之下，就可以发现这些交流常常是以某些名词、术语、概念为契合点的。特别是在东亚汉字文化圈中，在东方比较文学的框架内，对流转于中国、韩国、日本、越南各国的汉字名词、概念、术语、范畴等，进行上下左右的比较研究，于中国学者而言是得天独厚的。当我们的中外文学关系史研究由通史、断代史的"线"的研究转向更具体深入的"点"的研究时，最闪亮的"点"之一，可能就是在中外文学交流中形成的若干概念或范畴。

中国学者虽然还没有人在理论上明确提出"比较语义学"方法论概念，但实践走在理论前面，在"语义学"及"历史文化语义学"的方法论指导下，近年来我国学者在历史、文化、政治、哲学等领域的研究实践中推出了一些成果，很好地体现了"比较语义学"方法的特点与优势。例如，陈建华先生的《"革命"的现代性——中国革命话语考论》（上海古籍出版社，2000）一书，从中国古代的"革命"到西方的"革命"，再到日本的"革命"，从文化文学的"革命"到政治的"革命"，从作为翻译语的"革命"到作为本土语言的"革命"，都做了周密的上下左右的关联研究，从而围绕"革命"这个词，生成了一个严密可靠的知识系统。同样，冯天瑜先生的《新语探源——中西日文化互动与近代汉字术语生成》（中华书局，2004）一书，对清末民初在外来影响下一系列汉字术语的生成过程与传播的历史文化背景，做了细致的比较、分析与研究。冯天瑜的另一部著作《"封建"考论》（武汉大学出版社，2006）一书，对中国古代的"封建"概念、日本传统的"封建"概念，以及作为西欧译词的"封建"概念，都做了横跨东西方的比较研究，对"封建"这个概念的来龙去脉、歧义与演变，做了前所未有的梳理与呈现。董炳月的《"同文"的现代转换——日语借词中的思想与文学》（昆仑出版社，2012）对现代汉语中的若干日语借词——"国民""个人""革命"——的来龙去脉及其在现代中国文学与文献中的使用，分专章做了梳理分析。方维规先生用德文写作的《近现代中国"文明""文化"概念的产生与变迁》（亚琛，2003），用中文写的《西方"政党"概念在中国的早期传播》（香港，2007）等论文，也是成功的"历史语义学"的研究。孙江、陈力卫、刘建辉主编的《亚洲概念史研究》第一辑、第二辑（三联书店，2013、2014）中的各篇论文，对东亚汉字圈的相关概念及其关联做了集束性的研究。此外，还有学者的论文对"人民""政党""国会""哲学""心理""科学""艺术"等在中国、日本及西方国家之间辗转迁移的关键词做了"比较语义学"的研究。这样的研究，不懂中文、日文的西方学者做起来很困难，中国学者则显得得心应手。相比而言，不无遗憾的是，目前在我国的比较文学的学科领域内，尚未出现成功运用"比较语义学"方法的代表性成果。不过，以上提到的相关学科已有的成果却很值得比较文学界加以充分注意，并应该从中汲取方法论上的启示。

在比较文学研究及东方比较文学研究中，"比较语义学"的方法涉及两种不同的研究对象。

第一种，某一名词、概念或范畴，以同形（写法相同）、通义（意思大致相同）、近音（读法相近）的形态，在不同国度的辗转流变。例如，在宗教哲学领域，汉译佛教词语、儒家哲学伦理学的基本概念之于中国、印度、日本、韩国、越南等国；在文学领域，中国的"诗"与"歌"字的概念之于传到朝鲜、日本各国。又如，中国古代的"自然"概念传到日本，近代日本人用"自然"来翻译欧洲的"自然主义"，然后"自然主义"这一译语再由日本传到中国等等。这种情况在东亚汉字文化圈有大量的研究资源。以相同文字（如汉字）书写的某一个概念，在不同国度与不同语言中的移动或转移，我们可以称为"移语"，这方面的研究也可以叫作"移语研究"。

第二种，就是将一种语言翻译为另一种语言所形成的词语概念，叫作"翻译语"，可简称"译语"。例如，"文学"这一概念，在中国，有作为本土概念的"文学"概念，有从日本引进的作为西语之译语的"文学"概念（在这方面，日本学者铃木贞美的《文学的概念》一书，从日本文学发展史的层面上做了深入详实的研究）。再如，中国古代文论有"味"的概念，日本文论中有"味"的概念，印度梵语诗学中也有"味"的概念，而梵语的"味"则是中文的译语。对译语的"比较语义学"研究，与翻译学研究中的译词研究有一定关联，但作为"比较语义学"的研究，所研究的词语，必须是在文学交流史上形成的具有概念与范畴意义的词语，而非一般词语。

当然，在具体的比较文学研究中，根据研究目的的需要，"移语"研究与"译语"研究可以分头进行，也可以交叉进行。但是，比较文学中的严格的"比较语义学"的方法，主要运用于同一词语、概念或范畴的跨文化的传播、影响与接受、变异等的研究，而不是完全没有传播、没有影响关系的词语、概念之间的平行比较。例如，中国的"道"与西方的"逻各斯"、中国的"风骨"与西方的"崇高"之类的概念范畴，因互相之间没有传播与流动，就不属于"比较语义学"的适用范围。归根结底，"比较语义学"是国际文学交流史中以词语、概念或范畴的传播与影响为中心的个案研究与专题研究的方法。对相关词语、概念或范畴的平行的对比，也应该在事实关系的基础上进行。若不如此界定，则"比较语义学"作为研究方法就会弥漫化、普泛化，并最终失去它的具体可操作性。另外，"比较语义学"的方法运用到比较文学中，又不同于通常的文学交流史的传播研究中的实证主义，它要求语言学与文学的跨学科的交叉，要求对语义做动态的历史分析与静态的逻辑分析，对语义形成流变起重要作用的哲学、宗教、历史等的深度背景，也要予以揭示。因此，"比较语义学"既是一种具体可操作的研究方法，也是一种有着广阔学术视野与深厚思想底蕴的学术观念。

二、比较语义学与中日古代文论范畴考论

"比较语义学"的方法，具体运用到中日两国古代文论范畴的关联研究中，就是"考论"的方法。它对东亚汉字文化圈区域文学，特别是中日两国古代文论的比较研究，尤其具有适用价值。

日本古代文论与日本古代文学一样，有着悠久的传统和丰厚的积淀。一方面，日本文论家常常大量援引中国文学的概念和标准来诠释日本文学，例如，在奈良时代旨在为和歌确定标准范式的所谓"歌式"类文章中，在平安时代最早的文学理论文献《古今和歌集序》中，都大量援引中国古代文论的概念范畴，特别是《毛诗序》中的概念与观点，并直接套用于和歌评论。另一方面，在独具日本民族特色的文学创作实践的基础上，也逐渐形成了一系列独特的文论概念与审美范畴，如文、道、心、气、诚、寂、物哀、幽玄、侘寂、意气、姿、体、风等。但这些概念与范畴大多取自中国，或多或少地受到了中国哲学、美学、文学与文论的影响，只是经过日本人的改造，都确立了不同于中国的特殊的内涵与外延，这也为我们的范畴关联研究准备了丰富的学术资源。

就中日古代文论范畴研究而言，若不做比较语义学的研究，不做概念范畴的关联考论，就难以在现有的基础上加以推进与深化。例如，中国古代文论范畴在日本的传播影响及这些范畴在日本的受容与变异，从中国古代文论研究的角度看，都属于中国古典文论研究的有机组成部分，是中国古代文论研究的延伸和深化。在如今全球化、国际化、世界性的时代，尤其需要这种超越国界的跨文化研究的视野。正如今后如果我们谈《红楼

梦》而不谈它在国外的翻译传播情况，那对《红楼梦》的知识建构而言将是不完整的一样。谈中国的"道""气""文""心"等范畴而不谈它们在日本等东亚汉字文化圈的传播影响，那也将是不完整的。而且，中国古代文论范畴若不与日本文论的相关范畴加以比照，则它的特点与特色都难以凸显。因此，就十分需要对中国古代文论范畴做跨文化的关联研究。

为此，我在 2010 年前后琢磨设计了"中日古代文论范畴关联考论"这一课题，申请并通过了 2013 年度国家社科基金项目的立项。

"中日古代文论范畴关联考论"这个课题名称中所谓的"古代"，是与"近现代"相对而言的广义上的"古代"，与"古典"一词含义大体相当，"古代文论"也就是西方文论传入之前的古典文论。所谓"范畴"，从语言及观念的角度说，等同于"概念"，而将有关概念运用于"文论"这个学术领域即"学科"中的时候，则成为学科的"范畴"。所谓"关联"，有两个层面的含义：一是事实上的联系，如相关概念范畴的传播、接受及在文献中的运用；二是事实上虽没有直接联系，但在语义逻辑上有相关性。对这两个层次的关联，就需要相应地使用两种方法，前者主要适用"考"，即文献资料的考证，是实证性的文献学的发掘、发现与整理辨析；后者是"论"，就是在理论上加以分析、辨析、概括、综合，并尽可能得出恰当的判断或结论。两种方法合在一起，即为"考论"。前者生产知识，后者产生思考乃至思想，这是中日古代文论范畴关联性研究的可靠方法。

"考论"作为一种方法，势在必行。一直以来，学术界在研究方法上有"义理"与"考据"、实证研究与理论建构，或宏观研究与微观研究两派，并长期存在着厚此薄彼、非此即彼的论争。实际上，"考论"的方法完全可以将这两派的方法统合起来。一方面，理论研究必须建立在微观的具体翔实的文献资料考证与利用的基础上，否则就不免空谈蹈虚；另一方面，文献资料的发掘正如地质学上的找矿开矿一样，资源是有限的。挖出来、挖完了，还需要再深加工、广利用。在今天数字化信息化的时代，文献资料的收集相对容易多了，重要的考古发现很罕见了，珍稀的文献资料难寻觅了。因此，学术研究的重点就是利用现有的资料，对现有的知识加以观照、穿透，从而生发、激发研究者的思考，并从新颖、有深度的思考中产生思想。从思想史上看，任何有价值的思想都不是异想天开的产物，思想产生的沃土就是作为知识领域的"学"，用现代术语来说就是"学科"。例如，古希腊亚里士多德的思想是在物理学、形而上学和诗学等学科中产生的，中国的传统思想主要是在儒学、佛学中产生出来的。记得前些年有人在评价中国改革开放后的学术思想状况的时候，感慨思想力的衰弱，曾以"学科凸显、思想退缩"来概括，看似有一点道理，但实际上学科与思想不是一进一退的关系，学科是思想的温床，正如知识是思想的温床一样。基于这样的想法，"中日古代文论范畴关联考论"的"考论"，是以"考"为基础，以"论"为旨归。每一个论题都不以祖述旧说为满足，都力图有笔者的"论"在：有论旨、有论点、有论据、有论证、有论法。有"论"在，就有作者自己的思考在。

在"中日古代文论范畴关联考论"中，我选取了 18 组范畴，一、"文·文论"；二、"道"；三、"心"；四、"气"；五、"诚"；六、"情·人情"；七、"理·理窟"；八、"慰"；九、"幽玄"；十至十一、"哀""物哀""知物哀"与"感物"；十二、"物纷"；十三、"寂"；十四、"侘"；十五、"俳谐"；十六、"意气"；十七、"风姿·风体·风情"；十八、"调"与"韵"。这 18 组范畴都是日本古代文论最重要的概念范畴。诚然，相关的重要概念范畴还不止这些，日本学者反复研究的还有"勘""无常""风流""间"等范畴，如黑田亮著有《"勘"的研究》、小林智昭著有《无常感的文学》（1959）、唐木顺三著有《无常》（1965）、矶部忠正著有《"无常"的构造》（1977）、西天正好著有《"无常"的文学》（1975）、冈崎义惠著有《"风流"的思想》（1946）、栗山理一著有《风流论》（1940）、剑持武彦著有《"间"的日本文化》、讲谈社出版过专题论文集《日本人与"间"》等。不过，这些概念范畴大都是有关心理美学、生活美学、宗教美学的，而不是文论范畴。"中日古代文论范畴关联考论"所选皆为文论范畴，既是最重要的，又是可以在中日关联与比较中写出新意的。均以日本古代文论的文献典籍为中心，以其与中国古代文论范畴的关联为依据，在中日文学、文化关系及中日比较的平台上对这些范畴的关联性加以研究。其研究目的主要有二个：一是揭示日本古代文论范畴的生成、起源、流变及与中国文论、中国文化的关联，还有它的基本特点；二是揭示中国古代文论范畴、中国古代美学思想文化对日本的深层影响。

　　显然，这种研究太"学问"、太小众了，缺乏通俗性和大众性。但是，研究学问总是要由浅入深、由常识领域进入非常识领域的，哪怕读者再少甚至暂时没有读者。中日两国的关系的研究，在政治、经济、文化、文学等各个层面上都已经相当丰富了，但研究若要深化、要推进，就不能只满足于显而易见的部分，还必须将研究深入到文化交流、文学交流的腠理，对细致微妙的部分加以仔细考察与观照。"中日古代文论范畴关联考论"课题的着眼处就在于此。

　　众所周知，日本是世界各国中学术最为繁荣、最为活跃的国家之一，受中国传统考据学及欧洲现代科学主义、实证主义学术方法的双重影响，再加上微观感性发达而宏观理性贫弱，长于战术而拙于战略的民族思维特性，其学术研究也一直以文献派、实证派占据主流，以文献学、书志学、考据学见长。表现在日本文学研究领域，微观的文本细读的作家作品论模式长期流行，孜孜于作者生平的考证、津津于作品人物情节的细读，更有甚者则烦琐细碎到了无聊的程度。而纯理论的思辨与体系的建构则是极少数学者才做、才做得好，如著名学者大西克礼、九鬼周造、津田左右吉、冈崎义惠、吉田精一等，其突出的理论水平在日本众多学者中实属凤毛麟角，但不足以代表整体学界。表现在日本古代文论的研究中，可以说文献资料工作做得很好，但理论研究总体上看是浅尝辄止，许多问题说不清、讲不透，这倒是为我们中国学者的继续研究提供了诸多的余地与可能。

"中日古代文论范畴关联考论"课题所选取的18个论题，既是日本文论中最重要的问题、最基本的范畴，也都是日本学者未能说清讲透的问题。对日本学者已经研究得精透的问题，已经说清了的问题，我们不能无视，必须了解，但了解以后就绕开，不必重蹈覆辙、拾人牙慧。诚然，研究日本问题，要大量运用日本的原典材料，但是一方面我们要将这些原典文献翻译过来再加使用，另一方面也要以中国的相关文献资料相佐证。我们既要充分尊重日本学者的先行研究，同时又不为那些既成的研究所束缚，而是要大胆提出我们中国学者自己的观点与看法。我在许多场合一直强调：我们固然在研究日本问题，但并不因为我们研究日本问题就无条件地崇奉日本学者的观点与方法，正如20世纪前半期京都学派等日本的"东洋学""中国学"学者在研究中国的时候也从未看中国学者的脸色行事一样。我们应该把日本问题作为中国的"东方学"问题乃至作为中国的"国学"来研究，中国人的日本研究是中国人自己的学问，因而也是中国的"国学"的一个延伸和一个组成部分。必须有"国人之学即是国学"的自觉意识，必须充分发挥中国学者的能动性。这也是"中日古代文论范畴关联考论"课题研究中所持的一种基本立场。

三、"美辞"与中日"美辞"关联考论

经过五六年的不懈努力，"中日古代文论范畴关联考论"项目完成并于2016年结项，在这个过程中全部章节内容作为单篇论文都已经陆续发表。当最终要成书出版的时候，我决定将项目名称与著作名称加以区分，用"美辞"这个词取代"古代文论范畴"，把书名更改为《中日"美辞"关联考论》。对此，有必要稍加解释与说明。

如上所说，本书的研究方法是比较文学意义上的"比较语义学"方法，对词及其意义必须保持足够的敏感，而对于本课题所使用的有限的几个关键词，也自然不免需要"咬文嚼字"一番。"美辞"是古汉语中的一个词，曹植《辨道论》有云："温颜以诱之，美辞以道之。""美辞"是

"美丽辞藻"的意思。在我看来，"美辞"这个词很美、很形象、很感性，也有概念的概括性。即便望文生义，对它的理解也只能是"美之辞"。但不知为何，"美辞"这个词一直很少使用，甚至在广收古汉语词汇的《辞源》中也未见收录。但是"美辞"在日语中却并非生僻词，多指经过修饰的优美的语言辞藻，而且还有一种学问叫作"美辞学"。近代文学理论奠基人坪内逍遥著有《美辞论稿》（1894），接着，文学理论家岛村抱月有《新美辞学》（1903）一书，都是以语言的审美分析为特点的美学著作。狭义的"美辞学"与汉语中的"修辞学"意义相近，但是"美辞学"的重点在"美"而不是"修"（修饰）。实际上，"美辞学"往往会自然地超出语言修辞的层面，提升为审美词语的研究，亦即成为专门研究审美词语的美学的一个分支。而我的《中日"美辞"关联考论》，在这一意义上也可以归为"美辞学"。

但是长期以来，类似的研究，在美学界只以"审美范畴"或"美学观念"称之。其实，从"美辞"到"审美范畴"或"美学观念"，是需要一个发展过程的。从词义的宽窄来看，"美辞"要比"概念"和"范畴"都要宽一些。"概念"指的是理论文本中所使用的概括性词语，是具有一般性、抽象性、总括性的词，是在长期使用过程中由特殊词语而成为一般词语的，"范畴"则是进入学科中的概念，而"学科"必定是在长期的研究中逐渐形成的。"美辞"与美学上的概念、范畴，即便是同一个字词，但它们却处在不同的历史阶段，都有一个从"美辞"到概念、范畴的发展演变过程。究其实质，"美辞"就是对美的事物加以描述与评价的审美性质的宾词。当有一些"美辞"具有审美判断的功能，并经长期反复使用，它就成为人们所公知、所公认的概念，亦即我们通常所说的"审美概念"。

除了一些原创性的概念范畴，如中国哲学中的"道""气""仁""诚""理""性""体用"，还有文论中的"赋比兴""言意""文质""意象""形神"等之外，大多数我们现在所公认的审美范畴或美学观念，最初其实只是属于"美辞"。"美辞"主要是诗文作品中,乃至小说中使用的作为审美评价的词,主要是形容词,也有一些名词。例如,中国古代文论中的"意境"就是这样的词,也只有到了王国维那里,才最终加以研究论证,使其成为一个重要的文论范畴、审美范畴或审美观念,而在此之前,它主要是作为一个审美评价的"美辞"而存在的。实际上,"风骨""气韵""格调""神韵""清淡"等词,最初也只是审美评价用词,亦即"美辞",经历代文论家加以理论阐释后才成为概念,待文论研究学科化之后,这些概念才成为文学理论学术研究的范畴。而日本的情况也是如此。如本书第十章、第十一章所论述的"哀""物哀",最初在平安王朝贵族文学特别是在《源氏物语》中仅仅是表示审美感叹的词,直到18世纪江户"国学"家本居宣长在《紫文要领》等著作中加以阐释,人们才把它看成日本文论与美学的重要概念。同样的,本书第十六章所论述的"意气"(粹),开始仅仅是江户时代市井文学中常用的审美性的评价用词,在那时形形色色的市井小说戏剧中,人们用这个词表达审美的判断,涉及人的相貌、性格、衣着、气质,还有物品的格调、色调、音声的听觉感受等各方面的评价,直到20世纪30年代才由哲学家、美学家九鬼周造在《"意气"的构造》一书中,从大量的文学作品中发现、提炼了这个词,从而将它概念化,如今已成为众所周知的具有日本美学特色的审美概念。在中国文学中对概念范畴的发现与阐释实际上也是如此。如近年出版的题为《"远"范畴的审美空间》(郭守运著,武汉大学出版社,2014)一书,把"远"作为中国古代审美"范畴"专门加以透彻的分析研究,是颇有创意的,但是从"美辞学"的角度看,"远"以及"玄远"、"高远"之类的词,尚未成为中国古代文论学科普遍公认的"范畴",但它却是一个古代诗文、古代文论中不可忽视的"美辞",或许经过这部著作的论述阐释,以后会变成一个"范畴"。实际上,这样的美辞在中国古代文论中尚有许多,吴蓬先生编著《东方审美词汇集萃》(上海文艺出版社,2014年增订本),收录的中国古代"审美词汇"(全部是单字)有:苍、

沉、冲、粗、淳、醇、澹、淡、跌、端、敦、繁、方、丰、风、飞、刚、
高、工、孤、古、骨、犷、瑰、酣、豪、宏、厚、华、环、荒、恢、浑、
简、劲、精、隽、娟、峻、空、枯、宽、旷、冷、淋、流、茂、名、凝、
平、朴、奇、气、清、峭、遒、洒、深、神、声、瘦、疏、肃、率、天、
恬、挺、婉、温、细、闲、萧、潇、雄、秀、虚、严、逸、意、雍、幽、
腴、郁、圆、蕴、韵、自、质、纵、拙、庄等，多达 90 多个，还列出了
由这些单字构成的词语（成语）和短句上万条。吴先生没有把它们称为
"概念"或"范畴"，而是以"审美词语"称之，是十分严谨恰当的。

实际上，这些"审美词语"，约言之就是"美辞"。它本来是十分感
性的，是审美范畴的原形，须经过长期言说、阐释和运用，才成为审美的
概念范畴。而随着对这些"美辞"的阐发与研究，人们对"美"的历史
经验的认识与总结也就越来越丰富、全面和到位。因此，"美辞"的研究
或"美辞学"，与通常的审美概念、审美范畴的研究，是相互关联又不可
相互替代的，"美辞学"的研究也具有不可替代的作用与价值。倘若以既
定的"审美范畴"或"美学观念"为中心，就会形成一种滞定的研究模
式，难免会把一些"美辞"排斥在外，从而造成了美学史研究中的固化
现象。因此，我主张，在今后的研究中，要打破这种作茧自缚，要把
"美辞"作为美学研究的一个新的领域、新的生长点，或一个新的分支，
从而发现更多、更丰富、更复杂的审美学词语和美学现象。这一点，对东
方美学研究而言尤为重要。在东方美学研究中，我们若以那些业已固化的
西方美学观念为准据，或者以那些"公认"的中国古代文论美学的概念
范畴为准据，那么，此外的"美辞"就会被摒除在外。"东方美学"的
研究可能就难以跳出西方美学给定的范畴限定，也跳不出中国古代文论
与美学的既有模式与藩篱，则东方美学的研究实际上徒有虚名。例如，
就"中日古代文论范畴关联考论"中的"古代文论范畴"而言，在我
看来它们是概念、范畴，而在另一些研究者那里，也许有的词语从来没
有被人当作概念范畴来看。例如，本书第八章所讨论的"慰"和第十

二章所讨论的"物纷",即便是在日本学界,也很少有甚至没有人把它们当作文论概念或范畴来看。然而,我的发现、我的见地,却恰恰就在这里。即便有人不承认这些词为概念或范畴,但他至少也要承认它们是"美辞",即承认它们是审美的宾词,亦即判断一段文字、一段描写、一个形象、一部作品,是否是美的、美在何处的判断词。可见,"美辞"这个词,比起"文论概念"或"文论范畴"这样的术语来,更具有包容性和柔软性。

另外,换一个角度,还需要认识到,"美辞"的主体毕竟是"辞",它是用来评判语言艺术即文学的;换言之,有关语言文学或文学语言的审判、评判的词语才是"美辞"。在这一点上它不同于其他艺术样式,例如,书画是以视觉的"线条"和"色彩"为审美对象的,音乐是以听觉的声音旋律为审美对象的,而只有文学及讨论文学问题的"文论",才是以文字词语(亦即"辞")为审美对象的。从这个意义上说,"文论范畴"及"古代文论范畴"才是"美辞",而且就是"美辞"。在这一意义上,也须使用"美辞"这个词。

基于以上的考虑,我把"中日古代文论范畴关联考论"这一课题名称改为《中日"美辞"关联考论》以作书名。在这里,"美辞"包含着"文论范畴",但范围又大于"文论范畴"。

本书作为比较语义学研究的一个实践尝试,在词语、语义及使用上,需要有充分的自觉。联想到学术史上曾有许多人对新词语的使用抱有本能的反感与排斥。那些清末民初传到中国的上千个日本"新名词",现在早已化为现代汉语常用词,但是当初遭到了多少人的指责唾骂,是众所周知的。《中日"美辞"关联考论》所谓的"美辞"不是新词,也不是所谓的"日本新名词",只是古词新用。或许,乍一看上去,这个书名会令一些读者朋友眉头一皱,但"美辞"之意赫然,只看字面、望字生义也不至于产生误解,或许还会有一点"陌生化效果"。何况,还有如上的界定与解释。

　　总之，本书的目的是以"考"（文献学上的考据、考证）为基础，以"论"（理论分析与建构）为旨归，揭示中日"美辞"在各层面上的复杂关联与民族特性，并有助于建构作为区域美学的"东亚美学"和"东方美学"，也为比较文学研究方法之一的"比较语义学"提供了一个研究实践上的尝试性案例（亦即所谓"试案"）。

第一章　中日“文”辨

——中日“文”“文论”范畴的成立与构造

　　“文”这一概念是中日传统文学深度关联的一个重要的契合点。在中国，“文”的含义有两个基本层次：一是哲学之“文”，二是“文学”之文。在日本，“文”也有两个基本层面：一是文学之“文”，二是语言学之“文”。两国之“文”的含义有一层上下的错位——哲学意义上的“文”未能深度融入日本文化，而语言学意义上的“文”在中国很少使用。但在文学的层面上，两国之“文”是完全啮合的，并且成为两国统括各体文学的最高范畴。在“文”及“论文”的基础上形成的“文论”这一概念，作为统括中国传统文学理论与文学批评的最恰切的范畴，无可替代，对日本传统文学也同样适用。

　　现代日本学界，均将日本古代关于文学的相关思考及言说，统称为“文学评论”或“文学论”。所谓“文学评论”或“文学论”是借用的西洋术语。笔者认为，对此有必要加以反省与检讨。站在中日古代文学关系的角度看，要讲日本古代的所谓“文学批评”，首先应该说清对于古代日本人来说“文”是什么。西方的“文学批评”这一概念，与日本之“文”是否能够对应与吻合，进而可以就中国的“文论”概念对日本的适用性问题加以考察。

一、哲学意义上的"文"

《易经·系辞下》曰："物相杂，故曰文。"《说文解字》曰："文，错画也。象交文。"两书意思相同，都是指不同事物、不同的"像"（形象）错综交叉，形成"文"，形成一种装饰，这也是"文"在中国的元初含义。此后，"文"成为一个派生性、衍生力都很强的词，在发展演变的过程中，其意义不断引申，逐渐多层次化。"文"字传入日本后，其基本义与中国之"文"相同，并且也有很强的衍生力与派生性，是语义较为丰富复杂的日本汉字之一，光基本读音就有三种①，而且使用频率一直很高。例如，在日本 247 个朝代中，历代天皇年号用字里头，使用"文"字的就占 15 个，在"天""永""元"之后，居第四位。

在中国，"文"在其原初意义的基础上，很快被抽象化，成为中国哲学、美学与文论中的重要范畴。对此，国内外学者在有关著作中都做过论述。② 从文学的角度看，如果说"道"论是文学"本原论"，"心"论是文学创作主体论，那么"文"论就是文学的审美特征论。"文"之意义的这一规定性来源于中国传统哲学和美学。老子、庄子、孔子等中国古代原创性思想家，都将"文"看作天地之大美，是宇宙万物、社会人伦的审美特征。《周易》曰："观乎天文，以察时变。""天文"就是天之象、天之特征。孔子曰："文王既没，文不在兹乎？""郁郁乎，文哉！吾从周。""文"指的就是一种高尚的时代风气或社会风尚。《荀子》云："君子宽而

---

① 三种读音是：もん（monn）、ぶん（bonn）、ふみ（fumi）。前两种是模仿中国的发音。关于后一种发音，日本语言学家及大部分辞典认为"ふみ"的发音是从"ぶん"中转化而来的，在用法上稍稍区别于"ぶん"，如"ふみ"可指书信，特别是男女间写的情书。

② 如饶宗颐《文辙：文学史论集》，季镇淮《来之文录·"文"义探原》，于民《春秋前审美观念的发展》，夏静《礼乐文化与中国文论早期形态研究》，日本的青木正儿《中国文学概说》，美国的刘若愚《中国的文学理论》等。

不慢，廉而不刿，辨而不争，察而不激，寡立而不胜，坚强而不暴，柔从而不流，恭敬谨慎而容：夫是之谓至文。"此处"文"指的是人格修养之美。《乐记》云："声成文，谓之音。"此处"文"指的是美的形式或美的表现。后世诗人与文学家们，更将"文"作为最高的美学范畴。如张怀瓘《文字论》云："文也者，其道焕焉。日月星辰，天之文也。五岳四渎，地之文也，城阙朝仪，人之文也。"宋王禹偁《送孙河序》云："天之文日月星辰，地之文百谷草木，人之文六籍五常。"而在文论著作中较早系统表达这一见解的是刘勰。他在《文心雕龙·原道》开篇就写道：

> 文之为德也大矣。与天地并生者，何哉？夫玄黄色杂，方圆体分，日月叠璧，以垂丽天之象。山川焕绮，以铺理地之形，此盖道之文也。……旁及万品，动植皆文。龙凤以藻绘呈瑞，虎豹以炳蔚凝姿。云霞雕色，有逾化工之妙；草木贲华，无待锦匠之奇。夫岂外饰，盖自然耳。

这就将"文"视为自然天地的外在表现（"德"），是天地宇宙、山川风景、动物植物的总体的美感特征。在此基础上，再进一步将"文"加以抽象化，使其附着于客观世界与人的精神世界浑然一体的更为抽象的"道"，于是就由"天地"之"文"形成了"道"之"文"。"文"成为圣人之"道"的外在显现，反过来说，表现圣人之道就是"文"。这也是儒家文人的基本观点与信念。刘勰《文心雕龙·原道》云："道沿圣而垂文，圣因文而明道。"此处的"道"即指圣人之道。宋朱熹在《论语集注》中说："道之显者谓之文。"明方孝儒《送平元亮赵士贤归省序》云："文所以明道也。文不足以明道，犹不文也。"清代袁枚《虞东先生文集序》云："盖以为无形者道也，形于言谓之文。"

对于中国文论中诸如此类的对"文"的抽象化的描述与阐述，古代日本人的接受仅仅限于极少数对中国语言文学与文化有相当理解的汉学家、儒学家。例如，对于以上引述的刘勰《文心雕龙》的天地之"文"，遣唐使、高僧空海在中国古典文论的辑录性著作《文镜秘府论》的"序"中有呼应，曰："空中尘中，开本有之字，龟上龙上，演自然之文。"《文镜秘府论·西卷》中的《论病》一节也有意思相同的话："夫文章之兴，与自然起；宫商之律，共两仪生。是故奎星，主其文书，月日焕乎其章，天籁自谐，地籁冥韵。"该书的《南卷》的"论文意"一节中亦可窥见类似的自然："自古文章，起于无作，兴于自然，感激而成，都无饰炼，发言以当，应物便是。"空海对"文"的这些论述，虽然也有自己的理解与共感含于其中，但总体上是直接使用汉语对中国古典文论所做的转述或复述。空海之后，使用日语从这个角度阐述天地自然之"文"者，殆无所见。

同样的，中国古代关于"圣人之道为文"的观念，也只是在日本江户时代的儒学家们用汉语写成的文章著作中，有所呼应与阐发。其中最有代表性的是著名汉学家、日本儒学中的"古文辞派"的代表人物荻生徂徕（1666年—1728年），他在《论语征》一书中，反复强调"道"即是"文"。他说："夫在天曰文，在地曰理。文者天之道也，谓礼乐也。尧所以安天下万世，非礼乐不可也。""夫文者礼乐也，礼乐者先王之道也。君子治人者也，野人治于人者也，故君子之所以为君子者，文而已矣。""夫圣人之道曰文，文者物相杂之文，岂言语之所能尽哉！故古之能言者文之，以其象于道也，以其所包者广也，君子何用明畅备悉为也，故孔子尝曰'默而识之'，为道之不可以言语解故也。"另一位重要的汉学家、儒学家太宰春台（1680年—1747年）在《文论》一文中也说："然夫予所谓文者，何也？曰：先王之道之谓文。文也者，非他也，六艺是已。"又说："夫君子之道以文为至，学而时习之。小可以修身，大可以治天下国家，故古之君之动作有文，言语有章。"他认为"文"是一种弥漫抽象的东西，"文"不是"辞章"，而那些玩弄文辞的"文人"大量出现后，致使"文失其本"，是不足为训的。

这样的"圣人之道为文"观点，只能是儒教学者的观点，除日本的儒学家中的汉学家之外，对"文"做此种抽象理解的，绝无仅有。而且这样的理解，几乎是对中国儒学的转述，其中很少渗透日本人独特的领悟。上述荻生徂徕关于"文"的观点，与明代复古学派文学家王世贞、李攀龙的观点如出一辙。太宰春台的"文以害道"的观点，则与宋代理学家程颐的相关看法亦步亦趋。而在日本从古至今的和歌论、连歌论、俳谐论、能乐论等以各体文学论为特色的日本文论的文章及著作中，作为天道与人道之审美呈现的抽象的"文"字，几乎完全不在场，于是，从中国传入的抽象概念之"文"，就长期漂浮在日本文化表面，局限在儒学与汉语语境中，而未能下渗到日本民族观念与思想话语的深层。日本学者中村元在谈到日本民族的思维方法的时候曾指出：日语本身长于感情与情绪的表达，日语固有词汇中没有形成抽象词汇的构词法，很难表现抽象的概念，恰在此时，汉字汉语的传入补充了日语中的抽象概念，使得日本人一直以来在表达抽象概念时依赖于汉字。① 除中村元所指出的这些之外，笔者还想补充说明的是：即便是汉语中诸如"文"之类的抽象概念，在传到日本后，其抽象义、抽象化的程度也被日本人尽力降低，而赋予其一定程度的具象特征。"文"在日本古语中已不再具有中国之"文"的天地大美之意，而具象化为"花纹"之意，也就是中国之"文"的最基础义。这种偏于具象化的思维方式，在很大程度上影响了古代日本人对中国思想文化理解与接受的幅度与深度。

二、文学意义上的"文"

在中国传统的关于"文"的论述中，"文"首先是"文字"之意。东汉许慎《说文解字》云："苍颉之初作书，盖依类象形，故谓之'文'，其后形声相益，即谓之'字'。"也就是说，"文"是字之形，字是形与声的统一。又有人认为"文"是由"言"构成的，后汉王充《论衡·书解》云："出口为言，集札成文。"就是说，"言"是口头的，"文"是对"言"的连贯书写。梁朝刘勰《文心雕龙·原道》"心生而言立，言立而文明"，是说只有立"言"，"文"才能显明。还有人将"文"与"辞"

---

① 〔日〕中村元. 中村元選集：第三卷［M］. 东京：春秋社，昭和三十七年：771~775.

并称，认为"文"即是"辞"，所以"文"又称为"文辞"（亦写作"文词"）。宋朝司马光《答孔文仲司户书》："今之所谓文者，古之辞也。"宋朝魏了翁也认为："今之文，古所谓辞也。"

日本人对"文"的理解与接受，是从上述的"文"的基本义开始的。直到今天，日语中的"文"仍然保存了"辞"（词）的含义，这个意义上的"文"就相当于语言学的"句""句子"，因而，现代日语中的"文法"，指的是"句法"。更有近代日本人用"文论"（ぶんろん）一词来翻译西语的"syntax"一词，在这里，"文论"是一个语言学概念，指的是句子结构及构词、造句法的研究。其中的"文"，取的是中国之"文"的"言辞"的本义，而这一用法，现代汉语中则不太使用了。近代日本又有人将西语的语言学概念"grammar"（语法）译为"文法"，而"文法"这一词，在中国古代则是"法令条文"的意思（《史记》《汉书》中都有这样的用例），完全没有现代意义上的"语法""文法"之意。可见，在日本，作为"语学"（语言学）概念的"文"，以及后来由此衍生出来的翻译语"文论""文法"，都取自中国之"文"的古意，并一直保持至今。而在中国，除了"文"的古意之外（例如《说文解字》之"文"），"文"及其后来派生的相关的固定词汇，基本上与语言学的范畴无关。在这一点上，中日两国之"文"又出现了一次错位——日本之"文"淡出于哲学的层面，中国之"文"则淡出于语言学的层面。

尽管中日两国之"文"发生了这样的上下错位，但在文学层面上，中日之"文"却取得了大面积的平行啮合。

如上所述，中国之"文"是渐渐由语言学意义上的"辞"向文学演进的。人们对"文"的认识渐渐由实用性向审美性发展，于是，被修饰的"文"与朴素的"词"就有了分别，所以孟子曰："说诗者不以文害词，不以词害意也。"明确将"文"与"词"（辞）加以区分。而经过修饰美化的辞，又被称为"文辞"。如《左传·襄公二十五年》："晋为伯，郑入陈，非文辞不为功。"清代叶燮《原诗·内篇上》解释此句说："古称非文辞不为功。文词者，斐然之章采也。"更进一步，将"文辞"再加修饰，又有"文采"一词，指华丽的文辞。刘勰《文心雕龙·情采》云："若择源于泾渭之流，按辔于邪正之路，亦可驭文采矣。"又说："情理设位，文采行乎其中。"既有了讲究修辞的"文"即"文采"，也就会有不太讲究文采的"文"，于是"文"又有"文"与"质"的风格之分，并产生了"文质"的概念。从"文"的谋篇布局的角度说，"文"还衍生出了"文章"一词，指有一定体制结构的系统之"文"。"文章"又有不同体裁样式，于是"文"又衍生出"文体"。有了"文章"，并且有了不同文体的文章，就有了研究它们的学问，称为"文学"。《论语·先进》："文学子游子夏。""文学"是孔子施教的四科之一，到后来，"文学"的内涵逐渐由笼统的"文章之学"向狭义的"文学"转变。《三国志·魏志·文帝传》云："初帝好文学，以著述为务，自所勒成垂百篇。"此处"文学"是广义上的概念。到了清代刘熙载的《艺概》，遂有了"儒学""史学""玄学""文学"的分别。从此，研究"文"的"学"才叫"文学"，它有别于作为文史之学的儒学、史学与玄学。

以上由"文"到"文学"的梳理，并不是纯粹的时序演进，而是一种逻辑上的内在演进与关联。假如我们将这一逻辑链条倒过来，从"文学"上溯到"文"，即从现代的严格意义上的"文学"概念出发，由近及远地加以单线上溯，并在此过程中剔去"文"的非文学性指称，则也可以看出："文学"即是"文"。例如，曹丕最早明确将"文"作为文学各体总称："而文非一体，鲜能备善，是以各以所长，相轻所短。"各种"文"都有相同性、差异性，故又说："夫文，本同而末异。"接着，刘勰的《文心雕龙》之"文"，在具体行文中所指有所侧重，但总体上"文心雕龙"的"文"与现代意义上的"文学"的内涵完全吻合，是文学作品的统括范畴。《文心雕龙·情采》云："立文之道，其理有三：一曰形文，五色是也；二曰声文，五音是也；三曰情文，五性是也。"这三项实际上说的就是文学的基本特性。梁代萧统《文选序》在谈到他选"文"的依据与标准的时候写道："若其赞论之综辑词采，序述之错比文华，事出于沉思，义归乎藻翰，故与夫篇什，杂而集之。"对此，清代阮元《书梁昭明太予文选序五》："昭明所选，名之曰文，盖必文而后选也，非文则不选也。经也、子也，史也，皆不可专名之为文也。故昭明长《文选》后三段特明其不选之故，必沉思翰藻，始名之为文，始以入选也。"而且，萧统最后明确以 "文" 来统领各体文学，云："凡次文之体，各以藻聚。诗赋体既不一，又与类分。"在《文选》中，"文之体" 及 "文" 的各种体裁样式，是 "各以藻聚" 的，就是各按语言词藻的特点来分类，以下接着又说 "诗赋体既不一" 云云，是将 "诗赋之体" 明确统驭在 "文之体" 之内。事实上，《文选》所选，并非狭义的 "诗文" 之 "文"，而是包括 "诗" 与 "文" 在内的、韵文与散文并包的 "文学" 之统称。《文选》明确地用 "文" 来统称 "文学"，这对后来的中国文学观念形成和演变产生了深远影响。

在日本古代文学中，如上所述的 "文" 在 "文学" 意义上的各种具体含义与总括含义也都具备了。在日本古典文学中，日本之 "文" 在指称与用法上，与中国之 "文" 基本相同。例如，在《源氏物语》中，"文" 可以指 "文章" 或书籍。如《源氏物语・夕颜》："などといふ文は……"亦即 "《史记》之类的 '书'"，此处 "文" 指文章、书籍。

有时候 "文" 指汉诗。如《源氏物语・桐壶》："文など作りかはして。"意即 "时而作文"，此处 "文" 指汉诗。又如，《源氏物语・花宴》："この道のは皆探韵たまはりて文作り给ふ。"意即 "此道都是按照韵律创作"，此处 "文" 指汉诗。将诗含在 "文" 当中，是与上述的中国之 "文" 的概念的外延相一致的。

有时候 "文" 指文字修辞、文采。如江户时代国学家荷田在满《国歌八论》："《万叶集》故に《古事记》《日本书纪》の歌よりは文にして；《古今集》の歌よりは質なり。"（意即：《万叶集》与《古事记》《日本书纪》比较，是 "文"；而与《古今集》比较，则为 "质"）此处的 "文" 是

"文质"之"文"。

有时候"文"指的是学问,特别是研究文学的学问。如《宇津保物语·俊阴》:"文の道は少たじろくとも。"意即"在学问上不太长进"。吉田兼好《徒然草》第 123 节有"文、武、医の道に诚欠けてはあるべからず"(意即"文、武、医诸方面的修养,都不可缺少"),此处的"文"都指学问,并且多指文学,特别是汉学中的文学。

可见,在用日本语创作的日本古典文学中,从平安时代的《源氏物语》,到江户时代的"国学家"的论著,在长达七八百年的时间里,"文"的概念使用,虽然角度不同,但所指却都是"文学"。

中日之"文"意的相同性,是由中日古典文学之间的深层相通性决定的。日本传统文学固然有着自己鲜明的民族特色,形成了物语、和歌等民族文学样式,但仍然是在中国文学或明或暗、或多或少的影响下形成的。对此,江户时代的斋藤拙堂在用汉语写成的《拙堂文话》中写道:

物语草纸之作,在于汉文大行之后,则亦不能无所本焉。《枕草纸》,其词多沿李义山《杂纂》;《伊势物语》,如从《唐本事诗》《章台杨柳传》来者;《源氏物语》,其体本《南华》寓言,其说闺情,盖从《汉武内传》《飞燕外传》及唐人《长恨歌传》《霍小玉传》诸篇得来。其他和文,凡曰序、曰记、曰论、曰赋者,既用汉文题目,则虽有真假之别,仍是汉文体制耳。①

值得注意的是,斋藤在这里使用了"汉文"与"和文"两个概念,指出"和文"实际上使用的都是"汉文体制",又将日中两国不同"体制"(文体)的"文",包括汉诗、和歌、物语、小说等,全都纳入"文"这一范畴。可见,统驭中日两国文学最高范畴,不言而喻就是"文"。从学理的角度看,无论是中国传统文学还是日本传统文学,要对

---

① 〔日〕斋藤拙堂. 拙堂文话 [M] //曹顺庆. 东方文论选. 成都:四川人民出版社,1996:818.

传统文学的总和加以概括，都必须使用 "文" 这一概念。舍 "文" 不会有其他更恰当的概念。

还需要指出的是，现代文学与学术中通用的 "文学" 这一概念，是现代人对古今东西一切文学现象的总称。这一概念虽然中国古已有之，但古代的 "文学" 实际上是一个合成词，意即 "文之学" ——研究 "文" 的学问，而不是 "文" 自身。至于近代以降的 "文学" 概念，无论在中国还是在日本，都受到了西语 literature（文学）这一概念的过滤与规制，所以现代不少学者将现代意义上的 "文学" 视为一个翻译词与外来词，如 "文学" 一词就被收进了高明凯等编纂的《汉语外来语辞典》（1984）。因此，站在中日传统文学的立场上看，最恰当的总括范畴不是 "文学"，而是 "文"。

以 "文" 的范畴统括中日传统文学，也是近代以降日本一些学者的共同做法。例如，1878 年（明治十一年），日本学者榊原芳野在总结日本古典文学史的基础上，做了一张《文章分体图》，如下：

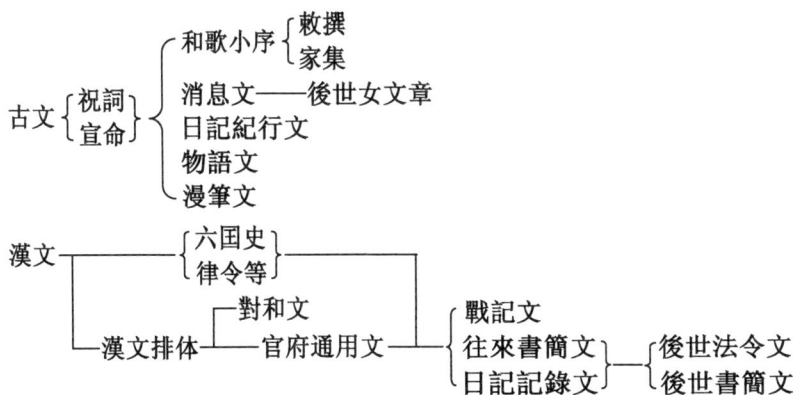

```
                  ┌ 和歌小序 ┌ 敕撰
        ┌ 祝詞 ┤          └ 家集
古文 ┤ 宣命 │ 消息文——後世女文章
        └        │ 日記紀行文
                  │ 物語文
                  └ 漫筆文

        ┌──────── ┌ 六国史
        │          └ 律令等
漢文 ┤                          ┌ 戰記文      ┌ 後世法令文
        │ ┌ 對和文          │ 往來書簡文 ┤
        └ 漢文排体 ┤ 官府通用文 ┤ 日記記錄文 └ 後世書簡文
```

这张所谓《文章分体图》，实际上就是日本传统文学——包括 "汉文" 与 "和文" ——的文体样式的系统结构图。作者一开始就是二分，在日本 "古文" 与 "汉文" 两类之上缺少一个总括的范畴，或许作者认为不必总括，因为这不言而喻——无论是日本的 "古文"，还是 "汉文"，那当然都是"文",也必须总称为"文"。因而,日本传统文学的最高范畴应该就是"文",这与中国传统文学的最高范畴"文",是字同义同、完全一致的。

三、"文""论文"与"文论"

中日两国传统文学中有了最高的范畴"文",那么,关于"文"的一切言说、评论、欣赏与研究,也应该由"文"字来做主要的构词要素。实际上,这个词在中国早就存在了,那就是"文论"。所谓"文论",顾名思义,就是"文之论",它可以统括、指涉关于"文"的一切言论。

"文论"作为范畴的固定(日语称"固着"),经历了一个由"论文"到"文论"的演变发展的过程。

最早使用"论文"一词的,是曹丕(187年—226年)的《典论·论文》。曹丕的"论文"一词,是一个动宾词组,"论"的对象就是"文"。如上所述,他的"文"是各体文学作品的统括概念,因此,他的"论文",如果改成偏正词组来表述,就是"文论"。稍后,据刘勰《文心雕龙》中提到,魏晋时期的应场写过一篇《文论》,可惜散佚不传,应场恐怕也是最早使用"文论"一词的人,他将曹丕的"论文"一词由动宾词组改为偏正词组,使这个词更具有成为概念与范畴的可能。至唐代,顾况(?—806?)又写有一篇题为《文论》的文章,他的所谓"文"从哲学层面到文学层面,所指宽泛,但在应场之后再次使用"文论"一词,对此后"文论"概念生成的影响,意义很大。至明代,"公安派"核心人物之一袁宗道(1560年—1600年)写过一篇题为《论文》的文章,其"文"主要指与诗相对而言的"文",但他的"文论"仍从"文"的文学性出发,是一篇典型的"文学论"。几乎同时,明代杨慎(1488年—1559年)也写有《论文》一篇,认为"论文"(对"文"的欣赏评论)不能用"简繁""难易"之类的标准,而应该使用"美恶"的标准,对"文"而言,"惟求其美而已"。也就是主张用文学的标准、美的标准来"论文",

即对文学作品做出审美判断，这实际上触及了"论文"的价值标准问题，也为"文论"与其他领域的论述的不同，赫然划清了界限。明代作家、学者屠隆（1542 年—1605 年）写有一篇题为《文论》的文章，其中的"文"，指称各体文学，包括"六经"之文、诸子散文、《左传》《国语》等历史散文、《诗经》及历代诗赋、唐宋散文、明代诗文等，对历代之"文"的美丑得失做了总体评价与议论。至明末清初，作家学者毛先舒（1620 年—1688 年）写过三篇《文论》，所论述的对象，包括诗文辞赋。因此，屠隆与毛先舒所谓的"文论"，作为一个概念，尽管外延还没有涉及戏曲小说等通俗文学，但已经具备现代意义上的"文学评论"的内涵，而"文论"一词从动宾词组转为偏正词组"文论"，也推动了"文论"由普通名词向概念范畴的转化。

可见，在中国传统文学中，已经有了一个与古希腊的"诗学"（poetics）乃至欧洲现代的"文学理论"（theory of literature）相对应的概念，那就是"文论"。西方的"诗学"是以希腊语、拉丁语及其派生出来，以"诗"为中心的各民族文学为言说与研究对象的，而中国的"文论"则是以汉语各体文学，主要是"诗"与"文"两大类文体为对象的。在研究对象、文化内涵、话语方式上迥然不同。更为重要的是，西方的古典"诗学"乃至现代的"文学理论"是以学理上的研究为特征的，表现为纯理论话语方式、严密的逻辑论证、概念范畴的明确界定、理论体系的建构，其重点在"学"（研究）。它们既是西方现代的"文学批评"，也是在"文学理论"的指导下进行的作家作品的个案剖析。而中国的"文论"则重在"论"，即鉴赏、评论，以评论赏析具体的作家作品为基础，其话语方式是以感受性、印象性的表达为主。在这些意义上，中国的"文论"与西方古典"诗学"乃至现代"文学理论"具有深刻差异。"文论"作为中国传统学术中形成、在当今又能焕发出生命力的一个独特范畴，可以与现代西方的"文学（文艺）理论""文学评论"（文学批评）相对应，它与西方的"诗学"或"文艺理论"所指也大体相同，但形态与面貌又有不同。因而，在研究中国传统文论的时候，使用"中国古代文学理论""中国古代文学批评"或"中国古代文学理论批评"之类的提法，实际上是不恰当的。在这一点上，笔者同意余虹先生在《中国文论与西方诗学》一书中提出的观点：中国"文论"与西方"诗学"具有"不可通约性"，因此不应该用"诗学"与"文学理论"这样的西方概念来指称中国古代对文学的思考成果，而"在现代汉语语境中以'中国古代文论史'来命名有关中国古代对文本言述的思考史，不仅可以沿语词之路返回古代意识，也可以沿语词之路沟通现代人对古代意识的理解，还可以名正言顺地展开中国文论特有的广阔空间。而不被有意无意地限制在'文学'（literature）的叙述视野中，以至于过分突出'诗论中心'，而删除别的文体论。"①

同样地，由于文化的巨大差异，西方古典"诗学"与现代"文学理论"的概念，与日本传统文学也是不可通约的。在这种情况下，将中国"文论"这个概念运用于日本传统文学中，是否可行呢？回答是肯定的。如上所说，由于日本人传统思维不善概括，因此只有和歌论、连歌论、俳谐论、能乐论等各体文学分论，而将各体文学加以综合论述的著述，则付之阙如。因此，在日本，没有像刘勰那样的"弥纶群言"、体大虑周的文论著作，只有针对具体文体的分论。因此，作为高度概括的"文论"之类的范畴，就失去了频繁使用的机会与可能。"文论"这个词，在日本很早就有人开始使用了，如以上提到的太宰春台所写的那篇文章，标题就是"文论"。虽然该文用汉语写成，但也表明日本古代文人作家对"文论"这个词应该不太陌生。但可惜的是"文论"这个汉语词在日语中没有固定下来，也不见于现代日本语言学家们编纂的各种日语辞典。明治时代以降，从西语中翻译过来的"文学理论""文学评论"等概念，也使得"文论"这个概念，在日本失去了存在的空间。现代日本学者一直习惯性地

---

① 余虹. 中国文论与西方诗学 [M]. 北京：生活·读书·新知三联书店，1999：65.

使用"文学理论""文学评论"这样的西化概念来指称日本传统文学。例如，著名学者麻生矶次的名著《日本文学评论史》四卷，就用"文学评论"这一概念来统括日本传统文论。

可见，在日本的固有概念中，没有一个现成的概念可以统括日本古代各体文学理论与文学评论的文献，而不得不使用"文学理论"或"文学批评"这样的近代概念来指称、统括日本传统的各体文论，于是就造成了所指与能指之间的背离。例如，如果使用"日本古代文学理论"，但许多相关文献不是体系化的"理论"，而是鉴赏与解说性质的"文学批评"；若使用"日本古代文学评论"这一表述，则又无法囊括《风姿花传》那样的并非评论性的文献；若使用"诗学"这一概念，表述为"日本古代诗学"，则更容易引发歧义。因为日本古语中的"诗学"是指研究汉诗的学问，而现代日语中的"诗学"一词，又是指西洋的文学理论，是对拉丁语的"ars poetica"和英语的"poetics"的翻译。总之，不管是用欧洲现代的"文学评论""文学理论"来指代日本传统"文论"，还是用欧洲传统的"诗学"概念来指称日本的传统"文论"，都容易抹杀处在东亚汉文化圈的日本传统文学的特点。而对于这一点，据笔者的孤陋寡闻，日本学者一直无人提出质疑与反思。

斟酌再三，笔者认为，还是使用中国传统的"文论"这一概念来指称日本传统文学的相关对象较为妥当。其理由主要有三点。第一，上文的论述已经表明：在日本传统文学中，"文"既然是统括一切文学现象及各类文体的最高范畴，因此日本传统文学中的一切关于"文"的评论，顺理成章地应称为"文论"。第二，日本的文论属于汉文化圈的"东方文论"系统，使用"日本文论"或"日本古典文论"的提法，可以标注日本文论不同于西方诗学的文化特性。第三，"文论"这一概念不仅所指很明确，而且包容性、弹性更强，既可以涵盖"文学理论""文学批评"两种形态，也可以超出"文学"范围，延伸至"文艺理论"与"文艺评论"的范围。也许正是因为这样，早在1960年年底，伍蠡甫等先生就已经用"文论"一词，作为西方"文学理论"与"文学批评"的缩略语，编成了大学文科教材《西方文论选》（上下册）一书，到20世纪80年代初又编成《现代西方文论选》。如今，我国学术界也普遍地将西方文学理论与文学评论简称为"文论"。虽然从学理上看不太严谨，但也表明：用中国的"文论"概念可以涵盖欧洲"诗学"概念，相反，"诗学"概念则不能涵盖"文论"，可见"文论"一词的适用性是很强的。而当我们将"文论"这一概念运用于日本传统文学的时候，它既可以包括"和歌论"等日本各体文学论，也可以包括汉诗汉文论，还可以包括像世阿弥的《风姿花传》那样的文学论兼艺术（含戏曲表演等）论。总之，"文论"这一概念用于日本文论，可谓名实相符，比其用"文论"来指称西方文学理论与批评，也更合乎学理。而且，"文论"毕竟是日本人曾经用过的一个汉字词，只要加以明确界定，则"文论"这一概念为日本人所理解甚至接受，应该是不困难的。

鉴于以上观点，笔者将最近系统翻译的日本传统的和歌论、连歌论、俳谐论、能乐论、物语论等各体文学论的相关文献，统称为"文论"，并决定在结集出版时命名为《日本古典文论选译》。日本人看到"文论"二字，恐不知其所指。孔子曰："必也正名乎！……名不正则言不顺，言不顺则事不成。"本书的论述也是为了在日本传统文学的语境中，为"文论"立其名，然后正其名，如此而已。

第二章　"道"通为一

——日本古代文论中的"道""艺道"与中国之"道"

日本作为抽象名词的"道"是从中国传入的，但这个"道"在日本却失去了作为本原与终极本体的最高抽象意义，日本古代文论对中国之"道"的理解，受制于日本儒学对"道"的"人道"及"圣人之道"的规定，同时又回避了儒学之"道"中的"性""理"的抽象内涵，而专指学问或学艺，"道"由此而与日本古典文论产生了密切关系，并成为日本古典文论的元范畴。由"道"为中心产生了"和歌道""连歌道""俳谐道""能乐道"等一系列相关文论概念，并最终形成了统括性的范畴——"艺道"。

"道"在日本古典文论与古典美学中，是一个十分重要的概念，与中国哲学及文论中的"道"有着密切的关系。日本人一直以来就喜欢使用"道"字，甚至可以说比中国人更喜欢使用"道"字，他们试图将任何东西都提升到"道"的位置。在宗教思想层面，"佛道""神道"这样的概念都是直接从中国输入的。在日常生活层面，日本人游玩有"游之道"，喝茶有"茶道"，插花有"花道"，舞剑有"剑道"，射箭有"弓道"，下棋有"棋道"，烧香有"香道"，写字有"书道"，音乐有"乐道"，舞蹈有"舞道",武士修炼有"武道",甚至男女恋爱有"恋道";在文学艺术方面,则有种种"艺道",包括"歌道""俳谐道""能乐道""芝居道"等。这些形形色色的"道",与中国的哲学及文论中的"道"既有联系又有区别。

一、具象与抽象的"道"

在中国,"道"最初是个具象名词,道路之意。《说文解字》云:"道,所行道也。"《尔雅·释宫》云:"一达谓之道。"《论语》:"士不可以不弘毅,任重而道远。"这里的"道"都是道路之意。日本人最初也是在这个意义上使用"道"这个词的。江户时代日本国学家、文论家本居宣长(1730 年—1801 年)在研究和歌问题的专著《石上私淑言》(1763)一书中认为,日本上古时代的"道"读作"みち"(michi),用汉字"美知"标记,就是"路"的意思,此外没有别的意思。"然而,从外国传来汉字以后,'道'这个字就不仅仅是道路的意思了,有'道德''道义''人道''天道''道心''道理'之意,此外还兼有种种其他意思。而在我们日本,则是用'美知'(みち)这一个词,来训读'道'字的所有一切含义,此后,自然而然地'みち'这个词就涵盖了'道'的所有含义,并体现在很多的言语表达中。所以,'道'字虽兼有种种意味,而'みち'除了'道路'的意思之外,则没有其他的含义。"① 本居宣长的这段话,显然很武断,但有一部分是符合事实的。上古时代的日本人将汉字"道"训读为"みち",文献用例较早见于《万叶集》。曾来中国留学的山上忆良在《贫穷问答歌》中有"世の中の道"(世间之道)、"丈夫の行くとふ道"(丈夫所行之道)等说法。这里的"道"都读作"みち",显然是"道"在中国的最原初的含义。本居宣长的这一段话,也表明古代日本人对中国的含义丰富、层次很多的"道"字,只取基本的具

---

① 〔日〕本居宣长.新潮日本古典集成·本居宣长集 [M].东京:新潮社,昭和五十八年:401–402.

象的"みち",即"道路"的含义,而对其他的抽象含义则难以理解和接受。本居宣长作为日本民族主义的"国学"派的代表人物,其全部著作都在于排斥"汉意",最大限度地淡化或否定中国对日本的影响,张扬日本文化的独特性,在"道"的问题上,也力主日本的"道"不同于中国之"道"。

实际上,除了本居宣长所说的"道"的"道路"含义外,日本古代文献中的"道"还有其他的含义。首先是"道"字的初次引申义,即"方向""方面"的意思。方向、方位、方面没有物质实体,却有空间指向,是完全可以感知的。在此基础上再做第二次引申,又有"志向"的意思。《论语》"道不同,不相为谋",其中的"道",就是指人的志向。在此基础上再做第三次引申,则有"道理"之意,道为理,道为规律,这就已经是"道"的较为抽象的层面了。

文献检考可以表明,古代日本人也是在以上三个引申义的层面上,使用"道"这一概念的。最早的用例,可以在奈良时代用汉文写成的日本最古老的史书和文学书《日本书纪》(720)中找到若干。《日本书纪·推古十二年》中有"背私向公,是臣之道也",《古今和歌集·真名序》中有"不以斯道显"一句,"斯道"指和歌。这类文献因用汉语写成,也容易将"道"字的引申义直接加以使用。9世纪末的《源氏物语》,所使用的"道"虽然读作"みち",但已不是"道路"的意思了。如《帚木》卷有"木の道のたくみ"(木匠之道的技巧)一句,此"道"指的是木工的技艺。《源氏物语》的《若菜》卷,称音乐为"此道",在《萤》等卷中,将佛教信仰称为"佛之道"。此外,还将焚香、下棋、游戏、书法、绘画等,都称为"道",为了综合指称这些不同的"道",《源氏物语》中还出现了用两个"道"字重叠构成的名词,即"みちみち"("道道"),意即方方面面、各方面,是"道"在日本古语中独特的用法。例如,《源氏物语·梅枝》中有"みちみちの上手"一句,即"各方面都拿手"之意。"道道"一词加上词尾"しき",即"みちみちしき",由名词转作形容词,有"符合道理的""头头是道"的意思,如《寻木》卷有"三史五经のみちみちしき方"一句,意即"三史五经样样精通的人"。紫式部稍后的诗人、歌人与学者大江匡房(1041年—1111年)在《江谈抄》一书中谈到博雅三位与人学习琵琶秘曲的时候,用了"好道"二字加以评论,意即喜欢音乐之道,可见当时已经把音乐这样的艺术看作"道"的一种了。同书还使用了"诸道"这样一个概念,与紫式部的"道道"同义,有"诸道兼学""诸道艺能"之类的文句,"诸道"已经与"学""艺"密切结合在一起。在12世纪的故事集《今昔物语》中则有"文章之道"的表述。可见,从奈良时代到平安时代末期,所谓"道",乃至"诸道",逐渐集中指向了学问或学艺方面,于是乎,后来就出现了综合指称各种学问与各种文艺样式的"艺道"一词,并成为日本传统文论与美学中的一个重要概念。

以上可以说明:在日本上古时代固有的词汇中,只有具象的"道"(みち),而没有在此基础上加以引申的"方向""方面""志向""道理"等"道"字的较为抽象的含义。这些在"道"(みち)的基础上引申出来的含义,显然是从中国输入的。并且它作为一个词素,影响了日本人的相关词语的构成方式,如"道道""诸道"等。换言之,没有中国的"道"及其引申义的传入与影响,日本人的以"道"字为构词要素的文论与美学概念,如"歌道""艺道"等,则无从产生。仅仅止于"みち"即"路"的具象,极难产生抽象的"道"的观念,也无法完成"歌道""艺道"等基本概念的构造。而且,"歌道""艺道"的"道"都模仿中国的发音,音读为"どう"(dou),这也表明,读作"どう"的"道",不是日本固有的作为道路之意的"みち"。中国之"道"(どう)本身,较之日本之"道"(みち),具有抽象性与多义性的特征。

二、"道"与"艺道"

以上日本人所使用的在"道"的原初意义上引申出来的"方向""方

面""志向""道理"等较为抽象的含义,虽然直接受到了中国之"道"的影响,然与中国的"道"比较,还只是"道"的较为形而下的含义。在这个"道"的使用问题上,日本人长于具象、短于抽象的思维特征,表现得非常显著。

在中国,作为一个哲学、美学与文论之概念的"道",一开始就带有高度抽象的特征。"道"没有形状、没有边界、没有色彩、没有声音、没有意志、没有指向、没有目的,自然而然,自我运动,不可言说,不可界定。这就是《老子》第二十五章中所说的:"有物浑成,先天地生,寂兮寥兮,独立而不改,周行而不殆,可以为天地母。吾不知其名,字之曰道,强为之名曰大。""道"是虚无,同时又是产生万物之源。"道生一,一生二,二生三,三生万物。"《易经》说:"形而上者谓之道,形而下者谓之器。"这是一个最高抽象的道。在中国古典文论中,"道"是客观的本体,"道"与文学的关系是决定者与被决定者的关系。文学本于"道",从属于"道",文学只有去表现、体现"道",才能获得合法性,才有最高的价值。刘勰的《文心雕龙》的开篇就是《原道》。"原道"之"原",就是本原,所谓"道"就是形而上最高抽象的"自然之道"。"原道"就是阐明"人文之元,肇自太极",就是要以文学创作来体现"天地之心",就是论证文学本原于最高的"道"。

然而,在日本古代文论中,古代日本人对这种最高抽象的"道",似乎没有任何感觉和反应,更没有人尝试对中国这一"道"做出阐述与理解。这最初在遣唐使、日本高僧空海编纂的《文镜秘府论》一书中,表现得相当明显。该书辑录了唐代及唐代以前的中国文论,却只对诗歌的语言形式、韵律、对属、文体、诗病等文字技巧层面的东西感兴趣,完全没有文学的本源论、本体论的内容。例如,该书多处辑录《文心雕龙》,却完全不涉及被称为"文之枢纽"的《原道》《征圣》《宗经》各篇,甚至对中国文论中大量的关于文学的社会功能的论述,似乎也没有兴趣加以辑录。《文镜秘府论》对日本后来的文论影响甚大,其影响也主要表现在:

只关注诗文的技术、技艺的层面，对于形而上的"道"的层面缺乏探究的兴趣。由于这样的胶着于具象的思维方式，日本在中国的儒学及朱子学、阳明学传入之前，特别是在 18 世纪的以反抗儒学为宗旨的所谓"国学"派形成之前，未能形成本土哲学，尽管也不是完全没有人进行哲学性的思考，但却没有形成形而上学及体系性的哲学，没有出现哲学学派，也没有出现真正意义上的哲学家。近代日本思想家中江兆民说"日本没有哲学"，应该就是在这个意义上说的。没有哲学，高度抽象的名词就没有存在的根基；没有高度抽象的名词，哲学概念就无法产生；没有哲学概念，就无法形成哲学范畴；没有哲学范畴，也就难以进行抽象的思辨；没有思辨活动，就没有哲学的产生。于是，"道"这样的最高抽象的概念在日本无从运用。"道"作为宇宙本体的最高抽象，古代日本人难以理解，难以共鸣。即便是日本儒学的代表人物荻生徂徕也是如此。徂徕固然把"道"作为最高范畴，但他只谈"人道"，不谈"天道"，不谈宇宙观，认为"天"是神秘不可知的，人与天不同伦，因而人不能认识天。不仅对"道"的理解如此，与"道"相关的抽象概念，如"气""神"等，在中国古典文论中都是最重要的核心范畴，而在日本古典文论中，却使用极少，更未成为固定的概念。例如，"气"，在日语中已经不是中国的阴阳和合之"气"，而是人的感情、心情，与汉语的"气"的含义相去甚远。在日本古典文论中，能乐理论家世阿弥对"气"字也有少量使用，例如，《花镜》一文中有所谓"一调、二气、三声"，其中的"气"指的是人的气息。又如，中国文论中常常以"神"来形容无限自由的精神世界，而日本则完全没有这样的用法。古代日语中的"神"（かみ）只是一个名词，是具有超人能力的实在。"神道教"将天皇及其家族的人直接视为"神"，甚至后来民间的神道教将普通的死者都视作"神"。可见，拒绝玄妙的抽象是日本人思维的重要特点，在这种思维框架中，"道"在日本始终不能成为宇宙本体的最高抽象，就是可以理解的了。

那么，将"道"的抽象程度降低一些，又如何呢？事实上，在中国古代一些历史学著作中,如在《左传》《国语》等古代文献中,确实是将原本不能划分的混沌无名的"道"做了二分,即分为"天道"与"人道"。例如,《国语·越语下》有云:"天道皇皇,日月以为常。"《国语·晋语》云:"思乐而喜,思难而惧,人之道也。"《左传·昭公十七、十八年》云:"天道远,人道迩。"在这里,"天道"与"人道"是"道"的次级范畴,"人道"的抽象程度较之"道"与"天道"为低。但是尽管如此,日本古语仍然没有吸收中国的"天道"与"人道"两个词。因为即便是"人道",对日本人而言仍然非常抽象。本来,"道"除了具象名词"道路"的原初含义之外,所有引申义都具有概括与抽象的性质。而对于日本人来说,既要使用这一概括、抽象的名词,又难以把握和理解高层次的抽象,于是,只有将"道"附着在具体事物之后,与具体事物联系在一起,方能获得他们需要并乐于使用的新名词、新概念。

于是,第一步,日本人将中国的最高抽象之"道",乃至"道"中的"天道",按下不问,而只将"道"作为"人道"看待,这也是中国的老庄哲学之"道"与儒家哲学之"道"的区别。由于日本古典哲学思想的主流是儒学,因而儒学对"道"所做的"人道"及"圣人之道"的规定,在日本产生了决定性的影响。除了日本儒学中的朱子学、阳明学的儒学家之外,一般日本人又在"人道"之"道"中,避开了抽象的"性""理"的内涵,而以"道"集中指称人的学问或学艺。在这种语境下,只有人的学问或学艺之事,才可以称之为"道"。于是,"道"就与日本古代文学、古代文论有了密切的关系,并成为日本文论的核心范畴。以"道"为中心,古代日本人开始了持续不断的"造语"活动,由此而形成了一系列相关的文论与美学的概念与范畴。

首先是所谓的"歌道"。歌道又称"和歌之道"。《古今和歌集·假名序》有云:"当今之世,喜好华美,人心尚虚,不求由花得果,但求虚饰之歌、梦幻之言。和歌之道,遂堕落于浮华之家。"这是我们所能见到的"和歌之道"一词的最早的用例。源俊赖(约1055年—1129年)在《俊赖髓脑》的序言中有云："和歌之道，在于能够掌握和歌体式，懂得八病，区分九品，令年少者入门，使愚钝者领悟。"又云："和歌之道不继，可悲可叹。以俊赖一人之力，坚守歌道，经年累月不懈……"此后，"歌道"作为一个概念就颇为常用了。"歌道"之后出现的是"连歌道""能乐道""俳谐道""芝居道"等。在此基础上，较晚近时则出现了一个对各种文学艺术之"道"加以统括的"艺道"这一概念。

"艺道"的"艺"，日本人模仿汉字读音，读作"げい"，显然是从中国传入的一个概念。日本固有词汇中与"艺"相近的概念是"わざ"（技）。《日本书纪·天武四年》中有"才艺"一词，曰："简诸才艺者，给禄各有差。"《万叶集》卷十七有"游艺"一词，曰："但以稚时不涉游艺之庭，横翰之藻，自乏乎雕虫。"《万叶集》卷十六有"多能歌作之艺也"（意即"多具有创作和歌的才艺"），可表明和歌这样的文学样式很早就被划归到"艺"当中了。这里的"艺"与《论语》中的"志于道，据于德，依于仁，游于艺"的"艺"，与儒家的所谓"六艺"（礼乐射御书数）之"艺"，意思大致相同。但上述《万叶集》中将和歌列为"艺"，则相当于中国儒家的"四术"（诗书礼乐）中的"诗"，所以又并称"术艺"。总之，"艺"泛指人需要学习才能获得的各种技艺。到了平安王朝时代，在汉诗汉文的文献中，"艺""术艺""艺术"之类的用例经常出现。如藤原宗兼的诗中有"术艺诗情穷奥旨"等。镰仓时代元亨《释书》中有"国学者艺术也"，其中的"国学"指的是不同于中国的日本独特的文艺。与此相适应，将日本独特的歌舞戏剧艺术如"能乐"称之为"艺"的用例，也越来越多起来。又因各种"艺术"或"术艺"各有其"道"，于是出现了"艺道"的概念。而且，镰仓时代的故事集《古今著闻集》（1254）中还出现了"术道"的概念，所谓的"术道"包括立法、天文、地理、方术，这样便使得"术"与"艺"、"术道"与"艺道"区别开来。

"艺道"一词，在中国文献中没有形成一个确定的词，更不是一个独立的概念。在中国古典文献中，与"艺道"相近的只有"艺事"一词。例如，《三国·魏》中有"权奇之能，伎俩之材也，故在朝也，即司空之任；为国，则艺事之政"。此处"艺事"作"技艺"解，与"道"是有一定距离的。而日本的"艺道"，也可以写作"艺之道"，其实质就是将"艺"本身视为一种"道"。这种看法显然受中国的"艺即是道，道即是艺"之论的影响。南宋思想家、"心学"的创始人陆九渊在《语录下》中说："棋所以长吾之精神，瑟所以养吾之德性。艺即是道，道即是艺。岂惟工物，于此可见矣。"与陆九渊的观点相似，宋代诗人苏轼也提出过"有道有艺"的观点，他在《书李伯时山庄图后》一文中说："有道而不艺，则物形于心，不形于手。"日本的"艺道"这一概念在近世的形成，显然与中国宋代的"艺即是道，道即是艺"的看法不无关联。在中国传统文论中，虽没有"艺道"这样的概念，也没有"文之道"或"文道"那样的相关概念，倒是有"文与道""道之文""文以载道""文以明道"之类的概念与命题。这些概念与命题与日本"艺道"观的区别是深刻的。日本的"艺道"是将"艺"本身作为"道"，而中国的"文与道"的命题是主张"艺"与"道"的统一。刘勰《文心雕龙·原道》云："辞所以能鼓天下者，乃道之文也。"是说能够"鼓天下"的"文"，是"道之文"，而不是"文之道"。宋代朱熹云："文所以载道，犹车所以载物……况不载物之车，不载道之文，虽美其饰，亦何为乎？"强调文艺必须表现"道"。这里要说的，都是文学艺术不是"道"本身，而是求"道"、表现"道"的途径与手段，"艺"须服从于"道"，这是中国古典文论中一贯通行的观点。不过，晚清的方以智在《东西均·道艺》中，破天荒地提出了"道寓于艺"的观点。他说："知道寓于艺，艺外之无道，犹道外之无艺也。称言道者之艺，则谓为耻之；亦知齐古今以游者，耻以道名而托于艺。"这就几乎将传统观念中的"道"与"艺"的关系颠倒过来了。这与日本的"艺道"观是相通的，特别是他使用的"道艺"一词，与日本的"艺道"的概念也似有内在的关系。

　　如上所述，在日本古代文论的"艺道"观中，作为最高本体的"道"并不存在，"艺道"之"道"，绝非中国刘勰的"原道"之"道"。那么，日本的"艺道"之"道"指的是什么呢？对此，佐佐木八郎在《艺道的构成》（1942）一书中说：

　　日本的艺道无疑是重视技能的，但仅仅看重技能，就流于"术"，流于"工"，是游戏本位，实用本位，绝不是现在我们所说的"道"。之所以特别地将"艺"看作"道"，就是因为重视贯通其中的至高纯真的精神。那么，艺道中的"精神的东西"是什么呢？这可以从几个方面加以考察。第一，艺道中有确定的理念，而且从事艺道的人对这种理念要有明确的自觉，并以此为目标不断精进。第二，在艺道的领域中，是有一种严格的传统的，从事艺道的人要牢牢地保持继承传统。第三，对艺道而言，其稽古修行要重视实践，要在躬行锻炼中加以体会和体悟。重视以上三点，则"道"的精神就在其中、"道"的意义就在其中了。①

　　中国的"原道"之"道"是一个本体论范畴，是客观本体、最高实在。而日本的"艺道"之"道"却主要是一种含有主观精神的技艺。这样，中日两国文论中的"道"就形成了两种不同的指向：中国之"道"向外求诸宇宙，日本之"道"向内求诸人心；中国之"道"至大至高，弥漫天地，日本之"道"小而微妙，隐于文学艺术作品之中。用中国之"道"的哲学的眼光来看，将"艺"作为"道"，或用"道"来称谓本来属于技艺范畴的东西，已经不是形而上的"道"，而是形而下的"器"了。而在日本人看来，从事文学艺术的学习，便成为一种求"道"的活动。换言之，日本人是在"艺"中求道，为此就要钻进各种"艺"中去。"道"是"艺"之道，"道"本身是含在"艺"之中的。换言之，"艺"之外并无"道"。因为在"艺"的追求中一旦有了精神追求与精神境界，文学艺术便成为"道"。这样的"道"其实只相当于中国老庄哲学中的

――――――――――

　　① 〔日〕佐佐木八郎. 芸道の構成 [M]. 东京：富山房，昭和十七年：3.

"技"。《庄子·天地》篇云:"故通于天地者,德也;行于万物者,道也;上治人事者,事也;能有所艺者,技也。"在这里,"艺"在"道""德""事"之后,处在最末的"技"的位置。而日本人的"艺道"观却将"艺"提高到了"道"的层面。

无论是日本的"艺道",还是中国的"原道",在试图将文学创作、文学欣赏纳入"道"的范畴这一点上却是一致的。纳入"道"都是为了使文艺突破有限的形式,追求主体与客体合一,都是使文艺突破具体的物质载体,而获得精神上的更大价值。然而,中日两国在将文艺纳入"道"的时候,其宗旨、方式、方法、途径和实践效果,却有根本的不同。

中国文论强调文学的"原道",就是要作家形成一种终极关怀、天地观念、宇宙意识,养成一种博大的胸襟与广阔的视野,是为了使创作者立于天地之间,站在历史长河的尽头,"观天文以极变,察人文以成化"。"道心惟微,神理设教。光彩元圣,炳耀仁孝。龙图献体,龟书成貌。天文斯观,民胥以效。"(刘勰《文心雕龙·原道》)在空间与时间上追求无限,以获得最大限度的自由的精神空间,因而中国之道具有宏观性与弥漫性。而日本之"道"表现出微观性、封闭性,他们试图将文学艺术之"道"限制在有限的空间与时间内,在时间上,强调家传之"道",在空间上,强调文学"沙龙",即所谓"座"中的临场之道。中国对"道"的把握是"悟",而"学"只是辅助手段;日本对"道"的把握是"学",不可把握的"悟"常常被认为是虚幻无稽。正因为中国古典文论之"道"可"悟",所以中国古典文论强调文学创作中的神思、想象。陆机在《文赋》中对这种想象与神思做了富有诗意的描述:"耽思旁讯,精骛八极,心游万仞。""若夫应感之会,通塞之纪,来不可遏,去不可止。"刘勰《文心雕龙》云:"寂然凝虑,思接千载,悄焉动容,视通万里。吟咏之间,吐纳珠玉之声;眉睫之前,卷舒风云之色。"与中国相反,日本的"艺道"看重的是技艺的传承及传承中的精神性,与艺术想象毫无关系,因此日本文论几乎所有的著述篇目,都对艺术想象问题不做任何论述。

《古今和歌集·假名序》云:"当今之世,喜好华美,人心尚虚,不求由花得果,但求虚饰之歌、梦幻之言。和歌之道,遂堕落于浮华之家。"研究者都认为,所谓的"喜好华美,人心尚虚"是针对喜欢汉诗而言,这一段话正是对当时汉诗流行、和歌遭挤压所表示的不满。在作者看来,汉诗与和歌相比,属于"虚饰""梦幻"之言。而"虚饰""梦幻"恰恰是艺术想象与夸张的特点。直到现在,日本人在谈论中国国民性的时候,仍有人认为日本文学是真实地描写、有节度地表现感情,而中国国民性与中国文学的特点之一就是"白发三千丈"的无限夸张。中国人好大,日本人喜小;日本文学中的想象始终不脱离"道"的原初意义上的规定性,即"道路"之"道"(みち),追求的是可见性、技艺性、可操作性、可理解性。而中国文学的想象则往往追求老子所说的"非常道"、不可名之"道",追求的是发散性、超越性、无限性,即主体高度自由的境界。

三、"艺道"与"佛道""神道"

正因为日本古典文论中的"道"总是在"艺"中,即在文学艺术本身中寻求,因而其"道"总显得有些拘谨,一味胶着于具体的题材论、技巧论。而没有艺术本原论,没有文学的形而上学论,没有原道论,就无法找到文学艺术的最终极的依据,也就无法建立一个文学论体系乃至文学美学体系。至少从理论本身的表述上看,没有"本原"论,"本体论"就缺乏支撑,"功用论"则也显得狭隘。而在世界各民族古代文论中,一般都有系统的"本原论",例如,在古希腊,苏格拉底主张,神根据功用目的创造了人与万物,人的一切能力,包括文学艺术的创作力,都由神赐予。柏拉图则主张,一个超越物质世界而又客观存在着的、永恒与绝对的"理式"是文学艺术的本原,文学创作则出于神所赋予的灵感。印度梵语古典诗学认为文学艺术乃至一切思想学术都是天启,都本于梵天的创造。相反,日本古代文论对文学艺术的本原问题、最终依据问题,基本上没有触及。8 世纪藤原滨成的《歌经标式》是日本最早一篇和歌规则法式论,开篇云:"原夫和歌所以感鬼神之幽情、慰天人之恋心者也……"日本和歌论与日本文论的滥觞《古今和歌集·假名序》,开篇云:"倭歌,以人心为种,由万语千言而成,人生在世,诸事繁杂,心有所思,眼有所见,耳有所闻,必有所言。聆听莺鸣花间,蛙鸣池畔,生生万物,付诸歌咏。不待人力,斗转星移,鬼神无形,亦有哀怨。男女柔情,可慰赳赳武夫。此乃歌也。"显然,这仅仅是将和歌看作人的一种慰藉与消遣。直接用汉语写成的《古今和歌集·真名序》也在开篇写道:"夫和歌者,托其根于心地,发其花于词林者也。人之在世,不能无为。思虑易迁,哀乐相变。感生于志,咏形于言。是以逸者其词乐,怨者其吟悲。可以述怀、可以发愤。动天地,感鬼神,化人伦,和夫妇,莫宜于和歌。"《真名序》较之《假名序》稍微有了一些本原论的色彩,但可惜基本上是从汉代《毛诗序》中抄来的。而此后的日本文论中,连这样的有一定本原论色彩的文学价值论的阐述都很少见到了。

随着思维水平的提高,一些日本人似乎感到了日本文论在理论高度的受限。而突破这种有限性,将"艺道"加以提升,方法就是将"艺道"与"佛道"结合起来。

这里所谓的"佛道",并不是"佛与道",而是"佛之道"。古代日本人更愿意将佛视作"道",而不是"教",所以称佛教为"佛道"。平安王朝末期,随着汉译佛经的大量传入,佛教的势力在日本十分兴盛。从《源氏物语》等文学作品中可以看出,在当时的"诸道"中,"佛道"居于最高位置。据冈崎义惠等日本现代学者研究,日本人在汉译佛经中看到了大量的想象性、虚构意味极浓的文学作品,明白了原来那些"虚饰""梦幻"之言,那些"狂言绮语",也能成为佛赞之言,从中看出了"佛道"与"艺道"是可以结合在一起的。① 连歌理论家二条良基在《筑波问答》中说:"过去、现在的诸佛,没有不喜欢诗歌的。一切神佛,还有

---

① 冈崎义惠. 芸術論の探求［M］. 东京:弘文堂,昭和十六年:9.

从前的圣人，都靠诗歌而引导众生。"所以认为"连歌可以成为菩萨的因缘"。日本文论本来缺乏哲学根基，不像中国文论，一开始就有儒家思想、道家哲学、佛教学说做支撑而根源深厚。一些日本文论家感受到了"艺道"论的浅薄，于是自觉乞援于"佛道"，并且尝试将两"道"结合起来。

"艺道"与"佛道"结合的方法大约有两种。一是借助佛经的表述方式来表述和歌之道。著名和歌理论家藤原俊成（1114 年—1204 年）在和歌论著《古来风体抄》（1197）的序言中认为：从古至今，论述和歌书有很多，家家有著述，人人有心得，但是这些书只流于好坏的判断，至于为何，则很难说清，于是他推崇中国隋朝天台大师智顗（538 年—597 年）的弟子灌顶（章安大师）的《天台止观》（又称《摩诃止观》）十卷，认为这部佛教书内容深奥，意味深长，用词雅正。本来和歌的优劣辨别、歌意的理解，用语言难以说明，但若仿照《天台止观》的写法，却能让人透彻理解。他写道：

佛法为金口玉言，博大精深，而和歌看似浮言绮语的游戏之作，但实际上亦可表达深意，并能解除烦恼、助人开悟，在这一点上和歌与佛道相通。故《法华经》中说："若俗世间各种经书，凡有助资生家业者，皆与佛法相通。"《普贤观》也说："何为罪，何为福，罪福无主，由自心定。"因而，关于和歌的论述，也像佛教的空、假、中三谛，两者相通。

也就是说，"佛道"之书在写法上可以成为"歌道"之书的典范。

"艺道"与"佛道"结合的第二种情形，就是以佛道来解说歌道，或以佛道譬喻歌道。连歌理论家心敬（1406 年—1475 年）在《私语》一书中，认为："西行上人说过：歌道只是禅定修行之道。歌道如能达到'诚'的境界，那就等同于顿悟直语的修行。"基于这样的认识，他在该书使用这样的比喻或比附——

和歌、连歌犹如佛之三身，有"法""报""应"三身，"空"

"假""中"三谛的歌句。能够即时理解的歌句,相当于"法身"之佛,因呈现出"五体""六根",故无论何等愚钝者均能领会。用意深刻的歌句,相当于"报身"之佛,见机行事,时隐时现,非智慧善辩之人不能理解。非说理的、格调幽远高雅的歌句,相当于"法身"之佛,智慧、修炼无济于事,但在修行功夫深厚者的眼里,则一望可知,合于中道实相之心。

在能乐论中,世阿弥的《游乐习道风见》也同样使用了以佛学相附会的方法。此不赘引。

显然,这样的方法与中国宋代盛行的"禅宗喻诗"较为相似,但不免牵强,远没有中国的"以禅喻诗"那样自然熨帖,而且没有成为一种文学批评的普遍使用的方法。但不管怎样,试图将"艺道"与"佛道"结合起来,体现出了佛教对日本文学与文论的深刻影响,也体现出了日本古代文论家使"艺道"获得无限的宇宙背景,并由此将"艺道"加以提升的内在愿望。

然而这样的将"艺道"向上提升的努力,却被18世纪以本居宣长为代表的所谓"国学派"文论家给拉了下来。本居宣长等身的著作,根本宗旨是清除、否定儒教与佛教为中心的中国文化(他称为"汉意")对日本文化的影响,宣扬日本文化的纯粹性、先进性与优越性,以日本民族的"古道"、"皇道"、"神道"或"神皇之道"来对抗来自中国儒学的"圣人之道"。在《直毗灵》一书中,他论证日本的"神道"不是天地自然之道,因此它不是中国老庄哲学的"道",同时也不是儒学主张的圣人制造的"道",即"圣人之道",此"道"是由日本的《古事记》中所描写的"高御产巢日神"之灵创造的,后来被日本的伊邪那美命与伊邪那歧命两个始祖神及天照大神所传承,所以日本的"道"作为"神之道",根本不同于中国的"道"。他还宣称:别国的"道"都丧失了,只有日本的"神道"得其"正道",因此日本的"道"也应成为全世界之道。众所周知,能够流传于世、并具有世界性影响的哲学史、思想史、宗教史及文艺理论史上的最高抽象概念，都具有全人类与全宇宙意识，都不会自设地域、民族、国家的藩篱，印度的"佛"、欧洲基督教的基督、中国的"道"都是如此。本居宣长却以狭隘的岛国意识，为"道"自设藩篱，将"道"纯日本化、本土化，这已经很不合"道"了。因而，"艺道"在他那里最终不可能提升为"道"，而只能是岛国的"小道"而已。他从他的"小道"出发，在《排芦小舟》《紫文要领》《石上私淑言》等著作中对日本的和歌、物语加以阐释与研究，所提炼出的"物哀"观念，固然一定程度地揭示了日本文学的某些民族性特征，但终归没有达到形而上之"道"的理论抽象应有的高度。此外，不知本居宣长是否意识到：连"神道"一词，也来自中国的《周易》。《周易》云："观天之神道而四时不忒。圣人以神道设教而天下服。"而且，无论是日本的"神道"（しんとう）之道，还是日本的"艺道"（げいどう）之"道"，都只能取中国"道"字的音读"とう"或"どう"，而不能是日本固有的发音"みち"。因为"みち"太具象，无法成其为抽象的"道"。只有中国之"道"才能构成日本"艺道"之"道"，乃至日本的"神道"之"道"。这样的"汉意"，恐怕是无论如何也清除不掉的。

总之，在日本文学与文论发展史上，以从中国传入的"道"为中心，逐渐形成了一个源远流长、意义丰富的概念衍生系统，仅在文学领域中就派生出"歌道""连歌道""俳谐道""能乐道"等一系列重要概念，并最终形成了更具有涵盖性的"艺道"这一范畴。"艺道"与"文论"一样，都是统括性的元范畴。如果说来自中国的"文论"这一范畴可以统括日本古代文学理论与批评的言说形态、文献形态、物质形态，那么，"艺道"指称的则是日本传统文艺的最高状态、抽象形态、最终依凭与精神指向。虽然日本之"道"最终未能达到中国之"道"的宇宙本原、万物之本体的形而上抽象的高度，日本的"艺道"也表现出明显的技艺性、人为性与主观精神性的特征，但"艺道"范畴的形成，显示了日本人将具体的、作为技艺行为的文学实践活动加以形而上提升，并予以精神化甚至宗教化所做的努力，因而"艺道"已经成为一种精神，即在具体的文艺创作乃至日常劳作中贯彻着孜孜以求、严肃认真、类似于宗教信仰般的虔诚的求道态度，这一点作为日本国民精神的突出特征，洵属可贵。

第三章　"心"照神交

—— 日本古代文论中的"心"范畴与中国之"心"

　　日本古代文论中的"心"范畴，涉及文论中的创作主体论、心词（内容与形式）关系论、审美态度论、主客统一论。日本的"心""有心""无心"均来自汉语，在语义上受到中国影响。但在中国，这些主要都是哲学概念而不是文论概念，在日本则主要是文论概念。日本文论中的"心"论及其衍生出来的"心·词""歌心""有心·无心"等概念，都与中国有关，都受到中国影响，但相比于中国文论中的"心"论，具有较高的范畴化程度，"心"论在日本古典文论中的地位与作用，也较中国的"心"论为高。

　　古代日本的"心"一词是从中国输入的外来词。诚然，在"心"这个汉字传入之前，远古日本人就已经有了"こころ"（kokoro）一词，但若细致分析起来，"こころ"一词的词根似乎是"ここ"（koko）"，意即"此处"。"ろ"（ro）在远古日语中是一个结尾词，起调整语气并表达某种情感的作用。日本原有的"こころ"只是"此处"的意思，本是一个方位代词，可推知当时的日本人是以"心"的部位指代身体所在。在汉字"心"传入后，日本人始以"こころ"来训读"心"。中国之"心"

与日本"こころ"合而为一，同时，保留了汉字本有的音与义的"心"，与日本固有的"こころ"并存。这样，"心"就有了"しん"（shin）和"こころ"（kokoro）两种读法。前者是"音读"，模仿中国固有的发音；后者是日本人的训读。两者作为词素时，其构词功能有所不同，但作为单字，其意思基本相同。

一、中日之"心"的关联

在中国古人看来，"心"包含着两方面的基本意义，既是人体心脏器官，又是思维器官与精神所寄。作为"心脏"之"心"，心是中心；作为思维器官之"心"，心有知、情、意的功能，是认识、感情、意志的代称，是精神与思考的所在。《说文》云："心，人心，土藏，在身之中，象形。"以心配土，土为中央，表示人心不仅是身体五脏四肢的主宰，而且是人的精神活动的中枢。《释名·释形体》云："心，纤也，所识纤微，无物不贯也。"心能通过思虑而认知事物最细微的部分。心之为"纤"，强调心的认识分析与辨别的功能。《说文系传通论》云："心者，人之本也，身之中也，与人俱生，故于文，心象人心之正中也。"心在人体五脏四肢中居中央，为身之中、人之本。《淮南子·精神训》："心者，形之主。"《鬼谷子·捭阖》："心者，神之主也。"《黄帝内经·素问》："心者，生之本。"这些均将"心"解释为人之主宰与根本。在后来的儒学与佛学中，"心"成为一个核心概念。随着儒学、佛学在日本的广泛传播，中国之"心"以及关于心的种种言说，特别是中国儒学中的心性之学、阳明心学、佛教禅宗中的"佛即心"的佛性论，也都传到了日本，它们必然会对日本古典文论的概念范畴的形成、理论体系的构建，产生或明或暗、或多或少的影响。

日本人对"心"的认识，主要是在中国之"心"的影响下形成的。将"心"作为思维器官与精神中枢，主要是古代中国人特有的看法，而不是日本人固有的看法。日本现代学者新渡户稻造在《武士道》一书中，谈到日本武士为什么要切腹自杀，提及古代各民族大都是将肚子即腹部作为精神与情感的寄托之处的。例如，古代闪米特族及犹太人，以及法国人、英国人，都将"肚子"作为精神与情感的中心。新渡户稻造所言，似乎是世界各民族共通的现象。"肚子"的范围所指似乎较"心"更为宽泛些，它包括了人的所有内脏器官，甚至也把"心"包括在内。古代中国人也赋予"肚子"这一部位以情感性，所以有了"牵肠挂肚""心知肚明""心腹之患""肝肠寸断""断肠"等词。但中国人将"肚子"作为情感情绪之寄托的时候，大都是指较为感官的或消极的情绪，而将"心"视为更为高级的、纯粹的精神与观念的寄托。正是这一点影响了日本人，使得日本人将"心"与"腹"加以区分。表现在日语中，"心"与"腹"虽然有时同义，但以"心"作词素的相关词语，侧重在纯精神性、观念性、审美性，而以"腹"作词素的词主要侧重于肉体性及生理性的情绪。在日本古典文论中，"腹"字极少出现，而且完全没有成为关键词或重要概念，这与"心"这一概念在日本文论中的地位与作用形成了强烈对照。

与"心"相近的还有"脑"。在日本古典文论中，"脑"与"髓脑"合用，形成了一个名词概念。日本古代"歌学"书，多以"××髓脑"作为题名，故"髓脑"成为歌学书的一种体式。例如，藤原公任（996年—1041年）著有《新撰髓脑》，源俊赖（1055年—1129年）著有《俊赖髓脑》等，还有佚名的《新撰和歌髓脑》等。"髓脑"一词，似来自中国的《黄帝内经》。《黄帝内经》首次论及"脑髓"在人体生理活动和精神活动中的作用，认为"人始尘，无成精，精成而脑髓生"（《灵枢经·经脉》）。脑的位置在头颅骨内，而髓则在脊椎骨内，与脑连成一体。"脑为髓之海"（《灵枢经·海论》），"诸髓者皆属于脑"（《素问·五脏生成》）。脑是髓的汇聚，而髓是脑的延伸。脑通过髓联系并制约身体脏腑四肢的活动，这就指出了髓脑在人体中的中枢作用。不过，《黄帝内经》虽然意识到头脑与人的精神活动密切相联，却未真正认识到它是人的思维器官。在《黄帝内经》看来，人的思维器官是"心"，脑在心的主宰支配之下活动，它只是配合眼睛审视事物黑白、短长属性的"精明之府"。日本古代和歌论中的"髓脑"类著作，显然是在这个意义上使用"髓脑"一词的。和歌"髓脑"就是指和歌的关键、要害之处，主要阐述和歌的法则、要义。和歌"髓脑"不同于和歌之"心"。"心"弥漫于和歌的整体中，是作品的精神内涵，而"髓脑"仅仅是要害与关键。"心"与"髓脑"的关系是整体与局部、决定与被决定的关系。这样的区分，与中国古代哲学、医学中关于"心"与"髓脑"的关系看法，是完全一致的。

二、"心"与"人心"，"心"与"词"

在日本古典文论中，"心"作为一个重要范畴，贯穿了整个日本古典文论史，无论是和歌论、连歌论、俳谐论，还是能乐论，"心"都是一个重要范畴。

对"心"这个词最早加以反复运用的，是 8 世纪歌人藤原滨成（724年—790年）的《歌经标式》（772），该文直接用汉语写成，是日本现存最早的歌学与文论论著，开篇即云："原夫歌者所以感鬼神之幽情，慰天地之恋心者也。"又说："夫和歌者，所以通达心灵，摇荡怀志者也。故在心为志，发言为歌。"其观点与表述明显受到了中国汉代《毛诗序》的影响，只是将《毛诗序》中的"诗"置换为"歌"，而对"心"的运用与理解，也不出《毛诗序》对"人心"的规定。

到了 10 世纪初的《古今和歌集序》（一般认为是纪贯之所写，包括用汉语写成的"真名序"和用日语写成的"假名序"），"心"由一个重要名词而擢升为一个核心概念。所谓核心概念，就是说它已经具备了范畴的性质，成为立论布局的眼目。

《古今和歌集序》赋予"心"以两种基本规定。第一，心是"人心"，文学作品产生于心，或者说，人心是作品的精神本原。《古今和歌集·真名序》云："夫和歌者，托其根于心地，发其花于词林者也。"《古今和歌集·假名序》云："倭歌，以人之心为种，由万语千言而成。"这里,"心"就是文学创作的源泉。这一观念与上述的《歌经标式》相同,明显受到了中国古代诗论的影响。《礼记》云:"凡音之起,由人心生也。人心之动,物之使然也。感于物而动,故形于声。"《毛诗序》云:"诗者,志之所之也。在心为志,发言为诗。"宋代朱熹《诗集传序》云:"诗者,人心之感物而形于言之余也。"唐代孔颖达《诗大序正义》云:"蕴藏在心,谓之为志,发见于言,乃名为诗。言作诗者,所以舒心志愤懑,而卒成于歌咏……保管万虑,其名曰心;感物而动,乃呼为志。"《古今集序》关于"心"的看法,未出此论。第二,"心"是文学作品的内容。与此相对的是"心"之外在表现的"词"。既然"人心"是作品的精神本原,作品是心的外在显现,将"心"加以显现的,则是"词"(辞),亦即语言。在日本古典文论中,《古今和歌集序》最先提出了"心"与"词"这一对范畴,成为此后日本古典文论中的基本范畴之一,"心""词"之辨也是此后日本古典文论中的重要论题。关于心与词的关系,《古今和歌集假名序》在评价平安王朝初期的歌人在原业平(825年—880年)的时候说:"在原业平之歌,其心有余,其词不足,如枯萎之花,色艳全无,余香尚存。"在这里,"心"与"词"是一对矛盾范畴,用现代术语来理解,"心"是内容,"词"是形式;"心"是思想感情,"词"是语言表现。"其心有余,其词不足",就是内容大于形式、精神溢出语言。

日本文论中的这一"心"与"词"之辨,与中国文论中的"言""意"之辨,其形态基本相同。

《庄子·天道》云:"世之所贵道者,书也。书不过语。语之所贵者,意也。意有所随。意之所随者,不可以言传也。"讲的是言与意的关系。汉代扬雄《法言·问神》云:"故言,心声也;书,心画也。"梁代刘勰《文心雕龙·原道》云:"心生而言立,言立而文明……言之文也,天地之心也。"宋代欧阳修《六一诗话》云:"若意新语工,得前人所未道者,斯为善也。"明代胡应麟《诗薮》云:"乐天诗世谓浅近,以意与语和也。

若语浅意深，语近意远，则最上一层。何得以此为嫌！"这些讲的都是"心"与"词"的关系。但比起日本的"心"与"词"的单纯性，中国文论中的表述要复杂得多。其中，在许多情况下，"心"又表述为"意"。《说文解字》对"意"的解释是："意：志也，从心，察言而知意也。从心，从音。"可见"意"从"心"来；"词"在中国古典文论中又常常表述为"言"或"语"，而"心词"关系则又表述为"言意""语意""言心""意心"等不同的范畴。从比较语义学的角度看，日本的"心"与"词"之辨，是对中国的言意之辨的简化。在日本古典文献中，有"言"字，日本人训读为"こと"（koto），相同读音者还有一个"事"字，可见在日语中"言"与"事"同源。"言"是"事"的反映，"事"是"言"的内容。孔子曰："名不正则言不顺，言不顺则事不行。"（《论语·子路》）这里讲的实际上就是"言"与"事"的关系。日语中的"言"与"事"词义与此相吻合。不过，日本古典文论中的"词"，不是孔子所说的"辞达而已矣"的"辞"。孔子所说的"辞"是一般的语言表达，而不是文学性的表达，在这种前提下，"辞达而已矣"讲的是辞（词）只求达意，不必做过分华丽的修饰。而日本古典文论中的"词"读为"ことば（kotoba）"，又可标记为"言葉"，又有"詞花言葉"（しかことば）一词，可知在日本人看来，"词"是花，"言"是叶，"词"比"言"更具有美化装饰意味。换言之，"词"是指美化了的"言"或"语"，亦即文学语言。所以，当指称文学语言的时候，日本古典文论中很少使用"言"字或"语"字（"言"与"语"在古代日语中的意思基本相同，都是指词语、言语），而是通用"词"字。这样一来，"词"就不仅指文学语言，更指文学的修辞性与外在形式、整体风貌。在文学的外在形式、整体风貌这个意义上，又有文论家将"词"置换为"姿"。总之，在日本，"词"与"心"完全是一种文论概念，"心词"关系也形成了形式与内容、内在与外在的矛盾统一关系。而中国古代的"言意"之辨，不仅是一个文论问题，也是一个语言学、哲学问题，所以言意之辨的蕴含较为复杂。日本古代的"心词"之辨仅限于文论范畴,与中国的"言意"之辨相比,日本的"心词"之辨,其论题比中国单纯,表述比中国单纯,内涵也比中国单纯。

在"心"与"词"的关系上,中日两国古典文论都主张以"心(意)"与"词"兼顾。

日本著名作家、歌人鸭长明(1155年—约1216年)在《无名抄》(1211)中提出:"'姿'与'心'相得益彰。"著名歌人、文论家藤原定家(1162年—1241年)在《每月抄》(1215)一文中认为:所谓"心"就是"实","词"就是"花"。和歌如果无"心",那就是无"实";如果说要以"心"为先,也就等于说可以将"词"看成是次要的;同样,如果说要专注于"词",那也就等于说无"心"亦可,都有失偏颇,应该将"心"与"词"看成是鸟之双翼。所以他指出:"心与词兼顾,才是优秀的和歌。假如不能将心词兼顾,那么与其缺少'心',毋宁稍逊于'词'。"连歌大师与理论家二条良基(1320年—1388年)《十问最秘抄》(1383)云:"偏于'心'则'词'受损,偏于'词'则'心'受损,此事应小心。以'词花'为要,辞藻华丽而有吸引力,也很有意思;以'心'为要,用词却牵强粗陋,则不可取。"讲的都是"心词兼顾"的问题。这与中国文论中的相关主张,如梁代刘勰的"情信而辞巧"(《文心雕龙·征圣》、晋代李轨的"事辞相称"(《法言注》)、唐代柳宗元的"言畅而意美"(《杨评事文集后序》)、宋代王巩的"语新意妙"(《闻见近录》)、陈岩肖的"语佳而后意新"(《唐溪诗话》卷下)、陈师道的"语意皆工"(《后山诗话》)等,同出一辙。

上引藤原定家在主张"心词兼顾"的同时,又说:心与词两者不能兼顾时,"与其缺少'心',毋宁稍逊于'词'";还说:"不能在歌之'心'上有创新,只在用'词'上费心思,若以为这样就可以做出好歌来,是完全不可能的,只能弄巧成拙。"是主张以"心"为先,以"词"为辅。同样,二条良基在《连理秘抄》(1351)中也提出:"应以'心'

为第一。"他认为连歌创作"应把'心'放在第一位,抓住此根本,就可以咏出意趣盎然的歌句。只记得连歌会上的歌句,摭取古人的陈词滥调,不能独出匠心,翻来覆去,无甚趣味"。又说:"'词'只是表面上的东西。要在'心'的方面做到神似,才会使寻常的事物显出新意。"这些以"心"为主、以"词"为辅的主张,与中国古典文学中的"诗以意为主,文辞次之"(宋代刘攽《中山诗话》)之类的主张,也是相通的。

日本古典文论由"以心为主"出发,进一步提出"心深"的概念。例如,藤原公任在《新撰髓脑》(约 1041)一书中云:"凡和歌,心深,姿清,赏心悦目者,可谓佳作……'心'与'姿'二者兼顾不易,不能兼顾时,应以心为要。假若心不能深,亦须有姿之美也。"这里,藤原公任将"词"由语言扩大为一种形式风貌,称之为"姿"。值得注意的是,他在强调"以心为要"的同时,提出了"心深"的主张。此后,俳谐大师饭尾宗祇(1421 年—1502 年)在《长六文》中,从连歌创作的角度提出了"心深词美"论。他说:"若想作连歌,就要将古代心深词美的和歌熟稔于心,并能随口吟诵,自然就可得其要领……和歌是动天地、感鬼神之道,不走正直之途,必定事与愿违。故古人云:'语近人耳,义贯神明。'此话虽深奥,但无论何人,只要用心至深,必能领受神佛之意。"藤原公任和饭尾宗祇的"心深"的主张,与《古今和歌集·真名序》中的"语近人耳,义贯神明"的意思完全相通。"义贯(贯字一本作通)神明",就是讲意义要深。"心深"与此前中国唐宋文论中的"意(义)深""旨深"等提法也是一脉相通的。例如,唐代刘知己提出"辞浅而义深"(《史通·叙事》),宋代王洙主张"意深而语简"(《王氏谈录》),宋代陈岩肖主张"辞壮而旨深"(《唐溪诗话》)等等,都是相同的意思。不过,中国古典文论中的"深"字,是要求文学作品在"心""意""旨"方面要深刻,有深意,要凝炼、含蓄、蕴藉。相比而言,日本古典文论中的"深"则主要不是深刻之意,只要求和歌之"心"的表达不要太直露、太直接、太明白,不可一语道尽,而是要讲究"余心""余情",

要有象征性，要含蓄、朦胧、暧昧、婉转、幽婉、幽远、幽深，用日本美学中的一个重要概念来概括，就是要"幽玄"。

"心深"的要求，在藤原公任的《和歌九品》中也得到了集中体现。藤原公任以"心"为核心概念与批评标准，将和歌分为"九品"，其中包括"上品""中品""下品"共三品，这三品再各分三等，共九品，并结合具体的和歌作品加以评析。藤原公任所推崇的最高的品级"上上品"，其特点就是"用词神妙，心有余也"，并举两首和歌为例。例歌一："只缘新春来，/云雾蒸腾，/吉野山面目朦胧。"例歌二："明石海湾朝雾中，/小岛若隐若现，/仿佛一叶扁舟。"两首和歌的共同特点就是"用词神妙"，写出了一种暧昧朦胧之美。这有助于我们理解藤原公任的"心深"之"深"所指为何。在藤原公任看来，"上上品"的和歌应该是"用词神妙，心有余也"；"上中品"的和歌应是"用词优美，心有余也"；"上下品"的和歌应是"心虽不甚深，亦有可赏玩之处"。这三个品级都要求"心深"，而"中品"则对心之"深"没有要求，如"中上品"是"心词流丽，趣味盎然"，有"心"即可；"下中品"则是"对和歌之心并非完全无知"；而"下下品"则完全谈不上有"心"了，是"词不达意，兴味索然"。

值得一提的是，上述藤原公任《和歌九品》以"心"与"词"这对范畴来给和歌品级的思路与做法，与中国五代宋初时期的诗人文彧（生卒年不详）的《文彧诗格》的思路与做法十分相似。文彧以"意"与"句"为一对范畴，将诗歌分为"句到意不到"、"意到句不到"、"意句俱到"和"意句俱不到"四种类型，其中，文彧所谓的"意"相当于藤原公任的"心"，"句"则相当于藤原公任的"词"。

三、"歌心"

《古今和歌集序》还在"心"的基础上，进一步提出了"歌心"的概念。

歌心，日文亦作"歌の心"，是"歌"与"心"的合成词。《古今和歌集·假名序》云：

和歌自古流传，而至平城（奈良朝的都城，在今奈良县——引者注）时方盛。奈良盛世，人深谙歌心。①

这里是首次使用"歌心"这一概念。"心"的主体本是人，只有人才有"心"，《古今和歌集·假名序》却在"人心"之外，又赋予和歌以"心"，使和歌变客体为主体，自身也具备了"心"。"人心"产生了"歌心"，和歌就有了"心"，和歌一旦有"心"而为"歌心"，又相对独立于"人心"，因而"人心"需要理解"歌心"，"歌心"又须符合"人心"。虽然"歌心"产生于"人心"，但"人心"理解"歌心"，在《古今和歌集·假名序》作者看来是十分困难的，因而云："时至《万叶集》之时，深知古代和歌，深谙古代歌心者，不过一二人而已。"在此，"歌心"似乎是指和歌创作的审美规律，是和歌的审美特质。懂得"歌心"就是掌握了和歌的审美规律，所以要深谙歌心并不容易。

《古今和歌集·假名序》提出的"歌心"，日后成为日本歌学（和歌理论）的重要范畴之一，贯穿于整个日本古典文论史，对后来的日本歌学与文论都产生了深远的影响，此后的文论家对此做了进一步的发挥与充实。如源俊赖在《俊赖髓脑》中，专设一章论述"歌心"。俊赖的"歌心"的含义与纪贯之有所不同，不是指和歌自身的审美特质与规律，更多地指歌人的构思、立意、内容或创作力。俊赖例举了一首和歌——"夜渡银河水，/不知银河是浅滩，/天已亮却未到对岸"之后，接着说："这首和歌的'歌心'，写银河的广阔……"，这里的"歌心"显然是指和歌的内容，并对其"歌心"详加分析。接下去又举一首和歌——"心上人如浅滩海草，/涨潮时隐没不见，/难得一见，太多想念。"在对内容

---

① 古今和歌集假名序［M］//新编日本古典文学大系5 古今和歌集. 东京：岩波书店，1989：11.

加以分析诠释后感叹道："这种歌心，实在太美了。"此外，俊赖还有"这首歌的歌心独运匠心""这首和歌的歌心是有来由的"之类的说法。都是指称和歌的立意、构思、内容或题材。

藤原俊成（1114 年—1204 年）《古来风体抄》（1197）一书的序言，在"歌心"之外，还提出了"姿心"这一概念。"姿"指"风姿"，是日本古代文论中的重要概念之一，也有风格之意。藤原俊成说："什么是和歌的'姿心'，很难说明，但它与佛道相通，故可以借经文加以阐释。"但统观全书，他并没有加以解释，也没有"借经文加以阐释"。大体上，俊成的"姿心"与上述的"歌心"大同小异，但他的"姿心"比"歌心"更为具体，更强调和歌的"风格"（姿）的一面，而且提出了风格的时代性与普世性的问题。在评价《万叶集》时代的歌人柿本人麻吕的时候，俊成认为"人麻吕的和歌不仅与那个时代的'姿心'相契合，而且随着时代变迁，他的歌无论是在上古、中古，还是今世、末世，都可以普遍为人所欣赏"。藤原俊成之子、著名歌人、和歌理论家藤原定家（1162 年—1241 年）的《近代秀歌》（1209）在上述的"心""歌心""姿心"的基础上，进一步加以综合，将词、心、姿三个相关概念加以系统化，提出了"'词'学古人，'心'须求新，'姿'求高远"的命题。

在"歌心"的基础上，后鸟羽天皇（1180 年—1239 年）在《后鸟羽院御口传》中提出了"歌题之心"的概念，将"心"更加缩小为和歌的题材之"心"，即和歌的题材及其立意。例如，他认为和歌可以从物语中撷取"歌心"，即"歌题之心"，主张"歌题之心"应当"鲜明突出"。

和歌与连歌理论家心敬（1406 年—1475 年）在《私语》一书中，用中国文论术语"赋比兴、风雅颂"来解释"歌心"，认为"赋"就是"歌心在如实描述"，如"太阳冉冉升起，金光四射，染红一片云霞"；"比"就是"歌心在比拟"，如"神宫中，散落的红叶，回到了红尘中"，此句中，以"ちり"（散落）来比喻同音的"ちり"（尘埃），是为"比之句"；"兴"就是"歌心在联类比物"，如"五月雨啊，山峰上的松风，山涧的流水";"雅"就是"歌心在平常",如"夏天的草啊,变成了,秋天的花",因为此句中直言其物,用词自然本色雅正,是为雅句;"颂"就是"歌心在祝愿",如"山茶花开放,庭院中,一片芬芳"。

"歌心"作为日本古典文论中的独特范畴,不见于中国古典文论。中国古典文论中有"诗心"一词,但使用极少。明代学者朱宣墭编写了《诗心珠会》八卷,使用了"诗心"一词,不过仅属个例,其他用例极为罕见,更没有成为一个文论概念。但日本的"歌心"这一范畴的形成,是否像中国的"诗学"之于日本的"歌学"、中国的"诗式"之于日本的"歌式"那样,其间存在影响与被影响的关系,尚难断言。

四、"有心"与"无心"

日本古典文论中的"心"范畴还衍生出了另外一对重要概念,那就是"有心"与"无心"。

"有心""无心"作为汉语词,很早就传到了日本,日本的《万叶集》《古今集》及此后的各种和歌集,还有《源氏物语》等物语,《枕草子》《紫式部日记》等散文、日记作品中,都使用过"有心""无心"两个词,但仅仅是一般名词,尚未成为术语与概念。至藤原定家在《定家十体》(散佚)中提出了"和歌十体",其中有"有心体"。在《每月抄》一文中,藤原定家于"十体"中,特别推崇"有心体"。他指出:

和歌十体之中,没有比"有心体"更能代表和歌的本质了。"有心体"非常难以领会,只是下点功夫随便吟咏几首是不行的。只有十分用心,完全入境,才可能咏出这样的和歌来。因此,所谓优秀和歌,是无论吟咏什么,"心"都要"深"。但若为了咏出这样的歌而过分雕琢,那就是"矫揉造作",矫揉造作的歌比那些歌"姿"不成型、又"无心"的和歌,看上去更不美。兹事体大,应该用心斟酌。……应当将"有心体"永远放在心上,才能咏出好的和歌来。

　　不过，有时确实咏不出"有心体"的歌，比如，在"朦气"① 强、思路凌乱的时候，无论如何搜肠刮肚，也就咏不出"有心体"的歌。越想拼命吟咏得高人一筹，就越违拗本性，以致事与愿违。在这种情况下，最好先咏"景气"② 之歌，只要"姿""词"尚佳，听上去悦耳，即便"歌心"不深也无妨。尤其是在即席吟咏的情况下，更应如此。只要将这类歌咏上四五首或十数首，"朦气"自然消失，性机③得以端正，即可表现出本色。又如，如果以"恋爱""述怀"为题，就只能吟咏"有心体"，不用此体，决咏不出好的歌来。

　　同时，这个"有心体"又与其余九体密切相关，因为"幽玄体"中需要"有心"，"长高体"中亦需要"有心"，其余诸体，也是如此。任何歌体，假如"无心"，就是拙劣的歌无疑。我在十体之中所以特别列出"有心体"，是因为其余的歌体不以"有心"为其特点，不是广义上的"有心体"，故而我专门提出"有心体"的和歌加以强调。实际上，"有心"存在于各种歌体中。④

　　藤原定家已经将"有心"的意思表述得很清楚了。与"心深"密切相关，"有心"就是"心"或"歌心"在和歌创作中的弥漫化。"有心"作为和歌创作的必然要求，在所有"体"式的和歌中都应存在。用现代话语来表述，"有心"就是要求歌人要有一种审美的心胸、审美的态度，要进入一种创作的境界，就是要在和歌创作中将自己真实的精神世界、心灵世界表现出来。因此，要创作出"有心体"的和歌，就不能有"朦气""思路凌乱"、心情浮躁，而是要全神贯注，"十分用心，完全入境"。因此，"有心"实际上就是高度用心、聚精会神的状态。藤原定家的"有

---

　　① 朦气：指心绪不安定的莽撞之气。
　　② 景气：指外部祥和、美丽的景色。
　　③ 性机：有"心情""心境"的意思。
　　④ 〔日〕藤原定家. 每月抄［M］//日本古典文学大系・歌論集 能楽論集. 东京：岩波书店，1961：427 - 428.

心"的主张，作为和歌美学的基本理念，体现的是当时宫廷贵族的心理
追求、美学趣味与审美意识的自觉。那就是有意识地将和歌创作作为一种
审美的心灵修炼与精神追求，以使作者之心沉浸于自我营造的美的和歌世
界中。

　　"有心"的反义词是"无心"。"无心"作为一种与"有心"相对的
审美范畴，成为镰仓时代兴盛起来的"连歌"的一种审美追求。连歌是
从和歌演变而来的，比起和歌的个性、贵族性、内向性，连歌具有外向
性、社交性、通俗性的特点，因而，在审美趣味上，连歌与和歌的不同，
在于相对于和歌的"有心"，而提出了"无心"。镰仓时代初期，连歌被
分为"有心连歌"与"无心连歌"，如饭尾宗祇（1421 年—1502 年）在
《长六文》中也推崇"有心"的连歌，"有心连歌"尊重和歌的高雅趣味
与宫廷贵族传统，但到了后来，由于僧侣和平民阶层大量参与连歌创作，
连歌的审美理念逐渐脱离正统和歌的"有心"，而具有了独立性。日本人
将连歌以及由连歌衍生出来的更加追求通俗、诙谐、滑稽趣味的俳谐、狂
歌、川柳等，都与和歌的"有心"相对，称为"无心"。从事这样的"无
心"连歌创作的人，被称为"无心众"。

　　如果说日本古典文论中的"有心"，是将"有心"这样一个汉语中的
普通名词加以概念化、范畴化，那么，"无心"这个名词，在中国则本来
就是一个哲学概念。日本人的"无心"的运用与提出，也多少受到了中
国的哲学乃至宗教学的"无心"概念的影响。例如，庄子主张"无心"：
"通于一而万事毕，无心得而鬼神服。"（《天地》）无心于物，漠然自处，
哀乐不易其心，便是"无心"。"形若槁骸，心若死灰，真其实知，不以
故自持，媒媒晦晦，无心而不可与谋。"（《知北游》）"心斋"的"虚静"
"游心于淡"就是"无心"。三国时代魏国玄学家王弼在《周易注》中
说："复其见天地之心乎？天地以无为心者也。"西晋玄学家郭象继承老
庄自然无为的思想并加以改造，提出"无心应物""无心而随物化"的思
想，他说："无心于物，故不夺物宜；无物不宜，故莫知其极。"（《大宗

师注》）"无心"也是中国佛教的一个重要概念，西晋支愍度（生卒年不详）力倡"心无宗"，"心无者，无心于万物，万物未尝无。谓经中言空者，但予物上不起执心，故言其空。"（《肇论疏》）东晋佛教理论家僧肇作《不真空论》认为："圣人无心，生灭焉起！然非无心，但是无心心耳。"（《肇论·般若无知论》）唐代禅宗牛头宗创始人法融《心铭》曰："一心有滞，诸法不通，去来自迩，胡假推穷……欲得心净，无心用功。""无心心"即是以无心为心，"无心用功"，就是"无心"与"用功"的统一。可见，在中国哲学与宗教中，这里的"无心"是一种宇宙观，也是一种人生观，一种放达、达观、洒脱、无为、自由、自然、超越的生活态度。而在连歌中，专以表现那种放达洒脱、自由不羁、机制幽默、诙谐滑稽的风格的连歌，称之为"无心连歌"。到了日本江户时代，有一种与传统的"有心"和歌的规则严谨、态度严肃的风格相对立者，叫作"无心"，又称"狂歌"。这样的"无心"的和歌与连歌，与"有心体"相对，称为"无心体"。

古典戏剧"能乐"大师世阿弥（1363 年—1443 年）在其能乐论中，对"心"及"有心""无心"的概念，做了更为深刻辩证的阐述。他在《游乐习道风见》一文中，以"心"为艺术美的本源，提出"一切艺术的'花'之'种'，都在于心"的命题，在《花镜》一书里，世阿弥进一步论证了表演艺术中的"身心关系"论，提出了"心动十分，身动三分""以心制心"的观点，又进一步提出了"万般技艺系于'一心'"的命题，他解释说：

有观众说："看不出演技的地方才有看头。"这种"看不出演技"的地方，就是演员的秘藏在心底的功力……如果让观众看出来了，那就是有意识的姿势动作，就不是"看不出演技"之处了。必须显得自然无为，以"无心"的境界，将用心的痕迹隐藏起来，将一个个的间隙，天衣无缝地弥合起来，这就是"万般技艺系于一心"，是内在的功力所显示出的艺术魅力。①

　　在世阿弥看来,"无心"并不是无所用心,而是将用心的痕迹隐藏起来,使人在"有心"处看似"无心",这样的艺术才富有魅力。他还提出了"一心"操纵万"能"的命题,也表现了有心与无心的矛盾统一。他说:"能乐模拟各色人等,而操纵它的,就是演员的心。这个'心'别人看不见,如果让人看见了,就如同操纵傀儡的绳子暴露了出来。必须将一切技艺系于一心,但又不露用心的痕迹。以'一心'操纵万'能',若能如此,一切被表演的对象,就都有了生命。"由此,"有心"与"无心"这对矛盾的范畴便达成了统一。

　　总之,日本古代文论中的"心"及"心"论,涉及文论中的创作主体论、审美态度论、心词(内容与形式)关系论、身心关系论、主客统一论,成为日本文论中的重要范畴之一。日本的"心""有心""无心"均来自汉语,在语义上受到中国影响,对这些词的理解与界定也和中国基本相同。但在中国,"心""有心""无心"主要是哲学概念,而不是文论概念,在日本则主要是文论概念,其次是"艺道论"(主要包括表演艺术论、剑法论等)概念。"心"概念在中国古典文论中固然也常使用,但中国文论更多地使用"志""意"等由"心"抽象出来的词汇。日本文论则坚持以"心"为本位,并将"心"由人之心加以外移,形成了"歌心"这样的独特概念,从而将"心"加以客观化。日本文论中的"有心""无心"作为词汇本身均来自汉语,但"有心"在中国尚是普通词汇,"无心"则是中国哲学与佛学中的重要概念,而在日本,"有心""无心"却成为一对重要的文论范畴,由此而形成了日本古典文论有别于中国文论的一些特点。

---

　　①　〔日〕世阿弥. 花镜〔M〕//日本古典文学大系・歌論集 能楽論集. 东京:岩波书店,1961:128 - 129.

　　但是，日本古典文论对"心"及其相关衍生概念的界定、理解与使用，基本上止于直观、经验的层面，远没有达到中国哲学与佛学的"心"论的高度与深度。这一点，与中国古典文论的情形也有相似之处。中国古典文论对"心"谈得很久、谈得较多，但却一直流于常识、粗浅与老套，对哲学与佛学中的系统而深刻的"心"论，借鉴与吸收不多。反过来说，中国哲学与佛学中对"心"的深入探讨，对中国文论影响不大，因而中国之"心"的范畴化的程度不够高。这一局限性，对日本文论也必然有影响。较之日本的儒学、禅宗心学中的"心"论，日本古典文论中的"心"论也不够深入。但日本文论中的"心"论及其衍生范畴"心·词""歌心""有心·无心"等概念，相比于中国文论中的"心"论而言，却具有较高的范畴化程度，"心"论在日本古典文论中的地位与作用，也较中国的"心"论为高。

第四章　"气"之清浊

——中日古代文学与文论中的"气"

日本的"気"字不仅仅是对中国之"氣"的简化，它也包含着对中国之"气"在演变过程中出现的一系列混乱现象的整理与超越意识。日本之"气"有"け（ke）"和"き（ki）"两种发音，代表了对中国之"气"理解与接受的两个不同的历史阶段。"け（ke）"表现的是古代日本人对中国之气的抽象性内涵的接受惶惑，"き（ki）"则将中国之"气"这一宇宙天地人生的本体概念，具象化为人性化、情绪化、具有描述与形容功能的词，并衍生出数量上远远超过汉语的"气"字词组。从语义的角度看，中国之"气"经历了四个发展演进的阶段：有形的云气之气（天气）→抽象的元气（宇宙本原之气）→人之气→文之气；日本之"气"则有"云气之气→可感知的神灵之气→人之气"三个阶段，解构了中国之"气"的抽象化、本体论的性质，未能实现从"天气""人气"向"文气"的延伸与转换。因而，与中国古典文论"以气论文"的"文气"论的深厚传统有所不同，"气"在日本文论中使用较少，且概念化程度不高。

　　"气"是中国哲学、美学、文论中的一个重要概念，并且和其他汉字词与汉字概念一起,传到了日本,对日本语言文学产生了相当大的影响。关于"气"这一概念与范畴的研究,中日两国学者也写出了不少专门著作,重要的如日本学者赤塚行雄研究日本之"気"的小册子《気的构造》(东京讲谈社,1974)》,小野泽精一、福永光司、山井涌等合著的研究中国之"气"的专著《气的思想》(东京大学出版社,1978),张立文主编的《中国哲学范畴史精粹丛书·气》(中国人民大学出版社,1990),李存山著的《中国气论探源与发微》(1990),李志林著的《气论与传统思维方式》(学林出版社,1990),陆流著的《气道》(上海文艺出版社,1994),曾振宇著的《中国气论哲学研究》(山东大学出版社,2001)及大量相关论文。综观现有"气"的研究,中日两国学者对"气"的研究兴趣很高,对中国之"气"的研究成果积累丰厚。但是,将中日两国的"气"加以比较研究的专题文章,笔者尚未发现。众所周知,日本的"気"与中国的"气"有着极为密切的关系。日本学者之所以那样热衷于研究"气",恐怕与两国之"气"的相通性、关联性密切相关。两国之"气"的关联性几乎尽人皆知,然而在语言文学与文论的层面上,运用比较语义学的方法,对"气"的相通性与差异性进行细致的分析、比较与研究,尚待展开。

一、中国之"气""氣"与日本之"気"

一般认为,日本的"気"就是中国的"气"或"氣",日本的"気"就是中国之"氣"的简化字。但日本之"気"字不仅仅是对中国之"氣"的简化,也是对中国之"氣"有意识地改造和改写。而这,又与中国之"气"的复杂演变历史有关。

中国的"氣"字,原本写作"气"。东汉许慎《说文解字》解释:"气,雲气也,象形。"《说文解字段注》云:"象雲起之兒……又省作乞。"而《说文解字》在"气"之后还并列出了另外一个"氣"字,并解释说:

"氣，馈客之刍米也。从米，气声。"如《左传·桓公十年》载："齐人来氣诸侯。"可见，"气"与"氣"原本就是两个字，而且含义完全不同。"气"是云气，属于名词，而"氣"则是"以米馈人"的意思，属于动词，后来这个"氣"又被写作"餼"。可见，至少在东汉时代，"气"与"氣"两字还是泾渭分明的。

但由于中国古代许多人识字不多，书写规范意识不强，再加上语言文字起源的一般规律是先有言语（口头发音），后有文字，比起重视字形写法来，更注重口头发音，所以普遍存在着一种"通假字"的现象，即借用某个同音字，来取代本来应该使用的那个字，用现在的话来说，就是使用"别字"。这样的通假字用久了，用的人多了，就与被取代的那个字相提并论，以至两者难以分辨，甚至通假字反客为主，越俎代庖。这种现象，也发生在"气"字的使用上。现存的甲骨文中就有了借用"气"字来替代"乞求"的"乞"的用例，如"兹气雨，之日允雨"；也有以"气"字取代"迄"的用例，如"气至五月丁酉"。（均见《殷墟书契前编》）这样的用法达到一定程度之后，就有人在"气"字的"云气"之本义之外，增加了"乞"意，并将"乞求"的"乞"看作"气"的省略写法，于是，"气"在此后的字书的解释中又多了一个"乞求"的意思。如三国时代魏国张揖《博雅》（又称《广雅》）在解释"气"字的时候云："气，求也，一曰取也，或省文作乞。"这就将"气"与"乞求"的"乞"看成同一个字了。这样一来，"气"字原本的"云气"本意，便被"乞"字及其意义冲淡乃至掩蔽了。既然"气"的"云气"之本意被冲淡、掩蔽，那么"气"字本身也就失去了它的原本的独立性，并最终变成了一个没有独立性的部首。"气"字消亡了以后，原本是"以米馈人"之意的"氣"字，就乘虚而入，完全取代了"云气"之意的"气"字。至此，"气"与"氣"这两个意思原本是风马牛不相及的字，就被完全合二为一，而"氣"字的"以米馈人"的原意却同时几乎丢尽，充当了"云气"之"气"的一切功能，并与其他汉字一起，衍生出了大量以"气"字为基本含义，以"氣"字为词素的一系列双音词或成语。如"氣息""骨氣""血氣""氣韵""氣概""氣势""氣象""氣义相投""氣宇轩昂""氣壮山河"等。后来一些文字学著作，又为"氣"代"气"、"氣气"相混、张冠李戴的阴差阳错，寻找到了貌似合理的解释。如清代吴善述《说文广义校订》有云："气字本训云气，得通为血气字，乃谓人之元气以谷气而昌，故从米亦可。是既分气、乞而二之，又欲合气、氣而一之。"实际上，"云气"与"血气"可谓天壤之别、云泥之差，如何"得通"？但木已成舟、米已成饭，以"氣"代"气"因袭既久、约定俗成，文字学家也只能这样"强词夺理"，予以合理化、合法化了。一直到了1950年代，在汉字简化的改革中，又将"气"作为"氣"的简化字而重新加以"启用"。然而，这并非基于"气"与"氣"的分别，而仅仅是为了减少"氣"的笔画。不过，这倒是"歪打正着"，使得这古老的"气"字得以重生复活。

汉字开始由朝鲜半岛传入日本，大概是在东汉以后，而日本人系统地大规模学习和使用汉字，则是在中国的唐代，即8世纪以后。那时候，"气"字何时传入日本已经难以确证，但如果是在东汉时期，日本人应当会原样不变地引进"气"字，因为这个云气的"气"字，不仅用处很大，而且笔画简单。但实际上日本汉字中似乎始终未见这个"气"字，这说明日本人引进这个字的时候，这个字已经被"氣"字取代而不再独立使用了，他们只能引进"氣"字。查日本最早的典籍、8世纪初的《古事记》与《日本书纪》，都使用了"氣"字。10世纪《源氏物语》等物语文学、13世纪的《平家物语》等"战记文学"中，使用的也都是"氣"字。但这个"氣"字大约在17世纪的江户时代以后，却逐渐地被改写为"気"字。"氣"字在日本汉字中逐渐淡出，中国的"氣"演变为日本的"気"。

一般认为，日本的"気"字是对中国"氣"字的简化，而不是日本

所谓的"国字"（日本人自造、中国所没有的汉字）。江户时代学者新井
白石（1657 年—1725 年）在《同文通考》中，列举并解释了八十一个
"国字"，但没有"気"字。现代日本学者编纂的《国字の字典》（1999）
等书，也没有把"気"字列为日本的"国字"，这表明日本人都承认
"気"字及其所承载的观念来自中国。但另一方面，"気"也不是一般的
日本简体字。简体字主要是为了书写的方便，而"氣"字在汉字中笔画
不算多，结构更不算复杂。仅仅从简便的角度看，对这个"氣"字加以
简化似乎没有必要。笔者认为，与其说日本的"気"字是对"氣"字的
简化，不如说"気"字是对中国"氣"的改写与改造，它介乎于简体字
与日本"国字"两者之间。日本人之所以要改写"氣"，恐怕是为了规避
中国的"气""氣""乞""迄"之类在历史的发展演变中产生的一系列
混乱。在中国发生的用"以米馈人"的"氣"来代替和书写"云气"的
"气"，恐怕会有相当一些日本人难以理解和接受。而"气"字在中国早
已退出不用了，日本人不可能将"氣"直接还原为"气"。于是他们就将
"氣"加以改造，把其中的"米"字换成"乂"，于是形成了日本式的
"気"字。这个"乂"在汉字中属于两相交叉的象形，具有"治理""安
定""养育"之意。中国传统哲学认为阴阳相交而为"气"，作为生命的
"气"，必以和谐、安定、生养为特征，因而，日本对中国之"氣"的改
造而形成的"気"字，无论日本人自身是否有自觉的意识，他们改写的
"気"字，实际上包含着对中国之"气"在漫长演化过程中出现的一系列
混乱的超越与整理意识，在文字效果上也达到了象形性与会意性的很好的
结合。

二、日本古代语言文学中的"气"

值得注意的是，在日本，"気"字有两种发音：一种是"け（ke）"，
一种是"き（ki）"。"け"较早，"き"较晚。日本平安王朝的物语文学

的经典作品《源氏物语》，主要是使用发音为"け"的"氣"。而镰仓时代以后的战记文学作品则主要是使用"気（き）"，两者在含义上有明显的差别（详后）。从"氣"传入日本的时间来看，发音为"け"的"氣"显然早于发音为"き"的"氣"。据此基本可以判断，"け"属于较早传入的"吴音"，"き"则是后来传入的"汉音"。5世纪时，倭国国王与东晋、刘宋等王朝交往密切，汉字开始传入日本。中国这些王朝的中心都在中国长江下游一代，传入日本的汉字的字音也是长江下游地区的发音，因那里曾是吴国的领地，所以日本人称之为"吴音"。公元7—8世纪后，中国文化中心向西北地区转移，日本的遣隋使、遣唐使都到长安留学，学的是中原及西北地区的发音，日本人称之为"汉音"。8世纪的奈良时代，日本皇室要求以"汉音"为标准音，日语的汉字音读也要求以汉音为依据。但因为"吴音"沿袭已久，有的发音已经固定，难以改变，于是就形成了同一个汉字词却有"吴音"与"汉音"两种发音并存的情况。后来，很多的"吴音"逐渐消失了，但有一些词，吴音与汉音的意思有着微妙的区别，因而两者一直并用，而"氣"字就属于这种情形。

　　较早传到日本的发音为"け"的"氣"字，明显受到中国先秦、两汉、魏晋南北朝时期的"气"的思想观念与"气"哲学的影响。这一时期中国"气"哲学的基本特点，就是将"气"作为最宏观和最微观的两种存在。"气"作为最宏观的存在，就是最高的抽象实在，即"道"的表现，是阴阳和合的产物，即"元气"。它既是一种物质本体，又是一种精神本体，充塞和弥漫于整个天地宇宙；同时，"气"作为最微观的存在，是一种"精气"，是一种极其细微的物质，构成万物的基本元素与质料。这样的"气"观念，只有一个思维能力达到成熟阶段的民族才能创造出来。而"气"这样的抽象概念，传到刚刚进入文明社会的日本，不免有着很大的理解难度。学者们一般认为，日本民族传统上是不太擅长抽象思维的民族，表现在语言上，就是表现个人的情绪、情感、感受的词汇、表现具体物质性状的词汇高度发达，而几乎所有的抽象词汇都来自汉语。"气"作为一个高度抽象的词汇，传到日本后填补了日本人固有词汇的一个空缺。

日本人在文献中较早使用"气"，见于日本最古老的典籍、日本文学之祖《古事记》（朝臣安万侣编纂）。《古事记序》开篇用汉语写道："臣安万侣言：夫混元既凝，氣象未效，无名无为，谁知其形？然乾坤初分，参神作造化之首，阴阳斯开，二灵为群品之祖。"这几句话所使用的语言及其天地开辟、阴阳乾坤的观念，都是从中国传来的。所谓"混元"，就是混沌原始；所谓乾坤，就是天地，而"氣象"一词，在汉语中是"氣"的一个衍生词，在唐宋时代的哲学与文论中运用较多，为"氣之象"之意。值得注意的是，在古代日本文献与文学作品中，"氣"字极少作为一个独立的名词概念加以使用，而更多地使用"氣"字词组。例如，以上引用的《古事记序》中没有单独使用"氣"，而是使用"氣象"，从而将"氣"这个日本人初次接触的抽象概念予以具象化了。与《古事记》同时代出现并完全用汉语写成的《日本书纪》中，也多处使用了"氣"字，如卷二十二有"天有赤氣"一语，但《日本书纪》中的"氣"的使用也不独立，使用最多的相关词有"神氣""疫氣""胆氣"等。在此后的日本语言文学与其他文献中，情形也大体如此。

总体看来，《古事记》《日本书纪》时代的日本人对"氣"与其说是理性地加以理解（他们尚不能具备这样的能力），不如说是情绪地感知与感受，由此明显带上了许多神秘化、情绪化、不可琢磨乃至恐怖的色彩，如以上所例举的"赤氣"，就是指一种不祥之气，"疫氣""胆氣"就更不言而喻了。到了平安王朝时期的物语文学的代表作品《源氏物语》中，日本人对"氣"的理解仍然基本如此。日本学者赤塚行雄研究在其《气的构造》一书中，对《源氏物语》等日本古典文学中使用的"氣"（け）字做了一些探究与分析。从他的研究分析中可以看出，《源氏物语》中的人物对身体以外的一些超自然、超感官的存在，包括"灵""魄""鬼""怪""疾""异"等"物"（もの），普遍具有一种不可把握的神秘乃至恐惧感。正是由于这些"物"的不可思议性，日本人常常将它们都读作"け"（氣）。例如，在《源氏物语》中，有"物之气"（もののけ）一词，但很多场合下写作"物の怪"，此处"怪"的读法与"氣"一样读作"け"。有的文学作品，如10世纪中期用汉语写成的日本战记文学的开山之作《将门记》，则将"氣"的观念与日本独特的"怨灵"（意即"冤魂"）思想联系在一起。所谓"怨灵"思想，就是相信日本的冤死者、战死者有一种"怨灵"，这种怨灵会时常出现在现实生活中，实施种种复仇，通过"灵之气"对现实产生影响。因此，要想降低这种影响，活人就要善待和安抚那些"怨灵"的"灵之气"。总之，在日本古代文学中，"氣"（け）是一种不可思议的、令人畏惧、拂之不去的、弥漫性的存在。

　　总体上看，日本人对"氣"（け）的这种理解，基本上是在中国先秦、两汉、魏晋南北朝时期的"氣"的思想观念之框架中的，但也有所不同。那时中国的"氣"既是一种客观的物质本体及人的生命的基本构成，同时也是人的一种主观性、积极性的精神本体，但日本人早期对"氣"的理解，则偏于中国之"氣"的客观性特质与消极的一面。在日本人看来，"氣"对人的生命而言，似乎并不是必不可少的东西，而往往是对生命构成威胁和危害的东西。于是，古代日本人对"氣"（け）的感受，就与中国人对"氣"的感受大相径庭。中国人对"氣"没有恐惧感、没有畏惧心，而是积极地养气、聚气、用气。日本人对"氣"则因感到难以把握，而抱有一丝莫名的畏惧与不安。另一方面，当日本人感觉"氣"是可以观察、可以把握、可以理解的时候，则"氣"字的神秘与可畏色彩即大为减弱。例如在《源氏物语》中，使用较多的一个词是"氣色"（けしき）。"氣色"一方面指自然的景色，一方面指的是人的心理、情绪显现于表情动作的那种状态。因"氣"与"色"搭配，"氣"借助于可视的"色"，可以加以观察推测而得，所以"氣色"不再那样神秘可畏。类似的"氣"字词组，还有"氣遠し"（疏远）、"氣近"（亲近）、"氣うとし"（令人讨厌）、"氣ざやか"（显眼、清楚）等，它们都是努力将"氣"加以具体化、形象化，从而使"氣"从超自然、超感官的存在变成可感可触的存在。

在此后的日本语言文学中，"气"继续朝着这个方向发展。到了13—14世纪的描写不同武士集团之间残酷争战的所谓"战记物语"中，"气"的内涵逐渐发生了变化，由超自然、超感官的"气"，变成了作为人的生命精神的"气"，由不可琢磨、难以把握的"气"，变成了可感、可养、可用的"气"，"气"的读法也相应地由此前的"け"（ke）变成了"き"（ki）。尤其是受中国文化与中国文学影响甚大的14世纪的战记文学巨著《太平记》，大量使用"气"及"气"字词汇，其中包括氣色、勇氣、血氣、天氣、夜氣、朝氣、溫氣、寒氣、暖氣、陰氣、陽氣、邪氣、風氣、火氣、氣力等，大都是从中国引进的词汇，还有一些日本式的"气"字词汇，如短氣、气詰（不舒畅）、勘氣（受惩罚）、癔病氣、苦氣、兵氣、同氣等。《太平记》中出现的这些"氣"（ki），已经从此前的"け"（ke）当中摆脱出来，表明日本人已经将神秘不可知的"气"加以切实理解和真正把握，并在继承中国之"气"的基础上，做了充分的发挥与活用。到了江户时代，戏剧文学家近松门左卫门（1653年—1724年）在其"人形净琉璃"剧本中，大量使用"气"字词组，据日本学者赤塚行雄在

《"气"的构造》中的统计，其数量多达 366 种。① 近松门左卫门的戏剧在江户时代的市井社会中相当流行，观众甚多，他所使用的"气"字词

---

① 赤塚行雄所统计的这些词汇如下：気遣，気色，悋気、狂気，気の毒、病気、気にいる、気にいらず、気をつけ、気味、勘気、辛気、短気、健気、気合，気にかかる、気違、気がつく、気がつかず、若気、大人気、血気、気高く、気転、気を通し、気を急ぐ、気もつかず、気もおくれ、気が乱れ、気も乱れ、気立、気の詰まる、気ずまり、気質、気が晴れ、気を晴らす、気を揉み、気を失う、気が短い、浮気、気弱、気も落ち、気がせく、気儘、気が尽る、気が張る、気も消え、気軽、気味、気兼、気晴、意気地、毒気、気病、疝気、気を奪う、気を奪はれ、気散、正気、怖気、恐気、男気、寒気、気がある、気がない、気を配る、勇気、気付、本気、気が上がる、気が通らぬ、気に違う、気を砕く、人気、荒気、気尽し、景気、上気、惜気、気根、云気、気力、気にかけ、気随、気にくわぬ気苦労、邪気、移気、気の細い、気はない、気がちがう、気もちがわぬ、気がゆるむ、気を落ち着け、せまい気、元気、気慰、気扱、気は焦る、素気、気強、湯気、気も軽い、女気、気もそぞろ、気がそぞろ、気取り直し、気むつかし、気を兼る、気楽、気質、気早、気が逆上つて、気結ばれ、気ばし、気にさわる、気を取る、気がたるみ、気をまわす、気の和かな、気が抜ける、気がもやくつて、気に染む、気に込む、苦し気、気がわるい、気を結ぶ、気うつ、気の働き、気のひろい、気に合う、気もへる、痴気、和気、店意気味、侍気、臭気、一気、咳気、気疏、天気、怯気、損気、可愛気、気配、色気、気狂、気取、土気、鋭気、気をつめ、気が注いだ、気にばし、気がすむ、気がすまず、強気、朧気、気ざし、憎気、気が定まる、気精、気がめいる、気うと、気を養ふ、気を上げ、気を休める、気も遠く、気を背く、気がふれる、気が疲れ、気もしづみ、気が死ぬ、気を死なす、気ざし、気が腐る、武士気、気に逆ふ、気を屈し、気難い、気がもどる、気になって、気のとり、気も塞ぐ、気も重い、うらめし気、気もはやく、思ふ気、うろたへ気、死なぬ気、気によう似て、気をつくる、気もふわふわ、気につれて、きたない気、気は落とさせじ、気が多い、気をおさへ、気を思ひやすり、恋する気、気を逆立つ、きかぬ気、気が宙に、気をのばし、気晴々し、気の料簡、気も猛く、気ぶさい、気をゆるす、気にひがみ、気づかわし、気ぶさけ、気になる、気をつかし、気狂ひ、気が納らず、気を若やぎ、気ばかり、気をたはむれ、気を見て、気痛み、気をのませ、気もくらみ、気がひがむ、気をなだめ、さはしい気、我が気、人の気、気圧、六気、老気、気当り、気迷ふ、気逸、気を取られ、気にこたへ、気を折れ、気をまはし、呆気者、小気、雪気、体気、声気、鬱気、気疲、憂気、熱気、気掛、気達者、心意気、あわれ気、気任せ、気技、気骨、風邪気、悪るさ気、鈍気、気丈、不興気、気につかへ、気をくして、気を痛ませ、気が痛む、気をせかれ、気でしめる、気はげむ、気はいらつ、気も仇浪、気がむく、気を持つ、へだつる気、気の薬、気がそれる、気を静め、気をゆるす、気をはこぶ、気が進む、気に止める、撤く気、気を占ふ、気を苦しめ、気が苦しい、気が利かぬ、気がうっとり、気もがく、気しきる、気にしむ、気もしづみ、気がしれる、気を打たれ、気を知る、王気、労気、気、動気、不便気、稚気、奇妙、天機、六根気、万機、内気、気候、風気、二気、夜気、似気、霊気、機会、暖気、濡気、義気、驕気、食気、雨気、気息、飲気、物数奇、同気、小意気、妄気、気逸物、智恵気、卜庵気、睡気、濁気、気懸、無常気、機気、陰陽気、乱気、気層者、気性、気象、気負、小気者、気血、暑気、根気、売気、火気、数奇屋気、酒気、金気、気成、気癇、上り気、うろたへ気、気をとり、気を開き、気を汲む、気の取り、気を喰ひ、気を抜く、お気に参る、気もくらみ、気は上べり、気を吐く、気が暗う、気も恥かしい、気をかへ、気も据らず。其中，"機"、"奇"与"気"在日语中虽同音，实际上是不同的词，因而除去相关的几个词，"気"字词仍有 360 多个。〔日〕赤塚行雄. 気の構造 [M]. 东京：讲谈社现代新书，昭和四十九年：137 - 139.

汇，应该是活跃在市井庶民日常口语中的常用词，否则普通观众就听不懂，而这些词组也大多被保留在现代日语中。由此可见"气"字在日语中的造词功能之强。日语中"気"字词组数量也多于汉语中的"气"字词组。查收录古籍词汇的大型辞典《辞源》，"气"字词组共41个。这与日本的"气"字词组相比，在数量上少得多。另一方面，在日语中，"气"字词汇大多与人的心情、情绪、感受有关，证明了日本人对"气"的理解，主要不是从天地自然的角度，而是从"人"自身的角度出发的。

关于日本的"气"的特点及其与中国的"气"的关联，日本学者小野泽精一在《气的思想——中国自然观与人的观念的发展》一书的序言中，从语义的层面上做过大略的比较。他写道："如看一下出现这些用法的场合，虽可指出其在用语方面和中国的类似性很多，但支撑这些词语意义最基本的东西，无疑还是以在日本产生成长起来的人们的生活方式和对于自然、社会的对应方法为核心的，这大概也是无法否认的吧！只是如作为古典的东西，用语中有从中国文献中引入的内容，在形态上相互一致，意义上也显出共同性。概括而言，日本的这些'气'的使用方法，总有这样的特征：以人为主体的情绪性的倾向很强，是作为与人有关联的整体的气氛；而只有在对象化、客观化的场合，才与流动的性质有关。"① 所谓"以人为主体的情绪性的倾向很强"，是说在日本语言文学中，"气"与人以及情绪感受不可分割，"气"的主体是人，而不是"物"；只有当把人的主体性加以对象化、客观化的时候，"气"才与人以外的事物有关，如"寒气""温气""浊气""阴阳气""天气"等，所指代的虽是大自然中的事物，但却与人的主观感受有关。

三、日本古代文论中的"气"

正是因为"气"这个词在日语中"以人为主体的情绪性的倾向很

---

① 〔日〕小野泽精一，福永光司，山井涌．气的思想〔M〕．李庆，译．上海：上海世纪出版集团，2007：3.

强",所以"气"在日本传统哲学、美学与文论中的概念化、范畴化的程度不高。概念与范畴是人的抽象思想的产物。从情绪与感受中产生形容词,而客观性的概括与抽象则产生名词;名词一旦脱离具体事物的指代,一旦形成较为抽象的内涵与外延,便形成了概念;概念一旦有所固定,一旦被学术化、学科化,便成为范畴。从这一点上看,"气"是中国哲学、美学与文论中的重要范畴,而由"气"生成的"气"字词及词组,在日语中绝大多数属于形容词。因此,"气"在日本难以形成稳定的概念,更难以形成固定的文论范畴。

相反,在中国,"气"是传统哲学、美学与文论的几个最重要的概念与范畴之一。就中国古代文论而言,自从曹丕在《典论·论文》中提出"文以气为主"的命题之后,以"气"论文及其"文气"说,已经成为中国古代文论中的一个悠久传统。中国古代文论中以"气"论文的范围极广,"气"可以指影响人,影响作家诗人创作的自然气候、地方特色与时代风气,也可以指代作家诗人的个性气质,更可以指文学作品自身的创作内容、艺术特色与总体风格。在中国古代文论中,以"气"字为中心,形成了一系列文论概念,其中包括气、气象、气骨、气质、气格、气体、气脉、气魄、气势、气调、气味、文气、意气、神气、灵气、生气、骨气、体气、才气、声气、风气、正气、浩气、豪气、大气、清气、刚气、劲气、奇气、逸气、侠气、儒气、霸气、仙气、村气、俗气、真气、矜气、喜气、爽气、书本气、文士气、脂粉气、台阁气、头巾气、菩萨气、山林气等。中国的"气"之所以能够成为文学理论与文学批评中广泛使用的概念,是中国较早地将大自然的"云气"之"气",即"天气",转换为以人事为对象的"氣",从而实现了由"天气"向"人气"的转化。在此基础上,又将人之"氣"平行转移到人所创作的文学世界中来,从而产生了"文"之"氣"(文氣)。"文"一旦有了"氣",就成为与人的生命结构同构的"文"之"体",即"文体","文"就有了类似于人体的生命结构。这样就把"氣"从人的情绪感受中延伸出去、转移出来了,从而在更高的层次上实现了"氣"的客观化。当然这是"唯心的客观化",而不是"唯物的客观化"。

从语义学的角度看,中国之"气"经历了四个发展演化的阶段——

有形的云气之气(天气)→抽象的元气(宇宙本原之气)→人之气→文之气

以此反观日本,"气"由"有形的云气之气"开始,接着中国的抽象的宇宙本原之"气",转换为可感知的神灵之气,然后进一步改造为情绪化、情感化的人之"气",即

有形的云气之气→可感知的神灵之气→人之气

如此,日本,"气"就一直处在具象感受或形象感知的层面上。不仅"气"字如此,气字词组也是如此。例如,在日语中的气字词组中,最具有抽象性的当属"げんき"(genki)一词,汉字写作"元気"或"験氣"或"減氣"。这个词在汉语中原本就是"元气",早在公元前 2 世纪时就由中国思想家董仲舒作为一个哲学概念提了出来,指的是宇宙天地与生命力的本原。也许是因为"元气"这个词过于抽象,在江户时代以前的日本文学与文献中一直写作"験氣(げんき)",是指在人有病时向神灵祈祷祛病安康,并显出了灵验。例如,江户时代井原西鹤的小说《本朝二十不孝》第二章有"験氣もなく,次第弱りの枕に"(没有"验气",逐渐病危)的语句。"験氣"有时也写作"減氣",此处的"氣"指的是人生病的样子,"減氣"是指病状缓解的迹象。无论是"験氣"还是"減氣",作为祛病消灾的祈祷行为及其灵验效果,其"气"都是具体可见的。江户时代的一些汉学家、儒学家们,在其著作中开始直接使用作为哲学概念的"元气"一词。例如,伊藤仁斋(1627 年—1705 年)在其代表作《语孟字义》中开门见山地提出:"盖天地之间,一元气而已。"因天地有"元气",故"天地是一大活物"。"元气"一词经日本汉学家及儒学家使用后,却很快由一个哲学概念变成了一个表示身体健康状态的形容

词。日本人日常的招呼语"お元気ですか",就是问"您元气吗?"(您身体好吗?)。从中国的"元气",到日本的"驗氣"("减氣"),再到"元気",一步步由中国的一个宇宙本体概念,演变为可感知的神灵之气(驗氣、减氣),最后变成了"人之气"(元気),指代人的身体健康状况。"气"在日本逐渐具体化、具象化的轨迹,由此可见一斑。

由于日本人通过种种途径将中国之"气"的抽象化的、本体论的性质加以消解,并赋予具象化、人情化的内容,就使得"气"无法成为一个抽象概念。在日本古典文论中,也就不能实现从"人之气"向"文之气"的延伸与转换。因此,在日本古典文论著作中,极少看到中国文论那样的俯拾皆是的"以气论文"的情形,在极少量的使用"气"的场合,也是在"人之气"的意义上,而不是在"文之气"的意义上使用"气"字的。例如,著名歌人、和歌理论家藤原定家(1162 年—1241 年)在《每月抄》中,在论述如何吟咏他所提倡的"有心体"的和歌时,就用了"朦气"和"景气"两个词,他写道:

不过,有时确实吟咏不出"有心体"的歌,比如,在"蒙气"强、思路凌乱的时候,无论如何搜肠刮肚,也咏不出"有心体"的歌。越想拼命吟咏得高人一等,就越是违拗本性,而致事与愿违。在这种情况下,最好先咏"景气"之歌,只要"姿""词"尚佳,听上去悦耳,即便"歌心"不深,亦无妨。尤其是在即席吟咏的场合,更应如此。只要将这类和歌咏上四五首或十数首,"朦气"自然消失,"性机"放松,即可表现出本色。①

这里就是用"气"来指代歌人及其和歌创作时的心境、心理状态。藤原定家显然意识到歌人如何用"气",是歌人的修养,也是歌人创作成败的关键。这种说法,显然是受到了中国古代文论中"以气论文"的影

---

① 〔日〕藤原定家. 每月抄［M］//日本古典文学大系大系 65 歌論集: 能樂論集. 东京: 岩波书店, 1961: 129.

响。但在这里，"气"的主体是人，是歌人，而不是文学作品（和歌）。藤原定家所说的"朦气""景气"，是指歌人的创作心态或创作心理。其中，"朦气"一词不见中国典籍，是藤原定家的造词，似乎可以理解为一种缺乏冷静与平和的莽撞之气，怀着这样的"朦气"，就创作不出藤原定家所理想的"有心"体的和歌。而"景气"一词则是汉语词。查《文选·晋殷仲文南州桓公九井作》有"景气多名远，风物自凄繁"；唐代韩愈《独钓》诗之三有"独往南塘上，秋晨景气醒"。"景气"在这里既是诗人眼中的景物与景象，更是诗人心境的一种外化。藤原定家所谓"'景气'之歌"，大致就是指描写自然景物而又表现散淡心情的作品。这显然不是中国文论那样的"以气论文"，而是"以气论人"。

到了 14 世纪，著名戏剧家、戏剧理论家世阿弥（1363 年—1443 年）在其能乐理论著作《风姿花传》中，也运用了"气"的概念，他写道：

一切事物，达到阴阳和合之境就会成功。昼之气为阳气，所以演"能"要尽量演出静谧的气氛来，这属于阴气。在白昼之阳气中，加入一些阴气，则为阴阳和谐，此为"能"的成功之始，观众也能感到有趣。而夜间为阴气，因此应千方百计活跃气氛，一开场就上演好曲目，这样使观众心花开放，此为阳。在夜之阴气中融入阳气，就能成功。而在阳气之上再加阳气，阴气之上再加阴气，就会造成阴阳不合，就不会成功。不成功，如何让观众觉得有趣呢？另外，即使是白天，有时也会感觉剧场气氛阴暗沉闷，要知道这也是阴气所为，要想方设法加以改变。白昼有时会有阴气发生，但夜晚之气却很少能够变为阳。①

这是世阿弥在他的所有戏剧理论著作中，最集中地使用"气"概念的段落。首先，他是运用中国的阴气、阳气及阴阳和合的观念，来解释能乐剧场的艺术氛围营造的问题。但是，他所说的"气"仍然属于"气"

---

① 〔日〕世阿弥. 风姿花传［M］//日本古典文学大系 65 歌論集 能楽論集. 东京：岩波书店，1961：358 - 359.

的最原初的意义——云气之气、天气之气;其次,他是主张用人的表演,即人之气,来调节天地阴阳之气。可以看出,世阿弥的"气",是"天气"加以"人气",而不是"文气"以上的"气"。

日本之"气"的"人"化而非"文"化,在江户时代的市井庶民(日本称为"町人")文化鼎盛时期表现得尤为显著。在市井文学中,描写花街柳巷的通俗小说、大众读物特别多,在这些作品中就产生了一个与"气"相关的词——"いき"(yiki)。"いき"这个词,在发音上讲,应是汉语的"意气"。所谓"意气",在当时的作品中,常常指妓女的脾气、性格。由于这种"意气"也属于"気",所以"意气(いき)"有时也可以写作"気",而读作"いき"(yiki)。男人们对妓女的脾气性格,即"意气"能够很好地了解、掌握和利用,就叫作"粹"。这个"粹"与"意气""气"的读法一样,也是"いき"(yiki)。粹(いき)就是男人精通情场三昧,在花街柳巷与风尘女子融洽相处时,所表现出的那种时髦潇洒、受女人喜爱的形象。"粹"(いき)是江户时代市井社会的一种生活理想与追求,也是一种美的理想,因此,粹(いき)这个词,与意义相近的"通"(つう)一道,被日本现代学者视为日本江户时代美学中的一个重要理念,并加以种种阐发。日本现代哲学家、美学家九鬼周造(1888年—1941年)写了一本著名的小册子,叫作《"いき"的构造》,认为"いき"是当时日本人的一种审美意识,是"武士道的理想主义和佛教的非现实性两者的有机结合"①。这种解读,就将"粹(いき)"这一原本是极为形而下的卑俗的东西加以美学化了。然而,这种观念,已经与中国的"气"相去甚远了。

曹丕《典论·论文》曰:"文以气为主,气之清浊有体,不可力强而致。"我们现在套用曹丕的话,可以说:中日之气,气之清浊各有体。在中国古代文论中,"文以气为主",文论则以"文气"论为主;而在日本

---

① 〔日〕九鬼周造.「いき」の構造[M].東京:岩波书店,1979:95.

语言文学的传统中，则亦可谓"文以气为主"，但文论却不以"气"论，可见中日两国"气之清浊有体"。在日本，"气"较中国为"清"。"清"即单纯，它主要用来说明与形容人本身，特别是人的情绪、感受与人际交往的词汇；中国之"气"则"浊"，"浊"即复杂，它既是宇宙本体论，也是生命本体论，更是文学作品本体论的概念与范畴。因此，中日之"气"不仅最终形成了"氣"与"気"的写法不同，意义与用法也有差异。或许正因为如此，1970 年代，十几位日本学者合作撰写《气的思想——中国自然观与人的观念的发展》一书，以约合汉字 50 万字的庞大篇幅，纵横捭阖地论述了中国"气"思想的方方面面，却仅仅在序言中用了几百字对中日之"气"做了粗略的比较（上文已引用）；日本学者赤塚行雄在研究日本之"气"的小册子《气的构造》中，也没有对中日之"气"展开比较。实际上，日本的"气"不是哲学的、思想的"气"，在这一层面上，它与中国之"气"形成了明显的不对称性，因而难以展开比较研究。而本书以比较语义学的方法，以语言文学作为中日之"气"比较研究的平台，意在指出日本之"气"（気）在日本语言文学中的重要性，阐明日本"人"之"气"与中国的"本体"之"气"如何同源异流，但愿有助于读者理解为何日本之"气"在日本古典文论中未能成为一个固定的概念与范畴，并可从中管窥日本传统文学与文论基本特点的一个侧面。

第五章　修辞立"诚"

——日本古代文论的"诚"范畴及中国之"诚"

　　作为日本古典文论重要概念的"诚",有着自己独特的形成与演变的轨迹,它从固有的"まこと"(makoto)这个词出发,最初在和歌理论中表述为"花实"之"实",主要是指内容上的"充实"而非"真实"之"实",到后来则将"花实相兼"理解为"真实";在紫式部的物语论中,则是"真伪"之"真"、真实之"实"。到了江户时代的俳谐理论(俳论)中,进一步发展为华实相兼、心词统一的"诚",是"真事""真言""真心"的统一,并且由此前的"真""实"的作品本体论,转换为"诚"的作者主体论。日本之"诚"虽受中国之"诚"的影响,但中国的"诚"主要是作为一个伦理哲学的范畴而使用,日本的"诚"则主要作为文论与美学的范畴而存在。

　　《易经》曰:"修辞立其诚。"在中国文化中,"诚"是一个重要的哲学伦理学范畴,在日本古代文论中,"诚"也是一个重要范畴,既有中国之"诚"的影响,又有自己独到的阐发和运用方式。日本的"诚"及相关范畴"真""实"等,在和歌论、物语论、俳谐论中得到了系统地阐发,形成了源远流长的"诚"论。

一、"诚"的早期形态:"实"与"真"

在日本古代文论史上,对"诚"的理解有一个漫长的、不断深化的过程。最早将"诚"理解为"实",而且将"实"与"花"(华)相对,形成了"华实"(花实)的概念。如 9 世纪平安时代文学家菅原道真在用汉语写成的《新撰万叶集序》一文中,用"花"与"实"来概括新旧时代和歌的不同风格,其中写道:"倩见歌体,虽诚见古知今,而以今比古,新作花也,旧制实也,以花比实,今人情彩剪锦,多述可怜之句。古人心绪,织素少缀,不整之艳。"① 这一段文字中,菅原道真将新作比作"花",旧作比作"实",认为今人的表达"情彩剪锦",有令人感动之句,而古人则朴素少修饰,这就是"华"与"实"的表征。作者在这段文字中虽然也使用了"诚"字,但显然是作为副词来使用的,而不是作为名词来使用。

"华实"在 10 世纪歌人纪贯之等人用汉语写成的《古今和歌集真名序》中仍有沿用。在谈到和歌古今变迁的时候,纪贯之认为,晚近"和歌渐衰",其表现就是"人贵奢淫,浮词云兴,艳流泉涌,其实皆落,其花孤荣。至有好色之家,以之为花鸟之使,乞食之客,以之为活计之媒,故半为妇人之右,难进丈夫之前。"② 这里不仅使用了"花"与"实"二字,而且明显地表现出对"花"与"实"的价值高低的判断,即推崇"实"而排斥"花"。接下来在对代表性的六位歌人"六歌仙"加以具体评论的时候,也做出了"花实"的判断,如认为花山僧正的和歌"尤得歌体,然其词华而少实,如图画好女徒动人情"。也就是说,"华而少实"的和歌就像图画中的美女,虽然可以动人情,但仍然不缺乏真实感,所以

---

① 〔日〕菅原道真. 新撰和歌集序 [M] // 王向远. 日本古代诗学汇译:上卷. 北京:昆仑出版社,2014:73.
② 〔日〕纪贯之. 古今和歌集真名序 [M] // 王向远. 日本古代诗学汇译:上卷. 北京:昆仑出版社,2014:76 - 77.

说是"徒动人情"。

在上述的汉文序（真名序）之外，《古今和歌集》同时还有一篇用日文写成的《假名序》，表达的虽是大致相同的意思，但对像"花""实"这样的重要概念都做了对应的日文翻译。其中，值得注意是，对汉字的"实"这一概念，《假名序》解释性地翻译为"まこと"（makoto）。但后世的各种版本没有将"まこと"对应汉文序中的"实"，而是训释为汉字的"誠"，同时也将其他许多假名文字置换成了汉字。这既反映了后世学者的理解与解释，也为了方便一般读者理解。然而实际上，这只是后人的训释，而不是《古今集》时代人们对"まこと"的理解。《假名序》之所以是"假名序"，就是因为它是用假名文字写成的，汉字使用是极个别的。保留《假名序》原貌的，当是佐佐木信纲编《日本歌学大系》① 第一卷中的版本，其中全篇只有寥寥几个汉字，应是原始状态的"假名序"。

至于与《假名序》中用来对《真名序》中的"实"加以训释的"まこと"一词，则是一个日语固有词。表明了当时的日本歌人是从"实"的立场来理解"まこと"的，而且这个"实"是"华实"（花实）相对应意义上的"实"。当时人们对和歌的审美要求是首先倾向于"实"。在有"实"的基础上，再有"花"，而不能"华而不实"。像古歌那样的有"实"而无"华"也是可取的，但理想的和歌，则是纪贯之在《新撰和歌集序》中提出的"花实相兼"②。

从《古今和歌集》之后，和歌理论中的"实"（まこと）一直是和歌批评的基本用语之一。这里的"实"（まこと）主要是指与语言形式（"花"）相对而言的"内容"，是"充实"之"实"，而不是"真实"之"实"。换言之，我们不能将传统和歌理论中的"实"（まこと）论简单

① 〔日〕佐佐木信纲. 日本歌学大系［M］. 东京：风间书房，昭和三十三年。
② 〔日〕纪贯之. 新撰和歌集序［M］//王向远. 日本古代诗学汇译. 北京：昆仑出版社，2014：85.

地理解为"真实"论，而应理解为与形式修饰相对而言的"内容充实"论。在这个意义上，长期以来，形式上的修饰即"华"及其与内容上的"实"的关系问题，即"华实"论，才得以成为和歌理论中的基本问题之一。例如，镰仓时代歌人鸭长明在《无名抄》一书中，也从"华"与"实"的对立统一的角度，谈了和歌风格上的变迁，他认为：从前文字音节未定，只是随口吟咏，和歌的体态（樣）也代代有所不同。从《古事记》的"出云八重垣"开始，才有五句三十个字音。到了《万叶集》时代歌人也只是表现自己的真情实感，对于文字修饰不甚措意。他说："及至中古《古今集》时代，'花'与'实'方才兼备，其样态也多姿多彩。到了《后撰集》时代，和歌的词彩已经写尽了，随后，吟咏和歌不再注重遣词造句，而只以'心'为先。《拾遗集》以来，和歌不落言筌，而以淳朴为上，而到了《后拾遗集》时期，则嫌侬软，古风不再。"① 这里不但把"华实"的消长作为和歌风格变化的标志，跟纪贯之一样认为"华实兼备"是理想的境界，而且还明确地将"实"等同于"心"，将"花"等同于"词彩"，也就是把"华实"关系理解为内容与形式的关系。

与鸭长明持有同样观点的是同时代的和歌理论家藤原定家，他在《每月抄》中写道：

亡父俊成卿说过："应以'心'为本，来做词的取舍。"有人用"花"与"实"来比喻和歌，说古代和歌存"实"而忘"花"，而近代和歌只重视"花"，而眼中无"实"。的确如此，《古今和歌集》的序文中也有这样的看法。关于这个问题，据我一愚之得，所谓"实"就是"心"，所谓"花"就是"词"。古歌中使用的词，未必可以称作"实"。即使是古人所吟咏的和歌，如果无"心"，那就是无"实"；而今人吟咏的和歌，如果用词雅正，那就可以称作有"实"之歌。不过，如果说要

---

① 〔日〕鸭长明.无名抄［M］//王向远.日本古代诗学汇译：上卷.北京：昆仑出版社，2014：164.

以"心"为先，也就等于说可以将"词"看成是次要的；同样，如果说要专注于"词"，那也就等于说无"心"也可，这都有失偏颇。"心"与"词"兼顾，才是优秀的和歌。应该将"心"与"词"看成是如鸟之双翼，假如不能将"心""词"两者兼顾，那么与其缺少"心"，毋宁稍逊于"词"。①

在藤原定家看来，"华实"关系就是"心词"关系，"华实"论就转换为"心词"了。换言之，"心"（作品内容）的属性上是"实"（まこと），"词"的属性则是"花"。在这样的思路下，"华实"之"实"（まこと）就是作品内容充实之"实"。

和歌论中的"实"（まこと）论及"华实"论，在连歌论中也被继承下来。连歌理论的泰斗二条良基（1320 年—1388 年）在《十问最秘抄》中，回答"连歌应该是以'花'为先还是以'实'为先"的问题时，认为："应该花、实皆备，有花而无实不好，有实而无花也不好。花与实犹如鸟之双翅，缺一不可。……偏于'心'则'词'受损，偏于'词'则'心'受损，此事应小心。以'花'为要，辞藻华丽而有吸引力，也很有意思；以'心'为要，用词却牵强粗陋，则不可取。这就好比是本之茶②，本来就很香，冲饮方法得当，则更为芳香四溢，无论多好的拇尾、宇治所产的茶，冲泡不当，味道都会受损。连歌也一样，无论多好的风情，如在表达上不加斟酌，则不会有美丽的风姿。"③ 这里也明确地将"实"（まこと）与"心"等同起来，即把"实"看作是作品的内容；同时又把"花"与"词"等同起来，看作是作品的形式因素，从而强调"华"与"实"皆备、心与词相兼。

---

① 〔日〕藤原定家. 每月抄［M］//王向远. 日本古代诗学汇译：上卷. 北京：昆仑出版社，2014：178.
② 〔日〕本之茶：当时的一种名茶，据说是由僧人明惠在拇尾（とがの尾）所栽培。
③ 〔日〕二条良基. 十问最秘抄［M］//王向远. 日本古代诗学汇译：上卷，北京：昆仑出版社，2014：259–260.

无论纪贯之、鸭长明，还是二条良基，"实"（まこと）都是就作品而言的，换言之，"实"（まこと）及"华实"论、"华实"之辨都是作品本体论，而不是作家主体论。而到了 15 世纪的室町时代，作为作品本体论的"实"（まこと）开始向作家主体论转换。15 世纪的连歌理论家心敬在《私语》上卷又论及"实"（まこと）及"华实"的问题，并谈到了他对藤原定家的观点的理解：

> 定家又强调："'花'与'实'都要学好"。《古今集》序中也有"其'实'皆落，其'花'孤荣"之类的话，希望"人'心'之为'花'"，说"以'艳'为基，不知和歌之趣者也"。这些讲的都是勿要失去诚实之心。以此来衡量当今之世，则"实"已荡然无所存。[①]

心敬这段话虽然看上去是在综述和强调上述的藤原定家和纪贯之的观点，但实际上他在悄悄地将前人的"华实"论由作品本体论向作者主体论转换。上述的"勿要失去诚实之心"的"诚实"，心敬原文使用的是假名"まこと"，而所谓"'实'已荡然无存"一句中的"实"，原文使用的是汉字"實"。这也就意味着，心敬所要表达的"诚实之心"的"实"不是汉字的"实"所能概括的，而假名"まこと"则不仅可以标记为汉字的"实"，也可以标记为"真""誠"；"实"的所指是作为客观事物的作品，而"真""誠"的所指则更多的是作者主体。实际上，这样一来，就使得"まこと"的范围由"实"而扩展到了"真""誠"。

关于"まこと"的"真实"这一所指，在心敬之后的连歌师宗长的《连歌比况集》中做了更清楚的表达。在回答"学习连歌是以'花'为先，以'实'为本，可否？还是'花'与'实'都要日夜兼修？"的问题时，宗长强调指出：

> 歌道花与实相伴，是为真实之道。花，仿佛云雀飞空；实，仿佛云雀

---

① 〔日〕心敬. 私语［M］// 王向远. 日本古代诗学汇译：上卷. 北京：昆仑出版社，2014：435.

归巢。连歌乃为接续前句，要在"心"无所依凭之时有心，在无声息处有声，此乃为歌道。忘掉根本，"实"即舍弃，是为脱离歌道。望用心体会。①

所谓"歌道花与实相伴，是为真实之道"（原文是"歌道も華実相伴なる真実の道といへり"），这个判断在日本文论史上具有重要意义。他认为，和歌之道是"花"与"实"相伴的。如上文所说，此前的"花实"之"实"，实际上并不是"真实"之意，而只是"充实"之"实"，是对作品内容的一种要求和描述。而在宗长看来，"花与实相伴，是为真实之道"。这里的所谓"真实"（しんじつ），由此前的"华实"之"实"，由内容充实之"实"，发展为"真实之道"之"真实"，这可以说是日本古代歌论中对"实"（まこと）概念的进一步延伸与扩展。换言之，所谓"真实"，不是"华实"之"实"，而是"华实相伴"，即内容与形式相兼所产生的更高程度的"真实"（真実），它完全可以用日语假名的"まこと"来标记，但却不是汉字的"华实"之"实"所能包含的。

综上，在日本古代和歌论、连歌论中的"诚"论，最早从中国古代文论中的"花实"论起步，以固有的"まこと"训释汉字的"实"，但一直在"花实"论之"实"的意义上来理解和使用"まこと"，到了宗长的《连歌比况集》，则将"华实相伴"理解为"真实"，在"花实"的"实"之外，赋予了"まこと"以"真实"义。

而在这些和歌论、连歌论之外，《源氏物语》的作者紫式部，一开始就在"真""真实"的意义上使用"まこと"。紫式部在《源氏物语》的《萤之卷》中，借源氏与玉鬘的对话谈论物语文学的真实与虚构、理解与欣赏问题，并使用了"まこと"这个词。作品写到源氏看到玉鬘很喜欢读物语，于是对她说：

---

① 〔日〕宗长. 连歌比况集［M］∥王向远. 日本古代诗学汇译：上卷. 北京：昆仑出版社，2014：495.

这些物语故事中，很少有真的。你明知是假，却真心阅读这些不着边际的故事，甘愿受骗……但是这也怪不得你。除了看这些从前的物语故事，实在没有什么办法可以放松心情、排遣寂寞的了。而且这些伪造的故事之中，看起来颇有物哀之情趣，描写得委婉曲折的地方，仿佛实有其事。所以虽然明知其为无稽之谈，看了却不由地徒然心动。①

所谓"这些物语故事中，很少有真的"一句，原文是"ここらのなかに、まことはいと少なからむ"，其中的"まこと"有的版本训释为"真"；所谓"这些伪造的故事"中的"伪造"一词，原文是（いつわり），有的版本训释为"偽り"。可见，"真"（まこと）的反义词就是"伪"。"真"与"伪"，与上述和歌、连歌论中的"花"与"实"，形成了两对相互联系又不完全重合的子概念，但无论"真"还是"实"，在日语中都是同一个词，即"まこと"。由此可见，在物语论与歌论中，"まこと"分别被赋予了"真"与"实"两个侧面的含义。

歌论与物语论对"まこと"的界定与理解为什么形成了"真"与"实"两个不同的侧面呢？这恐怕是由和歌连歌的抒情功能与物语的叙事功能有所不同造成的。作为以叙事为主的物语，首要的问题是所描述的内容的"真"与"伪"问题。物语论主张"真"而排斥"伪"，但同时从艺术创作的角度理解"真"。紫式部认为无论物语描写的事情多么"稀奇"，"都不是世间所没有的"，都是世界有可能发生的，所以不能"一概指斥物语为空言"②。所谓"空言"就是"伪"，不写"空言"就要"真"。因此物语叙事的真伪问题，就成为物语创作、物语欣赏中的首要问题，也是决定物语有无价值的基本条件。相对而言，以抒情为主的和歌连歌，重要的不是叙事的真伪问题，而是作品内容的"实"与作品形式

---

① 〔日〕紫式部. 物语论［M］//王向远. 日本古代诗学汇译：上卷. 北京：昆仑出版社，2014：92.

② 〔日〕紫式部. 物语论［M］//王向远. 日本古代诗学汇译：上卷. 北京：昆仑出版社，2014：93.

"花"的关系问题，而"实"又主要由抒情主体决定，所以"实"的问题有时被等同为"心"的问题，和歌是否"实"，就是抒情主体之"心"是否真诚，这一点，在江户时代的俳谐论中得到进一步确认和阐发。

二、俳论中"诚"范畴的确立与"风雅之诚"论

值得注意的是，无论是物语论中的"真"（まこと）论、还是歌论中的"实"（まこと），都是就作品而言的，"实"（まこと）及"华实"论、"华实"之辨都是作品本体论而不是作家主体论。到了 17 世纪以松尾芭蕉及所谓"蕉门弟子"为中心的俳谐（俳句）理论中，日本文论中的"真""实"论的重心由作品本体走向了作者本体，于是"真""实"论就发展到了"诚"（まこと）论。

江户时代以松尾芭蕉为中心的所谓"蕉门俳谐"提出了"风雅之诚"的主张，对后世影响甚为深远。所谓"风雅"，指的是俳谐（俳句）这种文体，也指"俳谐"这种文学样式所应具有的基本精神。而"风雅"之所以是"风雅"，就在于一个"诚"（まこと）字。否则，本来以滑稽搞笑为特征、以游戏为旨归的"俳谐"，就只能是一种消遣玩物，而不会是诗意而又本真的"风雅"。正因为如此，"诚"就成为"风雅"的灵魂。

关于俳谐的"诚"，芭蕉的弟子服部土芳在《三册子》一书中有较多的论述。他说：

> 俳谐从形成伊始，历来都以巧舌善言为宗，一直以来的俳人，均不知'诚'（まこと）为何物。回顾晚近的俳谐历史，使俳谐中兴的人物是难波的西山宗因。他以自由潇洒的俳风而为世人所知。但宗因亦未臻于善境，乃以遣词机巧知名而已。及至先师芭蕉翁，从事俳谐三十余年乃得正果。先师的俳谐，名称还是从前的名称，但已经不同于从前的俳谐了。其特点在于它是"诚之俳谐"。"俳谐"这一称呼，本与"诚"字无关，在

芭蕉之前，虽岁转时移，俳谐却徒然无"诚"，奈之若何！①

在这里，服部土芳指出了芭蕉以前的俳谐都不知道"诚"（まこと）为何物，其表现是"以巧舌善言为宗""以遣词机巧知名"。这就表明，这里所说的俳谐之"诚"首先是就语言层面而言的。要有俳谐之"诚"，就不能是"巧舌善言"或"遣词机巧"，而应该有"诚之言"。同时，服部土芳指出"'俳谐'这一称呼，本与'诚'字无关"，说明"俳谐"这种文体作为一种游戏性的文体，本来可以虚饰矫情、有口无心，不可能与"诚"有关。而诗歌（汉诗和歌）作为严肃的文体样式，一直强调"以心为先"，"花实相兼"，实际上已经有了"诚"，所以不必再特别强调。而俳谐则不然，不强调"诚"，则俳谐会离开"诚"甚远。所以服部土芳认为，"在芭蕉之前，虽岁转时移，俳谐却徒然无'诚'"。而没有"诚"的俳谐就不可能成为真正的语言艺术，因此"诚"是俳谐的生命。就是在这个意义上，服部土芳高度评价了芭蕉的"诚"，他强调："从前诗歌名家众多，均出自于'诚'而循之以'诚'，先师芭蕉于无'诚'之俳谐中立之以'诚'，而成为俳谐中永久之先达。时光流转至此，俳谐终于得之以'诚'，是先师不负上天的期待，丰功伟绩，何人可及！"②

对于"诚"，服部土芳在《三册子》中做了不同角度的阐释。

首先，"诚"应该具备审美之心。换言之，诚之心就是审美之心，就是用审美的眼光关注大自然的一切，特别是要在汉诗、和歌中认为不太美的事物中发现美，在《俳谐之"诚"》一节中，服部土芳写道："汉诗、和歌、连歌、俳谐，皆为风雅。而不被汉诗、和歌、连歌所关注的事物，俳谐无不纳入视野。在樱花间鸣啭的黄莺，飞到檐廊下，朝面饼上拉了屎，表现了新年的气氛。还有那原本生于水中的青蛙，复又跳入水中发出

---

① 〔日〕服部土芳. 三册子［M］// 王向远. 日本古代诗学汇译：下卷. 北京：昆仑出版社，2014：631 – 632.

② 〔日〕服部土芳. 三册子［M］// 王向远. 日本古代诗学汇译：下卷. 北京：昆仑出版社，2014：632.

的声音，还有在草丛中跳跃的青蛙的声响，对于俳谐而言都是情趣盎然的事物。"这样将日常、寻常事物加以诗化，用审美的"心"去贴近和拥抱大自然中的一切事物，"以风雅之心看万物"，就是俳谐之"诚"。① 由此，服部土芳强调："多听、多看，从中捕捉令作者感动的情景，这就是俳谐之'诚'。"② 又说："献身于俳谐之道者，要以风雅之心看待外物，方能确立自我风格。取材于自然，并合乎情理。若不以风雅之心看待万物，一味玩弄辞藻，就不能责之以"诚"，而流于庸俗。"③ 而要拥有这种俳谐之"诚"，就需要俳人能够做到"高悟归俗"。据服部土芳说，"高悟归俗"是先师芭蕉的教海，就是俳人首先要有"高悟"，也就是高洁的心胸、高尚的情操、高雅的趣味，然后再放低身段"归俗"，也就是要求俳人以雅化俗，具有贵族的趣味、平民的姿态。这就是"诚"，是一种很高的人生修养。服部土芳强调，要做到这种"诚"，就要向先师松尾芭蕉学习，"要获得'诚'，远则需要探求古人的风雅精神，近则需要研究先师芭蕉之心。不了解先师之心，则'诚'无从获得。而要了解先师之心，就要研究他的作品，熟悉他的创作，然后方能使自己凝神正心，投身俳谐之道，以求有所自得。下如此功夫，可谓得之以'诚'。"④ 在俳谐论之外，江户末期的歌学理论家香川景树在《〈新学〉异见》中也强调："天地之间，不出于'诚'的美的事物并不存在，只有本于'诚'，才能有'纯美'的事物产生。"⑤ 强调的也是"诚"的审美特性。

---

① 〔日〕服部土芳. 三册子［M］∥王向远. 日本古代诗学汇译：下卷. 北京：昆仑出版社，2014：634.

② 〔日〕服部土芳. 三册子［M］∥王向远. 日本古代诗学汇译：下卷. 北京：昆仑出版社，2014：634.

③ 〔日〕服部土芳. 三册子［M］∥王向远. 日本古代诗学汇译：下卷. 北京：昆仑出版社，2014：649－650.

④ 〔日〕服部土芳. 三册子［M］∥王向远. 日本古代诗学汇译：下卷. 北京：昆仑出版社，2014：650.

⑤ 〔日〕香川景树.《新学》异见［M］∥王向远. 日本古代诗学汇译：下卷. 北京：昆仑出版社，2014：1030.

其次,"诚"毕竟是"诚",不仅要有主体的诚之心,也要尊重客体的"真",因此,"诚"不但要求俳人以审美的眼光看待外物,但同时也强调,不能过分逞纵"私意",即不能太主观,要尊重客观事物的真实。据服部土芳说,先师曾说过:"松的事向松学习,竹的事向竹讨教。"他认为这就是教导俳人"不要固守主观私意,如果不向客观对象学习,按一己主观加以想象理解,则终究无所学"。服部土芳认为:"向客观对象学习,就是融入对象之中,探幽发微,感同身受,方有佳句。假如只是粗略地表现客观对象,感情不能从对象中自然产生,则物我两分,情感不真诚,只能流于自我欣赏。"① 他提到,有一次,"先师对我说:'你还是在心里冥思苦索。'我听了暗自惊讶。这是先师知道我未能领会他的思想,批评我仍在凭'私意'作俳谐。如果不能融入客观对象,就不会有佳句,而只能写出表现'私意'的句子。若好好修习,庶几可以从'私意'中解脱出来"②。由此,他更进一步提出了"去私"的主张。"诚"既然要求"去私",也要求去除私心"杂念"。服部土芳提到,有一次先师在一次俳谐会席上讲话时顺便对他说:"你要随时发现良机,作出'诚'的俳谐来。"俳谐会东道主听了此话,问土芳:"芭蕉翁说的'诚'的俳谐,是一种什么样的俳谐呢?"土芳回答说:"依我的理解,大概就是没有杂念的俳谐吧。"③ 这显然是在强调"诚"作为审美心胸与状态的纯粹性,就是要物我合一,因而需要"去私",需要不带功利观念的纯粹。

再次,俳谐之"诚"是所谓"不易"与"流行"的统一。

作为松尾芭蕉及"蕉门俳谐"的美学术语,"不易""流行"就是俳谐中"不变"(不易)与"变"(流行)的辩证统一,是所谓"千岁不

---

① 〔日〕服部土芳. 三册子 [M] //王向远. 日本古代诗学汇译:下卷. 北京:昆仑出版社,2014:650.

② 〔日〕服部土芳. 三册子 [M] //王向远. 日本古代诗学汇译:下卷. 北京:昆仑出版社,2014:664.

③ 〔日〕服部土芳. 三册子 [M] //王向远. 日本古代诗学汇译:下卷. 北京:昆仑出版社,2014:664.

易、一时流行"两者的统一。一般而论，作为一种人格修养、道德伦理的"诚"，就是要有诚心守道、一以贯之、轻易不变的特征。但作为俳谐美学的审美范畴的"诚"，也强调有些根本的东西是"千岁不易"的。服部土芳在在《三册子》中的《赤册子》中，对此做了阐述。他说：

先师的俳谐理论中，有"千岁不易"和"一时流行"两个基本理念。这两个理念，归根到底是统一的，而将二者统一起来的是"风雅之诚"。假如不理解"不易"之理，就不能真正懂得俳谐。所谓"不易"，就是不问古今新旧，超越于流行变化，而牢牢立足于"诚"的姿态。①

服部土芳认为，考察历代歌人之作，就会发现歌风代代都有变化。另一方面，不论古今新旧，那些为数众多的使人产生"哀"感的、物哀的作品，就是"千岁不易"的东西。换言之，和歌中不变的东西就是要抒发感悟兴叹的物哀之情。但另一方面，千变万化也是自然之理。若没有变化，风格就会僵化凝固。风格一旦僵化，就会自以为没有落伍，也完全失去了"诚"。他强调："归根到底，对于先师芭蕉的俳谐理念而言，千变万化，就是'诚'的变化。"②'诚'并非一成不变。不变中有变化，变化中有不变，就是"诚"。这与中国古代文论的"通变"也有相同之处。

可见，"诚"与另一个俳谐美学范畴"寂"一样，是日本俳谐美学，尤其蕉门俳谐美学的核心概念之一。两者内涵上有相通之处，但"诚"是心物合一、主客合一乃至天人合一的最高本体。《中庸》曰："诚者天之道，诚之者人之道也。"《孟子》曰："诚者天之道也，思诚者人之道也。""诚"是人所思、所追慕的主体，而"寂"则是"诚"的表现，有了"诚"，则会表现为"寂"。同时，"寂"不仅适用于俳谐，也适用于其

---

① 〔日〕服部土芳. 三册子 ［M］//王向远. 日本古代诗学汇译：下卷. 北京：昆仑出版社，2014：648 – 649.

② 〔日〕服部土芳. 三册子 ［M］//王向远. 日本古代诗学汇译：下卷. 北京：昆仑出版社，2014：649.

他文学艺术，只是"寂"在俳谐中得到了更为集中的体现。① 然而"诚"作为一种美学状态，却是俳谐本来难以具有，但又是必须具有的。俳谐无"诚"，就只能流于滑稽搞笑、卑俗不堪的文字游戏。一旦有了"诚"，则能变俗为雅、似俗而实雅。关于这一点，芭蕉稍后的俳人上岛鬼贯在其俳论著作《独言》中有着更为深刻的论断，他认为，"心"与"词"的统一，特别是"心深"才有"诚"；去除"伪饰"才有"诚"，没有伪饰才叫"自然之诚"，真正体会出来的艺术技巧，而不是玩弄技巧，才含有"诚"。他进而断言：

不能一概将俳谐理解为"狂句"，俳谐应是有其深奥之意的。延保九年的时候我从内心深处意识到了这一点，此后对于其他事情一概置之不问，专心致志于俳谐。如此过了五年，到了贞享二年春，我认定："诚"之外无俳谐。从此以后，我对于斟字酌句的修饰，哪怕是一句之巧也不再追求。对我来说，那些东西都是空言。②

他把俳谐创作看成了俳人的一种"诚"的精神修炼，把"诚"看作俳谐之本与俳人之魂。

三、日本之"诚"与中国之"诚"

总之，作为日本古典文论，特别是俳论之重要概念的"诚"，有着自己形成与发展演变的独特轨迹，它的演变是从日本固有的"まこと"这个词出发的。起初是"花实"之"实"，然后是"真伪"之"真"，最后是华实相兼、心词统一的"诚"。"实""真""诚"都读作"まこと"；换言之，"まこと"这个词根据使用的语境场合，可以有"实""真""诚"这三个当用汉字，显示了其意义的多层次性。而从"まこと"这个

---

① 王向远. 论"寂"之美——日本古典文艺美学关键词"寂"的内涵与构造 [J]. 清华大学学报，2012（2）.

② 〔日〕上岛鬼贯. 独言 [M] // 王向远. 日本古代诗学汇译：下卷. 北京：昆仑出版社，2014：676.

词本身的内在构造来看，它原本也是一个合成词，其中"ま"可以标记为汉字的"真"，"こと"则既可以标记为汉字的"事"，也可以标记为汉字的"言"。这样一来，"まこと"也就可以转写为"真事""真言"。本来，"真事""真言"是两个不同层面的东西。"事"是客观的事物，"言"是主观的表达，两者是所指与能指的关系。但在"まこと"这个词中，"事"与"言"是合一的。也就是说，在古代日本人的意识中，"言"与"事"是反映与被反映的关系，两者必须吻合一致。于是，在歌论的"花实"关系论中，"まこと"被分为"花"与"实"两个方面，理论家们都主张两个方面必须吻合统一，否则就不是真正的"まこと"；在物语论中的"真"与"伪"关系论中，"伪"本是虚构的、不真实的东西，但对物语而言，"伪"必须含有"真"，即作者的真情、真心，这样才能打动读者，使读者信以为真，并使读者从中得到精神慰藉和阅读美感。换言之，"事"虽是"伪"的、虚构的，但"言"却是"真言"。于是，事伪言真，"事"与"言"就这样得到了统一，这才是真正的"真"（まこと）。

"花实"的"实"是"花实相兼"，"真伪"的"真"是虚实统一。做到这个，就达到了"诚"。对文学而言，"诚"就是花实相兼、事伪言真，就是真事、真言、真心的统一。日本古代文论中的"诚"这一概念就这样有逻辑地、自然而然地演变而成了，简单图示之，就是：

实（花实相兼）→真（事伪言真）→诚（真事·真言·真心）

此外，上述图示的"实→真→诚"三者的所指也各有不同，并经历了一个逐渐拓展推移的过程。也就是说，"实"的所指是作家的创作过程，要求内容与形式、心与词的辩证统一；"真"的所指是已完成的作品，是生活真实与艺术虚构的统一；"诚"的所指则作为创作主体的作者，即要求作者生活与艺术态度须要真诚，需要具有心物合一、物我合一而又纯一不杂的审美的、艺术的态度。简单图示之，就是：

实（创作过程）→真（作品）→诚（作者）

可见，"诚"的所指既是文学创作及其作品，也指作者，是一个具有高度统括性的范畴。

从中日概念范畴的关联的角度来看，日本之"诚"与中国之"诚"具有一定关联。

在中国，"诚"主要是一个伦理学的概念。在日本的传统伦理学中，"诚"也是一个重要的范畴。例如，江户时代思想家富永仲基在《翁之文》一书中大力提倡所谓"诚之道"，认为"诚之道，是如今日本当行之道也"①，对当时的工商业者即"町人"提出了一系列行善去恶的道德行为上的要求，这显然是受了中国古代哲学理论特别是"诚"论的影响。作为中国哲学史、伦理学史上的重要范畴，"诚"十分重要。"诚""仁""乐"是中国学者关于真、善、美的三个范畴，是最高的、最根本的"真"，是人向最高本体的回归，是"天之实"与"心之实"的统一，亦即天人合一、心物合一而达成的"诚"。故而《中庸》曰："诚者天之道，诚之者人之道也。"《孟子》曰："诚者天之道也，思诚者人之道也。"在中国学者的"诚"论中，包含着许多深奥复杂的义理思辨，特别是在宋明理学中，"诚"完全被思辨化了。但是在日本，作为伦理学的"诚"却略去了中国之"诚"的语义思辨之烦，而做了简洁的理解和明快的运用，就像上述富永仲基所做的那样。

在日本，作为伦理学概念的"诚"较为朴素，理论抽象程度不高，而且伦理学的"诚"与作为文论范畴的"诚"，两者之间的交集也很少，这种情形与中国也有所不同。中国的"诚"虽然也首先是伦理哲学范畴，但它一开始便与文学及美学问题密切相关。可以说，作为文论术语的"诚"是伦理哲学之"诚"的一个延伸。《周易·乾文言》有"修辞立其

---

① 〔日〕富永仲基. 翁之文〔M〕// 日本の名著：第18卷. 东京：中央公论社，昭和五十三年：62.

诚"之说，很早就把"诚"作为"修辞"（语言表达与写作）的一种要求。《庄子·渔父》："孔子愀然曰：'请问何谓真'？客曰：'真者，精诚之至也。不精不诚，不能动人。'"庄子所言之"精诚"及"动人"者，显然与文艺创作有关。历史上一些文论家对"诚"也有所论及。如元好问在《杨叔能小亨集》中说："唐诗所以绝出于《三百篇》之后者，知本焉尔矣。何谓本？诚是也……故由心而诚，由诚而言，由言而诗也，三者为一……故曰不诚无物。夫惟不诚，故言无所主，心口别为二物，物我邈其千里，潜然而往，悠然而来，人之听之，若春风之过马耳，其欲动天地，感鬼神，难矣！其是之谓本。"这段话在中国文论的"诚"论中很有代表性，与上述日本蕉门俳谐中的"诚"论颇有相通之处。但是，由于中国的"诚"概念主要是作为哲学特别是儒学范畴而使用的，因而它还不是一个重要的文论与美学的概念，没有像在日本文论中那样被频繁使用并形成一个独立的范畴。日本的"诚"是在其古代文论领域才被真正理论化、范畴化的。如果说，中国的"诚"范畴主要是作为一个伦理哲学的范畴而存在，那么日本的"诚"范畴则主要是作为文论与美学的范畴而存在，如香山景树所强调的"只有本于'诚'，才能有'纯美'的事物产生"，就是直接将"诚"与"美"联系起来。总而言之，日本的"诚"论是一个含义丰富、层次清晰的文论与美学范畴，不像一些学者所理解的仅仅是"写实的真实文学的思潮"①，而是作品内容充实论、作品本体真实论，更是作家主体的审美修养论。

---

① 叶渭渠. 日本文学思潮史：古代篇［M］. 北京：北京大学出版社，2009：78 –
90，109 – 120.

第六章　"情"见乎辞

——作为中日古代文论中的"情"和"人情"

作为中日古代文论的重要范畴，"情"与"人情"在字源与语义上相通相连，但同时在各自的思想史与文论史上的作用地位也有很大差异。日本对"情"采取了顺其自然的态度，具有"人情主义"倾向；中国对"情"的抑制时松时紧，但总体上具有"抑情主义"倾向。日本的"人情"一直保持着汉语"人情"的原初本义，专指人的自然感情，而没有汉语"人情"概念所含有的人际往来、人情世故的复杂含义。以江户时代本居宣长为代表的日本文论家，极力抽掉"情"或"人情"的社会性、俗世性、道德性的内涵，使其成为超越世俗道德含义的单纯的审美概念。

《周易·系辞下》有云："圣人之情见乎辞。"不仅是圣人之情，所有人都把言辞作为表达感情的基本方式和途径，而最能完全充分地表达感情的是作为语言艺术的文学，因此"情"不仅是哲学心理学的基本范畴，也是文学及文论的基本范畴，这一点古今中外皆然，中日亦然。"情"作为日本传统文学、文论的重要范畴，与中国的"情""人情"概念有密切关联。但是日本学者对于"情"及"人情"研究却相当薄弱，专文专著均罕见，值得一提的是源了圆先生的通俗性学术读物《义理与人情》①，把"义理"与"人情"作为一对相反相成的概念并提，并加以研究，较有新意。但其出发点是社会文化研究，而非文论与美学的研究，其中大部分篇幅是在谈作为社会学概念的"义理"，对"情"及"人情"的论述却相当简略。对于日本文论中"情"与"人情"范畴的研究，必须在与中国的"情"与"人情"概念的比较中，才能顺利而有效地进行。

一、日语的"情け"与汉语的"情"

汉语的"情"字的语义与使用很复杂，"情"既是社会学、政治学概念，也是伦理学、心理学概念。在先秦时代的文献中，"情"字多指人所了解的真实情况，而且多是在社会政治层面上的。如《尚书·康诰》中的"天谓棐忱，民情大可见，小人难保"，是"民情"二字连用，指的是所看到的民众的真实情况。《周易·系辞下》："八卦以象告，爻象以情言。"这里的"情"指情况、事情。《左传·僖公二十八年》："险阻艰难，备尝之矣；民之情伪，今知之矣。""情"字都是指"真实情况"之意，与"伪"是反义词。《论语》中"上好礼，则民莫敢不敬；上好义，则民莫敢不服；上好信，则民莫敢不用情"，朱熹的注解是"情，诚实也"，说的是国君若是"好信"即诚实讲信用，那么民众就不敢不讲实话实情（"莫敢不用情"）。《庄子·滕文公上》："夫物之不齐，物之情也。"指的都是事物的客观、真实的状况，同时也进一步将"情"字用作心理学的意义。《庄子·德充符》"既谓之人，恶得无情？"指的就是人的好恶等感情判断，而不是那种是非、真假的价值判断。屈原《惜诵》"惜诵以致愍兮，发愤以抒情"，指的是一般的广义上的人的感情。《荀子》则进一步大量使用"情"字，并将"情"固定为感情、情感义，作为其哲学体系中的基本概念。《荀子·天论》云："好恶喜怒哀乐臧焉，夫是之谓天

---

① 〔日〕源了圆. 義理と人情［M］. 东京：中央公论社，1973；〔日〕源了圆.
义理与人情［M］. 李树果，王健宜，译. 天津：天津人民出版社，1996.

情",界定好恶喜怒哀乐这样的感情是与生俱来的基本感情,即"天情"。《荀子·天论》又云:"生之所以然者谓之性……性之好恶喜怒哀乐谓之情。"将"性"与"情"加以区分,《荀子》还最早把"情"作为诗学、美学的概念来使用,在《乐论》中提出:"夫乐者,乐也。人情之所必不免也。"把人之感情(人情)作为音乐产生的根源。

汉代《毛诗序》进一步将"情"用作诗学概念,提出:"诗者,志之所之也,在心为志,发言为诗。情动于衷而形于言……情发于声,声成文,谓之音。"把"情"作为诗歌创作的内在推动力。但是,上述的先秦两汉时代各家所论之"情",都不同程度地带有社会学、伦理学、政治学的色彩。在儒家的语境中,又与伦理色彩浓厚的"志"联系起来,更多地指代人的社会性感情,而非个体的、个别的、纯感觉性、审美性的。到了魏晋时代,由于文艺理论作为一种学术与思想形态走向独立与成熟,"情"字也进一步被用作诗学美学概念。陆机在《文赋》中提出了"诗缘情而绮靡"的命题,刘勰在《文心雕龙》中全面论述了"情"的诗学意义,提出了"情以物兴"、"情以物观"(《诠赋》)、"情以物迁"(《物色》)、"宅情曰章"(《章句》)、"理融情畅"(《养气》)等一系列命题,还有"情理""情文""情貌""情彩"等一系列"情"字概念群,为此后的"情"概念的阐发与运用打下了基础。

在日本,作为汉字概念的"情",最早在以汉文书写的文论著作中用例较多。如8世纪日本高僧空海在综述中国古代六朝至唐代诗学的时候,更多地是从六朝隋唐诗学的角度理解和援引"情"字,他在《文笔眼心抄》中说:"凡古今诗人,多称丽句,开意为上,反此为下。如'盈盈一水间,脉脉不得语''临河濯长缨,念别怅悠阻',此情句也。如'白云抱幽石,绿篠媚清涟''露湿寒塘草,月映清淮流',此物色带情句也。"又说:"凡诗工创心,以情为地,以兴为经,然后清音韵其风律,丽句增其文彩。"① 讲的都是人的感情，而且是审美性的感情，这与中国早期文献中的"情"字的客观性、社会性的内涵有着显著的不同。10 世纪编纂的《古今和歌集·真名序》（用汉字写的序）也数次使用"情"字，如在论述日本和歌发展史的时候，"但见上古之歌，多存古质之语，未为耳目之玩，徒为教诫之端。古天子每良辰美景，诏侍臣预宴筵者献和歌，君臣之情，由斯可见，贤愚之性，于是相分，所以随民之欲择士之才也。"此处的"君臣之情"的"情"，是人之间的感情的含义。"其后虽天神之孙，海童之女，莫不以和歌通情者"，说的是以和歌沟通彼此感情，"情"即人的感情。在评价古人的和歌时，也以"情"字论，说："在原中将之歌，其情有余，其词不足，如萎花虽少彩色而有薰香。"也就是说，在原业平的和歌其感情表达很充分，但辞藻方面有所不足。

另一方面，在用日语书写的古代文论文献中，作为汉字概念的"情"字使用较晚。例如，除上述的《古今和歌集》的《真名序》之外，还有一篇用日语写成的《假名序》，内容与真名序基本相同，但在《真名序》使用"情"的地方，《假名序》却未使用，如上述《真名序》在评论在原业平和歌时，说他"其情有余，其词不足"，而在《假名序》中，却表述为"在原业平之歌，其'心'有余，其'词'不足"，'情'字被置换为'心'"。"情"与"心"被作为同义词互换使用，但正如上文所说，"情"从属于"心"，"心"的概念是大于"情"的。就和歌文学而言，"心"是文学作品的内容，"词"是形式与表达，而"情"则是"心"的某种表现。

在汉字的"情"概念之外，还有一个日本固有的概念，假名写作"なさけ"，读作"nasake"。当汉字及"情"字传入日本后，日本人便以"情"字来标记和训释原有的"なさけ"，通常标记为"情け"。日本固有的"情け"较之汉语的"情"字的含义要单纯得多，因为他们一开始

---

① 〔日〕空海. 文笔眼心抄［M］//王向远. 日本古代文论选译：古代卷上. 北京：中央编译出版社，2012：14.

就把"情け"理解为人的主观感情。以角川新版《古语辞典》、三省堂版《新明解古语辞典》等权威辞书为例,结合日本古典文献中的用例,可以列出"情け"(なさけ)的几种主要的释义。

第一层意思是指同情心,关心和同情他人,感情、友情、情爱。如《源氏物语·桐壶》有:"有人缘的人,善解人意都有一颗有情的心。"(人柄のあはれに情ありし御心を)第二层意思是指风雅、风流之心,或指解风情、风情、情趣、有情趣。如《伊势物语》第 101 节:"懂风情(有情趣)的人,在瓶里插花。"("情けある人にて瓶に花をさせり。")《徒然草》第 137 节:"闭门不出,不知春天已去,反倒显得更知物哀,情趣更深。"("たれこめて春の行くへ知られぬも、なほあはれに情け深い")第三层意思是指男女之情,情爱、爱情、恋情,乃至如《源氏物语·藤裏葉》:"虽不是故意为之的,但那个年轻人还是显出貌似有情的样子。"(わざとならねど情けだち給ふ若人は)《徒然草》:"男女之情,难道可以说完全是缘于邂逅相遇吗?"("男女の情けも、ひとえに逢い見るをば言うものかは")在男女之情的意义上,又往往特指肉体意义上的色情、情色、交欢。如《宇治拾遗·二》:"那女子也认识那男人,于是一边交欢,一边……"("女も男見知りて情け交しながら")近松门左卫门《寿门松·上》:"可怜吾妻不得不出卖情色。"("情けを商売になさるる吾妻様")第四层意思,是作为审美范畴的"情け"。如上所述,日语中的"情"(なさけ),从一般的、普通的、纯粹的感情、情趣,到男女之间的爱情、情爱,再到肉体层面的色情,其基本特征是侧重人的主观情感,是属于"人情"范畴的"情"。换言之,日语中的"情"(なさけ)一开始便在个人的感情,特别是恋情、风雅恋情等意义上使用,这就顺其自然地将"情"纳入了审美判断的范畴,即用来指风雅、风流、风情、情趣,从而使其成为日本传统文论与美学的重要的概念范畴。

从中日文论范畴关联与比较的角度来看,一方面,"情"字在字源与语义上相通相连,另一方面,"情"在思想史与文论史上位置则有很大差异。总体看来，日本对"情"采取了善待善用、顺其自然的态度，具有"人情主义"倾向；中国对"情"采取了防范节制的态度，虽然在两千多年间，对"情"的抑制时松时紧，但总体上具有"抑情主义"倾向。

在中国的哲学思想史与文论史上，一直贯穿着"情"与"理"、"情"与"礼"的辨析与选择。一方面，中国古代思想家承认了"情"的自然存在及其价值，但另一方面又认为"情"必须用"理"和"礼"加以控制。孔子主张"发乎情，止乎礼义"，《荀子·性恶》认为"从人之性，顺人之情，必出于争夺，合于犯分乱理而归于暴"，人情是恶的根源，因此必须用"礼仪之道"加以控制。《庄子》曾提出了"无情"："吾所谓无情者，言人之不以好恶内伤其身，常因自然而不益生也。"故主张以"无情"来顺应"自然"。到汉代董仲舒在《春秋繁露·举贤良对策》中进一步提出："人欲之谓情。情非度制不节。"王充在《论衡·答佞》中虽然肯定情生于自然，但又主张"以礼防情"。到了魏晋南北朝时代，一些风流雅士则反拨此前的"抑情"，提倡"越名教而任自然"（嵇康《释私论》），犯礼尚情，纵情放荡，矫枉过正。到了隋唐时代，"抑情主义"的情恶论再次成为思想界与文论界的主流，他们把"性情"加以区分和剥离，"性"是理想和道德的，"情"是喜、怒、哀、惧、爱、恶、欲七者的根源，是骚动的、不安分的，是邪妄的，"性"与"情"两者势不两立。这种观念的集大成的人物就是唐代的李翱，他在《复性书》三篇中，提出了"灭情复性"的主张，"灭情"是"抑情"的极端状态。到了宋代，朱熹等理学家们则不再走这种极端，而是将"性情"合为一谈，认为"情"也有善恶之别，探讨如何用"心"、用"理"来统御"情"。明代则是中国历史上少有的"主情"的时代，王阳明在《传习录》中则提出"七情顺其自然而流行"，认为情不可过于张扬，否则就成了"欲"，本质上还属"抑情主义"。而在明代的文艺界里，则有更多人提倡"情"，戏剧家徐渭认为"人生堕地，便为情使"（《选古今南北剧序》），人就是为情而生的。冯梦龙则认为"六经皆以情教"，并编著《情史》一书，在

序中宣称："天地若无情，不生一切物。一切物无情，不能相环生。生生
而不灭，由情不灭故。四大皆幻没，惟情不虚设。"汤显祖在《耳伯麻姑
游诗序》中提出："世总为情，情生诗歌而行于神。"清代的学者文人及
文论家们，则进一步探讨论述"情"与"心"、"情"与"性"、"情"与
"礼"及"理"的关系，而主张相互之间的制衡与兼容。综观中国思想史
与文论史，尽管不同时代有不同向度的摇摆，但其主流还是"抑情"。

　　日本思想史与文论史上，从来都没有像中国这样贬低、惧怕"情"，
在"情"与"理"、"情"与"礼"的矛盾中，更多地倾向于"情"。这
一点，从日语的相关词汇中即可窥见一斑。在日本人的观念中，一个人不
可没有"情"。没有"情"又会怎样呢？有一个常用的形容词——"情け
ない"（古语写作"情け無し"），字面意思是"无情"。如《平家物语·
维盛都落》："一天到晚跟这么一个无情的人在一起，真是没想到的事。"
（"年頃日頃これほど情けなかりける人とこそかねても思はざりしか。"）
在古代文献及文学作品中，这个"情け無し"有如下几个意思：第一，
无情，缺乏同情心、冷酷；第二，不风流，不风雅，缺乏风情；第三：悲
惨、呆头呆脑、令人扫兴。到了现代日语中，"情けない"又进一步衍生
出了"可耻""可怜""没出息"等否定性的意义。可见，在日本人的观
念中，一个人假如没有了"情"（无情），就等于"可耻""可怜""没出
息"，就应该被彻底否定了。这样的意义，在汉语涉及"情"的词汇中是
没有的。

　　正因为"情"如此重要，日语中的"情"字概念群中所有的词都从
正反两方面表现"情"的重要。例如，"情けがる"（装作有情的样子）、
"情けばむ"（装作有情的样子）、"情けごかし"（佯作有情），同一个意
思用三个词在表述，表明在日本人看来，"情"字很重要、很可贵，所以
人们有时不得不装出有情的样子来。但装作有情的样子，毕竟还是没有
情，所以这些词就成为带讽刺意味的贬义词。此外还有"情け情けし"
（一往情深的样子）、"情け深い"（情深）等形容词。这样一来，"情"

（なさけ）这个词在日本就具有了完全正面的意义，即便"情宿"这样的词也不带汉语的"姘居"这样的贬义。日本"俳圣"松尾芭蕉在《闭关之说》一文中甚至写道："好色为君子所恶，佛教也将色置之于五戒之首。虽说如此，然恋情难舍，刻骨铭心……恋情之事，较之人到老年却仍魂迷于米钱之中而不辨人情，罪过为轻，尚可宽宥。"① 恋情、好色这样的在中国严加防范的"情"，在松尾芭蕉看来属于自然的"人情"，哪怕算是罪过，也是可以原谅的。

与此同时，在日本，无论是日语固有的"情け"还是汉字概念的"情"，不仅作为独立的词或概念，而且也作为构词的词干、词素，因而形成了数量较多的相关词汇，我们可以称之为"情字词"或"情字概念群"。其中，以汉字"情"字为词素构成的词汇，有的是从汉语中直接引进的，如8世纪的平安时代歌人藤原滨成在歌论《歌经标式》开篇，用汉语写道："原夫歌者，所以感鬼神之幽情，慰天人之恋心者也。"《石见女式》也模仿承续此说："夫原和歌者，感鬼神之幽情，慰天人之恋心。"此处的"幽情"显然就是汉语的"幽情"，是班固"发思古之幽情"的"幽情"，是王羲之"一觞一咏，亦足以畅抒幽情"的"幽情"，指的是一种带有很强时空感的深刻、复杂的感情。此后9世纪的滋野贞主在汉诗文集《经国集》的序言中，有"紧健之词，体物殊苲；清拔之气，缘情增高"一句，使用了"缘情"一词，显然来自陆机《文赋》中"诗缘情而绮靡"，指的是诗歌创作因人的情感而生成，"清拔之气"也因为"情"而有所"增高"。10世纪歌人、歌学家壬生忠岑《和歌体十种》，将和歌分为"古歌体、神妙体、直体、余情体、写思体、高情体、器量体、比兴体、华艳体、两方体"共十体，即十种风格，其中"余情体"的"余情"也是汉语，陶渊明云，"其人虽已没，千载有余情"，何逊有"鉴前飘落纷，琴上听余情"。《和歌体十种》认为"余情体"的特点是"词标

---

① 〔日〕松尾芭蕉.闭关之说［M］//王向远.日本古代文论选译：古代卷下.北京：中央编译出版社，2012：399.

一片，义笼万端"，就是用若干有限的词语来表达多义复杂的情感内容。后来，"余情"不仅限于和歌一体，而是成为日本文论中的一个重要概念。至于所谓"高情体"之"高情"，似乎是作者杜撰的新词。"此体词虽凡流，义入幽玄，诸歌之为上科也，莫不任高情。仍神妙、余情、器量皆以出是流，而只以心匠之至妙，难强分其境。待指南于来哲而已。"所指的是"高情"体的和歌用词虽然较为普通平凡，但具有高格调，而其他的十种体式，也都须出自"高情"。此外还有"风情"一词，例如，镰仓时代著名歌人、散文作家鸭长明在《无名抄·关于近代歌体》中使用了"风情"的概念，"风情"不必说也是汉语词，其中写道："中古之体容易学，但难出秀歌，因中古之体用词古旧，专以风情为宗旨。"又说："别人暂且不说，以我自身经验而论，以前参加人数众多的歌会，听了他们的歌，具有独运匠心之风情者极少，不少作品差强人意，但立意新鲜者却难得一遇……而风情不足者，尚未登堂入室，徒然贻笑大方。"不仅指感情，似乎还包括表达感情的能力。

二、"人情"概念与日本文论中的"人情主义"

从古代文论范畴的层面上看，在"情"字概念群中，最重要的还是"人情"这个范畴。在汉语中，"人情"一词，可以看成是一个偏正词组，即人之情。较早使用"人情"一词的，是《礼记·礼运》："何为人情？喜怒哀惧爱恶欲，七者弗学而能。"所以需要对人情加以控制："故圣王修义之柄、礼之序，以治人情。故人情者，圣王之田也。"《荀子》较早把"人情"作为与文艺相关的词汇加以使用，他在《乐论》中提出："夫乐者，乐也。人情之所必不免也。"

既然"人情"是人普遍性的自然的情感欲望，那么对统治者来说，人情就是需要了解的。《史记·李斯列传》云："且赵君为人精廉彊力，下知人情，上能适朕，君其勿疑。"这里的"人情"将"人"加以群体化与一般化，与"民情""世情"同义。这样一来，作为个别的"人情"就成为一般意义上的"人情",又引申为人们所共有的、通常的想法或做法。如《庄子·逍遥游》:"大相径庭,不近人情焉。"唐代诗人韩愈《县齐有怀》:"人情忌殊异,世路多全诈。"近代宁调元《燕京杂诗》:"人情叶叶都如此,世路悠悠古所难。"指的都是普通的一般的共性的东西,即人的群体性、社会性,所以"忌殊异",不能太个性了。不仅如此,"人情"更用来指人与人之间的利益关系、功利性的应酬往来。如元代关汉卿《鲁斋郎》第三折中:"父亲、母亲人情都去了,这早晚敢待来也。"元代刘埙《隐居通议·世情》:"盖趋时趋势,人情则然,古今所同也。"《红楼梦》第六十八回:"外头从娘娘算起,以及王公侯伯家,多少人情客礼,家里又有这些亲友的调度。"由此可见,在汉语的语境中,"人情"这一概念从个人的感情到普遍的"人情",一般都是在政治学、社会学的意义上使用的。"人情"所强调的并不是个人、个体的喜怒哀乐的主观情感,而是多指人际交往的一般情形。甚至到了近现代汉语中,出现了"送人情""讲人情""欠人情""人情世故"等说法,带上了强烈的功利性交往、利益交换的意味,有时甚至"送人情"的"人情"指的是用来润滑人际关系的金钱财物,与人的感情完全不相干了。因此,"人情"在汉语中,一直是一个社会学、政治学、儒学的词汇概念,后来则在此基础上,相当程度地俗恶化了。在这种情况下,"人情"难以成为一个文论概念或审美范畴。

日本的"人情"(にんじょう)一词,是从汉语传入的。这个词很早就传入日本,成为日语中的一个重要的汉字词。但日本的"人情"一直保持着汉语"人情"的本义,指的是人与生俱来的基本感情。日本权威辞书《大言海》对"人情"的释义是:"人心所自然具备的性情,人之心、人之情。"《广辞苑》对"人情"一词也只有两个释义:第一,基于自然的人间相爱之情;第二,人心的自然的活动。小学馆《国语大辞典》的"人情"释义只有一条:"人情,人与生俱来的心的活动;又指人所自然具有的情爱、感情、慈爱、关爱。"可见在日语中"人情"很单纯,完全没有社会学上的人际交往和利害考量的含义，而专指人自然具备的各种感情，而且是美好的感情。这样，"人情"一词便自然而然地单纯作为文论、诗学或美学概念来使用了。从最早的《古今和歌集·真名序》中使用的"人情"，到17世纪后的江户时代，"人情"一词就成为一个重要的文学概念与文论概念了。

另外，在理论层面上，无论在汉学家的文论中，还是在"国学家"的文论中，"人情"都成为一个重要的被频繁使用的文论与诗学范畴。这个范畴首先在汉诗论（诗话）中使用。汉诗人、诗学理论家祇原南海在用日语写成的诗话著作《诗学逢原·上卷》中写道：

中国上古三代之初，诗以人情贯之，发于声而鸣于物，周代时，各国诗歌由太史采集，以诗观列国之风及善恶兴衰，是诗歌的功用之一。又，诗和之以管弦，在朝廷庙堂之上，祭祀飨宴之时吟诵，用于邦国、闺门，通和人情、以成乐章，也是诗歌的一种功能。到了孔子时代，弦歌讽诵、断章取义，又是诗的功用之一。至唐代，更以诗取士，也使诗歌具有了后世的那种游戏因素。这也是诗的功用之一。相同的一首诗历经数代，被使用的途径方式不一，所不变者，乃是因为它源于人情，所表现的也是人情。故而今日我们所作之诗，能不负诗之本意，即是斯道大幸。①

这里表达的是以"人情"为价值本位的文学观。祇原南海所说的"人情"，是指人性的自然，是作为个体的自然感情，认为表现人情是"诗之本意"，诗就是"吟咏性情"，从而对宋人的以理入诗、以史论诗的做法表示排斥和反对。真挚的人情是诗的根本，"所谓情生于文，文生于情，是说情感真挚时，自然成文，正如风吹万物，自然成音，是同样的道理。"江户时代另一位汉诗人、诗学家广濑淡窗在《淡窗诗话》中认为："会写诗的人温润，而不会写诗的人刻薄；会写诗的人通达，不会写诗的

---

① 〔日〕祇原南海. 诗学逢原［M］// 王向远. 日本古代诗学汇译：下卷. 北京：昆仑出版社，2014：709.

人偏狭；会写诗的人文雅，不会写诗的人粗鲁。这是为什么呢？诗是出于性情之物，不喜欢诗的人，是因为其天性中缺少情的部分，若让这些人学诗，就可以使其感情变得丰富，但是以偏狭的情感，无论怎样努力，也是学不好诗的，任其发展下去，越来越堕入无情之窟。"① 这就不仅把"情"作为诗歌的根本，也把"情"作为人之根本了。

在江户时代，来自中国的儒学被推为官方之学与官方意识形态，照理说中国儒学的"抑情主义"也会随之而立。实际上，无论是日本的各派儒学在具体问题上有多大分歧与论争，但在"情"的问题上却都显示了与中国儒学的不同。他们都不同程度地反抗中国的儒学主流的"抑情主义"，而普遍提出"人情主义"。可以说，江户时代日本儒家的最大特点，是一致反对中国宋明理学中的唯理主义，而大力弘扬"情""人情"。如山麓素行在《谪居童问》中主张"去人欲非人"，认为没有人情、人欲，那就不是人了；伊藤东涯在《古学指要》一书中提出了"因情知性"说，认为"情"是人的最真实、最自然的东西，由"情"才能见出人性；荻生徂徕则批判宋儒的"存天理，去人欲"，比起"天"来，他更强调"人"，比起"天道"的既定性，更强调人为性。对"情"的这种态度，是中国儒学日本化的一个显著标志。

这种"人情主义"倾向，在反抗中国儒学而产生的所谓"国学"派的思想，特别是其文学理论著述中，得到了更为系统鲜明的阐述。由于日本的"情"的思想大多是通过文学创作加以表现的，因而日本的国学家们便更多地在日本传统文学的研究中发掘"情"的价值，宣扬"人情主义"。这样一来，有关的文论著作便成为集中阐发"人情主义"的典型文本，而且对"人情主义"的宣扬，与对中国文化的批判始终结合在一起。其中，站在唯情主义立场上，批判中国传统的理性文化、弘扬日本的"人情主义"的最有代表性的文论家，是18世纪的著名国学家本居宣长。

---

① 〔日〕广濑淡窗. 淡窗诗话〔M〕∥王向远. 日本古代诗学汇译：下卷. 北京：昆仑出版社，2014：740.

本居宣长的"人情"论是从属于他的"物哀"论的。① 他在《紫文要领》一书中认为,儒学、佛学与日本独特的"物语"文学,其根本的不同,就在于儒佛之道对人情加以严厉抑制,将按人情恣意而为者视为"恶",而将控制压抑人情者视为"善";认为日本的物语文学有自己的独特的人物评判的标准,那就是"情",物语"以'通人情'者谓善,以'不通人情'者为恶"。他强调:"物语中的所谓'通人情',并不是叫人按自己的想法恣意而为,而是将人情如实地描写出来,让读者更深刻地认识和理解人情,这就是让读者'知物哀'。"② 总括起来看,本居宣长所谓的"人情",是人的天然的、本能的情,也是不加掩饰的真实之情。

首先,天然的本能的人情,最集中的表现就是人的情欲,而在情欲中,最强烈的就是肉欲,就是男女之恋情。这正是中国儒家文化说的"男女之大防",是严厉地加以排斥的。本居宣长则认为,最能体现人情的莫过于"好色",《源氏物语》等日本物语文学恰恰建立在男女之情的描写基础上。文学不写"好色",就不能深入人情的幽微之处。他又在和歌研究专著《石上私淑言》中指出:和歌中的题材之所以以恋爱为最多,原因是"恋爱乃是一切感情中最动人的感情,恋情也是人最为难耐之情,所以在感物兴叹的和歌中,以恋歌为最多"。

其次,宣长所谓的人情,不是装出来的堂而皇之的东西,而是不加掩饰的人心最深处的东西。他在《紫文要领》中断言:"真实的人情就是像女童那样幼稚和愚懦。坚强而自信不是人情的本质,常常是表面上有意假装出来的。如果深入其内心世界,就会发现无论怎样的强人,内心深处都

---

① 王向远. 感物而哀——从比较诗学的视角看本居宣长的"物哀论"[J]. 文化与诗学, 2011(2);王向远. 中国的"感""感物"与日本的"哀""物哀"——审美感兴诸范畴的比较分析 [J]. 江淮论坛, 2014(2);王向远. 日本的"哀·物哀·知物哀"——审美概念的形成流变及语义分析 [J]. 江淮论丛, 2012(5).

② 〔日〕本居宣长. 紫文要领 [M] // 王向远. 日本物哀. 长春:吉林出版集团, 2010:44.

与女童无异。对此引以为耻，极力隐瞒，是不正确的做法。中国人写的书就是极力装潢门面，而忽略了对真实的人情描写。看上去、听上去似乎冠冕堂皇、威风凛凛，实则是装腔作势、色厉内荏。"① 他在《石上私淑言》中对中国和日本文化做了对比，认为中国文学作者都从治国安邦考量。可见，以本居宣长为代表的日本古代文论家，抽掉了“情”或“人情”的社会性、伦理性的内涵，而把“人情”单纯地加以审美化的理解与运用。

三、中日“情”与“人情”范畴的复杂性与单纯性

将中国与日本“情”“人情”语义的演变加以比较，就可以看出，中国的“情”“人情”逐渐从原初的人的自然的基本感情义，而层层累积了社会学的意义；从单个的、个别的人之感情之义，发展到群体的、一般的“情”与“人情”；又在人们情感交流的意义上，赋予“人情”以人际交往意义上的规则、潜规则的意味。同时，在哲学的层面上，中国的“情”也有不少的相关范畴，与“情”保持着互为依存的关系，需要不断地进行“情”与相关范畴的辨析。在中国思想史上，尤其是在先秦诸子、宋明理学中，围绕“情”的内涵及与相关范畴的关系，曾有过长期的论析与论辩。例如，在哲学思想领域，从不同角度辨析“心”与“情”、“情”与“性”、“情”与“志”、“情”与“意”等的关系；在文论与美学的领域，中国古代古人则深入辨析和论述“情”与“境”、“情”与“景”之间的复杂关系。而日本的“情”与“人情”，却在使用的过程中被不断地剥离着与周边相关词语的关联，从而保持了其相对单纯性。

与中国不同，日本之“情”的范畴的限定性、语义的单纯性，使得日本人对“情”字与其它概念范畴之间的关联，如“心”与“情”、“情”与“志”、“情”与“意”、“情”与“欲”等，都不做过多深入的

---

① 〔日〕本居宣长. 紫文要领［M］∥王向远. 日本物哀. 长春：吉林出版集团，2010：106－107.

区分与辨析。较早涉及"情"及相关概念之关系的，是空海的《文笔眼心抄·凡例》第二："凡诗本志也。在心为志，发言为诗。情动于中，而形于言，然后书之于纸也。"这里显然是在祖述中国诗学，并且点到为止，但这也清楚地表明了他对"心"与"志"与"情"三者的关系的简洁明快的理解："心"是本体，"志"是心的产物，"情"是心与志的动力与表达。在心即情，情即心，在许多情况下，"情"可以读作"こころ"（kokoro，即"心"的读音）。在日本人看来，"心"的作用是通过"情"表现出来的。"情"可以读作"心"，当要有意识地强调"情"的时候，则将"情"读作"こころ"（心）。17世纪日本国学家本居宣长的《石上私淑言》中所说的"情词"也就是"心词"。"情"与"心"同义，但"心"字不能读作"情"（"なさけ"），这说明"心"的概念大于"情"，"情"从属于"心"。在中国哲学中，"心"概念的综括性极强，包含度极高，而在日本人的理解中，"心"常常就是"情"，"情"也被完全限定在"心"所具有的主观的、个性化的范畴内。本居宣长在《石上私淑言》中，还对"情"与"欲"做了区分界定。认为："'情'和'欲'是有区别的。首先，人心之所想均是'情'，在所思所想中最想得到的那一部分叫做'欲'，两者互为依存。一般而论，'欲'是'情'的一种。如若加以区别，对人加以怜爱，或者对人寄予思念、担忧之类，谓之'情'。出乎'情'者即涉及到'欲'，而出乎于'欲'者也涉及到'情'，两者难以截然区分。"① 虽说难以区分，但他还是把"情"限定为没有实践性的东西，从而与具有实践指向的"欲"相区别。关于"情"与"意"的关系，江户末期汉诗人广濑淡窗在《淡窗诗话》（上卷）中，将"人心"分为两部分，即"情"与"意"，他认为"意"是一种是非、利害的判断，有益的事情就做，无益的事情就不做，这是"意"的职责；

---

① 〔日〕本居宣长. 石上私淑言［M］∥王向远. 日本物哀. 长春：吉林出版集团，2010：226.

而明知此事不该做，而又难以舍弃，这就是"情"。① 这就把"情"中的利害权衡剔除了，从而使"情"单纯化。总之，日本人对"情"所做的词义辨析，主要是撇清"情"与其他心理、思想因素之间的关系，而使"情"保持单纯化。

从学科分野的层面来看，如果说，中国古代文论中的"情"是在哲学、伦理学、社会学等多维视域中加以思考与观照的，那么日本的"情"则只是在心理美学的层面上加以观照。中国文论中的"情"在特定的语境中是审美范畴，但即便作为审美范畴使用时，也不排斥非审美的判断，而且常常是让非审美的判断先入为主了。即便是主张缘情而作的唐代的一些诗人，如刘禹锡、卢重元等，在谈到"情"的时候也以善恶论。日本文论中的"情"论，虽也承认"情"确实也有善恶之分，但却把"情"视为人性自然，而在文学创作中做真实的描写，并不随意加以善恶道德的判断。表现在文学创作中，中国文学不是没有写情，而且对人的情欲，包括男女恋情乃至色情，都有大量的描写，在描写的程度上甚至远超日本文学。诗歌中的《玉台新咏》及唐宋的宫体诗词都大量地表现了恋情，与日本的《古今和歌集》《新古今和歌集》中的恋歌不遑相让。中国明代的言情小说中人情、色情描写，与江户时代的所谓"好色物"（好色小说）、"人情物"（人情小说）相比，也有过之而无不及。但与日本文学不同的是，中国的《金瓶梅》《肉蒲团》等小说是带着道德训诫的目的来描写情欲的，先对情欲本身做了恶的判断与定位，因而其描写往往失之于丑恶乃至堕落，而《源氏物语》对"情"本身视为自然，以表现"物哀"、让读者"知物哀"这样的美学动机为指归，所以在理论上，日本由"情"生发出独特的"物哀"论美学，将"情"加以美学范畴化。而汉代以降，中国的"情"论主要是作为人性论哲学概念、伦理学概念来使用的，其次才是文论与美学概念。正如有学者所指出的那样：两千年来的中国历

---

① 〔日〕广濑淡窗. 淡窗诗话［M］∥王向远. 日本古代诗学汇译：下卷，北京：昆仑出版社，2014：741.

史，一直是在"情的解放——情的泛滥——情的压制"中往复循环，由此形成了三个历史圆圈：两汉—六朝；隋唐—五代、宋—明末。① 相比之下，日本则没有这样的圆圈，而是呈现了三个阶段，即《古今和歌集》之前（10 世纪之前）自然地表现"情"，到了 10 世纪后《古今和歌集序》从理论范畴上意识到"情"，再到 17 世纪后江户时代思想家、文论家从理论上阐发与确认"情"。可以说，日本的"主情主义"是一以贯之、线性发展演进的。

在日本古代文论中，对"情"的理解与界定是如此，对于"人情"这个范畴也是如此。

首先，日本人通过"人情"与另外一个相关概念"义理"之间的辨析，来达成"人情"范畴的单纯化。日语的"義理"（ぎり，读若 giri）似来自中国的《礼记·礼器》"义理，礼之文也"，但含义与汉语的"义理"颇有不同，指的是日本传统社会中的"恩义""情义""情分""情面""义务"等约定俗成的社会性的风俗礼仪与规矩规则。受儒家文化的影响，加上日本武士道文化的道德要求，"义理"是日本社会人际关系的核心观念。值得注意的是，"义理"的这些含义，恰恰是中国的"人情"的含义。换言之，日本的"人情"仅仅指个人的自然的内心感情，而中国的"人情"概念是把"恩义""情义""情分""情面""义务"这些东西包含在内的。"人情"由个人性逐渐延伸到社会性。所谓"讲人情""懂人情"就是熟谙社会规则与潜规则，就是懂得并能很好地处理"人情世故"。"人情"与"世故"并提，而不是冲突。所以，中国的"人情"没有像日本的"义理"这样的对蹠的概念。而在日本，社会性的"义理"常常与个人性的"人情"构成一对相反相成的对蹠概念。讲"义理"，既可以出于内心自然的"人情"，也可以不出自内心情感，而仅仅是为了社会道德的规则与潜规则。而实际上，"义理"指的常常是后者，这往往就

---

① 胡家祥. 志情理：艺术的基元［M］. 南昌：百花洲文艺出版社，2005：138.

会与"人情"发生冲突，这种冲突也是江户时代文学艺术的一个基本题材与主题。无论是井原西鹤的市井小说，还是近松门左卫门的戏剧文学，都贯穿着"义理"与"人情"之间的矛盾冲突，表现了人物在两者之间艰难选择的痛苦。

到了近代文论家那里，"人情"这个范畴仍然保持着它的单纯义。如近代文学理论的奠基者坪内逍遥在《小说神髓》一书中明确主张："小说的主旨是写人情，其次是写世态风俗。"接着给"人情"下了一个明确的定义："所谓人情是什么呢？人情即人的情欲，所谓的一百零八种烦恼是也。"①这里明确地将"人情"与"世态风俗"作为两个不同的领域加以区分，使其限定在人的自然感情的范畴之内。而浪漫主义文学理论家北村透谷的《内在生命论》一文，则把"人情"与"人性"并提，主张"人性无上下，人情无古今"，"人情"是人类的普遍的基本感情，也是他所弘扬的人的"内在生命"。② 至于夏目漱石则在《文学论》中提出"非人情"的文学，认为"非人情"的文学"就是排道德的文学"。③ 作为汉学家的漱石的"人情"概念显然深受中国"人情"概念的影响，不仅把"人情"看作个人的基本感情，也把它看成是社会道德，实际上是将"义理"的内涵也包含在了"人情"当中，所以他认为排斥了这样的"人情"的"非人情"的文学，"就是排斥道德的文学"，也是"不涉及道德"的文学、不做道德判断的文学。虽然夏目漱石的"人情"概念受汉语的影响，不是日本人传统的"人情"概念的主流，但他毕竟将"非人情"作为一个文论概念提出来，这与日本文论和美学史上将"情""人情"作为文论与美学范畴加以使用，是一脉相通的。

---

① 〔日〕坪内逍遥. 小说神髓［M］// 王向远. 日本古代文论选译：近代卷上. 北京：中央编译出版社，2012：219.
② 〔日〕北村透谷. 内在生命论［M］// 王向远. 日本古代文论选译：近代卷下. 北京：中央编译出版社，2012：426-427.
③ 〔日〕夏目漱石. 文学鉴赏中的排除法［M］// 王向远. 日本古代文论选译：近代卷下. 北京：中央编译出版社，2012：661.

第七章　"理"与"理窟"

——日本的"理"论、"理窟"论与中国之"理"

　　日语及日本文学中有固有词汇"ことわり"（kotowari），一直以来用汉字"理"加以训释，但作为哲学思想史之概念的"理"以及相关概念"道理""义理"等，都是从汉语中引进的。先是引进汉语的"理"并套用"理"，然后或以"气"冲理，或以"事"排"理"，都是用日本固有的感性主义来排斥抽象的"理"、否定普遍的"理"，或以此批判"佛理"与儒学"理学"来宣扬日本国学。江户时代的文论家在和歌、汉诗、俳谐等各个领域都全面否定说理，更把"理"称为"理窟"即道理的陷阱，主张对"理窟"加以规避。日本传统思想文化与文学中的不讲"理"的唯情主义、事实主义、个别主义倾向，与日本人的"非合理主义"的思维方式有关。从中日范畴关联的角度对日本古代文论的"理"及"理窟"论做出考辨分析，有助于我们理解日本传统文化与文学"不讲理"这一基本特点。

　　文学是"情"与"理"的结合。与"情"字一样，"理"字也是中日古代文学理论的基本范畴之一。从"理"入手，不仅可以看出中国思想文化对日本文学及文论的深刻影响，也可以发现中国与日本两国传统文学及文论的根本分歧。

一、汉语的"理"与日语的"理"（ことわり）

"理"是中国传统文论中的重要概念之一。在先秦诸子文献中，"理"往往与"道"相联系。《韩非子·解老》："道者，万物之所然也；理者，成物之文也。"《庄子·缮性》："夫德，和也；道，理也。"这是哲学本体论意义上的"理"，又称"天理""地理""物理""大理"等。《墨子·小取》："察名实之理，处利害、决嫌疑。"是说在名与实，即概念与实物中，都存在着"理"即内在的逻辑关系，这是逻辑学上的"理"。《孟子·告子上》："心之所同然者，何也？谓理也，义也。"这里的"理"是人间伦理之"理"，与"义"并提，称作"义理"，亦即伦理学意义上的"理"。《维摩诘经·弟子品》："情不从理谓之垢也。若得见理，垢情必尽"。又说："佛为悟理之体。"这里的"理"指的是佛理。后来，"理"字常常与其他的字组成双音词，从而更清楚地表现哲学之理、伦理学之理、逻辑学之理，如《荀子》中的"理"就有"道理""事理""物理""义理""文理"等。既然"理"是"成物之文"，那么事物内部有了秩序、结构、构造，也就是有了"理"，有了这样的"理"，那就是"文"了，也就是有了美感，这也是"理"成为文论与美学概念的前提。

"理"作为文论与美学概念而被使用，集中体现在刘勰的《文心雕龙》中。《文心雕龙》的"理"基本属于作品的思想层面上的概念，指的是立意、构思、确立思路。例如，"经正而后纬成，理定而后辞畅"（《情采》），指的是作品的基本思路、理路；"或明理而立体，或隐义以藏用"（《情采》），这里的"理"指的是作品的立意与思想；"理得而事明，心敏而辞当"（《附会》），这里的"理"指的是作品的逻辑结构。

"理"这个字传入日本，较早见于8世纪初用汉文书写的日本史书《日本书纪》所记载的圣德太子颁布的《十七条宪法》中，"理"这个汉字出现了三次。第一条中有"上和下睦谐于论事，则事理自通"；第十条有"是非之理，讵能可定"；第十七条有"若疑有失，则与众相辨，辞则得理"。① 这里"理"的含义不言而喻。稍后，在留学唐朝的空海大师的《文镜秘府论》一书中，"理"作为一个重要概念多次出现。这部书虽然主要是祖述中国六朝隋唐文论，但在"理"的问题上也带有自己的理解与判断。空海大师认为过于讲究"理"就会失去自然天真，故曰："且文章关其本性，识高才劣者，理周二文窒；才多识微者，句佳而味少。"② 但他又也认为，创作也要讲"事理"。他写道："凡作文之道，构思为先，呕将用心，不可偏执。何也？篇章之内，事义甚弘，虽一言或通，而众理须会。……必使一篇之内，文义得成，一章之间，事理可结。"③ 是说作文要讲篇章的布局构思，不仅个别具体的句子要通顺，还需要整体上贯通理顺（众理须会），这样才能在一篇文章中，使文句与词义相符合（"文义得成"），在一章中，叙事具有条理性（"事理可结"），又强调文章"皆在于义得理通，理相称惬故也"。④

　　空海对"理"的强调，一方面是在祖述中国文论的"理"论，另一方面只就汉诗文的创作而言，而不是就日文而言。日本的文章（和文）起源于女性日记，本来写出来就不是为了给别人看的，而是为了"慰"的，因而自由自在、较为随意，无所谓立意布局，漫无章法，是所谓"随笔""漫笔"。在《万叶集》等早期日本和歌中，音调音律也比较自由，内容和表达也很质朴，"理"的意识不强。但空海（弘法大师）在《文镜秘府论》等著作中所讨论的"理"，对同时期日本的和歌理论是有影响的。和歌理论文献中，"理"字也时有所见。例如，8世纪歌人藤原

---

① 〔日〕圣德太子. 宪法十七條［M］// 日本思想大系2 聖德太子集. 东京：岩波书店，1975：12，18，22.

② 〔日〕弘法大师. 文镜秘府论［M］. 王利器，校注. 北京：中国社会科学出版社，1983：327.

③ 〔日〕弘法大师. 文镜秘府论［M］. 王利器，校注. 北京：中国社会科学出版社，1983：336.

④ 〔日〕弘法大师. 文镜秘府论［M］. 王利器，校注. 北京：中国社会科学出版社，1983：342.

滨成的《歌经标式》有用汉语写成的“功成作乐，非歌不宜；理定制礼，非歌不感”① 之句，其中的“理”字似指社会上的一般法理，认为和歌是要对人的事功、事理加以感叹和歌咏的。“和歌四式”之一《孙姬式》在生涩的汉语行文中，也用了“理”字，如“虽文辞同义，理已异，亦无妨也”，而且还使用了“义理”这一概念，如“文辞虽异，义理其同最不宜耳”②。这里将“理”“义理”与“文辞”相对而言，可见指的是作品的意义、内涵方面。10 世纪的歌人壬生忠岑在《和歌体十种》中，也使用了“义理”一词。在解说“和歌十体”之一“器量体”的时候，说：“此体与高情难辨，与神妙相混，然只以其制作之卓荦，不必分。义理之交通耳。”③“义理”似指作品的文意、思路。

上述日本平安时代的文论文献中的“理”即“义理”等概念，是直接从汉语传入的，只在有汉学修养的社会上层中使用，特别是在汉文中使用。而在日本固有的文学样式，如和歌、物语中，汉语“理”概念及相关概念的使用则极为罕见。在《万叶集》时代早期，汉语的“理”概念似乎尚未传入，因此《万叶集》中也找不到“理”这个汉字词。用“万叶假名”（用汉字标记日语固有的发音）标记的“許等和理”，便是日本固有的词“ことわり”④（kotowari）。这个词在意义上大体相当于汉语中的“理”。例如，《万叶集》第 800 首开头几句，原文（万叶假名）是：“父母乎 美礼婆多布斗斯 妻子美礼婆 米具斯宇都久志 余能奈迦波 加久叙許等和理”⑤ 这里的“許等和理”相当于“ことわり”四个假名。从词源学的分析的角度看，“ことわり”（許等和理）由“こと”（事）与

---

① 〔日〕藤原滨成. 歌经标式［M］//王向远. 日本古代诗学汇译：下卷. 北京：昆仑出版社，2014：63.
② 〔日〕孙姬. 孙姬式［M］//王向远. 日本古代诗学汇译：下卷. 北京：昆仑出版社，2014：67.
③ 〔日〕壬生忠岑. 和歌体十种［M］//王向远. 日本古代诗学汇译：下卷. 北京：昆仑出版社，2014：89.
④ ことわり：旧假名写作“ことはり”。
⑤ 意即“尊敬父母，怜爱妻儿，此乃世间当然之理”。

"わり"（割）构成，就是对事物加以分割、分析的意思，其中的"こと"也被训释为汉字的"言"。在古代日语中，"事"与"言"不分，"事"即"言"，"言"即"事"，能指与所指、事与所言之事合而为一。要对"事"或"言"加以切割分析，就见出了其中的道道纹路，其意义相当于汉字的"理"。《说文》："理，治玉也。从玉，里声。"可见汉字的"理"字是从打磨玉石而来的。未经打磨的玉石叫做"璞"，打磨后见出纹路的叫做"玉"。可见"理"是从事物的打磨、研磨、打理、研究中才能见出的。换言之，"理"虽然是事物本身所具有的，但往往隐含在事物中，需要切割、分析方得以显现。在这一点上，日语的"ことわり"即"事割"或"言割"，与汉字的"理"的打磨玉石的含义是高度契合的。所以后来日本人便用"理"字来训释"ことわり"。

在日本奈良、平安时代，汉语的"理""道理"的概念在日本人的汉文、汉诗中被使用，但在日文中使用的例子极为罕见。尤其是以宫廷女性为主体的王朝文学，更多地使用日本固有的相当于汉字"理"的"ことわり"。例如，《源氏物语》中的"ことわり"，作为名词、形容动词、动词、副词等，共使用了近二百次，而汉语的"理""义理""道理"等词则完全未见。总体考察《源氏物语》中"ことわり"，可以看出主要有"常理""道理""理由""理所当然""合乎道理""原来如此"的意思。例如，在"常理"的意义上，《源氏物语》往往把"ことわり"与"世"合为一个词组，写作"世のことわり"，有时写作"ことわりの世"，亦即"世间道理"或"世间常理"。在这些用法中，常常表现个人的情感、想法、意愿与"世间之理"处在纠葛、矛盾的状态，而个人又迫不得已，不得不对"理"（ことわり）有所顾忌，或不得不服从、就范。因此，在《源氏物语》乃至整个平安文学中，"ことわり"常常与人的感觉、感情相对立，也与人的审美感受相对立。这些也都表明，以《源氏物语》为代表的平安王朝贵族文学，其本质是感性的而不是知性的说理的，是审美的而不是言志载道的。

二、中日两国哲学思想史上的"理"

日本镰仓时代之后的中世时代，随着佛教典籍在日本的传播，从汉语中引进的"理"作为哲学、伦理学概念而被使用，在佛教著作中，常常用作"因果道理""佛法道理"之类。例如，镰仓时代著名歌人、僧人、学者慈圆的史学论集《愚管抄》（1220），"道理"以及"时运""自然""因果"是其核心词之一，其中"道理"共约使用了一百三十次。《愚管抄》对"道理"的界定是"世间与人都要遵守的约定俗成"，是诸种现象的普遍原理。认为随着时过境迁，"约定"（さだめ）和"俗成"（ならい）是有所变化的，慈圆以此来解释日本历史与现实中权力的更迭交换，并极力向幕府将军解释这一"道理"，努力让其把握这一"道理"。受中国佛教哲理思维的深刻影响，慈圆的《愚管抄》以"理""道理"为核心范畴，是日本中世时代思想史上罕见的有一定逻辑性、抽象思维色彩的著作。

江户时代，儒教成为官方意识形态。作为儒学，特别是朱子学的关键词的"理"，也自然成为日本儒学的关键词。林罗山在《三德抄》中说："学问之道，必须究理，方可致智。合于理者，善也；背于理者，恶也。"①日本朱子学的奠基者山崎暗斋把"穷理"与"持敬"作为两个支撑点。朱熹在《通书·诚上注》中说"道即理之谓也"，认为"道"就是"理"，把"理"提高到了本体论的范畴，所以被称为"理学"。在理学中，"理"是第一性的，是物质世界的总根源，兼有万物本源与万物主宰者的特性。"理"的具体表现则是"气"。山崎暗斋受中国朱子学影响，把"理"提到了很高的地位，进而用朱子学的"理"来作为日本"神道"的理论基础，主张"神理一致"，在"吉川神道"即"理学神道"的基础上，进一步用中国理学的概念附会日本的神道，对日本始祖伊邪那

---

① 〔日〕林罗山. 三德抄［M］//日本思想大系 28 藤原惺窝 林罗山. 东京：岩波书店，1975：152.

美命与伊邪那岐命生产日本国土,生天照大神等诸神,再生人与万物的神话加以理论化,这可以说是对中国"理学"的套用。

稍后,出现了与罗山、山崎朱子学相拮抗的所谓"古学派"。古学派的代表人物伊藤仁斋以"气"来冲淡"理"的范畴。在中国朱子学的"理"与"气"的关系论中,一般认为"理"是本体,"气"是理的显现。他反对朱子学即山崎暗斋的"理"的一元论,而主张"气"的一元论,认为"理气不可分","理在气中"。他强调"气",实际上是以"气"来冲淡"理"。据此,他在《童子问》中主张不能专以"理"字判断天下事,因为凡事以"理"来判断,则残忍刻薄之心多,而宽容仁厚之心寡,认为"理"的态度虽然是善恶分明,但圣人也讲"三赦三宥",这实际上是超越了"理"的慈悲之心。可见仁斋是站在人类相亲相爱的"仁"的立场上来否定和批判"理"的。

另一位儒学家荻生徂徕,既批判罗山、暗斋的朱子学,也批判伊藤仁斋,站在"古文辞"的立场上展开了他的"古学",被称为"古文辞派"。在《弁名》中,他认为"理无定准","理"是人们可以主观理解的东西。

> 凡人欲为善,亦见其理之可为而为之;欲为恶,亦见其理之可为而为之。故理者无定准者也。何则,理者无适不在者也。而人之所见,各以其性殊。……人各见其所见,而不见其所不见。故殊也。故理苟不穷之,则莫能得而一焉。然天下之理,岂可穷尽乎哉![1]

根据这样的判断,荻生徂徕认为,"理"难以成为指导人生的准则。认为"穷理"其实是具有天赋聪慧的中国古代圣人的所为,而且即便是圣人对如何穷理也没有说得太多,而是制定了礼乐制度,让人践行之。人只有遵从"义",不再拘泥"理",敬天信圣人、遵从礼乐之教,才是

---

[1] 〔日〕荻生徂徕. 弁名〔M〕//日本思想大系36 荻生徂徕. 东京:岩波书店,1973:244.

正道。

荻生徂徕关于"理"的观点，也被后来的日本"国学"家们接受。江户时代的日本国学家们以批判中国理性文化、弘扬日本感性文化为宗旨，在儒学的"理"与"事"的区分中，自然是极力排斥"理"，而强调具体的真实的"事"。因为"理"太道理化、太清楚明白了，因而缺乏暧昧性、审美性，与日本传统文化中的审美主义、唯情主义的取向与文学趣味不相符，所以他们便排斥"理"，同时对中国的"道"字却情有独钟，并大量宣扬以"神道"为中心的日本之"道"，因为"道"即便是在中国，也是"不可道"的，是"玄之又玄"的。对玄妙的"道"的提倡，对明理的"理"的否定，或者对具体的"事"或"实事"的强调，对抽象之"理"的贬斥，是日本江户时代国学家们的共同趣味。如平田笃胤说过：

世上的一些学者认为，真正的"道"在实事中是不存在的，若非阅读一些说理性的书籍，人们是不可能得"道"的。实际上，这种看法甚为荒谬。为什么呢？因为有了实事，就不需要说理了。而正是因为没有"道"的实事，所以才有了说理。因此"说理"这种东西，比起实事来，是非常微不足道的。《老子》曰"大道废，有仁义"，就是一句一针见血的话。①

这是以"事"排"理"，与伊藤仁斋的"以气冲理"的思路是一样的。因为"气"可以感觉感受，"事"可见可触，但"理"实际上本来是不存在的东西。在这个意义上，国学家本居宣长认为："天地之'理'（ことわり），均是神之所为，此世中灵妙不可思议的神秘之物，是有限的人智所完全不可蠡测的。"② 因此，无论是佛教所说的"理"还是儒教

---

① 〔日〕平田笃胤. 平田笃胤全集：第十五卷［M］. 平田笃胤全集期成会，大正七年：1.

② 〔日〕本居宣长. 直毗灵［M］// 日本の名著21 本居宣長. 东京：中央公论社，昭和四十五年：172.

提倡的"理"，都是自作聪明、自以为是的东西，而且其中包含了"私心"。用本居宣长的话来说，"圣人之所为，无异于贼人之所为"，圣人制定了种种教理，其实只是为了维护自己的权力宝座。同时，宣长认为"人欲"与"天理"实不可分，"人欲岂不也是天理吗?"从而否定了宋明理学的"天理"与"人欲"的区分，实际上也就是解构了"理"，从而肯定了人欲。

与"理"相关联的另一个重要概念是"义理"。"义理"是"理"的人伦化的概念，来源于《孟子》，在朱子学中被提炼为一种观念。在中国，"义理"指的是人伦关系中的应履行的责任义务，在狭义上也特指君臣之道，具有至高无上的规定性。凡是"义理"，不管感情上是否乐意都必须履行。但是，"义理"传到日本后，逐渐被日本化了，加入了感情色彩和个别因素，而成为一种道德与人情、感情的混合物，是道德的人情化，是身边小社会中的不言自明的行为模式。换言之，日本的"义理"，不管是武士的"义理"还是市井町人的"义理"，与其说是约定俗成的外在于自我的东西，不如说是基于自我判断，对他人的心灵上的呼应、回应与理解。例如，对他人好意的感知与反应，对他人信任、信赖的感谢，对他人恩情的感恩与报答；做了错事、对不起人的事，或未能履行承诺，那就要谢罪；而受到了别人的侮辱，就要复仇而不惜杀人或自杀。做不到这一切，就被认为是不懂义理，而不懂义理就是很不名誉、很不体面、感到羞耻的事，于是，很多情况下，是为了自己荣誉、体面而践行"义理"，就像井原西鹤在小说集《武家义理物语》一书所描写的那样。而在现实生活中，不同的侧面的"义理"与"义理"之间不可兼顾，不能两全，于是发生悲剧性的事件。对此，江户时代戏剧家近松门左卫门在《景清》等作品中做了生动描写。这些都表明，与中国普遍性的、抽象的义理相比，日本的"义理"是个别主义、事实主义的，是具体化的、心情化的。可以说，日本式的"义理"是基于人情，"义理"的观念是"理"观念的具象化，也是"理"的情感化、情绪化、暧昧化。

可见，日本哲学思想史上，经历了这样的一个过程，先是引进"理"，然后套用"理"，接着，或以气冲理，或以事排理，都是用日本固有的趣味，来排斥"理"、否定"理"，

对"理"加以淡化、矮化，最后对"理"加以相对化、神秘化、暧昧化，并以此来批判"佛法道理"与儒学之"理"。与此同时，还有一些作家、文论家，将"理"与"人欲""人情"相交融，一定程度地将"义理"转化为"人情"。人情即义理，义理即人情，从而改造了中国儒学中的"义理"这一概念。

三、日本文论对"理""义理"的排斥及"理窟"说

日本古代文论中的"理"，与上述日本哲学史、思想史上的"理"有着深刻的关联。也可以说，日本文论中的"理"是日本哲学思想之"理"的延伸与展开。在日本古代文论中，来自中国的"理"也是重要概念之一，但不同的日本文论家对"理"的理解和运用也有所不同。有人主要按中国朱子学、理学对"理"的界定来理解和运用"理"，有人则按日本人特有的文学趣味来理解"理"。这一点突出地表现在江户时代围绕国学家荷田在满的题为《国歌八论》的文章所进行的那场争论中。荷田在满《国歌八论》认为，日本的"国歌"（和歌）与汉诗不同，它"既无益于天下政务，又无益于衣食住行"，也不能"感天地、泣鬼神"，实际上"只是歌人的消遣与娱乐"。① 这一看法引发了田安宗武的批驳。田安宗武在《国歌八论余言》一文中，认为荷田春满所说的和歌的消遣与娱乐的功能，只看到了"事"，而忽视了"理"。他认为："诸道皆有'事'与'理'之分，歌道亦然，应明辨之。"② 反对荷田在满的轻"理"而重

---

① 〔日〕荷田在满. 国歌八论［M］//王向远. 日本古代诗学汇译：下卷. 北京：昆仑出版社，2014：767.
② 〔日〕田安宗武. 国歌八論徐論［M］//佐佐木信纲. 日本歌学大系：第七卷. 东京：风间书房，昭和六十年：99.

"事"的倾向。现在看来，宗武所说的和歌之"理"（ことわり），指的不仅是道理之"理"，思想之"理"，而且更多的泛指内容充实之"理"，与之相对的则是"事"，假名写作"わざ"。"わざ"也可以写作汉字的"技"，可见田安宗武所谓的"事"主要是指技巧形式，并与作为思想内涵的"理"相对而言。本来，"理"与"事"是中国的程朱理学的一对重要范畴。田安宗武的重"理"的歌论更多地接受了中国理学的影响，而荷田在满的歌论则显示了江户时代"国学"派摆脱中国的"理"性文化，强调日本固有的"感"性文化的价值取向，并由此发生了关于和歌的"理"与"事"的论争。

在江户时代的文学家及文论家中，不管他属于儒学家还是属于"国学家"，他们中的大部分的"理"论，基本上就是对来自中国的"理""义理"加以排斥、加以清算的"理"论。例如，在汉诗文领域，荻生徂徕（1666年—1728年）在《徂徕先生问答书》中，从诗文论、文学之美的角度，谈到了他对"理"的看法，他写道：

吾道之元祖是尧、舜。尧舜是人君，因而圣人之道是专治天下之道。所谓"道"，并非是事物应当遵循的"理"，也不是天地自然之道，而是由圣人建立的"道"。"道"就是治理天下之道。而圣人之教，专在礼乐，专在风雅文采，而不是落入"心法"之类的"理窟"。宋儒却舍弃了"事"，而以"理窟"为先。把风雅文采都丢掉了，而流于野鄙。忘记了天子之道，而把专讲道理、使人开悟作为第一要务。于是便陷于是非正邪之争论，而欲罢不能。这种空谈议论达到极端，无论如何用功，也不可能增进见识。只能是胶柱鼓瑟、徒费心思。这是教法的错误，与孔门之教法有天壤之别。至于文章，宋儒的文章是循规蹈矩写出来的虚伪之文，文辞粗卑浅陋，若被这样的书籍所污染，汉代以前三代的书籍就看不下去了。

若将其间的差别搞清楚，才能有所长进，有所深入。①

这里需要注意的是，荻生徂徕使用了"理窟"这个词。"理窟"（り
くつ）是日本特有的汉字词，到了近世时代被大量使用。这个词形象地
表明了日本人对"理"的看法："理"就是窟窿、是陷阱，太讲"理"、
过于胶着于"理"，就是掉入了"理窟"（即"理窟詰め"），就会"得
理不饶人"（"理窟責め"）。此外，"理窟"也写作"理屈"，读法相
同，但"理屈"并非汉语的"理亏"或"理屈词穷"的意思，而是强
行使"理"弯曲、讲歪理、强词夺理的意思。言下之意就是太讲理，
则不免强词夺理、胶柱鼓瑟。中国朱子学的以"理"为先，被荻生徂
徕故意用日语表述为"以理窟为先"。他认为"事"是具体实在的，而
"理"或"道理"是空洞的，认为像宋儒那样胶着于"理"、讲大道理，
便违背了圣人之教。因为圣人之教是讲究礼乐、风雅和文采的。而且讲
"理"的文章，往往是"循规蹈矩写出来的虚伪之文"，文章以"理"
为先，就没有美感文采可言。荻生徂徕从这个角度将"理"作为"理窟"
予以否定了。

在汉诗论的领域，江户时代诗人祇园南海在用日语写成的诗话著作
《诗学逢原》上卷，从汉诗及汉诗论的角度，对"理""理窟"做了批
判。他反对宋儒以"理"说诗，认为，凡欲学诗者，须先知诗之原。所
谓诗之原，就是诗为心之声、心之字。因此诗是"音声之教"，而"宋儒
对此不知，反以理窟说诗，实乃大误……《诗大序》所谓'动天地、感
鬼神'指的是从前音律和鸣的时候才会有的效果，后世只靠吟咏，恐怕
就没有从前那样的感觉了。"他强调："诗歌并不是说理和议论的工具。
宋人以诗议论道学、评价历史人物，更有甚者，认为杜子美的诗寓一字之
褒贬，称之为'诗史'，称赞他议论时事的时候不忘忠义君等，其实这些

---

① 〔日〕荻生徂徕. 徂徕先生問答書［M］∥日本古典文学大系94 近世文学論集.
东京：岩波书店，昭和四十一年：172.

都与诗的本意无干。"① 祇园南海和荻生徂徕一样，也将"理"贬为"理窟"。

江户时代另一位诗人广濑淡窗在《淡窗诗话》"泛论诗"一节中，把"理窟"作为汉诗创作中的二弊之一：

> 当今之诗有二弊。就是"淫风"与"理窟"。诗人之诗，容易流于淫风；文人之诗，容易陷于理窟。二者相反，弊害相同。

> 什么叫"淫风"呢？指的不仅是描写男女之事，也指咏梅咏菊，雕琢字句，绮靡浮华、以竞机巧者，都属"淫风"。什么叫"理窟"呢？指的不仅是专用礼法教诫之言，那些以叙事为主，喜欢发议论、以文为诗者，都属"理窟"。李商隐、温庭筠的诗属于诗人之诗；韩昌黎、苏东坡的诗不免带有文人之诗的味道。李白、杜甫昭昭乎如日月，其诗篇虽有巧拙，倒不偏离诗道。李白的乐府诗，虽然艳丽柔婉，但并未流于"淫风"。杜甫以诸位武将为题的五首，议论峥嵘，却未陷于"理窟"。要好好学习李杜之诗，可以免于"淫风"与"理窟"。②

对"议论""说理"风气的排斥，在中国的诗学诗论中也是常见的。在这方面，广濑淡窗并没有什么新意，但他用日语的"理窟"一词来论汉诗创作中的"理"，和祇园南海、荻生徂徕一样，体现出了日本汉诗论的特点。

本居宣长的"理"与"理窟"论更有自己的特色。他的《紫文要领》从"物哀"论的角度，把"理"作为"物哀"的对立物，认为《源氏物语》没有像有些人所说的表现了儒家与佛家的教义或思想观念，因为"从紫式部个人气质上看，她很不喜欢自命不凡、卖弄学问，各卷均能显示这种虚心。她的《日记》同样也显示了她的虚怀若谷"。她没有装

---

① 〔日〕祇原南海. 诗学逢原［M］// 王向远. 日本古代诗学汇译：下卷. 北京：昆仑出版社 2014：707，710.
② 〔日〕广濑淡窗. 淡窗诗话［M］// 王向远. 日本古代诗学汇译：下卷. 北京：昆仑出版社，2014：758.

出自己深谙佛学教理的样子来教诲读者。在《源氏物语》中，也未必能看出其中有什么"中道实相的妙理"，也没有特意表现有人所谓的"盛者必衰、会者定离，烦恼即菩萨的道理"。本居宣长特别提示，《源氏物语》中《帚木》卷中有这样一段话：

> 无论男女，那些一知半解的人，或略有所知便装作无所不知、并在人前炫耀的人，都很招人厌烦。无论何事，如果不了解何以必须如此，不明白因时因事而有区别，那就不要装模作样、不懂装懂，倒可平安无事。万事即使心中明白，还是佯作不知者为好，即使想说话，十句当中留着一两句不说为好。①

宣长认为，这段话值得好好体会。紫式部对佛学有所钻研，她的佛学修行曾得到天台宗的认可，但她认为要将中道实相、烦恼即菩萨等道理向人传授，并非女人的本份。《帚木》卷有云："浅薄之辈，稍有所学，便以为无所不知。"又云："女人若对三经五史无所不通，就不那么可爱了。"由此可见，有关《源氏物语》的一些注释书认为作者表现了《春秋》《诗经》以及仁义五常的道理，是无稽之谈。总之，本居宣长认为，物语文学的宗旨是表现"物哀"，是让读者"知物哀"，而"理"与"物哀"是对立的，为此就不能讲"理"。

江户后期歌人、歌学理论家香川景树在《歌学提要》中，从他所主张的"调"或"音调"（即和歌的音律美感）论出发，也明确提出反对和歌创作中追求"意向"（原文写作"趣向"，指的是在吟咏和歌中刻意表现某种主题或意义），更反对和歌表现"义理"。他说："咏歌追求某种'意向'，是多余的事。优秀的古歌哪有什么'意向'？藤原显辅卿的'秋风吹浮云'，什么意向也没有，只是吟咏了日常的景象而已。这首歌已经距今七百余年，面对明月，我们仍会自然而然地想起这首和歌来，难道不

---

① 这是《源氏物语·萤之卷》"雨夜品评"中左马头所说的最后一句话，上文已有引用。

132

是不可思议的事情吗？现在我们只是举出这一首提请读者注意。这首歌所吟咏的情景谁都知道，谁都能说，但一旦说出往往觉得无甚趣味，于是就不想这样说，而是要追求更深一层的寓意，因此也渐渐离开了和歌的意境，却自以为只有这样咏出和歌才是和歌，殊不知反倒失去了和歌的本体。实际上，只要直面实物、实景，将心中所思所感如实吟咏出来，那就自然有了音调、有了节奏。看看如今那些自以为是的歌人的作品，只以追求意向或义理为主旨，正如庭院中被人剪枝修叶的树木，失去了自然之美、自然风姿。莫说感人，就连让人听懂都很困难。"他的结论是："和歌的本质在音调，而音调是'无义理可寻'的……和歌不在说理，而在音调。没有义理说教的歌才有赏玩的价值。与歌无关的'理'不值一说。"①

在俳谐创作领域，以松尾芭蕉为代表的"蕉门俳谐"及俳谐理论，主张俳谐不能说理，不能表现"义理"。蕉门弟子、俳人服部土芳在俳论著作《三册子》中，谈到了对一首和歌作品的欣赏与理解，说从前歌学家藤原定家认为理解和歌时"不可死扣义理"，对此芭蕉说："定家卿讨厌和歌死扣义理。这很有意思。"②"死扣义理"，原文是"義理を詰る"。在这里，他直接将来自中国儒家哲学的"义理"一词用作俳谐理论，但这里的"义理"已经不同于上述作为社会学的伦理学的"义理"，而与"说理"的"理"、以"理为诗"的"理"同义了。"死扣义理"就是说理，是俳谐创作与欣赏的障碍。

由上分析可见，日本文学史及文论史上的"理"，基本上是被作为负面概念来使用的，是日本思想史、哲学史上的排理倾向的一个延伸。这从一个侧面表明了日本传统文化、文学中的唯情主义、重情轻理的倾向，这

---

① 〔日〕香山景树．歌学提要［M］//日本古典文学大系 94 近世文学論集．东京，岩波书店，昭和四十一年：150 – 151．
② 〔日〕服部土芳．三册子［M］//新編日本古典文学全集 88 連歌論集 能楽論集 俳論集．东京：小学馆 2001：643．

一倾向与日本人固有的思维方式密切相关。现代日本东方学家中村元先生在《东洋人的思维方法》一书中，对东西方、东方各主要民族的思维方法做了比较，强调了日本人思维的重要特点之一就是"非合理主义"的倾向，其中包括"非逻辑的倾向""逻辑严整的思维能力的缺乏""逻辑学的不发达""直观的、情绪的倾向""建构复杂表象能力的缺乏""对单纯的象征性表象的爱好""对关于客观秩序之知识的缺乏"。① 日本学者末木刚博先生在《东方合理主义》一书谈到日本人的思想特征时写道："在以情绪为本位的日本思想中，理性被不恰当地冷遇了，逻辑也几乎没有被顾及。这种态度，在培养洗练情绪上确有很大作用。而日本文化，作为无逻辑的非理性文化，在审美方面却无比发达。"②

所谓"非合理主义"必然是要排斥"理"的。而这一点，日本在世界各国中似乎是独一无二的另类。在中国漫长的思想史、哲学史与文学文论上，不同历史时期在情理之间有摇摆，但总体上说，"道"与"理"是一以贯之的，"事"与"理"是辩证统一的，"气"与"理"是互为依存的，"情"与"理"是相辅相成的。欧洲传统文化史也是如此，其感性与理性是在不同历史条件下否定之否定的运动中不断变化与发展着的。印度人宗教文化的想入非非的幻想性，与它的体系性的、抽象性的思维思辨，与其因明学的逻辑是并行不悖的。相比之下，只有日本是"不讲理"的文化。平安时代以紫式部、清少纳言等女性作家为主体的王朝贵族文学，片面地发挥了女性特有的感性的那一面，她们只能在男女恋情里体味和表现人生，从而淹没了阳刚的"男性感"，导致抽象方法、宏观视域的缺乏，于是就"不讲理"，也就有了"物哀"之美的高度发达，就有了古典的唯美主义的开花。正如现代哲学家大西克礼在《"物哀"论》一文中所

---

① 〔日〕中村元. 東洋人思惟方法 3［M］//中村元選集：第三卷. 昭和三十七年：285-351.

② 〔日〕末木刚博. 东方合理主义［M］. 孙中元，译. 南昌：江西人民出版社，1990：6.

指出的，在平安时代，"当时的审美文化与知性文化之间存在严重的跛行现象"，"物哀"之美正是在哲学思考、理性文化、知性文化、科学知识严重缺乏、感性文化高度畸形发达的条件下形成的。① 到了镰仓时代、室町时代即日本中世时代，以佛教僧人为主体的僧侣文学是以佛教禅宗的参禅、顿悟的非理性思维为支撑的，以《平家物语》为代表的历史战记文学表现的是"无常"的世界与生死流转的"无常"之美，而不是对历史大势的理性判断、表现与把握，而以《今昔物语集》为代表的民间佛教说话集则表现轮回报应的神秘主义。这些文学样式都没有"理"的位置。到了江户时代，在中国儒学特别是朱子学的全面深刻的影响下，一些日本儒学家开始对"理"这一抽象的范畴展开探讨，但如上文所说，"理"不久就被做了日本化的改造、排斥乃至否定。而在汉诗论、和歌俳谐论等文论著述中，"理"被说成"理窟"，讲"义理"被视为"强词夺理"，其排"理"的、非合理主义的倾向表现得相当集中、清晰和明确。在中日比较的语境中，我们对日本古代文论的"理"及"理窟"论做出辨析考论，有助于凸显日本传统文化与文学"不讲理"这一基本特点，也可以为日本传统的"非合理主义"文化提供更有力的佐证。

---

① 〔日〕大西克礼. 幽玄·物哀·寂. 王向远，译. 上海：上海译文出版社，2017：109 – 113.

第八章 以"慰"为事

—— 日本的"慰"论与中国文论的文学功能论

　　"慰"是日本关于文学功用论的一个重要范畴，散见于日本古代文论著作及相关作品中。日本早期的文论先是模仿和套用中国文论的社会政治功用论，再逐渐发现自身文学传统中的"慰"的功能，并对中国正统的文学功利主义加以否定批判，排斥文学的载道教化、劝善惩恶之类的政治社会与伦理观，最后确立起独特的"慰"论。另外，日本的"慰"论与中国的"娱""寄"等范畴也有相通相同之处，受到了中国的娱情寄兴论的一些影响。总体来看，中国文论讲求"为"，即文学要有为、有用，为政道为教化；日本文学主要是"以慰为事"，只讲求慰人慰心。只有在中日文论范畴的关联性研究中才能有效阐发"慰"的理论价值，并能见出中日两国文学传统的分歧与分野。

　　文学对人生对社会能有什么用处？这是东西方各国传统文论中都要思考和解答的重要问题之一，由此而生发了文学功能论或功用论。欧洲古代文论中的"寓教于乐"，中国古代文论中的劝善惩恶、"载道""教化"，印度梵语诗学文论中的"味"与"常情"的激发，都是世界古代文论中有代表性的文学功能论。对古代日本文论文献加以仔细研读，就会发现日本古代文学在文学功能论问题上受到了中国文论的影响，但也经历了摆脱中国影响、表达自己独特思考的漫长的历史过程，并在这个过程中形成了一个关键词或核心范畴——"慰"。"慰"论表达了日本人对文学功能作用的独特理解。

一、"慰"的发现与日本文学功能论

关于文学具有怎样的功用或功能，日本古代文论思考和阐述得并不多。早期文论认为文学有社会政治方面的功用，如 8 世纪日本第一部历史书兼文学书《古事记》的编者安万侣在《古事记序》提出了"邦家之经纬，王化之鸿基"的功能说。10 世纪《古今和歌集》的主要编者纪贯之（一说纪淑望）在《古今和歌集真名序》中认为和歌"可以述怀、可以发愤。动天地，感鬼神，化人伦，和夫妇，莫宜于和歌"；纪贯之在《新撰和歌集·序》中又有"动天地、感神祇、厚人伦、成孝敬，上以风化下，下以讽刺上"之说。及至中世歌人京极为谦在《为谦卿和歌抄》中认为："和歌并非只是风流雅士花前月下、欢歌聚会时的风雅之玩。所谓'在心为志，发言为诗'的古训，是为众所周知。若以为和歌是寻求悦耳顺口的玩乐之物，那就不是对和歌本质的充分理解，而是对和歌的无知。"①以上主要是 8—10 世纪即日本古代文学史上早中期的一些作家、歌人、诗人的看法，显然都是直接引述中国诗学文献特别是《毛诗序》中的说辞，是受了中国古代文论的影响。

后来日本的汉学家与儒学家中也有少数人持有类似的社会功用论，但功用的范围明显减小和收缩，只强调文学对于统治者来说具有了解考察民风民情、上下沟通的作用。如 12 世纪时的歌人藤原俊成在《古来风体抄》一书中记述仁德天皇即位以后登上高楼，发现民居之上没有炊烟，叹息道："民房里没有炊烟，在皇宫附近的百姓尚且如此，偏远地方更可

① 〔日〕京极为谦. 为谦卿和歌抄［M］//王向远. 日本古代诗学汇译：上卷. 北京：昆仑出版社，2014：196.

想而知了。今后三年内不要收贡物，皇宫中的衣食起居，照现在这样即可。"三年过后，再登高楼眺望，家家炊烟袅袅，天皇说道："民富，即我富矣！"并咏歌曰："登高楼远眺/见炊烟飘飘袅袅/知臣民温饱。"《古来风体抄》又记述葛城王（橘诸兄的初名，明达天皇四世孙，《万叶集》的主要编纂者之一）被朝廷派遣到陆奥国视察民情，地方官吏设宴款待，葛城王不高兴，采女见状作歌曰："如安积山影映在浅井中/以其小人之心/安度君子之腹。"听了这首歌，葛城王就消气了。又记圣德太子过片冈山的时候，路旁有一饥民，太子下马，将身上的紫衣脱下，披在饥民身上，并咏歌曰："片冈山脚下/饿倒的路人/无依无靠谁关心？/竹子均成林/你却无亲人，饿倒路旁实可悯！"饥民返歌曰："斑鸠啊/福绪川流水不绝/太子尊名难忘。"①《古来风体抄》所列举的这些例子都是日本上古时代的传说，并没有关涉现实。后来，对于诗歌的这种体察民情的政治作用，14世纪连歌理论家二条良基也发表了自己的看法，他的连歌论著作《筑波问答》在回答"有人说连歌有助于国政，此说言过其实否"这一问题的时候认为：

一般说来，诗歌这种东西，若直接将为政者的缺点指出来，是有顾虑的，但可以用讽喻的方式表达出来。帝王诸侯看到后，可以有所警戒和改正。在中国的诗歌中，《毛诗》中都是这一类的诗。因此言者无罪，闻者足戒。在我国，《日本书纪》中的歌都是所谓"童谣"，有讽喻意义。但从《万叶集》时代开始，和歌大都吟风弄月了。所以《古今集》序中说"其实皆落，其花孤荣"，又说"和歌之道，堕落于浮华之家"，说的就是和歌的逐渐颓废。如今的和歌，岂不就是玩花弄月，而尽失风雅之姿吗？②

---

① 〔日〕藤原俊成. 古来风体抄［M］// 王向远. 日本古代诗学汇译：上卷. 北京：昆仑出版社，2014：146 – 149.
② 〔日〕二条良基. 筑波问答［M］// 王向远. 日本古代诗学汇译：上卷. 北京：昆仑出版社，2014：244.

二条良基所强调的诗歌的"讽喻"作用，也是中国古代文论所强调的文学功能论之一，但二条良基也认为，"讽喻"的作用在上古的《日本书纪》时代是有过的，"但从《万叶集》时代开始，和歌大都吟风弄月了"，事实上，征之日本文学的创作与欣赏的历史，中国式的功能论并不符合日本文学的实际，因为日本文学本质上就是"吟风弄月"的。《万叶集》作为日本第一部和歌总集，是日本纯文学的源头，其中哪怕是最高统治者天皇的作品也只是"吟风弄月"之作，极少看到带有政治功用色彩。但那时之所以有一些人在文学功能论上持"动天地、感神祇、厚人伦、成孝敬，上以风化下，下以讽刺上"的说法，首先大概是因为日本人自身在功能论上尚没有自己的思考和表达，而只是习惯性地套用、模仿中国文论；其次是因为在日本汉诗汉文占正统主导地位的情况下，为了强调日本文学并不亚于汉诗文，为了争得日本文学与汉文学平等的地位，而在功能论上直接援引中国文论中的说辞与论述。

实际上，在日本文学史上，无论是和歌还是其他样式的日本文学，基本上是脱政治、脱道德的，既没有多大的政治功用，也没有像汉诗文那样被官家用来考试和选拔人才，而仅仅是一种娱乐和消遣之物。与日本文学的这一事实相适应的文论概念，便是"慰"字。

"慰"在日本古语中，作为名词，假名写为"なぐさ"（nagusa）；作为动词，假名写作"なぐさむ"（nagusamu）或"なぐさもる"（na-gusamoru），这显然是日本的一个固有词，汉字"慰"是对"なぐさ"或"なぐさむ"的训释，后来用来作为词干，来显示"なぐさ"或"なぐさむ"的含义；又根据不同的语境，有"安慰、抚慰、快慰、宽慰、告慰、欣慰、劝慰、自慰"等不同的意思。毕竟这些"慰"都只是"慰"而没有什么突出的用处，于是日语中就有了一个合成词"慰草"（"慰め草"），意思是"慰"权作一根草，用处不大，随处可得，聊供使用，但又不可或缺。

日本文学史上，不少作家、歌人、诗人在谈到文学功能、功用的时候用了这个"慰",并在事实上使"慰"字形成了一个重要的文论概念,形成了源远流长的"慰"的文学功能论。正是这个与中国的社会政治功用论全然不同的"慰"论,才形成了日本文学功能的主流。

但是,在迄今为止的日本文学及日本文论的研究中,"慰"字并没有引起研究者的注意。在日本学者汗牛充栋的研究论文与大量相关著作中,对"慰"字极少提及。难得的是著名学者久松潜一在其大作《日本文学评论史·近世 近代篇》中,提到了"なぐさみ"即"慰",并做了简单的介绍分析。但他只以《古今和歌集·假名序》、世阿弥与近松门左卫门的戏剧论中的相关言论为依据,材料来源很不全面,更没有将"慰"作为一个文学功能论的范畴来看待,而且分析也是浅尝辄止。久松潜一认为,慰"与其说是从创作者立场而言,不如说是从读者立场而言。换言之,得到'慰'的不是作者,而是读者和观众"①。这种看法似乎也是片面的。实际上"慰"的功能不仅适用于读者,而且更适用于作者,作者写作的主要目的是为了求得"慰",而很少有政治化、商业化的动机,这起码是日本古代文学的王朝贵族文学、中世时代的僧侣文学的根本特点之一。近世的町人(市民)文学有商业化的写作动机,但"慰"也仍然是重要的功能。只有对日本古典文论文献加以仔细阅读和考辨,才能发现"慰";只有在中日文论概念、范畴的关联性研究中,才能阐发"慰"的理论价值,并能从一个侧面认识日本文学与文论的某些特征。

二、日本古代文论史上的"慰"及"慰"论

从日本文学刚起步的 8 世纪的奈良时代,到明治维新前日本传统文学集大成的江户时代,"慰"论一以贯之,成为日本作家在文学功能论上的普遍共识。8 世纪歌人藤原滨成的《歌经标式》是日本最早的和歌论著作,该书开门见山地写道:

---

① 〔日〕久松潜一.日本文学評論·近世 近代篇〔M〕.东京:至文堂,昭和四十三年:284.

臣滨成言；原夫歌者，所以感鬼神之幽情，慰天人之恋心者也。韵者所以异于风俗之言语，长于游乐之精神者也。故有龙女归海，天孙赠于恋妇歌，味耜升天，会者作称威之咏。并尽雅妙，音韵自始也。近代歌人虽表歌句，未知音韵，令他悦怿，犹无知病。准之上古，既无春花之美；传之末叶，不是秋实之味。无味不美，何能感慰天人之际者乎？①

在此藤原滨成明确提出了他的和歌功能论，并使用了"慰""感慰"两个词，所谓"感鬼神之幽情，慰天人之恋心"，上一句看上去与中国文论的"感天地、动鬼神"很接近，是对中国文论话语的化用，但后一句"慰天人之恋心"则颇有日本味，表明和歌"长于游乐之精神"，是供游乐之用，作用在于"慰"。而和歌要能实现"慰"的功能，就要具有"春花之美"和"秋实之味"，否则，"无味不美，何能感慰天人之际者乎？""慰"的对象则是"天人之恋心"。所谓"天人"，大体相当于天（神）与人；所谓"恋心"，就是相思、相恋、相互理解同情之心，其中主要是男女之恋。为什么是"天人"之恋心呢？他认为最早的和歌是"龙女归海，天孙赠于恋妇歌"，可知"恋心"不仅人间有，神界更有，存在于"天人之际"。这里强调的是"恋心"的自然、普遍与神圣性。平安王朝后期歌人、歌论家源俊赖在《俊赖髓脑》中谈到"和歌之灵验"时，曾例举了神人之间以和歌相互感应的传说故事，指出："神灵尚且如此看重和歌，人岂能轻视之！人生在世，不能没有和歌。古人云：'鬼神无形，亦有哀怨。男女柔情，可慰赳赳武夫，此乃歌也。'"② 这样看来，和歌是天人相恋、相知的重要手段。藤原俊成在《古来风体抄》中谈到和歌的起源及其历史变迁的时候，举了《万叶集》编纂之前"天人之恋心"的几个例子。例如，天神素盏鸣尊去出云国，营造宫殿时，有八色彩云升

---

① 〔日〕藤原滨成. 歌经标式［M］∥王向远. 日本古代诗学汇译：上卷. 北京：昆仑出版社，2014：61.

② 〔日〕源俊赖. 俊赖髓脑［M］∥王向远. 日本古代诗学汇译：上卷. 北京：昆仑出版社，2014：112.

起，故咏歌曰："八彩云啊起四方/砌起八重高墙/与吾妻共享。"又如，天神之孙彦火火出见尊与海神姬（又名丰玉姬）同宿，两人生子，名叫鹈羽葺不合命。海神姬将儿子留在彦火火出见尊那里，回到海神宫，彦火火出见尊吟咏了一首歌："有海鸭的岛上/我和阿妹同床/夫妻情终生不忘。"丰玉姬唱和曰："都说最美是赤玉之光/哪比我情郎/如此仪表堂堂。"① 可见"天人"就是这样用和歌来慰藉"恋心"的。

10世纪著名歌人纪贯之为《古今和歌集》写的《假名序》，又进一步阐述了"慰"论。因为《假名序》直接用日语表述，较之用汉语写作的《真名序》在语言表达上可以一定程度地摆脱对汉语的模仿和依赖，《假名序》一开篇便对文学功能论做了这样的描述：

> 倭歌以人心为种，由万语千言而成，人生在世，诸事繁杂，心有所思，眼有所见，耳有所闻，必有所言。聆听莺鸣花间，蛙鸣池畔，生生万物，付诸歌咏。不待人力，斗转星移，鬼神无形，亦有哀怨。男女柔情，可慰赳赳武夫。此乃歌也。②

这样的表述显然与中国诗学的功能论有了一定距离。其中提到的"可慰赳赳武夫"的"慰"（なぐさむ），是"安慰、慰藉、抚慰"的意思，后来成为日本古典文论与诗学中关于文学功能论的核心概念。接下来，《假名序》还从回顾和歌发展史的角度阐述了和歌的功能，那就是君臣和乐、赠友怀人、吟风嘲月、讴歌恋情，他的结论是："此乃和歌之可慰人心者。"③

在日本和歌理论家们看来，和歌是用来"慰"的，而"物语"作家

---

① 〔日〕藤原俊成. 古来风体抄［M］∥王向远. 日本古代诗学汇译：上卷. 北京：昆仑出版社，2014：146.

② 〔日〕纪贯之. 古今和歌集·假名序［M］∥王向远. 日本古代诗学汇译：上卷. 北京：昆仑出版社，2014：78.

③ 〔日〕纪贯之. 古今和歌集·假名序［M］∥王向远. 日本古代诗学汇译：上卷，北京：昆仑出版社，2014：81.

对"物语"功能的看法亦复如此。10 世纪日本著名女作家紫式部在其《源氏物语》中，多处表达了她的"慰"的文学功能观。例如，在《蓬生》卷里，紫式部写到："那些表现无常的古歌、物语之类的消遣之物，可以使人消愁解闷，慰藉孤栖。"这就把物语归为"消遣之物"（すさびごと），认为其作用是"消愁解闷、慰藉孤栖"。特别是在《萤》之卷中，紫式部借书中人物玉鬘与光源氏的对话，清楚地阐明了她的物语观，特别是"慰"的功能论。其中写到："玉鬘看了许多书，觉得这里面描写了种种具有奇特遭遇的人物，不知道是真还是假，但其中像她自己这样命苦的人，一个也没有。""她联想到了那个可恶的大夫监，而把自己想象成住吉姬。"这是写玉鬘看了古物语之后的感受，也有将自己与书中人物加以联想对照、以身自况的意思。源氏看到这情形，便对玉鬘说："哎呀，真拿你没办法！你们这些女人倒是不唠叨，但另一方面，又好像都是专为受人欺骗而生下来似的。"说的正是当时贵族女子阅读物语时的状态。源氏继续说道："这些故事中，很少有真的。你明知是假，却真心阅读这些不着边际的故事，甘愿受骗。"这似乎是很愚蠢的行为，但源氏的话锋一转，又说：

这也怪不得你。除了看这些从前的物语故事，实在没有什么办法可以放松心情、排遣寂寞的了。①

这就点出了物语的基本功能，尽管它是虚假的，读者也明知其为虚假，但为了"放松心情、排遣寂寞"，也就是为了寻求"慰"，还是要读。而且，之所以能有这样的"慰"的作用，是因为"这些伪造的故事之中，看起来颇有物哀之情趣，描写得委婉曲折的地方，仿佛实有其事。所以虽然明知其为无稽之谈，看了却不由地徒然心动"。看来，寻求的"慰"的过程，实际上也是感知"物哀之情趣"的过程，亦即审美活动的过程。

---

① 〔日〕紫式部. 物语论［M］// 王向远. 日本古代诗学汇译：上卷. 北京：昆仑出版社，2014：92.

不仅物语的阅读欣赏是如此，物语的创作也是如此。接下来，紫式部又借源氏之口说道：

物语虽然并非如实记载某某人的事迹，但不论善恶，都是世间真人真事。看了还不满足，听了也不满足，还想将这些事情传诸后世，而不是只藏在一人心中，于是执笔写作。①

这就是紫式部的创作动机论，作家记述的虽非具体的真人真事，但人与事本身却是真实的。阅读、聆听了这样的物语，仍不满足于自我消遣或自我慰藉，于是就想创作，想写出来与读者共享共感。这样的创作动机，若用一个字来概括，就是"慰"。这是作家的自慰功能论，也是对读者的安慰、抚慰的功能论。这里没有中国式的文以载道、劝善惩恶、忧国忧民、高堂教化，而只追求一个"慰"字。紫式部似乎也清楚地意识到了日本的物语与中国文学在功能论方面的观点差异，她接着借源氏之口继续写道："物语与异朝人的才智、写法不一样。"在这里，"异朝"实际上就是指中国。她认为物语是日本式的，在"才智"和"写法"上，和中国文学"不一样"。当然，在文学功能论上，两国的观点看法也不一样。

和歌、物语的功能是"慰"，戏剧文学也如此。15世纪古典"能乐"大师世阿弥在《拾玉得花》中谈到了能乐的起源，认为能乐的功能在"有趣"，而且能使人开心，他说："关于'有趣'这个词的由来，传说天照大神为诸神在天之香具山举行的游乐活动所吸引，将其天之岩户打开了一条缝隙向外张望，看到诸神的脸便觉得'有趣'。'有趣'一词即来源于此。"他认为："在感到能乐'有趣'的一瞬间，是无心之感。"所谓"无心之感"，就是"心只有欢喜，这是不知不觉微笑出来的一瞬间，不付诸语言，只是心中无一物的纯粹的感动。这种状态就是'妙'。心中感

---

① 〔日〕紫式部. 物语论［M］//王向远. 日本古代诗学汇译：上卷. 北京：昆仑出版社，2014：93页，。

到'妙',就是'妙花'"①。这里强调的是能乐戏剧形象的审美直观而使人感动,是一种心灵与精神的愉悦享受,从而使人益寿延年。说到底,也是"慰"的功用。

江户时代的著名戏剧(净瑠璃、歌舞伎)作家近松门左卫门在戏剧论《〈难波土产〉发端》中,从艺术的真实与虚构之关系的角度,谈到了戏剧的审美功能。他说:

> 所谓艺术的真实,就存在于虚与实的皮膜②之间。诚然,如今世人都喜欢看到与真实极相似的东西,譬如写家老就要写出家老的真实的言谈举止,然而虽说如此,现实生活中的家老有像演员表演的那样在脸上涂上红白粉的吗?另一方面,也不能因为生活中家老脸上是不涂粉的,就让戏中的家老随便留着胡子、秃着脑袋上台吧?那对观众还有什么"慰"的作用呢?所谓"虚实在皮膜之间",就是对此而言。是虚假的,但又不是完全的虚假;是真实,但又不是完全的真实。只有在虚实之间,才有"慰"。③

可见,建立在虚实论基础上的近松的"慰"论,就是从接受美学心理学的角度,强调艺术真实不同于生活真实。在近松看来,戏剧创作在于"慰",而要有"慰"的作用,就必须在艺术真实与艺术虚构之间寻求微妙的平衡,也就是使"虚"与"实"处在若即若隔的"皮膜之间",要"在相似中有所不似"。认为如果艺术的真实等于现实,那么人们在现实中随处可见,那如何还能有"慰"?他把由此而产生的"慰"作为戏剧创作的美学追求。因此,近松的"慰"论,既是戏剧文学功能论,也是戏剧审美理想论。

---

① 〔日〕世阿弥. 拾玉得花 [M] // 王向远. 日本古代诗学汇译:下卷. 北京:昆仑出版社,2014:377.
② 皮膜:指极薄、极微妙的区分、区别或距离。
③ 〔日〕近松门左卫门.《难波土产》发端 [M] // 王向远. 日本古代诗学汇译:下卷. 北京:昆仑出版社,2014:695.

此外，值得提到的是，与近松同属市井文学之范畴的市井小说"浮世草子"大作家井原西鹤，在《好色二代男》的跋文和《新可笑记》的自序文中，都强调小说的作用是作为"世人之慰草"（"世の慰草"）。"浮世草子"本来就是取悦市井读者的游戏文学，它对读者的"慰"的作用是不言而喻的，虽然只是"慰草"而已。意思是虽没有多大用处，但毕竟也有一点"慰"的作用。井原西鹤虽然没有对"慰"多加论述，但毕竟意识到了"慰"的功能。

除了日本特有的和歌、物语及能乐、净瑠璃、歌舞伎等戏剧文学之外，从中国传入的文学样式汉诗，也在江户时代摆脱了中国古代诗论中的诗教观，而主张摆脱诗的功用论。在这个问题上，江户时代后期著名汉诗人、诗学理论家广濑淡窗在《淡窗诗话》（上卷）中，讲得很清楚。他写道，有人曾经问我："你喜欢诗，然而诗有什么益处呢？"我反问："你喜欢酒，然而喝酒有什么益处呢？"他回答："什么益处也没有，我只是喜欢而已。"我接着说："我写诗也只是喜欢而已。"尽管诗在教育后学的时候也有用处，但广濑淡窗强调："当人们谈论某种技艺的时候，不要强调其功用。我们喜欢诗，也不要对人阐述诗有什么功能。而只是说为了自己爱好。"他的结论是：

> 说起来，我国的诗不像唐诗那样与国家大事密切相关，实际上它是书生的慰之物。①

显然，这种"慰"论与中国传统的、主流的诗之功用论，就相去甚远了。

三、"慰"论的确立及对中国载道教化论的批判

除了上述的对"慰"正面阐释之外，在"慰"论的确立时期，还伴随着对中国式的载道教化的文学功能论的质疑与批判。这是因为中国正统

---

① 〔日〕广濑淡窗. 淡窗诗话：上卷［M］// 王向远. 日本古代诗学汇译：下卷. 北京：昆仑出版社，2014.740.

的文学功能论本质上与"慰"论是格格不入的，要确立"慰"论，就要对中国的载道教化的文学功能论加以批判超越。到了17世纪后的江户时代，随着日本"国学"的兴起、确立及对"汉意"的清除，这种批判也就越来越多了。例如，在和歌论方面，江户时代"国学家"荷田在满在《国歌八论》中的《玩歌论》一节中明确强调："和歌，不属于六艺之类，既无益于天下政务，又无益于衣食住行。《古今和歌集序》中言'动天地，感鬼神'者，实际上是不可轻信的妄谈。至于说'可抚慰勇士之心'，略或有之，但其作用怎能与音乐相比！说'可助男女柔情'，假如这样，岂不是教唆男女淫奔吗？实际上这些都不是和歌所具有的功能……和歌只是个人的消遣与娱乐，所以学习作歌的人必须具有爱歌之心。"①

另一个著名国学家本居宣长在《石上私淑言》中，从其"物哀"论出发，将作者表达"物哀"、让读者"知物哀"作为和歌的基本功能，他认为，《新撰和歌集》序文中的"动天地、感神祇、厚人伦、成孝敬，上以风化下，下以讽刺上"等言论完全是从中国《毛诗序》中学来的，《古今和歌集·真名序》也以中国诗论为圭臬，而完全没有考虑日本古代和歌的实际情况，肤浅地认定和歌与汉诗都具有相同的性质。其实和歌与汉诗原本并无不同，但到了后来中日两国文学分途发展，差别越来越大。翻阅《古事记》《日本书纪》《万叶集》，完全看不到以和歌作为教训工具的痕迹，最多的是古代的恋歌。所谓"徒为教诫之端"之说，查考古歌，可知完全不符实情。《古今和歌集·真名序》所谓"古天子每良辰美景、诏侍臣预宴筵者，献和歌"，这种情形偶尔会有，但绝不是常态。从奈良时代起，天皇在那种场合招来文人奉诵唐诗，这种记载可见于有关正史，献的是汉诗而非和歌，以求歌舞升平。至于所谓"贤愚之性，于是相分""所以择士之才也"云云，纯属子虚乌有。在中国，从唐代始就规定以诗取士，于是上述序文就以唐朝为准，说日本古代也以和歌来判别人之贤

---

① 〔日〕荷田春满. 国歌八论［M］// 王向远. 日本古代诗学汇译：下卷. 北京：昆仑出版社，2014：766-767.

愚。实际上，以歌择士的情况在日本完全不存在，由此可知《古今和歌集》《新撰和歌集》的序文只是借用汉诗套用和歌而已。看看柿本人麻吕的歌、六歌仙的歌、在原业平的歌，他们都多写恋歌，丝毫没有教训的痕迹，而只以"物哀"为宗旨。本居宣长进而认为，《古今和歌集》《新撰和歌集》的序言之所以提出教诫之类的功能论，是"因为是敕撰和歌集之序，所编和歌是为了献给朝廷的，于是就声称和歌有利于朝政，并很方便地从中国的诗论中援引诗的'功用论'，强调和歌应有助于朝政"。这显然是希望朝廷重视和歌并用以辅政，但这只是说说而已，与事实完全不符。① 本居宣长的建立在"物哀论"基础上的文学功能论，排除了政治功利主义论，其核心实际上也是落实在"慰"字上的。至于人为什么需要有"慰"，他在《紫文要领》一书中认为："真实的人情就是像女童那样幼稚和愚懦。坚强而自信不是人情的本质，常常是表面上有意假装出来的。如果深入其内心世界，就会发现无论怎样的强人，内心深处都与女童无异。对此引以为耻，极力隐瞒，是不正确的做法。"所以，不管是什么人，其实内心都是虚弱的，实际上都是需要"慰"的，而"中国人写的书，仿佛是照着镜子涂脂抹粉、刻意打扮，表面上华丽堂皇，但实际上是有所掩饰"，这是不可取的。他在《石上私淑言》中更明确地强调：

谈到歌之"用"，首先要指出的，就是它可以将心中郁积之事自然宣泄出来，并由此得到抚慰，这是歌的第一"用"。对此，《古今和歌集·假名序》有云："不待人力，斗转星移，鬼神无形，亦有哀怨，男女柔情，可慰赳赳武夫，此乃歌也。"这就是和歌的一大功用。②

江户末期歌学理论家香川景树在《歌学提要》的"总论"中也说："有人以为，和歌难以动天地、感鬼神。这是很愚蠢的想法。其实此道理

---

① 〔日〕本居宣长. 石上私淑言［M］∥王向远. 日本物哀. 长春: 吉林出版集团，2010：232－233.

② 〔日〕本居宣长. 石上私淑言［M］∥王向远. 日本物哀. 长春: 吉林出版集团，2010：235.

是人人都应明白：引譬设喻，讲大道理，有时反而不能言志达意；而吟咏男女之情、抚慰武士之心，则人皆乐闻。人心可感，鬼神岂能无动于衷？应诚情而发，何物不可感动？"他强调："和歌非玩物，乃被玩之物。"在他看来，和歌"非玩物"，就是必须以"诚情"即真挚的感情来创作吟咏和歌，否则就会导致和歌衰颓；"被玩之物"就是应带着一种审美的心境来玩赏，不能带有功利、功用的目的或动机。他接着说："饮食、男女、言语，乃天下之三大事。饮食绝则性命丧，男女断则人伦丧，言语无则万事不通。而和歌的言语最为精微，以此可感天地，动鬼神，何况忘忧叹、拂愁绪、慰心灵。"从这个角度看，"和歌之功，岂不大哉！"①这才是和歌的真正的功能或功用。

对于日本独特的文学样式和歌，日本古代文论家以"慰"为中心来论述其功能价值，那么，对于从中国传入的诗（汉诗），又是怎样看待其功能价值的呢？

对此，江户时代著名儒学家荻生徂徕在《徂徕先生问答书》中，曾明确提出了自己的看法。他对宋儒的诗歌功用论做了批评，认为诗是无用的，但有"无用之用"。他说："宋儒历来认为诗文之类是无用之物，指责所谓的'辞章记诵'②。其实，中国的五经中有一部《诗经》，就如同我国的和歌，并没有讲述修心养性持家的道理，也没有讲述如何治理天下。古时候，人们无论是忧伤还是高兴，都形诸语言文字，既表现了人情，遣词造句也美，又可以借此了解一方风土人情，所以圣人便加以采集编纂，并向人传授。但这仅仅是学习而已，对于明是非、讲道理，并没有直接用处。用词巧妙，又合乎人情，故而对人心自然具有感染力。虽然无助于明道识理，但可以了解难得一见的地方风俗，所以自然被吸引，读者的心也为人情所动，便于从高远处俯察底层人等的生活情景，了解男女之

---

① 〔日〕香川景树. 歌学提要 ［M］//王向远. 日本古代诗学汇译：下卷. 北京：昆仑出版社，2014：1044.

② 辞章记诵：宋代儒学家将只背诵古书而不求性理者，贬为"辞章记诵"。

情，还可以辨别人心之贤愚。因为词巧的缘故，虽然没有明确说明，但作者之心却能让读者感知，因而对于施行讽谕教化，是有不少益处的。特别是，若没有《诗经》这样的书，就不可能在性理之外，得以体察君子的言谈举止。"① 荻生徂徕反对宋代理学家以"性理"为中心的文学价值观，认为像日本的和歌与中国的《诗经》，只要表现"人情"，能打动"人情"，那就足够了，所以他认为："理学在世上影响甚久，因此许多人不懂得'无用之用'的道理，事事急功近利，多悖于圣人之道。这一点请好好理解。"

江户时代著名汉诗人、诗论家祇园南海在用日文撰写的诗话著作《诗学逢原》（上卷）中，对中国的诗歌发展演变史做了简要的梳理，认为诗歌的"本意"是"吟咏性情"，但后来儒家用诗歌来讲道理、明是非，到了宋代甚至专以理入诗、以议论为诗。祇园南海认为，宋人以诗议论道学、评价历史人物，更有甚者认为杜子美的诗寓一字之褒贬，称之为"诗史"，称赞他议论时事的时候不忘忠义君等，其实这些都与诗的本意无干。而至于诗歌的政治功用，祇园南海指出："议论政事，那是在位者之所为，是居官者之责任。如果为此而写诗，那就是可以说是越俎代庖了。即如杜子美，即便有奇谋妙策，无奈身不在其位，即便说了万语千言，也毕竟只被付诸一笑。所以只在其诗中发发感想，能有什么作用呢？《小雅》《大雅》中，固然也有言时事、讽时政的诗篇，但那也是身在其位的人说的话。以此来看杜子美，说他关心民众疾苦、牵挂民生万事，也并非没有根据，但以此称他为诗圣，则是很大的误解，是很可笑的。这么做不仅仅是宋人的错，在唐代就已经有了此类看法。特别是杜牧的《咏史》等篇，就有许多有关的议论。可以说是宋人的相同议论的源头。"②

---

① 〔日〕荻生徂徕. 徂徕先生问答书［M］// 王向远. 日本古代诗学汇译：下卷. 北京：昆仑出版社，2014：699 页.

② 〔日〕祇原南海. 诗学逢原［M］// 王向远. 日本古代诗学汇译：下卷. 北京：昆仑出版社，2014：710.

这样的看法，显然出自日本文学的"脱政治"文学传统及文学价值观，与中国的"文以载道""忧国忧民"的价值观，相去甚远了。他断言：

> 到了元明时代直至今日，诗歌只是以"慰"为事。①

显然，"以'慰'为事"这一概括与判断，实际上并不符合中国元明时代以降的诗歌功能，相反地，却可以用来概括日本文学的基本功能及功能论。祇原南海作为一个深受中国文化影响的汉诗人，他所理解的"慰"主要是游戏嬉戏，认为过于耽于游戏会失去吟咏性情的真诚，所以并不赞成这样的"慰"，但又认可"慰"的"游戏因素"，认为"这也是诗的功用之一"。

四、"慰"论与中国"娱""寄"的关联

如上所说，日本古代文论家虽然对正统的文以载道的中国文学功能论做了否定与批评，他们的"慰"论与中国的"文以载道"论、"兴观群怨"论、"思无邪"论、"温柔敦厚"论、"诗教"论、"经夫妇、成孝敬、厚人伦、美教化、移风俗"论、"经国之大业、不朽之盛事"论、"穷理尽性"论，以及"美刺""讽喻"论等，大相径庭，乃至格格不入。但是，另一方面，中国古代文论中的文学功能论是复杂的，并非单一的。在主流的文学功能论之外，在不同的历史时期还有反主流的功能论。因此，日本"慰"论不仅作为中国正统的文学功能论的反论，而且与中国传统文论的非正统的文学功能论有着相当深刻的关联。

首先，日本文论中的"慰"论之所以成为文学功能的普遍共识，是受六朝唯美文风、文论的影响。空海大师的《文镜秘府论》一书作为中国古代文论的祖述，是要尽可能全面介绍、转述中国各家文论，但比起隋唐文论来，似乎又偏重于接受中国六朝文论的唯美倾向、形式主义的影响，侧重诗歌的形式音律修辞之美。《文镜秘府论》作为最早传到日本并

---

① 〔日〕祇原南海. 诗学逢原［M］// 王向远. 日本古代诗学汇译：下卷. 北京：昆仑出版社，2014：709.

在日本传播最为广泛的关于中国文论的著作，对日本作家、文学理论家的直接与间接的影响是巨大的。

魏晋南北朝时期，与日本"慰"论相近的观点，首先有"自娱"及"娱"论。例如，曹植在《与吴质书》中有："顷何以自娱？颇复有所作不？"主张以文自娱。随后，陆云提出"文章既可自羡，且解愁忘忧"（《与兄平原》）；江淹自许"放浪之际，颇著文章自娱"（《自序》）；《晋书·张载传》记述张载"弃绝人事，屏居草泽，守道不竞，以属咏自娱，拟诸文士作七命"；昭明在《文选序》中认为文章是"入耳之娱""悦目之玩"；萧纲《临秋赋》有"览时兴而自得，连飞觽而娱情"。可见，中国文论中的"娱""自娱""娱情"与日本的"慰"论是有相通之处的，说的都是文学对作者心灵精神的作用。但中国的"娱"论更多地侧重个人的怡情悦性的作用，都有一定程度的自娱自乐、自寻安抚的快乐追求，而日本的"慰"论与其"物哀"美学相联系，更多地强调对心理痛苦的抚慰与缓解，而且不只是作者个人的自娱自慰，还试图通过创作与读者沟通分享，不仅慰己，也慰他人。

与日本"慰"论相近的中国文论的第二个概念是"寄"。作为同义词还有"托"字，《说文》解字："寄，托也。""寄"作为动词，有寄托、寄寓的意思。《庄子·缮性》云："轩冕在身，非性命也。物之傥来，寄者也。寄之，其来不可圉，其去不可止。"说的是"寄"的特征是其短暂性、权宜性。《梁书·文学传》引伏挺致徐勉书云："怀抱不可直置，情虑不能无托。"陈廷焯在《白语斋词话》中说："夫人不能无所感，有感不能无所寄。"袁中郎在《袁中郎尺牍·李子髯》中说："人情必有所寄，然后能乐。故有以弈为寄，有以色为寄，有以技所寄，有以文所寄。古之达人，高人一层，只是他情有所寄，不肯浮泛度光景、每见无寄之人，终日忙忙如有所失，无事而忧，对景不乐。"都是说人总是要有所寄托。这与上述日本"慰"论关于人总需要有所"慰"、总要寻求慰藉的道理，是完全一致的。

但另一方面，"慰"与"寄"两者区别也很明显。日本的"慰"论是建立在人性羸弱、人心脆弱的判断基础上的，本居宣长在《紫文要领》中所说的"真实的人情就是像女童那样幼稚和愚懦。坚强而自信不是人情的本质"云云，是说本质上每个人都需要"慰"。中国作家也认为有时候"慰"是必要的，也主张在寂寞忧愁的时候寻求安慰。汉代《古诗十九首》，还有宋词中言愁说恨的作品很多，但中国文论家对人的判断总体上并非认为人心脆弱，而是认为人心是一种情感的源泉，人需要向外投射，寻求寄托。作为中国文论的概念，"寄"主要指的是将人的思想感情寄托于文学创作。刘勰《文心雕龙·序志》云："生也有涯，无涯惟智。逐物实难，凭性良易。傲岸泉石，咀嚼文义。文果载心，余心有寄。"人们所要"寄"这种心、这种感情，往往就是"余心"或"闲情"。明代作家李渔有《闲情偶寄》，曹雪芹《红楼梦》第八十六回标题有"寄闲情淑女解琴书"一句，似乎都是在这个意义上说的。"余心""闲情"是冗余的心情与感情，也是人的一种精神创造的源泉，它需要转移到一种无害而又无用的事物上去，这种转移就是"寄"。而能够"寄"到创作等审美活动中的就是作为审美创造力的"感兴""感物"，这近似于日本的"物哀"。这样，"寄"就是将作者的感兴投射、转移到艺术创作活动的一个中介，是将感情加以文学化、形象化表现的一种途径。陶渊明《九日闲居》序云："寄怀于此。"《晋书·袁宏传》记载："宏有逸才，文章绝美，曾为咏史诗，是其风情所寄。"李俊民在《锦唐赋诗序》中说："士大夫咏性情，写物状，不托于诗，则托于画。"王闿运在《诗法一首示黄生》中说："兴者，因事发端，托物喻意，随时成咏。"况周颐《蕙风词话》："诗贵有寄托。"周济《宋四家词选目录序论》："夫词非寄托不入，专寄托不出。"讲的都是主观情感向客观事物的迁移寄托。这当中，也包含着将消极的情绪加以宣泄，由此得以抚慰的意思。正如沈约在《七贤论》中所说："且人本含情，情性宜有所托。慰悦当年，萧散怀抱。"既能"慰悦"，也能"萧散"，进而在"寄托"的物我一如中得到精神支持、心灵安歇乃至审美享受。可见，中国文论中的"寄"不仅是一个文学功能论的概念，也是关于移情、关于主客合一的审美概念。而日本文论中的"慰"在文学功能论的概念含义之外，主要是一种心理学的概念，表达的是一种心理、心灵的需求。如果说，中国的"寄"论建立在"兴""感兴"艺术发动力的基础之上，是积极主动的、向外投射的，而日本的"慰"则是内向地、消极地、被动地寻求抚慰。"寄"是一种宣泄，"慰"是一种寻求。

中国的"娱""寄"与日本的"慰"，都是关于文学功能的理论，都是关于人的"余心""闲情"如何对待、如何措置的观念和主张。但相比而言，在中国，文以载道、诗以言志的功能论是主流，而娱情遣兴的理论则是支流，是特定历史时期一少部分中国诗人文人的主张，而且大都是在蹉跎、失意、空虚状态下的一种观念主张；在日本，"慰"论则是文学功能论的主流，而且日本文论家正是从批判中国的功用论开始，不断肃清中国古代文论的"动天地、感神祇、厚人伦、成孝敬，上以风化下，下以讽刺上"的功能观，不断强化、伸张着日本式的"慰"论，并试图以此摆脱中国文学观念的束缚，将文学功能窄化到消遣慰藉的"慰"，排斥文学的载道教化、劝善惩恶之类的政治社会与伦理功能。"慰"既是对日本文学功能的正确概括，也体现出了日本古代文论功能论的特殊性，在"慰"论形成确立的过程中，逐渐形成了日本传统文学脱政治、离社会、重"私"（个人）不重"公"（社会）的文学传统。

总体来看，在文学功能论上，中国传统文论的主流讲求"为"，即文学要有为，要为政道、为教化；日本文学则讲"慰"，主张"以慰为事"，只求慰心、慰人。"慰"虽然有一些娱人娱己的游戏的因素或成分，但"慰"不同于日本文论的另一个范畴"游"，它本质上却是严肃的、诚实的、有节度的。看来只有在中日文论概念、范畴的关联性研究中才能有效阐发"慰"的理论价值，只有将日本"慰"论与中国文学的功能论、功利论及相关范畴加以比较研究，才能清楚地认识中日两国传统文学观念的分歧。

第九章　"幽玄"之境

——日本文论范畴"幽玄"语源语义考论

　　"幽玄"是日本古典文论中借助汉语而形成的独特的文学概念和美学范畴，至少在12—16世纪约五百年间，"幽玄"不仅是日本传统文学的最高审美范畴，也是日本古典文化的关键词之一。"幽玄"概念的成立主要是出于为本来浅显的民族文学样式"和歌"寻求一种深度模式的需要，以此促使和歌、连歌、能乐实现雅化与神圣化。"幽玄"是日本贵族文人阶层所崇尚的优美、含蓄、委婉、间接、朦胧、幽雅、幽深、幽暗、神秘、冷寂、空灵、深远、超现实、"余情面影"等审美趣味的高度概括，并体现于能乐等各种文学艺术样式乃至日常生活的方方面面。

　　对于日本文学与日本文论而言，"幽玄"这个概念十分重要。如果说"物哀"是理解日本文学与文化的一把钥匙，那么"幽玄"则是通往日本文学文化堂奥的必由之门。因此有必要从中日文论关联的角度考察"幽玄"的语源和语义。"幽玄"这个词来自何处？如何演变为一个重要的文论概念？它的基本内涵与构造是什么？提倡"幽玄"有什么审美动机与美学功能？这些问题都是我们需要加以探究的。

一、“幽玄”概念的成立

什么是“幽玄”？虽然这个词在近代、现代汉语中基本上不再使用了，但中国读者仍可以从“幽玄”这两个汉字本身，一眼便能看出它的大概意思来。“幽”者，深也、暗也、静也、隐蔽也、隐微也、不明也；“玄”者，空也、黑也、暗也、模糊不清也。“幽”与“玄”二字合一，是同义反复，更强化了该词的深邃难解、神秘莫测、暧昧模糊、不可言喻之意。这个词在魏晋南北朝到唐朝的老庄哲学、汉译佛经及佛教文献中使用较多。使用电子化手段模糊查索《四库全书》，“幽玄”的用例约有340多个（这比迄今为止日本研究“幽玄”的现代学者此前所发现的用例要多得多）。从这些文献中的“幽玄”用例来看，绝大多数分布在宗教哲学领域，少量作为形容词出现在诗文中，没有成为日常用语，更没有成为审美概念。宋、元、明、清之后，随着佛教的式微，“幽玄”这个词渐渐用得少了，甚至不用了，以至于以收录古汉语词汇为主的《辞源》也没有收录“幽玄”一词，近年编纂的《汉语大辞典》才将它编入。可以说，“幽玄”在近现代汉语中差不多已经成了一个“死词”。

“幽玄”一词在中国式微的主要原因，从语言学的角度看，可能是因为汉语中以“幽”与“玄”两个字作词素的，表达“幽”“玄”之意的词太丰富了。其中，“幽”字为词素的词近百个，除了“幽玄”外，还有“幽沈”“幽谷”“幽明”“幽冥”“幽昧”“幽致”“幽艳”“幽情”“幽款”“幽涩”“幽愤”“幽梦”“幽咽”“幽香”“幽静”“清幽”等。以“玄”字为词素者，则不下200个，如“玄心”“玄元”“玄古”“玄句”“玄言”“玄同”“玄旨”“玄妙”“玄味”“玄秘”“玄思”“玄风”“玄通”“玄气”“玄寂”“玄理”“玄谈”“玄著”“玄虚”“玄象”“玄览”“玄机”“玄广”“玄邈”等。这些词的大量使用，相当大程度地分解并取代了“幽玄”的词义，使得“幽玄”的使用场合与范围受到了制约。而在日本，对这些以“幽”与“玄”为词素的相关词的引进与使用是相当有限的。例如，"玄"字词，日语中只引进了汉语的"玄奥""玄趣""玄应""玄风""玄默""玄览""玄学""玄天""玄冬""玄武"（北方水神名称）等，另外还有几个自造汉词如"玄水""玄关"等，一共只有十几个；而以"幽"为词素的汉字词，除了"幽玄"，则有"幽暗""幽远""幽艳""幽闲""幽境""幽居""幽径""幽契""幽魂""幽趣""幽寂""幽邃""幽静""幽栖""幽明""幽幽""幽人""幽界""幽鬼"等，一共有 20 来个。综览日语中这些以"幽"字与"玄"字为词组的汉字词，不仅数量较之汉语中的相关词要少得多，而且在较接近于"幽玄"之意的"玄奥""玄趣""玄览""幽远""幽艳""幽境""幽趣""幽寂""幽邃""幽静"等词中，没有一个词在词义的含蕴性、包容性、暗示性上能够超越"幽玄"。换言之，日本人要在汉语中找到一个表示文学作品基本审美特征——内容的含蕴性、意义的不确定性、虚与实、有与无、心与词的对立统一性——的抽象概念，舍此"幽玄"，似乎别无更好的选择。

"幽玄"概念在日本的成立，有着种种内在必然性。曾留学唐朝的空海大师在 9 世纪初编纂了《文镜秘府论》，几乎将中国诗学与文论的重要概念范畴都搬到了日本，日本人在诗论乃至初期的和歌论中，确实也借用或套用了中国诗论中的许多概念，但他们在确立和歌的最高审美范畴时，对中国文论中那些重要概念最终没有选定，却偏偏对在中国流通并不广泛、也不曾作为文论概念使用的"幽玄"一词情有独钟，这是为什么呢？

"幽玄"这一概念的成立，首先是由日本文学自身发展需要所决定的，主要是出于为本来浅显的民族文学样式——和歌——寻求一种深度模式的需要。

日本文学中最纯粹的民族形式是古代歌谣，在这个基础上形成了和歌。和歌只是由 5 句、31 个音节构成。31 个音节大约只相当于十几个有独立意义的汉字词，因此可以说和歌是古代世界各民族诗歌中最为短小的诗体。和歌短小，形式上极为简单，在叙事、说理方面都不具备优势，只以抒发刹那间的情绪感受见长，几乎人人可以轻易随口吟咏。及至平安时代日本歌人大量接触汉诗之后，对汉诗中音韵体式的繁难、意蕴的复杂，留下了深刻印象。而空海大师的《文镜秘府论》所辑录的中国诗学文献，所选大部分内容都集中于体式音韵方面，这也极大地刺激和促进了和歌领域形式规范的设立。在与汉诗的比较中，许多日本人似乎意识到了，没有难度和深度的艺术很难成为真正的艺术，和歌浅显，人人能为，需要寻求难度与"深"度感，而难度与深度感的标尺，就是艺术规范。和歌要成为一种真正的艺术，必须确立种种艺术规范（日本人称为"歌式"）。艺术规范的确立意味着创作难度的加大，而创作难度的加大不外体现在两个方面：一是外部形式，日本称之为"词"；另一个就是内容，日本人称之为"心"。

于是，从奈良时代后期（8世纪后期）开始，到平安时代初期（9世纪），日本人以中国的汉诗及诗论、诗学为参照，先从外部形式——"词"开始，为和歌确定形式上的规范，开始了"歌学"的建构，陆续出现了藤原滨成的《歌经标式》等多种"歌式"论著作，提出了声韵、"歌病""歌体"等一系列言语使用上的规矩规则。到了10世纪，"歌学"的重点则从形式（词）论，逐渐过渡到了以内容（心）论与形式论并重。这种转折主要体现在10世纪初编纂《古今和歌集》的"真名序"（汉语序）和"假名序"（日语序）两篇序言中。两序所谈到的基本上属于内容及风体（风格）的问题。其中"假名序"在论及和歌生成与内容嬗变的时候，使用了"或事关神异，或兴入幽玄"这样的表述。这是歌论中第一次使用"幽玄"一词。所谓"兴入幽玄"的"兴"，指的是"兴味""感兴""兴趣"，亦即情感内容；所谓"入"，作为一个动词，是一个向下进入的动作，"入"的指向是"幽玄"，这表明"幽玄"所表示的是一种深度，而不是一种高度。换言之，"幽玄"是一种包裹的、收束的、含蕴的、内聚的状态，所以"幽玄"只能"入"。后来，"入幽玄"成为一种固定搭配词组，或称"兴入幽玄"，或称"义入幽玄"，更多地则是说"入幽玄之境"，这些都在强调着"幽玄"的沉潜性特征。

　　如果说《古今和歌集·真名序》的"兴入幽玄"的使用还有明显的随意性，对"幽玄"的特征也没有做出具体解释与界定，那么到了10世纪中期，壬生忠岑的《和歌体十种》再次使用"幽玄"，并以"幽玄"一词对和歌的深度模式做出了描述。壬生忠岑将和歌体分为十种，即"古歌体""神妙体""直体""余情体""写思体""高情体""器量体""比兴体""华艳体""两方体"，每种歌体都举出五首例歌，并对各自的特点做了简单的概括。对于列于首位的"古歌体"，他认为该体"词质俚以难采，或义幽邃以易迷"。"义幽邃"，显然指的是"义"（内容）的深度，而且"幽邃"与"幽玄"几乎是同义的。"义幽邃以易迷"，是说"义幽邃"容易造成理解上的困难，但即便如此，"幽邃"也是必要的，他甚至认为另外的九体都需要"幽邃"，都与它相通（"皆通下九体"），因而不把以"幽邃"为特点的"古歌体"单独列出来也未尝不可（"不可必别有此体耳"）。例如，"神妙体"是"神义妙体"；"余情体"是"体词标一片，义笼万端"；"写思体"是"志在于胸难显，事在于口难言……言语道断，玄又玄也"，强调的都是和歌内容上的深度。而在这十体中，他最为推崇的还是其中的"高情体"，断言"高情体"在各体中是最重要的（"诸歌之为上科也"），指出"高情体"的典型特征首先是"词离凡流，义入幽玄"；并认为"高情体"具有涵盖性，它能够涵盖其他相关各体，"神妙体""余情体""器量体"都出自这个"高情体"；换言之，这些歌体中的"神妙""难言""义笼万端""玄又玄"之类的特征，也都能够以"幽玄"一言以蔽之。于是，"幽玄"就可以超越各种体式的区分，而弥漫于各体和歌中。这样一来，虽然壬生忠岑并没有使用"幽玄"一词作为"和歌十体"中的某一体的名称，却在逻辑上为"幽玄"成为一个凌驾于其他概念之上的抽象概念提供了可能。

　　然而日本人传统上毕竟不太善长抽象思考，表现在语言上，就是日语固有词汇中的形容词、情态词、动词、叹词的高度发达，而抽象词严重匮乏，带有抽象色彩的词汇绝大部分是汉语词。日本文论、歌论乃至各种艺道论，都非常需要抽象概念的使用。然而至少在以感受力或情感思维见长的平安时代，面对像"幽玄"这样的高度抽象化的概念，绝大多数歌人显出了踌躇和游移。他们一方面追求、探索着和歌深度化的途径，另一方面仍然习惯用更为具象化的词汇来描述这种追求。他们似乎更喜欢用较为具象性的"心"来指代和歌内容，用"心深"这一纯日语的表达方式来描述和歌内容的深度。如藤原公任在《新撰髓脑》中主张和歌要"心深，姿清"；在《和歌九品》中，他认为最上品的和歌应该是"用词神妙，心有余"。这对后来的"心"论及"心词关系论"的歌论产生了深远影响。然而，"心深"虽然也能标示和歌之深度，但抽象度、含蕴度仍然受限。"心深"指个人的一种人格修养，是对创作主体而言，而不是对作品本体而言，因而"心深"这一范畴也相对地带有主观性。"心"是主观情意，需要付诸客观性的"词"才能成为创作。由于这种主观性，"心深"一词就难以成为一个表示和歌艺术之本体的深度与含蕴度的客观概念。正是因为这一点，"心深"不可能取代"幽玄"。"幽玄"既可以表示创作主体，称为"心幽玄"，也可以指代作品本身，称为"词幽玄"，还可以指代心与词结合后形成的艺术风貌或风格——"姿"或"风姿"，称为"姿幽玄"。因而，"心深"虽然一直贯穿着日本歌论史，与"幽玄"并行使用，但当"幽玄"作为一个歌学概念被基本固定之后，"心深"则主要是作为"幽玄"在创作主体上的具体表现，而附着于"幽玄"。就这样，在"心深"及其他相近的概念，如"心有余""余情"等词语的冲击下，"幽玄"仍然保持其最高位和统驭性。

二、"幽玄"的功能

"幽玄"被日本人选择为和歌深度模式的概念，不仅出自为和歌寻求深度感、确立艺术规范的需要，还出自这种民族文学样式的强烈的独立意识。和歌有了深度模式、有了规范，才能成为真正的艺术；成为真正的艺术，才能具备自立、独立的资格。而和歌的这种"独立"意识又是相对于汉诗而言的，汉诗是它唯一的参照。换言之，和歌艺术化、独立化的过程，始终是在与汉诗的比较甚至是竞赛、对抗中进行的，这一点在《古今和歌集·假名序》中有清楚的表述，那就是寻求和歌与汉诗的不同点，强调和歌的自足性与独立价值。同样地，歌论与歌学也需要逐渐摆脱对中国诗论与诗学概念的套用与模仿。正是这一动机决定了日本人对中国诗学中现成的相关概念的回避，而促成了对"幽玄"这一概念的选择。中国诗论与诗学中本来有不少表示艺术深度与含蕴性的概念，如"隐""隐秀""余味""神妙""蕴藉""含蓄"等等，还有"韵外之致""境生象外""词约旨丰""高风远韵"等相关命题，这些词有许多很早就传入日本，但日本人最终没有将它们作为歌学与歌论的概念或范畴加以使用，却使用了在中国诗学与诗论中极少使用的"幽玄"。这表明大多数日本歌学理论家们并不想简单地挪用中国诗学与诗论的现成概念，有意识地避开诗学与诗论的相关词语，从而拎出了一个在中国的诗学与诗论中并不使用的"幽玄"。

不仅如此，"幽玄"概念的成立，还有一个更大更深刻的动机和背景，那就是促使和歌及在和歌基础上生成的"连歌"，还有在民间杂艺基础上形成的"能乐"实现雅化与神圣化，并通过神圣化与雅化这两个途径，使"歌学"上升为"歌道"或"连歌道"，使能乐上升为"能艺之道"即"艺道"。

首先是和歌的神圣化。本来，"幽玄"在中国就是作为一个宗教哲学词汇而使用的，在日本，"幽玄"的使用一开始就和神圣性联系在一起了。上述的《古今和歌集·真名序》中所谓"或事关神异，或兴入幽玄"，就暗示了"幽玄"与"神异"、与佛教的关系。一方面，和歌与歌学需要寻求佛教哲学的支撑，另一方面佛教也需要借助和歌来求道悟道。镰仓时代至室町时代的日本中世，佛教日益普及，"幽玄"也最被人推崇。如果说此前的奈良、平安朝的佛教主要是在社会上层流行，佛教对人们的影响主要表现在生活风俗与行为的层面，那么镰仓时代以后，佛教与日本的神道教结合，开始普济于社会的中下层，并渗透于人们的世界观、审美观中。任何事物要想有宇宙感、深度感，有含蕴性，就必然要有佛教的渗透。在这种背景下，僧侣文学、隐逸文学成为那个时代最有深度、最富有神圣性的文学，故而成为中世文学的主流。在和歌方面，中世歌人、歌学家都笃信佛教，例如，在"歌合"（赛歌会）的"判词"（评语）中大量使用"幽玄"一词并奠定了"幽玄"语义之基础的藤原基俊（法号觉舜）、藤原俊成（出家后取法名释阿）、藤原定家（出家后取法名明净），对"幽玄"做过系统阐释的鸭长明、正彻、心敬等人，都是僧人。在能乐论中，全面提倡"幽玄"的世阿弥与其女婿禅竹等人都笃信佛教，特别是禅竹，付出了极大的努力将佛教哲理导入其能乐论，使能乐论获得了幽深的宗教哲学基础。因而，正如汉诗中的"以禅喻诗"曾经是一种时代风气一样，在日本中世的歌论、能乐论中，"以佛喻幽玄"是"幽玄"论的共同特征。他们有意识地将"幽玄"置于佛教观念中加以阐释，有时哪怕是生搬硬套也在所不惜。对于这种现象，日本现代著名学者能势朝次在《幽玄论》一书中有精到的概括，他写道：

事实是，在爱用"幽玄"这个词的时代，当时的社会思潮几乎在所有的方面，都强烈地憧憬着那些高远的、无限的、有深意的事物。我国中世时代的特征就是如此。

指导着中世精神生活的是佛教。然而佛教并不是单纯教导人们世间无常、厌离秽土、欣求净土，而是在无常的现世中，在那些行为实践的方面，引导人们领悟到恒久的生命并加以把握。……要求人们把一味向外投射的眼光收回来，转而凝视自己的内心，以激发心中的灵性为指归。……艺术鉴赏者也必须超越形式上的美，深入艺术之堂奥，探求艺术之神圣。因而，这样一个时代人们心目中的美，用"幽玄"这个词来表述，是最为贴切的。所谓"幽玄"，就是超越形式、深入内部生命的神圣之美。①

---

① 〔日〕能势朝次. 能势朝次著作集：第二卷〔M〕. 东京：思文阁，1981：200 ～ 201.

　　"幽玄"所具有的宗教的神圣化，也必然要求"入幽玄之境"者脱掉俗气，追求典雅、优雅。换言之，不脱俗、不雅化，就不能"入幽玄之境"，这是"幽玄"的又一个必然要求，而脱俗与雅化则是日本文学贵族化的根本途径。

　　日本文学贵族化与雅化的第一个阶段，是将民间文学加以整理以去粗取精。奈良时代与平安时代，宫廷文人收集整理民间古歌，编辑了日本第一部和歌总集《万叶集》，这是将民间俗文学加以雅化的第一个步骤。又在 10 世纪初由天皇诏令，将《万叶集》中较为高雅的作品再加筛选，并优选新作，编成了第二部和歌总集《古今和歌集》。到了 1205 年，则编纂出了全面体现"幽玄"理想的《新古今和歌集》。同时，在高雅的和歌的直接影响与熏陶下，一些贵族文人写出了一大批描写贵族情感生活的和歌与散文相间的叙事作品——物语。在和歌与物语创作繁荣的基础上，形成了平安王朝时代以宫廷贵族的审美趣味为主导的审美思潮——"物哀"。说到底，"物哀"的本质就是通过人情的纯粹化表现，使文学脱俗、雅化。进入中世时代后，以上层武士与僧侣为主体的新贵阶层，努力继承和模仿王朝贵族文化，使自己的创作保持贵族的高雅。这种审美趣味与理想，就集中体现在"幽玄"这个概念中。可以说，"幽玄"是继"物哀"之后，日本文学史上的第二波审美主潮。两相比较，"物哀"侧重于情感修养，多体现于男女交往及恋情中；"幽玄"则是"情"与"意"皆修，更注重个人内在的精神涵养。相比之下，"物哀"因其情趣化、情感化的特质，在当时并没有被明确概念化、范畴化，直到 18 世纪才由本居宣长等"国学家"加以系统地阐发。而"幽玄"一开始概念的自觉程度就比较高，渗透度与普及度也更大。在当时频频举行的"歌合"与连歌会上，"幽玄"每每成为和歌"判词"的主题词；在日常生活中，也常常有人使用"幽玄"一词来评价那些高雅的举止、典雅的贵族趣味、含蓄蕴藉的事物或优美的作品，而且往往与"离凡俗""非凡俗"之类的评语连在一起使用。对此，日本学者能势朝次先生在他的《幽玄论》中都有具体的文献学的列举，读者可以参阅。

可以说，"幽玄"是中世文学的一个审美尺度、一个过滤网、一个美学门坎，有了"幽玄"，那些武士及僧侣的作品，就脱去了俗气，具备了贵族的高雅；有了"幽玄"，作为和歌的通俗化游艺而产生的"连歌"才有可能登堂入室，进入艺术的殿堂。正因为如此，连歌理论的奠基人二条良基才在他的一系列连歌论著中，比此前任何歌论家都更重视、更提倡"幽玄"。他强调，连歌是和歌之一体，和歌的"幽玄"境界就是连歌应该追求的境界，认为如果不对连歌提出"幽玄"的要求，那么连歌就不能成为高雅的，堪与古典和歌相比肩的文学样式。于是二条良基在和歌的"心幽玄""词幽玄""姿幽玄"之外，更广泛地提出了"意地的幽玄""音调的幽玄""唱和的幽玄""聆听的幽玄"乃至"景物的幽云"等更多的"幽玄"要求。稍后，日本古典剧种"能乐"的集大成者世阿弥，在其一系列能乐理论著作中，与二条良基一样，反复强调"幽玄"的理想。他要求在能乐的剧本写作、舞蹈音乐、舞台表演等一切方面，都要"幽玄"化。为什么世阿弥要将和歌的"幽玄"理想导入能乐呢？因为能乐本来是从先前不登大雅之堂的叫作"猿乐"的滑稽表演中发展而来的。在世阿弥看来，如果不将它加以贵族化、不加以脱俗、不加以雅化，它就不可能成为一门真正的艺术。所以世阿弥才反复不断地叮嘱自己的传人：一定要多多听取那些达官贵人的意见，以他们的审美趣味为标杆；演员一定首先要模仿好贵族男女们的举止情态，因为他们的举止情态才是最"幽玄"的。他提醒说，最容易出彩的"幽玄"的剧目是那些以贵族人物为主角的戏，因此要把此类剧目放在最重要的时段加以演出；即便是表演那些本身并不"幽玄"的武夫、小民、鬼魂、畜牲类，也一定要演得"幽玄"，模仿其神态动作不能太写实，而应该"幽玄地模仿"，也就是要注意化俗为雅……由于二条良基在连歌领域、世阿弥在能乐领域全面提倡"幽玄"，"幽玄"的语义也被一定程度地宽泛化、广义化了。正如世阿弥所说："唯有美与优雅之态，才是'幽玄'之本体。"可见"幽玄"实际上成了高雅之美的代名词。而这，又是连歌与能乐的脱俗、雅化的艺术使命所决定的。当这种使命完成以后，"幽玄"也大体完成了自己的使命，而从审美理念中淡出了。进入近世（江户时代）以后，市井町人文化与文学成为时代主流，那些有金钱但无身份地位的町人们以露骨地追求男女声色之乐为宗，町人作家们则以"好色"趣味去描写市井小民卑俗享乐的生活场景，这与此前贵族式的"幽玄"之美的追求截然不同，于是在江户时代，"幽玄"这个词的使用极少见到了。从 17 世纪一直到明治时代的三百多年间，"幽玄"从日本文论的话语与概念系统中悄然隐退。"幽玄"在日本文论中的这种命运与"幽玄"在中国的命运竟有着惊人的相似：从魏晋南北朝到唐代，在中国的贵族文化、高雅文化最发达的时期，较多使用"幽玄"，而在通俗文化占主流地位的元明清时代，"幽玄"几近消亡。虽然在中国"幽玄"并没有像在日本那样成为一个审美概念，但两者都与高雅、去俗的贵族趣味密切相联，都与贵族文化、高雅文学的兴亡密切相关。

三、"幽玄"的构造特征

在对"幽玄"的历程及成立的必然性做了动态的分析论述之后，还需要对"幽玄"做静态的剖析，看看"幽玄"内部究竟是什么。

正如中国的"风骨""境""意境"等概念在中国文论史上长期演变的情形一样，"幽玄"在日本文论发展史上，其含义也经历了确定与不确定、变与不变、可言说与不可言说的矛盾运动过程。历史上不同的人在使用"幽玄"时候，各有各的理解，各有各的侧重点，各有各的表述。有的就风格而言，有的就文体形式而论，有的在宽泛的意义上使用，有的在具体意义上使用，有的不经意使用，有的刻意使用，这就造成了"幽玄"词义的多歧、复杂甚至混乱。直到 20 世纪初，日本学者才开始运用现代学术方法，包括语义考古学、历史文献学以及文艺美学的方法，对"幽玄"这个概念进行动态的梳理和静态的分析研究，大西克礼、久松潜一、谷山茂、小西甚一、能势朝次、冈崎义惠等学者都发表了自己的研究成果。其中，对"幽玄"做历史文献学与语义考古学研究的最有代表性的成果，是著名学者能势朝次先生的《幽玄论》，而用西方美学的概念辨析方法对"幽玄"进行综合分析的有深度的成果，则是美学家大西克礼的《幽玄论》。

大西克礼在《幽玄论》中认为"幽玄"有七个特征。第一，"幽玄"意味着审美对象被某种程度地掩藏、遮蔽、不显露、不明确，追求一种"月被薄雾所隐""山上红叶笼罩于雾中"的趣味。第二，"幽玄"是"微暗、朦胧、薄明"，这是与"露骨""直接""尖锐"等意味相对立的一种优柔、委婉、和缓，正如藤原定家在宫川歌合的判词中所说的"于事心幽然"，就是对事物不太追根究底，不要求在道理上说得一清二白的那种舒缓、优雅。第三是寂静和寂寥。正如鸭长明所说的，面对着无声、无色的秋天的夕暮，会有一种不由自主地潸然泪下之感，是被俊成评为"幽玄"那首和歌——"芦苇茅屋中，晚秋听阵雨，倍感寂寥"——所表现的那种心情。第四就是"深远"感。这种深远感不单是时间与空间的距离感，而是具有一种特殊的精神上的意味，它往往意味着对象所含有的某些深刻、难解的思想（如"佛法幽玄"之类的说法）。歌论中所谓的"心深"，或者定家所谓的"有心"等，所强调的就是如此。第五，与以上各点联系更为紧密的，就是所谓"充实相"。这种"充实相"是以上所说的"幽玄"所有构成因素的最终合成与本质。这个"充实相"非常巨大，非常厚重、强有力，与"长高"乃至崇高等意味密切相关，藤原定家以后作为单纯的样式概念而言的"长高体""远白体"或者"拉鬼体"等，只要与"幽玄"的其他意味不相矛盾，都可以统摄到"幽玄"这个审美范畴中来。第六，是具有一种神秘性或超自然性，指的是与"自然感情"融合在一起的、深深的"宇宙感情"。第七，"幽玄"具有一种非合理的、不可言说的性质，是飘忽不定、不可言喻、不可思议的美的情趣，所谓"余情"也主要是指和歌的字里行间中飘忽摇曳的那种气氛和情趣。最后，大西克礼的结论是："'幽玄'作为美学上的一个基本范畴，是从'崇高'中派生出来的一个特殊的审美范畴。"①

大西克礼对"幽玄"意义内涵的这七条概括，综合了此前的一些研究成果，虽然逻辑层次上稍嫌凌乱，但无疑具有相当的概括性，其观点今天我们大部分仍可表示赞同。然而他对"幽玄"的美学特质的最终定位，即认为"幽玄"是从"崇高"范畴中派生出来的东西，这一结论事关"幽玄"在世界美学与文论体系中的定性与定位，也关系到我们对日本文学民族特征的认识，应该慎重论证才是，但是大西克礼却只是简单一提，未做具体论证，今天我们不妨接着他的话题略做探讨。

如果站在欧洲哲学与美学的立场上，以欧洲美学对"美"与"崇高"这两种感性形态的划分为依据，对日本的"幽玄"加以定性归属的话，那么我们权且不妨把"幽玄"归为"崇高"。因为在日本的广义上的（非文体的）"幽玄"的观念中，也含有所谓的"长高"（高大）、"拉鬼"（强健、有力、紧张）等可以认为是"崇高"的因素。然而，倘若站在东西方平等、平行比较的立场上看，即便"幽玄"含有"崇高"的某些因素，"幽玄"在本质上也不同于"崇高"。首先，欧洲美学意义上的"崇高"是与"美"相对的。正如康德所指出的，美具有合目的性的形式，而崇高则是无形式的，"因为真正的崇高不能含在任何感性的形式里，而只涉及理性的观念"；"崇高不存在于自然的事物里，而只能在我们的观念里去寻找"②。也就是说，"美"是人们欣赏与感知的对象，崇高则是人们理性思索的对象。日本的"幽玄"本质上是"美"的一种形态，是"幽玄之美"，这是一种基于形式而又飘逸出形式之外的美感趣味，更不必说作为"幽玄体"（歌体之一种）的"幽玄"本来就是歌体形式，作

---

① 〔日〕大西克礼. 幽玄とあはれ［M］. 东京：岩波书店，昭和十四年：85 - 102.

② 〔德〕康德. 判断力批判：上卷［M］. 宗白华，译. 北京：商务印书馆，1964：84、89.

为抽象审美概念的"幽玄"与作为歌体样式观念的"幽玄"往往是密不可分的。欧洲哲学中的"崇高"是一种没有感性形式的"无限的"状态，所以不能凭感性去感觉，只能凭"理性"去把握，崇高感就是人用理性去理解和把握"无限"的那种能力；而日本"幽玄"论者却强调"幽玄"是感觉的、情绪的、情趣性的，因而是排斥说理、超越逻辑的。体现在思想方式上，欧洲的"崇高"思想是"深刻"的，是力图穿透和把握对象，而日本的"幽玄"则"深"而不"刻"，是感觉、感受和体验性的。

　　而且，我们不能单单从哲学美学的概念上，还要从欧洲与日本的文学作品中来考察"崇高"与"幽玄"的内涵。荷马史诗以降的欧洲文学，在自然景物的描写上，"崇高"表现为多写高耸的山峦、流泻的江河、汹涌的大海、暴风骤雨、电闪雷鸣，以壮丽雄大为特征，给人以排山倒海的巨大、剧烈感和压迫感；而日本文学中的"幽玄"则多写秀丽的山峰、潺潺的流水、海岸的白浪、海滨的岸树、风中的野草、晚霞朝晖、潇潇时雨、薄云遮月、雾中看花之类，以优美秀丽、小巧、纤弱、委曲婉转、朦朦胧胧、"余情面影"为基本特征。在人事题材描写上，欧洲的"崇高"多写英雄人物九死一生的冒险传奇经历；日本文学则写多情男女，写人情的无常、恋爱的哀伤。表现在人物语言上，欧洲的"崇高"多表现为语言的挥霍，人物常常言辞铺张、滔滔不绝，富有雄辩与感染力；日本的"幽玄"的人物多是言辞含蓄，多含言外之意。在人物关系及故事情节的描写中，欧洲文学中的"崇高"充满着无限的力度、张力和冲突，是悲剧性的、刚性的；日本文学中的"幽玄"则极力减小力度、缓和张力，化解冲突，是软性的。在外显形态上，欧洲文学中的"崇高"是高高耸立着的、显性的，给人以压迫感、威慑感、恐惧感乃至痛感；日本文学中的"幽玄"是深深沉潜着的、隐性的，给人以亲切感、引诱感、吸附感。正因为如此，日本人所说的"入幽玄之境"，就是投身入、融汇于"幽玄"之中。这里的"境"也是一个来自中国的概念，"境"本身就是物境与人境的统一，是主客交融的世界。就文学艺术的场合而言，"境"就是一种艺术的、审美的氛围。"入幽玄之境"也是一种"入境"，"境"与"幽玄之境"有着艺术与美的神妙幽深，却没有"崇高"的高不可及。要言之，欧洲的"崇高"是与"美"对峙的范畴，日本的"幽玄"则是"美"的极致；欧洲的"崇高"是"高度"模式，日本的"幽玄"是"深度"模式。

总之，日本的"幽玄"是借助中国语言文化的影响而形成的一个独特的文学概念和审美范畴，具有东方文学、日本文学的显著特性，是历史上的日本人特别是日本贵族文人阶层所崇尚的优美、含蓄、委婉、间接、朦胧、幽雅、幽深、幽暗、神秘、冷寂、空灵、深远、超现实、"余情面影"等审美趣味的高度概括。

四、日本文学与"幽玄"之美

"幽玄"作为一个概念与范畴是复杂难解的，但可以直觉与感知；"幽玄"作为一种审美内涵是沉潜的，但有种种外在表现。

"幽玄"起源于日本平安王朝宫廷贵族的审美趣味，我们在表现平安贵族生活的集大成作品《源氏物语》中，处处可以看到"幽玄"：男女调情没有西方式的直接表白，而往往是通过事先互赠和歌做委婉的表达；男女初次约会大都隔帘而坐，只听对方的声音，不直接看到对方的模样，以造成无限的遐想；女人对男人有所不满，却不直接与男人吵闹，而是通过出家表示自己的失望与决绝，就连性格倔犟的六条妃子因嫉妒源氏的多情泛爱，却也只是以其怨魂在梦中骚扰源氏而已。后来，宫廷贵族的这种"幽玄"之美，便被形式化、滞定化了，在日本文学艺术乃至日常生活的一切方面都有表现。例如，《万叶集》中的和歌总体上直率质朴，但《古今和歌集》特别是《新古今和歌集》之后的和歌却刻意追求余情余韵的象征性表达，如女歌人小野小町的一首歌"思君方入梦，若知相逢在梦境，但愿长眠不复醒"，写的是梦境，余情面影，余韵无穷。这一点虽然与汉诗有相似之处，但汉诗与和歌的最大不同，就是汉诗无论写景抒情，都具有较明显的思想性与说理性，因而语言总体上是明晰的，表意是明确的，而古典和歌的"幽玄"论者却都强调和歌不能说理，不要表达思想观念，只写自己的感受与情趣，追求暧昧模糊性。和歌中常见的修辞方法，如"掛词"（类似于汉语的双关语）、"缘语"（能够引起联想的关联词）等，为的就是制造一种富有间接感的余情余韵与联想，这就是和歌的"幽玄"。

"幽玄"也表现在古典戏剧"能乐"的方方面面。能乐的曲目从一般划分的五类内容上看，大部分是超现实的，其中所谓"神能""修罗能""鬼畜能"这三类，都是神魔鬼畜，而所谓"鬘能"（假发戏）又都是历史上贵族女性人物以"显灵"的方式登场的。仅有的一类以现实中的人物为题材的剧目，却又是以疯子特别是"狂女"为主角的，也有相当的超现实性。这些独特的超现实题材最有利于表现"幽玄"之美，最容易使剧情、使观众"入幽玄之境"。表演方面，在西洋古典戏剧中，演员的人物面部表情非常重要，而能乐中的人物为舍弃人的自然表情的丰富性、直接性，大都需要戴假面具，叫作"能面"，追求一种"无表情""瞬间固定表情"，最有代表性的、最美的"女面"的表情被认为是"中间表情"，为的是让观众不直接地通过最表面的人物表情，而通过音乐唱词、舞蹈动作等间接地推察人物的感情世界。这种间接性就是"幽玄"。能乐的舞台艺术氛围也不像欧洲和中国戏剧那样辉煌和明亮，而是总体上以冷色调、暗色调为主，有时在晚间演出时只点蜡烛照明，有意追求一种超现实的幽暗，这种幽暗的舞台色调就是"幽玄"。在剧情方面，则更注意表现"幽玄"。例如，在被认为是最"幽玄"的剧目《熊野》中，情节是女主人公、武将平宗盛的爱妾熊野，听说家乡的老母患病，几次向宗盛请求回乡探母，宗盛不许，却要她陪自己去清水寺赏花。赏花中熊野看见凋零的樱花，想起家中抱病的老母，悲从中来，当场写出一首短歌，宗盛接过来看到上句——"都中之春固足惜"，熊野接着啜泣地吟咏出下句——

"东国之花且凋零"。宗盛听罢，当即表示让熊野回乡探母……此前熊野的直接恳求无济于事，而见落花吟咏出来的思母歌却一下子打动了宗盛。这种间接的、委曲婉转的表述，就是"幽玄"。"幽玄"固然委婉、间接，却具有动人的美感。

"幽玄"也表现在日常生活中。例如，日本传统女性化妆时喜欢用白粉将脸部皮肤遮蔽，显得"惨白"，却适合在微暗中欣赏。日本式建筑不喜欢取明亮的直射光线，特别是茶室窗户本来就小，而且还要有苇帘遮挡，以便在间接的弱光和微暗中见出美感。甚至日本的饮食也都有"幽玄"之味，例如，日本作家谷崎润一郎在《阴翳礼赞》中，列举了日本人对"阴翳"之美的种种嗜好，在谈到日本人最为常用的漆器汤碗的时候，他这样写道：

漆碗的好处就在于当人们打开盖子拿到嘴边的这段时间，凝视着幽暗的碗底深处，悄无声息地沉聚着和漆器的颜色几乎无异的汤汁，在这瞬间人们会产生一种感受。人们虽然看不清在漆碗的幽暗中有什么东西，但他可以通过拿着汤碗的手感觉到汤汁的缓缓晃动，可以从沾在碗边的微小水珠知道腾腾上升的热气，并且可以从热气带来的气味中预感到将要吸入口中的模模糊糊的美味佳肴。这一瞬间的心情，比起用汤匙在浅陋的白盘里舀出汤来喝的西洋方式，真有天瓢之别。这种心情不能不说有一种神秘感，颇有禅宗家情趣。①

谷崎润一郎所礼赞的这种幽暗、神秘的"阴翳"，实际上就是"幽玄"。这种"幽玄"的审美趣味作为一种传统，对现代日本文学的创作与欣赏，也持续不断地产生着深刻影响。现代学者铃木修次在《中国文学与日本文学》中，将这种"幽玄"称为"幻晕嗜好"。在《幻晕嗜好》一章中，他写道：

---

① 〔日〕谷崎润一郎. 阴翳礼赞——日本和西洋文化随笔［M］. 丘仕俊，译. 北京：生活·读书·新知三联书店，1992：15.

　　读福田麟太郎先生的《读书与人生》可以看到这样一段轶事："诗人西胁顺三郎是我引以为荣的朋友，他写的一些诗很难懂。他一旦看到谁写的诗一看就懂，就直率地批评说：'这个一看就懂啊，没有不懂的地方就没味啦。'"读完这段话实在教人忍俊不禁。福原先生是诙谐之言，并不打算评长论短，然而不可否认的是，我看了这段话也不由得感到共鸣。认为易懂的作品就不高级，高级的作品就不易懂，这种高雅超然的观点，每个日本人多多少少都会有一点吧？这种对幽深趣味的嗜好，并不是从明治以后的时髦文化中产生的，实际上是日本人的一种传统的嗜好。①

　　实际上，作为一个中国读者，我们也常常会在具有日本传统文化趣味的近现代文学的阅读中，感到这种"不易懂"的一面。例如，从这个角度看川端康成的小说，可以说最大的特点是"不易懂"。但这种"不易懂"并不像西方的《神曲》《浮士德》《尤利西斯》那样由思想的博大精深造成，相反，却是由感觉感情之"幽玄"的表达方式造成的，我们读完川端的作品，常常会有把握不住、稍纵即逝的感觉，不能明确说出作者究竟写了什么，更难以总结出它的"主题"或"中心思想"，这就是日本式的"幽玄"。

　　懂得了"幽玄"的存在，我们对日本文学与文化就有了更深一层的理解。"入幽玄之境"是日本人最高的审美境界，"入幽玄之境"也是我们通往日本文化、文学之堂奥的必由之门。

---

　　① 〔日〕铃木修次. 中国文学と日本文学［M］. 东京：东京书籍株式会社，1988：104.

第十章　审美之"哀"

——"哀""物哀""知物哀"的形成流变与语义分析

　　《源氏物语》中表达主观感动和感受的"哀",到江户时代由本居宣长发展整合为客观化的作为审美对象的"物哀"概念,并由此生发出对"物哀"加以感知和理解的、作为审美活动的"知物哀",是这三个概念形成演变的基本轨迹。"物哀"之"物"是能够引起"哀"感的具有审美价值的对象物,是把政治、道德、说教等内容排斥在外的。"知物哀"的"知"是一种审美性感知、观照或静观,因而"知物哀"就是"审美"的同义词。但"知物哀"所"知"的对象常常是超越道德的复杂深刻的人性人情,只有对人生、人性、人情有充分理解者才能有所"知",因而"知物哀"是最为复杂、最为困难的一种审美活动。

　　在日本审美意识史上,感物兴叹的"哀",发展为审美对象之概念的"物哀",再发展到指称审美活动的"知物哀",是一个历史发展与逻辑演进相统一的过程。然而,迄今为止,日本学界的相关研究成果,甚至是最有创见、最为代表性的研究成果,如大西克礼的《关于"哀"》,冈崎义惠的《"哀"的考察》《作为日本文艺根本精神的"哀"》等论著论文中,都是以"哀"来统括"物哀"和"知物哀",而对"哀—物哀—知物哀"

的演化过程缺乏清晰的逻辑层次的辨析，对"物哀"之"物"、"知物哀"之"知"也缺乏透彻的语义分析。因而，有必要站在现代美学的高度，在批判地考察日本学者现有研究成果的基础上，对这个缺憾加以弥补。

一、"哀"

"物哀"这个词是一个合成词，是由"物"（もの）与"哀"（あはれ）两个词素构成。作为偏正词组，其词根是"哀"。在相当长的历史时期中，"哀"在文献中大多是独立使用的。在日语假名发明之前，"哀"大多用汉字标记为"阿波礼"，有时也标记为"阿波例""安波礼""安者礼"等，假名创制后，则写作"あはれ"，读若"aware"。后来，大约在中世时代，也有人用汉字"哀"来标记"あはれ"。虽然汉字的"哀"的悲痛、悲哀、可怜、悲悼的语义不足以概括"あはれ"的感物兴叹的全部含义，但也约定俗成。作为中国读者，为了记忆和阅读的方便，我们不妨将"あはれ"一律称为"哀"。

在日本的传统的审美观念中，"幽玄""风雅""风流"等都是从中国传入而逐渐被日本化的，而"あはれ"却是日本固有的表示感动的词。一般而言，一个人出生后最早发出的第一声都是叹词，一个民族发出的第一声大体也是如此。据平安时代的学者斋藤广成《古语拾遗》记载："当此之时，上天初晴，众俱相见，面皆明白，相与称曰'阿波礼'，言天晴也……"这里讲的是"记纪神话"中的天照大神终于从"天之岩户"中出来，遂使黑夜慢慢结束，天下大白，众神面目互相看得清晰，于是高兴地相与呼喊："阿波礼。"作者紧接着解释"言天晴也"，是祝贺太阳出来、天空放亮时说的话。这是日本历史文献中所记载的所谓"神代"（神话时代）"阿波礼"的最早用例，在辞源学颇具有象征意义。在8世纪日本最早的文献著作《古事记》和《日本书纪》及所记载的歌谣中，"阿波礼"之类的用例数量不多，偶有所见，而且大多用作感叹词。据《万叶集总索引》统计，在日本最早的和歌总集《万叶集》中，"阿波礼"这个词出现了9处，其中纯粹使用假名的只有1处，其他都是"可怜""阿怜"之类的相关汉字词的训读。为什么在收录4000多首和歌的《万叶集》中，"あはれ"（阿波礼）的使用如此之少呢？日本学者对这个问题似乎没有给予明确回答，主要原因或许在于，以刚健质朴著称的《万叶集》，与细腻善感的"阿波礼"在根本上还是有距离的。同时也表明，在《万叶集》时代，"阿波礼"这个词作为日常用词使用并不普遍。

但是到了平安王朝时代，随着宫廷贵族感性文化的发达，"あはれ"（阿波礼）的使用很快频繁起来。到了《源氏物语》中，"あはれ"（阿波礼）除叹词外，还被用作形容动词、动词等，不仅词性丰富起来，而且内涵也有了极大的拓展。据统计，在《源氏物语》中，使用"あはれ"（阿波礼）的地方约有一千零二十几处。日本学者西尾光雄将其用法做了划分，其中属于感叹词的有41例，表达"反省"、静观意味的有114例（若把两例"物之哀"包括在内，则有116例），用作动词的有137例，用作"形容动词"（日语中由动词转化而来的形容词）的最多，有638例，占到总数的七成以上。① 这些"哀"（あはれ）分别用以表达感动、兴奋、优美、凄凉、寂寞、孤独、思恋、回味、忧愁、抑郁、悲哀等种种情感体验。例如，有的单纯表达心情的悲哀，《明石》卷有"把久久搁置起来的琴从琴盒里取出来，凄然地弹奏起来，身边的人见状，都感到很悲哀（あはれ）"，《贤木》卷写藤壶出家时的情景："宫中皇子们，想起昔日藤壶皇后的荣华，不由地更加感到悲哀（あはれ）"；用来形容人的姿态之美，如《航标》卷有"头发梳理得十分可爱，就像画中人一般的哀（あはれ）"；形容动听的琴声，如《桥姬》卷有"筝琴声声，听上去哀（あはれ）而婉美"；形容自然美景，如《蝴蝶》卷有"从南边的山前吹来的风，吹到跟前，花瓶中的樱花稍有凌乱。天空晴朗，彩云升起，看去

---

① 〔日〕西尾光雄. あはれ［M］//日本文学講座·日本文学美の理念·文学評論史. 东京：河出书房，昭和二十九年：40-52.

是那样的哀（あはれ）而艳"，《藤里叶》卷有"正当惜花送春之时，这藤花独姗姗来迟，一直开到夏天，不由令人心中生起无限之哀（あはれ）"，《浮舟》卷有"景色艳且哀（あはれ），到了深夜，露水的香气传来，简直无可言喻"，《须磨》卷有"薄雾迷朦，与朝霞融为一片，较之秋夜，更有哀（あはれ）之美"；用"哀"（あはれ）来形容天空的更多，如《木槿》卷中源氏有"冬夜那皎洁的月光映照地上的白雪，天空呈现一种奇怪的透明色，更能沁入身心，令人想起天外的世界。这种情趣、这种哀美（あはれ）无与伦比"，《手习》卷有"到了秋天，空中景色令人哀（あはれ）"，又有"黄昏的风声令人哀（あはれ），并教人思绪绵绵"。（需要提到的是，《源氏物语》的中文译本，包括丰子恺译本、林文月译本，对于"哀"，大部分情况下没有直接译为"哀"，而是根据不同语境做了解释性的翻译。）

这些用例中，都是从不同角度对人的情感活动，特别是带有审美性质的心理活动的一种表述和形容，也是平安王朝时代宫廷贵族多情善感、感性文化与审美文化高度发达的表征。对此，大西克礼在《关于哀》中，对"哀"的心理学意义、审美意味做了逐层的分析，但"哀"字的使用非常感性化，源氏作者紫式部并没有把"哀"作为一个概念来使用，因而，像大西克礼那样对"哀"这个形容词和叹词做过度的理论阐发，就会把"哀"与后来在概念层面上使用的"物哀"混为一谈，或者是把"物哀"看作"哀"的一种表述方式，这都是不可行的。

值得注意的是，在《源氏物语》中，绝大多数情况下"あはれ"是单独使用的，只在少量场合，"あはれ"与"物"（もの）作为一个词组使用，大约只能找到十来个用例，约占全部"あはれ"用例的1%。例如，《薄云》卷描写藤壶去世时的一段文字，写道："在诵经堂中呆了一整天，哭了一整天。美丽的夕阳照进来，山巅上的树梢清晰可见，山顶上飘浮着一抹薄云，呈灰蒙色，令人格外有物哀（物のあはれ）之思"；《若菜卷上》有"胸中的物之哀（物のあはれ）无以排遣，便取过一把

琴，弹奏了一首珍奇的曲子，真是一场趣味无穷的夜会"。由于用例很少，可以说，在《源氏物语》中，"物哀"仅仅是"哀"（あはれ）的一种特殊状态，并没有固定为一个独立的概念。

"あはれ"这个词到了日本的中世时代（镰仓室町时代），开始在物语论、和歌论中有所使用。最早把"あはれ"作为鉴赏与评论用语的，是《源氏物语》问世约100年后出现的《无名草子》（约成书于1200—1201年），这是一部以谈话聊天和即兴评论的方式写成的独特作品，其中的核心内容是对当时的物语文学特别是对《源氏物语》的评论。在评论《源氏物语》的故事内容、人物性格、人物心理分析时，频繁而又大量地使用"あはれ"一词，或作为副词，或作为形容词，或作为叹词，可以说开启了从"あはれ"的角度评论《源氏物语》的先例。在评论性的文章中使用"あはれ"，对于"あはれ"由普通词汇转向概念化起到了很大的推进作用。中世时代的和歌论中，"あはれ"则更多地以"物哀"的形式使用，并逐渐被概念化，例如，歌人、和歌理论家藤原定家（1162年—1241年）在《每月抄》中说："要知道和歌是日本独特的东西，在先哲的许多著作中都提到和歌应该吟咏得优美而物哀（物あはれ）。"在中世歌论书《愚秘抄》中，最早把"物哀"作为和歌之一"体"，在和歌的各种歌体中独具一格，室町时代的歌人正彻（1381年—1459年）在《正彻物语》中第82则中说：""物哀体'是歌人们喜欢的歌体。"

二、"物哀"

到了江户时代中后期，著名国学家本居宣长在前人的基础上，对"あはれ"及"物の哀"做了词源学、语义学的研究与阐释，他将"あはれ"正式表述为"物哀"（物之哀）。虽然，如上所说，"物哀"一词早在《源氏物语》中甚至《源氏物语》之前就有人使用了，但"物哀"主要是作为一个词组来使用的，作为一个独立的词并不十分固定。上述的歌论中的"物哀"有概念化使用的倾向，但相对于"幽玄""长高"等概念,"物哀"使用是很少的,而且也不通行。"哀"仅仅是一个叹词和带有形容词性质的形容动词,还缺乏成为一个概念的客观稳定性,因而本居宣长在《紫文要领》《石上私淑言》《源氏物语玉小栉》中,将"物哀"一词首次明确地作为一个完整的概念加以使用和阐述,不仅把"物哀"作为《源氏物语》这样的物语文学的术语概念,而且也用作和歌批评的概念,进而将"物哀"看作是日本文学之不同于中国文学的根本的民族精神之所在。本居宣长认为,《源氏物语》乃至日本古典和歌所要表现的就是"物哀",而且只以表现"物哀"为宗旨和目的,此外没有其他目的。

"物哀"这个词的构造看上去十分简单,在本居宣长之前"物哀"的少数用例中,有时写为"物あはれ",有时写为"物のあはれ",本居宣长则正式写作"物の哀"(物之哀)。如此加上一个结构助词"の"(的),就使得"物哀"成为一个偏正词组,这样一来,"哀"这个古代的感叹词、名词、形容动词,就有条件转换为一个重要概念——"物哀"。

从概念的形成与确定的过程来看,"哀"与"物哀"的概念化程度是很不同的。"哀"只是一种主观感情,是主观化的感叹、感受或描述,是不受客观标准制约的,故而"哀"常常作为一个意味很不确定的、内容较为暧昧的形容词来使用。"哀"的阶段是自我言说、自我表现、自我创作的抒情阶段。在"哀"的阶段,由于没有"物"的限定,你完全可以根据你的心情,将此时此刻的晴天看作乌云蔽空的阴天,甚至你可以把这一感受写成诗歌,那不但无可厚非,而且还具有一定的艺术表现的价值。但是,在"物哀"中,由于"物"的限定,"哀"就被客观化了,如果此地此刻是晴天,你只能将晴天作为一种客观事实来接受、来表达,这就不是"哀",而是"物之哀"了。

在"物之哀"中,"物"与"哀"形成了一种特殊关系。"物哀"之"物"指的是客观事物,"物哀"之"哀"是主观感受和情绪。"物哀"

178

就是将人的主观感情"哀"投射于客观的"物",而且,这个"物"不是一般的作为客观实在的"物",而是足以能够引起"哀"的那些事物。并非所有的"物"都能使人"哀",只有能够使人"哀"的"物"才是"物哀"之"物"。换言之,"物哀"本身指的主要不是实在的"物",而只是人所感受到的事物中所包含的一种情感精神,用本居宣长的话说,"物哀"是"物之心""事之心"。所谓的"物之心",就是把客观的事物(如四季自然景物等),也看作是与人一样有"心"、有精神的对象,需要对它加以感知、体察和理解;所谓"事之心"主要是指通达人性与人情,"物之心"与"事之心"合起来就是感知"物心人情"。这种"物心人情"就是"物哀"之"物",是具有审美价值的事物。

综合《源氏物语》的描写表现以及本居宣长的"物哀"论,可以认为,这样的"物哀"之"物"是要加以审美的过滤和提炼的,要把那些不能引发"哀"感和美感的"物"排斥在外。那么,哪些"物"不属于"物哀"之"物"呢?这大体可以分为如下三个方面。

第一,"政治"作为一种事物,不属于"物哀"的"物"。在《源氏物语》中是表现"物哀"的,对于不能够引起"哀"的那些事物,作者也是有明确交待的。紫式部明确表示:作者只是一介女子,"不敢侈谈天下大事",其实就是声言不写政治。所谓"天下大事",当然主要是指政治。《源氏物语》的背景是宫廷,宫廷是天下权力的中心,也是政治斗争的舞台,描写宫廷显贵,却不涉及政治,有意回避政治斗争的描写,一般而言是很困难的,在除日本之外的其他国家的相关文学中,写宫廷必写政治,写政治必写政治斗争,几乎是普遍现象。《源氏物语》把政治本身的描写控制在尽可能小的限度,原因显然在于政治不能令人"哀",用现在的话说,政治因为其赤裸裸的功利性、争权夺利的非人性、尔虞我诈的残酷性而没有美感可言。如果说"哀"与"物哀"是纯然个人、个性的表现,那么政治则是人际关系;"哀"与"物哀"是柔软性的,政治刚是硬性的;"哀"与"物哀"是非功利、超越的情绪咏叹,政治则是充满利害考量的;"哀"与"物哀"只是情感的判断和审美的判断,政治需要做善恶好坏的价值判断。所以,政治不是"物哀"之"物","哀"也不直接指向政治功利。

第二,"物哀"之"物"也不能直接就是世俗伦理道德的内容。毋宁说,"物哀"之"物"是超越道德的东西。道德是作为一种行为习惯和思维方式的定型化,其指向是"善"。"善"当然可以是"美"的,但世俗道德中的"善"作为人们行为与思维的定型化,常常并不考虑个人、个性和具体情景,而要求一种绝对性,这势必与个人的感觉、个人的意愿与要求形成矛盾冲突,从而引起个人在行为与心理上的抗拒。在这种情况下,道德上的这种"善"无法与审美所要求的"美"达成统一,甚至处于悖反的状态。很难设想,这样的道德之善能够引起作为审美感受的"哀",因而在本居宣长的"物哀"论之"物"中,对这种道德上的"善"是明确加以排除的。另一方面,引起"哀"的种种情绪与感受,实际上又是在道德伦理的矛盾冲突中形成的。在《源氏物语》中,那些贵族男女的"哀"之情,大都是在各种各样的不道德的行为中产生的,个人的情感要求、肉体欲望受到现有的道德伦理的限制、压制、压抑、阻挠,当事人明知自己的想法或行为会触犯道德,却又跃跃欲试,于是游移、彷徨、苦恼;或者在道德上犯禁之后,担心道德舆论的压力与谴责,或惶恐不安,或自怨自艾,于是产生了"物哀"。这样看来,"物哀"之"物"其实与"道德"密不可分,但这个"物"绝不是道德本身,而是对道德的超越,是反道德、非道德、超道德。换言之,道德不能直接成为"物哀"之"物"。只有在对道德加以悖反和超越之后,才能间接地成为"物哀"的"物"。

第三,与上述相关,在本居宣长的"物哀"中,理性化、理论化、学理化、抽象性的劝诫和教训的内容也不能成为"物哀"的"物"。在世界各国文学中,"寓教于乐"现象是极其普遍的,中国、印度、欧洲文论中都有寓教于乐的理论主张。但是这却是"物哀"论所排斥的,原因显然是同样的——教训以理智说服人，以逻辑征服人，却不能以情绪打动人，不能使人"哀"。本居宣长在《紫文要领》中反复强调，《源氏物语》的作者紫式部非常谦逊和低调，从来不显示自己比读者高明，不炫耀学识，不伸张自己的主张，她的《源氏物语》几乎看不到有教训读者的地方。一个作家在长篇作品中始终坚持这一点、做到这一点，实在并不容易。为了不教训读者，紫式部也很少讲大道理，很少说理。像欧洲文学中常见的大段大段的慷慨激昂的高谈阔论，中国文学中常见的堂而皇之的道德包装，印度文学常见的玄虚高蹈的宗教说教，阿拉伯与波斯文学中的好为人师的哲理爱好，在以《源氏物语》为代表的日本传统作品中，都是很少见的。本居宣长把这一点作为日本文学的独特之处，认为日本文学只是把个人的真情实感表现出来，并让读者感受到而已，是以情动人，而不是以理人。若以理服人会落入所谓的"理窟"（りくつ）中，与审美的"哀"感格格不入。

总之，表现在《源氏物语》为代表的平安时代文学作品中"物哀"中的"物"，主要指能够引发"哀"感的审美性的事物，在描写的题材内容上，表现出了强烈的审美选择和唯美诉求。在将社会政治、伦理道德、抽象哲理排除之后，剩下的就是较为单纯的人性、人情的世界，以及风花雪月、鸟木虫鱼等大自然。而且，即便对这一领域的事物，也仍然有着更进一步的审美过滤，凡不能引发"哀"感即美感的东西，都尽力回避。例如，《源氏物语》一方面着力描写两性关系，但另一方面又回避恶俗的肉体、色情的描写；在描写生死别离特别是死亡时，只对英年夭折之类的死亡之美加以渲染，而对生病的病理病态、对医生的诊疗和对因老丑而死的事几乎回避不写，正如本居宣长在《紫文要领》中所指出的，在紫式部及当时的人看来，"依赖于医生，乞灵于药物，则显得过于理性，而不近人情，听起来也不风雅"。甚至当写到生病和吃药，为了美感也将"药"写为"御汤"。而在中国文学、西方文学中，对所描写的"物"几乎是不加这样的筛选和过滤的。就写人而言，中西文学首先将"人"也看成一种物即"人物",既然是物,就有物的特性,即中国哲学中所谓的"物性",这是不以人的意志为转移的,人们只能正确、真实、客观地观察它、描写它,这就形成了中国和西方小说史上的写实传统,形成了西方文论中的"写实"论和"典型论",在中国传统文论中形成了"肖物""逼真""传神"的主张等。比较而言,中西小说总体上是以真实再现的"肖物"为美,而日本的物语文学则以感物兴衰的"物哀"为美。本居宣长的"物哀"论,以及所暗含的对"物"与"哀"的关系及对"物"的选择和限定,是理解"物哀"论的基础和根本。在这一点上,日本现有的关于"物哀"的大量研究成果,阐述得还很不到位。通过这样的理解和分析,我们对本居宣长将"哀"正式改造和表述为"物哀"的理论价值与开创性贡献,才能有足够的理解。

中国的一些日本文学翻译与研究者,较早就意识到了"物哀"及其承载的日本传统文学、文论观念的重要性。早在 20 世纪 80 年代初,我国的日本文学翻译与研究界就对"物哀"这个概念如何翻译、如何以中文来表达,展开过研究与讨论,其中大体上可以分为两种意见。一种意见认为"物哀"是一个日语词,要让中国人理解,就需要翻译成中文,如李芒先生在《"物のあわれ"汉译探索》①一文中,就主张将"物のあわれ"译为"感物兴叹"。李树果先生在随后发表的《也谈"物のあわれ"》②表示赞同李芒先生的翻译,但又认为可以翻译得更为简练,应译为"感物"或"物感"。后来,佟君先生也在基本同意李芒译法的基础上,主张将"感物兴叹"译为"感物兴情"③等。有些学者没有直接参与"物哀"翻译的讨论,但在自己的有关文章或著作中,也对"物哀"做出了解释性的翻译。例如,20 世纪 20 年代谢六逸先生在其《日本文学史》一书中,将"物哀"译为"人世的哀愁",20 世纪 80 年代刘振瀛(佩

---

① 李芒 . "物のあわれ"汉译探索 [J]. 日语学习与研究,1985(6).
② 李树果 . 也谈"物のあわれ"[J]. 日语学习与研究,1986(2).
③ 佟君 . 日本古典文艺理论中的"物之哀"浅论 [J]. 中山大学学报,1999(6).

珊）等先生翻译的西乡信纲《日本文学史》则将"物哀"译为"幽情"，吕元明在《日本文学史》一书中将"物哀"译为"物哀怜"，赵乐甡在翻译铃木修次的《中国文学与日本文学》一书时，将"物哀"翻译为"愍物宗情"。另有一些学者不主张将"物哀"翻译为中文，而是直接按日文表述为"物之哀"或"物哀"。例如，叶渭渠先生在翻译理论与实践中一直主张使用"物哀"，陈泓先生认为"物哀"是一个专门名词，"还是直译为'物之哀'为好。赵青则认为，"还是直接写作'物哀'，然后再加一个注释即可"。笔者在 1991 年的一篇文章《"物哀"与〈源氏物语〉的审美理想》① 及其他相关著作中，也不加翻译直接使用了"物哀"。

从中国翻译史与中外语言词汇交流史上看，引进日本词汇与引进西语词汇，其途径与方法颇有不同。引进西语词汇的时候，无论是音译还是意译，都必须加以翻译，都须将拼音文字转换为汉字，而日本的名词概念绝大多数是用汉字标记的。就日本古代文论而言，相关的重要概念，如"幽玄""好色""风流""雅""艳"等，都是直接使用汉字标记，对此我们不必翻译，而且如果勉强去"翻译"，实际上也不是真正的"翻译"，而是"解释"。解释虽有助于理解，但往往会使词义增值或改变。清末民初，我国从日本引进的上千个所谓"新名词"，实际上都不是"翻译"过来的，而是直接按汉字引进来的，如"干部""个人""人类""抽象""场合""经济""哲学""美学""取缔"等，刚刚引进时一些人看起来不顺眼、不习惯，但汉字所具有的会意的特点，也使得每一个识字的人都能大体上直观地理解其语义，故能使其很快融入汉语的词汇系统中。具体到"物哀"也是如此。将"物哀"翻译为"感物兴叹""感物""物感""感物触怀""愍物宗情"乃至"多愁善感""日本式的悲哀"等，都多少触及了"物哀"的基本语义，但却很难表现出"物哀"的微妙蕴含。

---

① 王向远．"物哀"与《源氏物语》的审美理想［J］．日语学习与研究，1991（1）．

三、"知物哀"

因为只有客观化了的"物哀",才能成为人们"知"的对象,才需要人们去"知",去感知、了解、体验或解读。于是,顺乎其然地,从"物哀"中进一步衍生出了"知物哀"这一指称审美活动的重要概念。

"知物哀"作为一个词组,中世歌人西行在《山家集》中有一首和歌曰:"黄昏秋风起,胡枝子花飘下来,人人观之知物哀(あはれ知れ)。""知物哀"有一个否定语,就是"不知物哀"(物のあはれをしらず)。9世纪纪贯之的《土佐日记》中,有"船夫不知物哀"一句,14世纪作家吉田兼好的《徒然草》中有一段文字写道:"问'有人在吗?'若回答说:'一个人也不在',这便极其不知物哀了。"本居宣长在《紫文要领》等相关著作中,在"物哀"的基础上进一步提炼出了"知物哀"的概念,并认为《源氏物语》的创作宗旨就是"知物哀"。在《紫文要领》中,本居宣长这样解释"知物哀":

> 《源氏物语》五十四卷的宗旨,一言以蔽之,就是"知物哀"。关于"物哀"的意味,以上各段已做出了分析说明。不妨再强调一遍:世上万事万物,形形色色,不论是目之所及,抑或耳之所闻,抑或身之所触,都收纳于心,加以体味,加以理解,这就是感知"事之心"、感知"物之心",也就是"知物哀"。①

"知物哀"的"知"就是日语的常用动词"知"(しる)。日语的"知"与汉语的"知"意义和用法基本相同,泛指对一切事物的信息接收与理解。本居宣长所谓的"知物哀",就是"感知物哀""懂得物哀"的意思。不过,"知物哀"的"知",不是一般意义上的"知",而是一种审美感知。它具备了审美活动的三个基本特点。

---

① 〔日〕本居宣长.紫文要领〔M〕//王向远.日本物哀.长春:吉林出版集团,2010:66.

第一,"知"是一种自由、自主的精神活动。由于"物哀"本身是审美对象物,所以对"物哀"的"知"只涉及审美思维,而不涉及政治、法律、道德、习俗等非审美的思维,因而"知物哀"具有审美活动所具有的无功利性和纯粹性。就《源氏物语》的阅读而言,如果说"物哀"的概念把《源氏物语》的世界从总体上加以审美化,那么"知物哀"的概念则进一步在《源氏物语》与其读者之间,建立了一种纯粹感知与被感知的关系。假如不是从"知物哀"的角度,而是从劝善惩恶的角度加以阅读的话,就不是自由自主的审美性的阅读,而是被预先规定好了的被动的接受。读者应该是"知物哀"的主体,"知物哀"的"知"是无功利地、超越地、自由自在地对"物哀"的感知,这就是审美活动的基本特性。

第二,"知物哀"的"知",作为一种审美活动,是一种纯粹的"静观"或"观照"。一般而论,美感的产生需要具备两个基本要素:一是"感动",二是"静观"或"观照"。"感动"是进入审美状态的基础和推动力,它只为审美提供可能性,而"静观"才是审美本身所应有的状态。"物哀"之"哀"就是"感动","感动"的特点是与对象无限贴近,设身处地、感同身受,直至与对象融为一体。例如,当你看到一个人在悲伤地哭泣,你也不由自主地深受感动,与他一同悲伤并哭起来,然而这不是审美,表明你与他失去了距离、失去了与对象之间的二元张力;换言之,你与他处在了相同的利害关系中,你没有超越的姿态,也没有静观的心境,这是参与,而不是审美。假如你在感动之后,能够接着超越出来,形成了一种置之度外的客观立场,然后静观之、观照之,那便进入了审美的状态。在这种状态中,除了情感上的感动之外,还有了一份理智上的适度的牵制,这就是"知物哀"的"知"。"知"本来就是包含着"知性"在内的,"知"不同于"感"或"感动","知"是在"感动"的基础上的一种旁观。既要对对象保持热情的关心,甚至也不妨有一些好恶的情感评价,同时也不能让这种关心和好恶评价失去客观性。对于作品中的悲剧性事件，在同情、哀悯之后，要有"隔岸观火"的心境，不能随着作品的悲剧主人公的遭遇而痛不欲生；对于作品描写的血腥残酷的事件，在恐惧、震撼之后，要有"坐山观虎斗"的心情，在残酷暴力中见出纯粹的力量之美；对于作品中的丑恶背德的事件，在激起道德义愤之后，要能"丑中见美"，从中理解人性、人情的隐微。总而言之，"知物哀"的"知"，是"感动"后的"静观"，也就是一种审美活动。它与现代美学中的"审美无功利"说、"审美距离"说、"审美移情"说都是相通的了。实际上，从语义上看，"知物哀"与现代美学中的关键词"审美"完全是同义词。"审美"一词本来是日本近代学者对西方美学术语的译词，后来传到中国。在"审美"这个词产生之前，"知物哀"就是日本古典意义上的"审美"的意思。

第三，"知物哀"又是一种以人性、人情为特殊对象的相当复杂的审美活动。"物哀"主要关涉人性、人情，而在一切审美对象中，人性、人情作为审美对象，是最为复杂、最有阻隔的。相比而言，首先最为简单的审美对象是风花雪月那样的自然美，其次是符合社会规范的行为美、道德美、习俗美，再次是反映和描写大自然的文艺作品的美，最后才是不符合社会规范和习惯习俗的人情、人性。人性与人情往往是自然的和自发的，用道德的眼光来看，常常是恶的，是不美的。要在最微妙、最复杂的人性、人情中见出美来，就必须超越既定的社会道德的表层，而对自然人性、人情有着本质的深刻理解，这本身就是一个复杂的心理与思想的活动，这样的"物哀"才特别需要"知"。在日常实际生活中，如果"物哀"所涉的只是一般的自然风景或者亲情友情之类的不涉及深层伦理道德领域的东西，那么"知物哀"并没有什么社会的、心理的阻力。然而当面对背德和不伦男女关系的时候，人们往往会根据既成习俗和道德对它做出伦理价值的判断，于是"知物哀"便完全做不到了。对于感情世界中最为微妙复杂的男女之情而言，"知物哀"很不容易，"不知物哀"者倒是常见。普通人都能够有一般的审美活动，但许多人也许一辈子都没有"知物哀"的审美活动。若能从人性、人情出发，对人性、人情特别是男女之情给予理解并宽容对待的，就是"知物哀"；若不能摆脱功利因素的干扰和僵化的道德观念的束缚，而对人性、人情做出道德善恶的价值判断，那就是"不知物哀"，或者对此麻木不仁、浑然不觉者，也是"不知物哀"。在人性人情与道德、习俗、利益发生矛盾冲突的时候，站在人性人情角度加以理解的，就是"知物哀"；站在道德、习俗、功利角度加以否定的，就是"不知物哀"。而言之，"知物哀"就是情感上的感知力、理解力和同情心，"不知物哀"就是没有或者缺乏情感上的感知力、理解力与同情心。

就《源氏物语》而言，有"知物哀"和"不知物哀"两种截然不同的阅读角度、理解方式与研究立场。本居宣长之前的五六百年的日本"源学"史中，学者、评论家们大都将《源氏物语》视为"劝善惩恶"的道德教诫之书，他们在《源氏物语》与读者之间建立起来的是一种功利的、目的论的、道德训诫的关系，那当然都是"不知物哀"的。相反，本居宣长认为，《源氏物语》的创作宗旨是"物哀"，而读者的阅读宗旨也是为了"知物哀"。这一理论解构了此前日本的"源学"中以儒家思想为基础的言语与价值系统，转换了《源氏物语》的研究视角，以日本式的唯情主义，替代了中国式的道德主义，标志着江户时代日本文学观念的重大转变，显示了日本文学民族化理念的自觉。在本居宣长看来，《源氏物语》对背德之恋似乎是津津乐道，但那不是对背德的欣赏或推崇，而是为了表现"物哀"，是为了使读者"知物哀"。他举例说：诸如将污泥浊水蓄积起来，并不是要欣赏这些污泥浊水，而是为了栽种莲花一样，若要欣赏莲花的美丽，就不能没有污泥浊水；写背德的不伦之恋正如蓄积污泥浊水，是为了得到美丽的"物哀之花"。不伦的恋情所引起的期盼、思念、兴奋、焦虑、自责、担忧、悲伤、痛苦等，都是可贵的人情，只要是出自真情，都无可厚非，都属于"物哀"，读者也应该由此而"知物哀"。因此，本居宣长认为，《源氏物语》所表达的是与儒教佛教完全不同的善恶观,即以"知物哀"为善,以"不知物哀"者为恶。在《源氏物语》中,那些道德上有缺陷、有罪过的离经叛道的"好色"者,都是"知物哀"的好人。例如,源氏一生风流好色成性,屡屡离经叛道,却一生荣华富贵,并获得了"太上天皇"的尊号。相反,那些道德上的卫道士却被写成了"不知物哀"的恶人,这样的描写绝不会起到劝善惩恶的作用,而是为了使人"知物哀"。

"知物哀"作为本居宣长阐述的审美活动的概念,既有日本美学的独特性,也有世界文学的共通性。在古今中外的文学作品中,背德者往往转化为弱者而受到读者的同情,此事并不罕见。从"知物哀"的角度看,人们对那些背德者的同情,并不是认同其背德,而是从中观照他们所表现出的最深刻的人性与人情。如法国作家卢梭、俄国作家托尔斯泰等都有其《忏悔录》,都讲述主人公的背德行径,却能引起读者深深的理解和同情,道理就在这里。读者阅读这些《忏悔录》,一般不是为了追究和声讨主人公的罪过,而是为了从中获得对人性和人情上的理解。而且,最背德的行为,却往往能够引发出最深切的悲哀,这是由人性和人情的特殊构造所决定的。人性人情是一个内外构造,外部是社会性、伦理性,内部是自然性、个人性。两者互为表里,但又常常悖反。当外层被突破的时候,内部便暴露在外,处于失衡和没有防护的状态。例如,当一个人张扬自己的自然性和个人性的时候,便脱掉了社会性的防护,于是在社会面前,他便成了一个弱者。弱者之所以是值得同情的,是因为弱者不得不将人人都具有的最内在、最软弱、最本质的东西暴露在外,这就容易使他人产生惺惺相惜的感情,有这种感情者就是"知物哀",若连惺惺相惜的感情都没有,那就是"不知物哀"。换言之,当我们只肯定人性中的社会性、伦理性价值的时候,就是做道德判断、善恶判断,这意味着我们否定了最个人的自然人性,这就是"不知物哀";当我们充分肯定人性中的最自然、最软弱、最个人化、最深层的狭义的人性人情的时候,我们就是做超道德的情感判断,这就是"知物哀"。关于究竟什么是"知物哀",笔者曾在一篇文章中尝试着做了如下的概括：

"物哀"与"知物哀"就是感物而哀，就是从自然的人性与人情出发，不受伦理道德观念束缚，对万事万物的包容、理解、同情与共鸣，尤其是对思恋、哀怨、寂寞、忧愁、悲伤等使人挥之不去、刻骨铭心的心理情绪有充分的共感力。"物哀"与"知物哀"就是既要保持自然的人性，又要有良好的情感教养，要有贵族般的超然与优雅，女性般的柔软、柔弱、细腻之心，要知人性、重人情、可人心、解人意、富有风流雅趣。用现代术语来说，就是要有很高的"情商"。这既是一种文学审美论，也是一种人生修养论。①

当我们对本居宣长的理论做了上述的阐发之后，就会发现本居宣长的"物哀""知物哀"论，既是很"日本"的，也是很"世界"的；既是很古典的，也具有相当的现代价值。可以说，"物哀"论及"知物哀"论，已经走到了现代美学的大门口，值得我们认真接纳、深入思考和阐发。

---

① 王向远. 感物而哀——从比较诗学的视角看本居宣长的"物哀"论［J］. 文化与诗学，2011（2）.

第十一章　"物哀"感物

——本居宣长的"物哀论"及与中国之关联

　　本居宣长对"物哀"概念做了系统全面深入的考证与阐发，从"物哀论"的角度颠覆了日本"源学"史上一直流行的建立在儒学基础上的"劝善惩恶"论，强调"物哀"就是感物而哀，就是从自然的人性与人情出发，不受伦理道德观念束缚，对万事万物的包容、理解、同情与共鸣，尤其是对思恋、哀怨、寂寞、忧愁、悲伤等使人挥之不去、刻骨铭心的心理情绪有充分的共感力；认为《源氏物语》乃至日本传统文学的创作宗旨就是"物哀"和"知物哀"，而没有教诲、教训读者等功用目的。本居宣长的"物哀"论既是一种文学审美论，也是一种人生修养论，既是对日本文学民族特色的概括与总结，也是日本文学发展到一定阶段后，试图摆脱对中国文学的依附与依赖，确证其独特性、寻求其独立性的集中体现，标志着日本文学观念的一个重大转折。

　　"物哀"是日本传统文学、诗学、美学理论中的一个重要概念。可以说，不了解"物哀"就不能把握日本古典文论的精髓，就难以正确深入地理解以《源氏物语》、和歌、能乐等为代表的日本传统文学，就无法认识日本文学的民族特色，不了解"物哀"也很难全面地进行日本文论及东西方诗学的比较研究。而要具体全面地了解"物哀"究竟是什么，就必须系统地研读 18 世纪的日本著名学者、"国学"泰斗本居宣长（1730年—1801 年）的相关著作。

一、本居宣长对"物哀"的阐发

本居宣长在对日本传统的物语文学、和歌所做的研究与诠释中，首次对"物哀"这个概念做了系统深入的发掘、考辨、诠释与研究。

在研究和歌的专著《石上私淑言》一书中，本居宣长认为，和歌的宗旨是表现"物哀"，为此，他从辞源学角度对"哀"（あはれ）、"物哀"（もののあはれ）进行了追根溯源的研究。他认为，在日本古代，"あはれ"（aware）是一个感叹词，用以表达高兴、兴奋、激动、气恼、哀愁、悲伤、惊异等多种复杂的情绪与情感。日本古代只有言语没有文字，汉字输入后，人们便拿汉字的"哀"字来书写"あはれ"，但"哀"字本来的意思（悲哀）与日语的"あはれ"并不十分吻合。"物の哀"则是后来在使用的过程中逐渐形成的一个固定词组，使"あはれ"这个叹词或形容词实现了名词化。本居宣长对"あはれ"及"物の哀"的词源学、语义学的研究与阐释，以及从和歌作品中所进行的大量的例句分析，呈现了"物哀"一词从形成、演变到固定的轨迹，使"物哀"由一个古代的感叹词、名词、形容词，而转换为一个重要概念，并使之范畴化、概念化了。

几乎与此同时，本居宣长在研究《源氏物语》的专著《紫文要领》一书中，以"物哀"的概念对《源氏物语》做了前所未有的全新解释。他认为，长期以来，人们一直站在儒学、佛学的道德主义立场上，将《源氏物语》视为"劝善惩恶"的道德教诫之书，而实际上，以《源氏物语》为代表的日本古代物语文学的写作宗旨是"物哀"和"知物哀"，而决非道德劝惩。从作者的创作目的来看，《源氏物语》就是表现"物哀"；从读者的接受角度看，就是要"知物哀"（"物の哀を知る"）。本居宣长指出："每当有所见所闻，心即有所动。看到、听到那些稀罕的事物、奇怪的事物、有趣的事物、可怕的事物、悲痛的事物、可哀的事物，不只是心有所动，还想与别人交流与共享。或者说出来，或者写出来，都是同样。对所见所闻，感慨之，悲叹之，就是心有所动。而心有所动，就是'知物哀'。"本居宣长进而将"物哀"及"知物哀"分为两个方面：一是感知"物之心"，二是感知"事之心"。所谓的"物之心"主要是指人心对客观外物（如四季自然景物）的感受，所谓"事之心"主要是指通达人际与人情，"物之心"与"事之心"合起来就是感知"物心人情"。他举例说，看见异常美丽的樱花开放，觉得美丽可爱，这就是知"物之心"；见樱花之美，从而心生感动，就是"知物哀"。反过来说，看到樱花无动于衷，就是不知"物之心"，就是不知"物哀"。再如，能够体察他人的悲伤，就是能够察知"事之心"，而体味别人的悲伤心情，自己心中也不由地有悲伤之感，就是"知物哀"。"不知物哀"者却对这一切都无动于衷，看到他人痛不欲生毫不动情，这就是不通人情的人。他强调指出："世上万事万物，形形色色，不论是目之所及，抑或耳之所闻，抑或身之所触，都收纳于心，加以体味，加以理解，这就是知物哀。"综合本居宣长的论述，可以看出本居宣长提出的"物哀"及"知物哀"，就是由外在事物的触发引起的种种感情的自然流露，就是对自然人性的广泛的包容、同情与理解，其中没有任何功利目的。

在《紫文要领》中，本居宣长进而认为，在所有的人情中，最令人刻骨铭心的就是男女恋情。在恋情中，最能使人"物哀"和"知物哀"的是背德的不伦之恋，亦即"好色"。本居宣长认为："最能体现人情的，莫过于'好色'。因而'好色'者最感人心，也最知'物哀'。"《源氏物语》中绝大多数的主要人物都是"好色"者，都有不伦之恋，包括乱伦、诱奸、通奸、强奸、多情泛爱等，由此而引起的期盼、思念、兴奋、焦虑、自责、担忧、悲伤、痛苦等，都是可贵的人情。只要是出自真情，都无可厚非，都属于"物哀"，都能使读者"知物哀"。由此，《源氏物语》

表达了与儒教佛教完全不同的善恶观，即以"知物哀"为善，以"不知物哀"者为恶。看上去《源氏物语》对背德之恋似乎是津津乐道，但那不是对背德的欣赏或推崇，而是为了表现"物哀"。本居宣长举例说：将污泥浊水蓄积起来，并不是要欣赏这些污泥浊水，而是为了栽种莲花。若要欣赏莲花的美丽，就不能没有污泥浊水。写背德的不伦之恋正如蓄积污泥浊水，是为了得到美丽的"物哀之花"。因此，在《源氏物语》中，那些道德上有缺陷、有罪过的离经叛道的"好色"者，都是"知物哀"的好人。例如，源氏一生风流好色成性，屡屡离经叛道，却一生荣华富贵，并获得了"太上天皇"的尊号。相反，那些道德上的卫道士却被写成了"不知物哀"的恶人。所谓劝善惩恶，就是写善有善报，恶有恶惩，使读者生警诫之心，而《源氏物语》决不可能成为好色的劝诫。假如以劝诫之心来阅读《源氏物语》，对"物哀"的感受就会受到遮蔽，因而教诫之论是理解《源氏物语》的"魔障"。

就这样，本居宣长在《源氏物语》的重新阐释中完成了"物哀论"的建构，并从"物哀论"的角度，彻底颠覆了日本的《源氏物语》评论与研究史上流行的建立在中国儒家学说基础上的"劝善惩恶"论及"好色之劝诫"论。他强调，《源氏物语》乃至日本传统文学的创作宗旨、目的就是"物哀"，即把作者的感受与感动如实表现出来与读者分享，以寻求他人的共感，并由此实现审美意义上的心理与情感的满足，此外没有教诲、教训读者等任何功用或实利的目的。读者的审美宗旨就是"知物哀"，只为消愁解闷、寻求慰藉而读，此外也没有任何其他功用的或实利的目的。在本居宣长看来，"物哀"与"知物哀"就是感物而哀，就是从自然的人性与人情出发，不受伦理道德观念束缚，对万事万物的包容、理解、同情与共鸣，尤其是对思恋、哀怨、寂寞、忧愁、悲伤等使人挥之不去、刻骨铭心的心理情绪有充分的共感力。"物哀"与"知物哀"就是既要保持自然的人性，又要有良好的情感教养，要有贵族般的超然与优雅，女性般的柔软、柔弱、细腻之心，又要知人性、重人情、可人心、解人意，富有风流雅趣。用现代术语来说，就是要有很高的"情商"。这既是一种文学审美论，也是一种人生修养论。本居宣长在《初山踏》中说："凡是人，都应该理解风雅之趣。不解情趣，就是不知物哀，就是不通人情。"在他看来，"知物哀"是一种高于仁义道德的人格修养特别是情感修养，是比道德劝诫、伦理说教更根本、更重要的功能，也是日本文学有别于中国文学的道德主义、合理主义倾向的独特价值之所在。

"物哀论"的提出有着深刻的历史文化背景。它既是对日本文学民族特色的概括与总结，也是日本文学发展到一定阶段后，试图摆脱对中国文学的依附与依赖，确证其独特性、寻求其独立性的集中体现，标志着日本文学观念的一个重大转折。

历史上，由于感受到中国的强大存在并接受中国文化的巨大影响，日本人较早形成了国际感觉与国际意识，并由此形成了朴素的比较文学与比较文化观念。日本的文人学者谈论文学与文化上的任何问题，都要拿中国做比较，或者援引中国为例来证明日本某事物的合法性，或者拿中国做基准来对日本的某事物做出比较与判断。一直到16世纪后期的丰臣秀吉时代，日本人基本上是将中国文化与中国文学作为价值尺度、楷模与榜样，并以此与日本自身做比较的。但丰臣秀吉时代之后，中国明朝后期国力衰微并最终为清朝所灭，中国文化出现严重的禁锢与僵化现象，也由于江户时代日本社会经济的繁荣及日本武士集团的日益强悍，日本人心目中的中国偶像破碎了。他们虽然对中国古代文化（特别是汉唐文化及宋文化）仍然尊崇，江户时代幕府政权甚至将来自中国的儒学作为官方意识形态，使儒学及汉学出现了前所未有的繁荣，但同时却又普遍对现实中的中国（明、清两代）逐渐产生了蔑视心理。在政治上，幕府疏远了中国，还怂恿民间势力结成倭寇，以武装贸易的方式屡屡骚扰进犯中国东南沿海地区。在这种情况下，不少日本学者把来自中国的"中华意识"与"华夷观念"加以颠倒和反转，彻底否定了中华中心论，将中国作为"夷"或"外朝"，而称自己为"中国""中华""神州"，并从各个方面论证日本文化如何优越于汉文化。特别是江户时代兴起的日本"国学"家,从契冲、荷田春满、贺茂真渊、本居宣长到平田笃胤,其学术活动的根本宗旨,就是在《万叶集》《古事记》《日本书纪》《源氏物语》等日本古典的注释与研究中极力摆脱"汉意",寻求和论证日本文学、文化的独特性,强调日本文学、文化的优越性,从而催生了一股强大的复古主义和文化民族主义思潮。这股思潮将矛头直指中国文化与中国文学,直指中国文化与文学的载体——汉学,直指汉学中所体现的所谓"汉意"即中国文化观念。"物哀论"正是在日本本土文学观念意欲与"汉意"相抗衡的背景下提出来的。

二、"物哀"论与宣长的中日诗歌比较

正因为"物哀论"的提出与日中文学文化之间的角力有着密切的关联,所以,只有对日本与中国的文学、文化加以比较,只有对中国文学观念加以否定与批判,只有对日本文学与日本文化的优越性加以突显与张扬,"物哀论"才能成立。从这一角度看,本居宣长的"物哀论",很大程度上就是他的日中比较文学和比较文化论。

在本居宣长看来,日本文学中的"物哀"是对万事万物的一种敏锐的包容、体察、体会、感觉、感动与感受,这是一种美的情绪,美的感觉、感动与感受,这一点与中国文学中的理性文化、理智文化、说教色彩、伪饰倾向都迥然不同。

在《石上私淑言》第六十三至六十六节中,本居宣长将中国的"诗"与日本的"歌"做了比较评论,认为诗与歌二者迥异其趣。在该书第七十四节中,本居宣长指出:与中国的诗不同,日本的和歌"只是'物哀'之物,无论好事坏事,都将内心所想和盘托出,至于这是坏事、那是坏事之类,都不会事先加以选择判断……和歌与这种道德训诫毫无关系,它只以'物哀'为宗旨,而与道德无关,所以和歌对道德上的善恶不加甄别,也不做任何判断。当然,这也并不是视恶为善、颠倒是非,而只是以吟咏

出'物哀'之歌为至善"。

在《紫文要领》中，本居宣长又从物语文学的角度，比较了日本文学与中国文学对人的真实感情的不同表现。他认为人的内心本质就像女童那样幼稚、愚懦和无助，坚强而自信不是人情的本质，常常是表面上有意假装出来的。如果深入其内心世界，就会发现无论怎样的强人，内心深处都与女童无异，对此不可引以为耻，加以隐瞒。日本文学中的"物哀"就是一种弱女子般的感情表现，《源氏物语》正是在这一点上对人性做了真实深刻的描写，作者只是如实表现人物的脆弱无助的内心世界，让读者感知"物哀"。而中国人写的书仿佛是照着镜子涂脂抹粉、刻意打扮，看上去冠冕堂皇，慷慨激昂，一味表现其如何为君效命、为国捐躯的英雄壮举，但实际上是装腔作势、有所掩饰，无法表现人情的真实。进而，本居宣长将日本作家"物哀"的低调和谦逊，与中国书籍中的好为人师、冠冕堂皇的高调说教加以比较，凸显日本文学的主情主义与中国文学的教训主义之间的差异。在《紫文要领》中，本居宣长认为，将《源氏物语》与《紫式部日记》联系起来看，可知紫式部博学多识，但她的为人、为文都相当低调。她讨厌卖弄学识，炫耀自己，讨厌对他人指手画脚地说教，讨厌讲大道理，认为一旦炫耀自己，一旦刻意装作"知物哀"，就很"不知物哀"了。因此，《源氏物语》通篇没有教训读者的意图，也没有讲大道理的痕迹，唯有以情动人而已。

在《石上私淑言》第八十五节中，本居宣长还从文学的差异进一步论述日本与中国的宗教信仰、思维方式、民族性格差异。他认为，中国人喜欢"讲大道理"，以一己之心来推测世间万物，认为天地之间、万事万物都应符合自己设定的道理，而对于一些与道理稍有不合的事物便加以怀疑，认为它不应存在。在本居宣长看来，中国人的这种思维方式是很不可靠的。因为天地之理并非人的浅心所能囊括，有很多事情都是那些大道理所不能涵盖的。他认为日本从神代以来，就有各种各样不可思议的灵异之事，以中国的书籍则难以解释，后世也有人试图按中国的观念加以合理解释，结果更令人莫名其妙，也从根本上背离了神道。他认为这就是中国的"圣人之道"与日本的"神道"的区别。他说："日本的神不同于外国的佛和圣人，不能拿世间常理对日本之神加以臆测，不能拿常人之心来窥测神之御心，并加以善恶判断。天下所有事物都出自神之御心，出自神的创造，因而必然与人的想法有所不同，也与中国书籍中所讲的大道理多有不合。所幸我国天皇完全不为那种大道理所束缚，并不自命圣贤对人加以训诫，一切都以神之御心为准则，以此统治万姓黎民。而天下黎民也将天皇御心作为自心，靡然而从之，这就叫作'神道'。所以，'歌道'也必须抛弃中国书籍中讲的那些大道理，并以'神道'为宗旨来思考问题。"在本居宣长看来，日本的"神道"是一种感情的依赖、崇拜与信仰，是神意与人心的相通，神道不靠理智的说教，而靠感情与"心"的融通，而依凭于神道的"歌道"也不做议论与说教，只是真诚情感的表达。

由上可见，本居宣长的"物哀"论及其立论过程中的日中文化与文学比较论，大体抓住并突显日本文学与中国文学的某些显著的不同特点，特别是指出了中国文学中无处不在的泛道德主义，日本文学中的以"物哀"为审美取向的情绪性、感受性的高度发达，是十分具有启发性的概括，但他的日中比较是为了满足价值判断的需要而进行的刻意凸显两者差异的反比性的比较，而不是建立在严谨的实证与逻辑分析基础之上科学的比较，因而带有强烈的主观性，有些结论颇有片面偏激之处，如他断言中国诗歌喜欢议论说教、慷慨激昂、冠冕堂皇，虽不无道理，但也难免以偏概全。实际上中国文学博大精深，风格样式复杂多样，很难一言以蔽之，如以抒写儿女情长为主的婉约派宋词显然就不能如此概括。从根本上看，本居宣长是在"皇国优越"论的预设前提下进行日中比较的。

三、"物哀"论与"汉意"的去除

本居宣长要证明日本的优越，就要贬低中国；为了说明日本与中国如何不同并证明日本的独特，就要切割日本与中国文化上的渊源关系。从本居宣长的"物哀论"的立论过程及日中文学与文化的对比来看，明显体现了这样一个根本意图，那就是彻底清除日本文化中的中国影响即所谓的"汉意"，以日本的"物哀"对抗"汉意"，从确认日本民族的独特精神世界开始，确立日本民族的根本精神，即寄托于所谓"古道"中的"大和魂"。

在学术随笔集《玉胜间》中，本居宣长将"汉意"对日本人渗透程度做了一个判断，他认为："所谓汉意，并不是只就喜欢中国、尊崇中国的风俗人情而言，而是指世人万事都以善恶论、都要讲一通大道理，都受汉籍思想的影响。这种倾向，不仅是读汉籍的人才有，即便一册汉籍都没有读过的人也同样具有。照理说不读汉籍的人就不该有这样的倾向，但万事都以中国为优，并极力学习之，这一习惯已经持续了千年之久，汉意也自然弥漫于世，深入人心，以致成为一种日常的下意识。即便自以为'我没有汉意'，或者说'这不是汉意，而是当然之理'，实际上也仍然没有摆脱汉意。"他举例说，在中国，无论是人生的祸福、国家的治乱，世间万事都以所谓"天道""天命""天理"加以解释，这是因为中国眼里没有"神"，真正的"神道"湮灭不传，《古事记》所记载的神创造了天地、国土与万物，神统治着世间的一切，对此中国人完全不能理解，所以就只能拎出"天道""天命""天理"之类的抽象的概念来解释一切。而长期以来，在对日本最古老的典籍《古事记》《日本书纪》的研究中，许多日本学者一直拿中国人杜撰的"太极""无极""阴阳""乾坤""八卦""五行"等一大套烦琐抽象的概念理论加以牵强附会的解释，从而对《古事记》神话的真实性产生了怀疑。在本居宣长看来，对神的作为理解不了，便认为是不合道理，这就是"汉意"在作怪。

正是意识到了"汉意"在日本渗透的严重性与普遍性，本居宣长便将去除"汉意"作为文学研究与学术著述的基本目的之一。一方面在日中文学的比较中论证"汉意"的种种弊端，另一方面则努力论证以"物哀"为表征的"大和魂"，与作为"大和魂"之归依的日本"古道"的优越。换言之,对本居宣长来说,对"物哀"精神的弘扬是为了清除"汉意",清除"汉意"是为了突显"大和魂",突显"大和魂"是为了归依"古道"。而学问研究的目的正是为了弘扬"古道"。所谓"古道",就是"神典"(《古事记》《日本书纪》)所记载的未受中国文化影响的诸神的世界,也就是与中国"圣人之道"完全不同的"神之道",亦即神道教的传统。在本居宣长看来,日本不同于中国的独特的审美文化与精神世界,是在物语、和歌中所表现出的"物哀"。"物哀"是"大和魂"的文学表征,而"大和魂"的源头与依托则是所谓"古道"。因此,本居宣长的"物哀"论又与他的"古道"论密不可分。

在《初山踏》中,本居宣长认为"汉意"遮蔽了日本的古道,因此他强调,"要正确地理解日本之'道',首先就需要将汉意彻底加以清除。如果不彻底加以清除,则难以理解'道'。初学者首先要从心中彻底清除汉意,而牢牢确立大和魂。就如武士奔赴战场前,首先要抖擞精神、全副武装一样。如果没有确立这样坚定的大和魂,那么读《古事记》《日本书纪》时,就如临阵而不戴盔甲,仓促应战,必为敌人所伤,必定堕入汉意"。在《玉胜间》第二十三篇中,他又说:"做学问,是为了探究我国古来之'道',所以首先要从心中祛除'汉意'。倘若不把'汉意'从心中彻底干净地除去,无论怎样读古书、怎样思考,也难以理解日本古代精神。不理解古代之心,则难以理解古代之'道'。"不过,本居宣长也意识到,要清除"汉意",必得了解"汉意"。在本居宣长那里,"汉意"与"大和魂"是一对矛盾范畴,没有"汉意"的比照,也就没有"大和魂"的突显。所以,本居宣长虽然厌恶"汉意",在《初山踏》中却也主张做学问的人要阅读汉籍。但他又强调:一些人心中并未牢固确立大和魂,读汉文则会被其文章之美所吸引,从而削弱了大和魂;如果能够确立"大和魂"不动摇,不管读多少汉籍,也不必担心被其迷惑。在《玉胜间》第二十二篇中,本居宣长认为:有闲暇应该读些汉籍,而读汉籍则可以反衬出日本文化的优越,不读汉籍就无从得知"汉意"有多不好,知道

"汉意"有多不好，也是坚固"大和魂"的一种途径。

本居宣长反复强调"汉意"对日本广泛深刻的渗透，这就是承认了"汉意"对日本的广泛深刻的影响，但另一方面却又千方百计地否定中国文学对日本文学的影响。

在《石上私淑言》等著作中，本居宣长认为，在日本古老的"神代"，各地文化大致相同，有着自己独特的言语文化，与中国文化判然有别，并未受中国影响。奈良时代后，虽然中国书籍及汉字流传到日本，但文字是为使用的方便而借来的，先有言语（语音），后有文字书写（记号），语音是主，文字是仆，日语独特的语音中包含着"神代"所形成的日本人之"心"。即使后世许多日本人盲目学习中国，但日本与中国的不同之处也很多。在该书第六十八节中，本居宣长强调，和歌作为纯粹日本的诗歌样式是在"神代"自然产生的独特的语言艺术，不夹杂任何外来的东西，丝毫未受中国自命圣贤、老道圆滑、故作高深之风的污染，一直保持着神代日本人之"心"，保持神代的"意"与"词"。和歌心地率直，词正语雅，即便夹杂少量汉字汉音，也并不妨碍听觉之美。而模仿唐诗而写诗的日本人同时也作和歌，和歌与汉诗两不相扰，和歌并未受汉诗影响而改变其"心"，也未受世风影响而改变其本。在《紫文要领》中，本居宣长认为："物语"也是日本文学中一种特殊的文学样式，没有受到中国文化的污染与影响，与来自中国的儒教佛教之书大异其趣，此前一些学者认为《源氏物语》"学习《春秋》褒贬笔法"，或者说《源氏物语》"总体上是以庄子寓言为本"；有人认为《源氏物语》的文体"仿效《史记》笔法"，甚至有人臆断《源氏物语》"学习司马光的用词，对各种事物的褒贬与《资质通鉴》的文势相同"等等，都是拿中国的书对《源氏物语》加以比附，是张冠李戴、强词夺理的附会之说。诚然，如本居宣长所言，像此前的一些日本学者那样，以中国影响来解释所有的日本文学现象是牵强的、不科学的。然而，本居宣长却矫枉过正，走向了另一个极端，一概否定中国影响。现代的学术研究已经证明，《古事记》及所记载的日本的"神代"文化本身，就不纯粹是日本固有的东西，而是有着大量的中国文化影响印记，而和歌、物语等日本文学的独特样式中，也包含了大量的中国文学的因子。抱着这种与中国断然切割的态度，本居宣长不仅否定日本古代文学所受中国影响，而且对自己学术所受中国影响也矢口否认。例如，当时一些评论者就指出，本居宣长的"古道"论依据的是中国老子的学说，但本居宣长却在《玉胜间》第四一〇篇中辩解说，中国的老子对"皇国之道"一无所知，自己的"道"与老子没有关系，两者仅仅是看上去"不谋而合"罢了。平心而论，日本古代语言中原本就没有"道"（どう）字，连"道"字这个概念都来自中国，怎能说对日本之"道"没有影响？本居宣长与老子相隔数千年，如何"不谋而合"呢？

无论如何，中国文学对日本文学，包括物语与和歌的广泛而深刻的影响是不可否认的事实。本居宣长对中国影响的否定，不是科学的学术判断，而是出于自己的民族主义、复古主义思想主张的需要。正因为如此，"物哀"论的确立，对本居宣长而言不仅解决了《源氏物语》乃至日本古典文学研究诠释中的自主性问题，更反映了本居宣长及18世纪的日本学者力图摆脱"汉意"即中国影响，从而确立日本民族独立自主意识的明确意图。"物哀论"的确立也是日本文化独立性、独特性的确立的重要步骤，它为日本文学摆脱汉文学的价值体系与审美观念准备了逻辑的和美学的前提。

四、"物哀"与中国文论及世界文论的相关范畴

从世界文学史、文学理论史上看，"物哀论"既是日本文学特色论，也具有普遍的理论价值。在世界各国古典文论及其相关概念范畴中，论述文学与人的感情的理论与概念不知凡几，但与"物哀"在意义上大体一致的概念范畴似乎没有。

例如，古希腊柏拉图的"灵感说""迷狂说"与"物哀论"一样，

讲的都是作家创作的驱动力与感情状态,但"灵感说"与"迷狂说"解释的是诗人创作的奥秘,而"物哀"强调的则是对外物的感情与感受。"物哀"源自个人的内心,"灵感说"与"迷狂说"来自神灵的附体;"灵感说"是神秘主义的,"物哀论"是情感至上主义的。古希腊亚里士多德的"卡塔西斯"讲的是戏剧文学对人的感情的净化与陶冶,"卡塔西斯"追求的结果是使人获得道德上的陶冶与感情上的平衡与适度,而"物哀"强调的则是不受道德束缚的自然感情,绝不要求情感上的适度中庸,而且理解并且容许、容忍情感情欲上的自然失控。

印度古代文学中的"情味"的概念,也把传达并激发人的各种感情作为文学创作的宗旨,但"情味"要求文学特别是戏剧文学将观众或读者的艳情、悲悯、恐惧等人的各种感情,通过文学形象塑造的手段激发出来,从而获得满足与美感。这与日本的"物哀论"使人感物兴叹、触物生情从而获得满足与美感,讲的都是作品与接受者的审美关系,在功能上是大体一致的。然而印度的"情味"论带有强烈的婆罗门教的宗教性质,人的"情味"是受神所支配的,文学作品中男女人物的关系及其感情与情欲,往往也不是常人的感情与情欲,而是"神人交合""神人合一"的象征与隐喻。而日本的"物哀论"虽然与日本古道和神道教有关,但"物哀论"本身却不是宗教性的。本居宣长推崇的"神代"的男女关系,是不受后世伦理道德束缚的自然的男女关系与人伦情感。"物哀论"不是"神人合一",而是"物我合一"。另外,印度的"情味"论强调文学作品的程式化与模式化特征,将"情"与"味"做了种类上的烦琐而又僵硬的划分,这与强调个人化的、情感与感受之灵动性的"物哀"论,也颇有差异。

中国古代文论中的"物感""感物""感兴"等,与本居宣长的"物哀论"在表述上有更多的相通之处,指的都是诗人作家对外物的感受与感动。"感物"说起于秦汉,贯穿整个中国古代文论史,在理论上相当系统和成熟,而日本的"物哀论"作为一种理论范畴的提出则晚至 18 世纪。虽然本居宣长一再强调"物哀"的独特性，但也很难说没有受到中国文论的影响。"物哀论"与刘勰《文心雕龙》中的"人禀七情，应物斯感，感物咏志，莫非自然"，与钟嵘《诗品序》中的"气之动物、物之感人，故摇荡性情，形诸歌咏"，尤其是与陆机《赠弟士龙诗序》中所说的"感物兴哀"，在含义和表述上都非常接近。但日本"物哀"中的"物"与中国文论中的"感物"论中的"物"的内涵外延都有不同。中国的"物"除自然景物外，也像日本的"物哀"之"物"一样包含着"事"，所谓"感于哀乐、缘事而发"（《汉书·艺文志》），但日本的"物哀"中的"物"与"事"，指的完全是与个人情感有关的事物，而中国的"感物"之"物"（或"事"）更多侧重社会政治与伦理教化的内容。中国的"感物"论强调感物而生"情"，这种"情"是基于社会理性化的"志"基础上的"情"，与社会化、伦理化的情志合一、情理合一，但日本"物哀论"中的"情"及"人情"则主要是指与人的理性、道德观念相对立的自然感情即私情。中国"感物"的感情表现是"发乎情，止乎礼""乐而不淫，哀而不伤"，而日本的"物哀"的情感表现则是发乎情、止乎情，乐而淫、哀而伤。此外，日本"物哀论"与中国明清诗论中的"情景交融"或"情景混融"论也有相通之处，但"情景交融"论属于中国独特的"意境"论的范畴，讲的是审美主体与审美客体的关系，主体使客体诗意化、审美化，从而实现主客体的契合与统一，达成中和之美。"物哀论"的重点则不在主体与客体、"情"与"境"的关系，而是侧重于作家作品对人性与人情的深度理解与表达，并且特别注重读者的接受效果，也就是让读者"知物哀"，在人所难免的行为失控、情感失衡的体验中，加深对真实的人性与人情的理解，实现作家作品与读者之间的心灵共感。

　　"物哀"与中国古代文论的"兴"（有时具体表述为"感兴"）这一范畴也有内在关联。作为文论范畴的"兴"或"感兴"主要指的是以文学作品为触媒的一种情感的发动、抒发或激发，具有直觉性、即兴性的意味；既是文学的审美作用与审美功能论，也是文学创作的动力论，在这一点上，"兴""感兴"与日本的"物哀"显然具有相通性。孔子在《论语》中所讲的"诗可以兴"，指的是用文学来感动人、来陶冶情操，就是朱熹在《论语集注》中所注解的"感发志意"，是"兴"的功能论；同样的，本居宣长的"知物哀"论也是一种情感修养的功能论。但是，"物哀"具有唯情主义、唯美主义的限定，而"兴""感兴"却在从先秦到明清时代的漫长演变中，被赋予了远为复杂的内涵。"兴""感兴"本质上属于儒家的诗学理论，包含着儒家的"言志载道"的社会内容，"兴"与"比"合成的"比兴"一词，更具有意在言外的讽喻寄托含义。相比之下，"物哀"论远为单纯。而且，就审美意义而言，"兴"是积极主动的审美行为，而"物哀"则是消极被动的观照与反应；"兴"体现了中国人及中国文化的乐天、合群，而"物哀"则更多地显示出日本人的悲观、无常的世界观与孑然孤寂的人生姿态。

中国明代异端思想家李贽的"童心说"，在许多方面与本居宣长的"物哀论"相同。"童心说"反对儒学特别是程朱理学，这与本居宣长"物哀论"反对儒学及朱子学是完全一致的。"童心说"的"童心"又称"真心"，与本居宣长"物哀论"所说的"心"及"诚之心"意思相同，都是指未受伦理教条污染的本色的人性与人情。"童心说"认为"童心"的丧失是由于"道理闻见"，是"读书识义理"的结果，读了儒家之书，丧失了童心，人就成了"假人"，言就成了"假言"，事就成了"假事"，文就成了"假文"，而本居宣长的"物哀论"也认为读儒佛之书会丧失"诚之心"。李贽先于本居宣长约100年，明代学术文化对江户时代的日本有较大影响，在反正统儒学的问题上，本居宣长的"物哀论"与李贽的"童心说"是不约而同的，抑或是前者受到后者的影响，尚值得探讨与研究。

本居宣长的"物哀论"与几乎同时期以卢梭为代表的"自然人性论""返回自然论"等，作为一种生存哲学与人生价值论也有一定的共通之处，反映了17—18世纪东西方市民阶级形成后，某些不约而同的冲破既

成道德伦理的禁锢、解放情感、解放思想、返璞归真的要求。但卢梭的
"自然人性论""返回自然论"是一种"反文学"的理论，因为他认为现
代文明特别是科学及文学艺术败坏了自然人性，这与"物哀论"肯定文
学对人性与人情的滋润与涵养作用是完全不同的。

　　总之，"物哀论"既是独特的日本文学论，也与同时期中国及世界其
他国家的文论具有一定的共通性，它涉及文学价值论、审美判断论、创作
心理与接受心理论、中日文学与文化比较论等，从世界文论史、比较文学
史上看，也具有普遍的理论价值。

第十二章 原态 "物纷"

——从 "源学" 用语到美学概念

"物纷"（物の纷）是《源氏物语》中用来表示私通乱伦行为的委婉用词，江户时代 "源学" 家安藤为章第一次将 "物纷" 作为理解《源氏物语》的关键词，认为《源氏物语》写 "物纷" 是为了对读者加以 "讽谕"。贺茂真渊大体同意此说，并提出了 "以物讽谕" 说，认为 "讽谕" 并非出自作者主观本意，而是由 "物纷" 自然产生的阅读效果，这就赋予了 "物纷" 作为一个概念所应有的自性。到了本居宣长的《紫文要领》，则认为《源氏物语》是为了表现 "物哀" 和 "知物哀" 而写 "物纷"，从而把 "物纷" 纳入了审美范畴。荻原广道在《源氏物语评释》中，认为 "物纷" 才是《源氏物语》的主旨，"物纷" 就是按照人性人情的逻辑，写出事情本身的纷然复杂。这就将 "物纷" 改造为写作方法的范畴。从《源氏物语》到近代日本自然主义文学的基本创作方法及作品风格，都可以用 "物纷" 加以概括，它与 "物哀""幽玄""寂" 等概念一样，在日本文论乃至世界文论史上具有独特的意义和价值。

日本传统美学具有丰富的理论资源，近 200 多年来，不少日本学者，如大西克礼、九鬼周造、冈崎义惠、久松潜一等，运用现代学术方法，对这些资源做了整理、阐发，特别是对相关概念范畴做了提炼、蒸馏和阐释，为日本美学乃至东亚、东方文学概念与体系的构建做出了贡献。但是，仍有一些具有重要理论价值的词汇概念，处于待发现、待整理、待阐发的状态。其中 "物纷"（物の纷）一词，从 1000 多年前的《源氏物语》等物语文学就较多地使用了，一直到江户时代成为《源氏物语》研究（"源学"）中的重要用语，但 "物纷" 一词作为文论与美学的价值，长期未被现代学者们所认识。

一、《源氏物语》与 "物纷"

"物纷" 是《源氏物语》中的一个重要的关键词，源学研究者自然会注意到 "物纷"。但现代日本源学学者关于 "物纷" 的文章为数极少，寥寥数篇而已。重要的有野口武彦的《"物纷" 和 "物哀" ——围绕荻原广道〈源氏物语评释〉的总论》（《书斋之窗》1981 年 1 月），今井源卫的《"物纷" 的内容》（佐藤泰正编《读源氏物语》，笠间书院 1989 年），吉野瑞惠的《围绕〈源氏物语〉"物纷" 的解释——从近世到现代》（石原昭平编《日记文学新论》，东京勉诚出版 2004 年），三谷邦明的《源氏物语的方法："物纷" 的极北》（东京翰林书房 2007 年）等。因文章数量少，未能引起应有的注意，所以在集英社《日本文学研究资料丛书 源氏物语》的四卷入选论文中，竟没有一篇关于 "物纷" 的文章；秋山虔监修的五卷本《批评集成·源氏物语》近代后的三卷，也不见关于 "物纷" 的文章。而且，这些数量有限的文章书籍，都在 "乱伦私通" 的语义上使用 "物纷" 这个词，把 "物纷" 看成《源氏物语》所描写的一种题材，而没有把它作为一个概念，特别是审美概念来看待。前几年，笔者在所翻译的本居宣长的《紫文要领》中，也把其中大量使用的 "物纷" 解释性地翻译为 "乱伦生子"。现在看来，对本来可以作为概念的词语，应该尽量通过 "迻译"（平行移动的翻译）方法而保持其原型，而不是做解释性的翻译。笔者对江户时代有关 "源学" 家的相关文献做了仔细的研读分析后，发现"物纷"这个词经历了复杂的语义演变和词性转变。在《源氏物语》中，"物纷"是用以表示主人公私通乱伦行为的委婉用词，在江户时代的安藤为章的《紫家七论》中，继而在贺茂真渊的《源氏物语新释》中，"物纷"成为理解《源氏物语》的关键词。在本居宣长的《紫文要领》和《源氏物语玉小栉》中，则将"物纷"由题材用语向审美概念转化，而到了荻原广道的《源氏物语评释》中，则将"物纷"视为《源氏物语》的创作方法，于是"物纷"就成为概括日本作家特有创作方法及传统文学特殊风格的重要概念。遗憾的是，迄今为止，日本学界并没有发现这一点。

"物纷"（物の紛れ）这个词，在平安时代的文学作品中有所使用。在《源氏物语》中，指的是"趁周围的人不注意的时候，悄悄行事"，由此引申为"背着别人干了错事"，又进一步引申为"男女之间的密会私通"。不过，在《源氏物语》中，"物纷"指代男女密会私通的用例，可以举出第三十四帖《嫩菜·卷下》中的一节。其中写道：

与皇妃私通，这种事情从前就有，但对此的看法不一。大家都在宫中共事，都在皇上身边伺候，自然有种种机会相处见面，相互倾心，物纷也就多有发生。虽说是女御与更衣的身份，有的人有的时候行事也不免欠缺考虑，一时轻浮，有了意外举动。躲躲藏藏、遮人耳目，在宫中做出不太稳重的事，这就必然产生纷乱。

在这段话中，是写源氏发现了柏木写给三公主的一封信，知道自己的妻子三公主与柏木私通了，并且腹中的孩子也可能不是自己的，于是有了这段心理活动。作者使用了"物纷"（ものの紛れ）与"纷乱"（紛れ）两个相关的词，其含义也相当清楚，指的就是皇族的男女私通行为。丰子恺在《源氏物语》中译本中，将"物纷"译为"暧昧之事"，将"纷乱"

译为"苟且之事",是很传神达意的。①汉语中的"暧昧"一词用于指代
男女之事,虽然包含着否定性的价值判断,但在中文的语境中,也有若干
不置可否、不做硬性判断、较为宽容的意思。紫式部使用"物纷"一词,
而不使用"私通""乱伦""不伦"之类的表义更明确的词,显然也是为
了避免对人物的相关行为做出明确的价值判断。在这个语境中,汉语译作
"暧昧",很接近紫式部对"物纷"的界定。在以上引用的那段文字后头,
作者继续写源氏的心理活动。源氏发现三公主出轨背叛了自己,不免很生
气,但转而一想,此事不可张扬,因为他想到自己当年与继母藤壶妃子私
通,父皇很可能也是知道的,但表面上却一直装作不知。于是源氏觉得这
是一种轮回之罪,意识到人一旦进入古人所谓的"恋爱之山",肯定会迷
路的,但正因为如此,做了这样的事"也是无可厚非的"。这就是源氏对
"物纷"的想法和态度,也未尝不是作者紫式部对"物纷"的看法和态
度。换言之,"物纷"之事固然是罪过,但人情不免如此,只要当时是出
于喜爱,就无可厚非。

除《源氏物语》外,在《伊势物语》《荣华物语》等作品中,也有
"物纷"一词的用例,含义大体一样。

但是,由于"物纷"这个词太暧昧,一般读者看不懂,所以后来
《源氏物语》《荣华物语》的注释者,一般多将"物纷"译为"密通"
(みっつう),亦即通奸、私通。这种译法虽然并不错,并且意思也更为
明确了,但"密通"这个词作为贬义词,份量较重,包含了明确的价值
判断,从而失去了"物纷"这个词所包含的不做价值判断的微妙的暧昧
性。然而有日本学者认为,像"密通"这样的词,仍不能说明《源氏物
语》中男女关系的实质,因为《源氏物语》中源氏及其他男人与许多女
人的关系,实际上是以男性意志为主导的关系,许多情况下这种关系是
"强奸"和"被强奸"的关系,是一种"暴行",因而在谈到《源氏物

---

① 〔日〕紫式部. 源氏物語 [M]. 丰子恺, 译. 北京: 人民文学出版社, 1981:
754 - 755.

语》中“物纷”这个词时，必须明确意识到其中所包含的男性暴力的成分。① 这种看法从社会伦理学上是正确的，但从美学上看，就已经颇为脱离作者原意了。

二、“物纷”：讽谕与“以物讽谕”

在此之前，“物纷”一词一般日本人应该不太使用，进入江户时代以后，在源学研究中，第一次将“物纷”作为一个关键词加以使用的是安藤为章。在《紫家七论》的“之六”中，安藤为章把《源氏物语》中皇妃私通生子，后来其子继承皇位这件事，称之为“物纷”，并把“物纷”作为《源氏物语》的“全书之大事”来看待。他认为，《伊势物语》所描写的二条皇后、《后撰集》中所描写的京极御息所、《荣华物语》中所描写的花山女御，她们都有“物纷”之事，但在《源氏物语》中，“物纷”不仅仅是指男女关系上之“纷”，而且指的是“皇胤（皇祖血统）之纷”。他认为源氏与继母藤壶妃子的“物纷”具有特殊性，相比而言，《伊势物语》中的二条皇后、《后撰集》中的京极御息所、《荣华物语》中的花山女御，与他们有染的男人属于藤原氏或在原氏，与这些外族男子私通，会破坏“皇胤”血统的纯正，罪过就重了。而桐壶天皇的妃子藤壶是皇女，源氏也是一世源氏，是皇子。两人私通所生的孩子，相当于桐壶天皇的孙子，“都属于神武天皇的血统”，后来这个孩子（冷泉天皇）继承了皇位，因而他们的“物纷”并没有破坏天皇血统。也正因为如此，桐壶天皇对源氏的“物纷”之事佯装不知，更不问罪。安藤为章认为，紫式部把“物纷”之事作为“全书之大事”加以描写，是为了警示宫中皇族女性要维护皇统的正统性，因而具有“讽谕”的创作动机。他强调：《源氏物语》意在讽喻，至关重要的是要对乱伦生子加以劝诫，因为这会导致皇室血统混乱，因此可以将“物纷”视为日本式的讽谕。这部作品

---

① 〔日〕今井源卫. “もののまぎれ”の内容［M］//源氏物语を読む. 东京：笠间书院，1989：40－43.

是按君王的御意所写，臣下知道薰君实为乱伦所生，便以此物语为讽谕。他还进一步把紫式部的这种"讽谕"称作"大儒之意"。①

在这里，安藤为章从江户时代流行的正统的儒家世界观出发，用"讽谕"来解释作者的本意，明显带有"儒者"的先入之见，难免牵强。但值得注意的是，安藤为章的"讽谕"说进一步把"物纷"由男女关系之"纷"引申为"皇胤"之"纷"，使"物纷"突破了"密通"的狭义，从而大大拓展了其内涵和外延。这对于"物纷"由普通词汇发展为美学概念，向前推进了一步。

接着，江户时代著名"国学"家贺茂真渊在《源氏物语新释》一书的"总考"一章中，也谈到了"物纷"的问题，他使用的是"纷"（まぎれ）这个概念，即"纷乱"的意思，与"物纷"含义相同。他基本赞同安藤为章的关于"讽谕"说，但却由安藤为章的"儒学"的立场而转向了以所谓"日本神教"为中心的"国学"立场。他写道：

> 宫中男女对人情理解不当，造成了纷乱之事，看了这种事情，皇上怎能放心呢？而臣下也会家家留意，人人小心，就不会有人图谋淫乱了，就会清楚地看到这些都是人情所致，至于是好还是坏，男女自然就会有所领会。日本神教就是这样以物讽谕。这一点只要看看《日本纪》就知道了，因此不必多说。②

在这里，贺茂真渊认为《源氏物语》是有讽谕作用的，但他认为讽谕作用是自然而然产生的，而不是作者有意为之。他更进一步把《源氏物语》归于不同于中国儒教的"日本神教"（或称"神道"）的系统，认为作者只是遵循日本神道的"以物讽谕"，就是通过客观事物的描写来讽谕，让读者自然领会，而不是有意识地进行说教。这样一来，实际上等于

---

① 〔日〕藤原为章. 紫家七論 [M] //日本思想大系 39 近世神道·前期国学論. 东京：岩波书店，1972：433 – 435.

② 〔日〕贺茂真渊. 源氏物語新释·総考 [M] //载岛内景二，等. 批評集成 源氏物語（近世後期篇）. 东京：ゆまに書房，1999.

说紫式部创作《源氏物语》并没有主观意图，她只是描写“物纷”之事，而客观上可以起到讽谕作用。在这一点上，贺茂真渊的“以物讽谕”的观点与安藤为章的“讽谕”说显然大有不同。“以物讽谕”的“物”就是客观事物，就是只做客观的描写、描述，而不做主观的判断，从而指出了紫式部的“物纷”描写是一种客观再现。这就接近于点出了“物纷”作为一种创作方法的实质。

三、“物纷”与“物哀”

贺茂真渊的学生本居宣长在研究《源氏物语》的专著《紫文要领》一书中，反对安藤为章的“讽谕”论，认为“讽谕”论是以中国式的道德主义的劝善惩恶的观念来看待《源氏物语》，完全违背了作者原意，无法理解《源氏物语》的真意。

本居宣长认为，“物纷”只是《源氏物语》中描写的一件事而已，作者并不是从伦理道德立场将男女“物纷”之事作为纯粹的坏事来写。他引用了《薄云》卷中的一段话：

这是不伦之恋，是罪孽深重的行为。要说以前的那些不伦行为，都是年轻时缺乏思虑，神佛也会原谅的。

本居宣长认为，这是源氏对“物纷”的想法。源氏认为，自己那样的罪过都被神佛原谅了，如今年轻人在这方面的过错有什么了不起的呢？神佛同样也会原谅吧。读者也会有这样的想法。于是，“物纷”的描写根本不可能成为对读者的一种警诫。既然知道不可能成为读者的警诫，却又要为劝诫而写，岂不愚蠢吗？由此可知紫式部写作的本意决不在于讽谕劝诫。

同时，宣长认为，写“物纷”也是为了表现出源氏极尽荣华富贵的一生，正因为源氏与藤壶妃子（薄云女院）有“物纷”之事，才生了后来即位的冷泉天皇，冷泉天皇得知源氏为生父后，要把皇位让给源氏，源氏坚辞不就，后来被封为“太上天皇”。如此，源氏的荣华富贵即可达到绝顶。看来,"作者描写'物纷'的用意,并不在于劝诫,而完全是为了使源氏获得天皇之父的尊号而设计"。既然源氏的"物纷"不但没有坏的结果,反而带来了一生艳遇,绝顶荣华,有谁不羡慕呢? 这样一来,"物纷"不可能会有"讽谕"的功能,而且恰恰相反。

既然《源氏物语》中"物纷"描写不是为了讽谕与劝诫,那是为了什么呢? 宣长认为,写"物纷"是为表现"物哀"与"知物哀",也就是为了激发人们的情感,使人动情、感动、感叹、共感,使人把人情本身作为审美观照的对象。为此,"物纷"的描写就是必要的。因为"一旦有'物纷之事',便是越轨乱伦,违背世间道德,却也因此相爱更深,一生难忘。对此,《源氏物语》各卷都有所表现。因为是相见时难别亦难的不伦之恋,因此相思之哀也更为深沉,这一点是深刻表现'物哀'的必要条件"。①在他看来,《源氏物语》写"物纷"是为了写出复杂的人情纠葛,写出道德与人情、精神与肉体、欲望与理智之间的矛盾胶着,由此才有"物哀",才能使人"知物哀",即对于人性人情有充分感知和理解,使人知风雅、解风情、通人性,也就是从审美的角度,而不是伦理道德的立场去看待"物纷"。可见,本居宣长的"物纷"论是从属于他的"物哀"论的,"物纷"就成为"物哀""知物哀"产生的基础。这样一来,"物纷"就由此前的一个社会学、伦理学的词汇,而开始向美学词汇转换了。

但是,本居宣长站在美学立场上的"物哀论"的"物纷"说,虽然与安藤为章的儒学伦理学立场的"讽谕"说完全不同,但有一点是相同的,那就是两人都认为《源氏物语》的作者紫式部有一个写作的主观意图,即所谓"本意"。安藤为章认为这"本意"是"讽谕",本居宣长认为这"本意"在"物哀"与"知物哀"。这与上述的贺茂真渊的"以物

---

① 〔日〕本居宣长. 紫文要领〔M〕//新潮日本古典集成 本居宣长集. 东京:新潮社,昭和五十八年:13 – 247.;〔日〕本居宣长. 日本物哀〔M〕. 王向远,译. 长春:吉林出版集团,2010:1 – 123.

讽谕"说颇有不同。贺茂真渊认为作者只是写出"物纷"而不做直接判断，让读者"自然有所领会"，因为"物纷"本来就"纷"，是难以说清的。

从"物纷"概念生成史的角度看，上述江户时代的三位"源学"家各自都有独特的贡献。安藤为章第一次将"物纷"作为《源氏物语》的"全书之大事"，把它视为理解《源氏物语》的一个关键词，这就使"物纷"由指代男女关系的委婉用词，发展为一个引人瞩目的特殊用词。但是，在"讽谕"说的语境中，安藤为章没有赋予"物纷"这个词以自性，而只是把"物纷"看作"讽谕"的方式和手段。贺茂真渊大体同意安藤为章的"讽谕"说，但却不认为"讽谕"出自作者的主观本意，而是由"物纷"自然产生的阅读效果；也就是说，在贺茂真渊那里，"物纷"不是从属于"讽谕"，不受"讽谕"意图的制约，"物纷"自身可以由读者的阅读自然地显示其意义。这样就初步赋予了"纷"或"物纷"以概念所应有的自性，这是贺茂真渊对"物纷"论的特有贡献。但是，无论是安藤为章还是贺茂真渊，"物纷"都是一个非美学词汇，到了本居宣长的《紫文要领》，明确将"物纷"看作"物哀"的来源，也是人的审美活动即"知物哀"的条件①，认为《源氏物语》的作者是为了表现"物哀"和"知物哀"而写"物纷"，从而把"物纷"纳入了审美范畴。

四、荻原广道的"物纷"论

江户时代末期，源学家荻原广道在《〈源氏物语〉评释·总论》中，对前辈学者安藤为章的"讽谕"论、本居宣长的"物哀"论做了细致的评析。他认为安藤为章的"讽谕"说是"有道理"的，但安藤为章的观点，听起来确实不免带有儒者之意，而且也缺乏进一步论证。荻原广道认为："如今，作者的用意我们越来越不能知道了。但想想那个时代、那些

---

① 笔者在《哀·物哀·知物哀——审美概念的形成及语义演变》一文中，对"物哀""知物哀"的语义做了细致分析阐发，见《江淮论坛》2012年第5期。

事情，推察一下作者的内心，是否有讽谕之意呢？那我们就似乎发现确有讽谕的意思。我们将自己的体验，与作者在这部物语中所暗含的意思，加以相互比照和思考，大体上我们就会有所理解、有所领悟。这是可以肯定的。"这种说法与贺茂真渊的读者"自行领悟"的说法非常接近。另一方面，荻原广道对本居宣长的"物哀""知物哀"论也做了评析，觉得本居宣长的"物哀"论讲得有道理，但失之于片面，"物哀"并不能涵盖《源氏物语》的全部内容，"即便不把皇室的那些'物纷'之事，特别地提出来加以描写，也不妨可以深刻地表现出'物哀'来"；同时，他也不同意本居宣长的写"物纷"之事是为了表现源氏的幸福荣华的说法，指出《源氏物语》中也写了源氏许多不幸的事，"女三宫的私通，终于生出了薰君，接着右卫门督的事、落叶宫的事情，都使源氏身心疲惫，此后再也没有出现什么好事了。到了《御法》卷，紫上早逝，源氏悲痛至极。及至《幻》之卷，写的净是悲哀之事。由此可见，作者并非只是写源氏的荣华富贵。假如作者只写源氏的荣华富贵，那就应该将这些不好的事情加以省略，紫上去世的事，也应该像《云隐》卷那样只加以暗示。像柏木与女三宫私通之事，之所以没有隐去，之所以要描写那样的不好的事，都是为了表现其中的'物纷'之报应。"总之，他认为，"物纷"才是贯穿《源氏物语》的全书始终的东西。他进而写道：

　　作者（指《源氏物语》的作者紫式部——引者注）又不是露骨地表现报应，而是对人心有深刻的洞察，不是挥笔就是为了表现讽谕，而是按照人性人情的逻辑，写出事情的纷然复杂，同时夹杂着从女人的角度发表的议论，这才是作者之意。……"物纷"就是《源氏物语》的主旨，其他都是为了使这"物纷"的描写更加纷然，也可以看作是"物纷"的点缀。只有"物纷"，才是作者的用意所在。自然，作者的意图究竟是什么，如今我们很难知道了。若要强行说清楚，未免自作聪明，所以对此我还是打住不论。读者好好品读，就可以有所体悟吧。①

这些话虽然表述得过于朴素和简洁，但流露出了非常重要的诗学思想，的确值得我们好好品读、理解和阐发。

荻原广道说"'物纷'就是源氏物语的主旨"，已经不仅仅是将"物纷"看作是指代具体的乱伦事件的词，而是把它提升到了作者的创作"主旨"的高度，强调"只有'物纷'，才是作者的用意所在"，从而将这个词加以概念化。这是对《源氏物语》中源氏与藤壶妃子、熏君与三公主乱伦事件的描写加以仔细体味而做出的结论。"物纷"的字面意思就是"事物纷乱"，特指主人公的乱伦行为。但在作者的笔下，乱伦事件的发生体现了佛教的命定论或宿命论，特别是轮回报应的观念。正如古希腊悲剧中的俄狄浦斯王的杀父娶母，那不是俄狄浦斯王个人的过错，而是命运的注定。同样的，《源氏物语》中源氏与继母藤壶乱伦是宿命性的，而源氏的妻子三公主又与人私通，则也是轮回报应的结果。这样一来，主人公的乱伦行为就有了客观性，所以才叫做"物之纷"，而不是"人之纷"。"物纷"的"物"强调的是"纷"的本然性、客观性，在《源氏物语》中，在"物纷"外有时也用"事之纷"这一近义词，但"事之纷"似乎比"物之纷"更带有一些主观人为的意思。《源氏物语》将乱伦行为看作"物纷"，是在宿命与轮回报应中身不由己的行为，这样，就很大程度地消解了人物的主观之罪。作者将所有人物的混乱的性行为都如实地描写出来，但是这却是作为"物纷"来描写和表现的。事情是什么样子，就写成什么样子，而不是将其明晰化和简单化。在《源氏物语》中，男女越轨之事，从人情上说是可以理解的，而从既定道德上说是错误的；从伦理道德上说是应该否定的，而从美学上说却是有审美价值的；身体是堕落的，心灵是"物哀"的、超越的。当事者是一边做着错事和坏事，一边

---

① 〔日〕荻原広道. 源氏物語評釈〔M〕//島内景二，等. 批評集成 源氏物語（近世後期篇）. 東京：ゆまに書房，1999：312 - 313.

216

又不断地自责，他们都是不断做着坏事的好人。"物纷"就是乱麻一团，头绪纷繁，说不清、理还乱，理不清、扯不断。"物纷"论指出了事情的这种纷繁复杂性，认为只是将本来就复杂纷然、难以说清、难以明确判断的事情如实地写下来，保持"物纷"的原样，才是作者的用意所在，而且写得越纷然，也就越好。这样一来，作者的倾向性就隐蔽起来了，读者就很难知道作者的创作意图是什么，但读者只要"好好品读，就可以有所悟"。

五、"物纷"论的价值与意义

可见，荻原广道实际上就是把"物纷"作为一种文学创作的手法、方法而言的。就"物纷"的创作方法而言，作家只是尽可能地呈现事物和事情本身，并将保持描写对象的一定程度的混沌状态。在倾向性和价值判断上似是而非、似非而是，不说清楚，读者也不求把一切东西都"强行说清楚"。若真说清楚了，那就是日本古代诗学最排斥的所谓"理窟"，即堕入了讲大道理的陷阱。"物纷"写法的反面就是所谓"理窟"。只有"物纷"的写法，才能避免"理窟"，这就是"物纷"的观念使然，也体现了日本文学的一个基本特点。

从比较诗学和比较美学的角度看，"物纷"是一个表示作品"复杂度"的概念。如果说西方文学追求的是作品的思想意蕴的"深刻度"，中国文学追求的心物统一、情景交融、形神兼备、情理兼通的"和谐度"，那么日本的"物纷"则追求纷然杂陈的"复杂度"。"物纷"作为创作方法的范畴，强调的是一种如实呈现人间生活的全部纷繁复杂性的写作方法和文学观念，近乎于当代人所说的"原生态"写作。用"物纷"方法创作的作品，批评家难以批评，读者也难以做出截然的判断，但却易感受、耐回味、耐琢磨。

在日本文学中，无论是"幽玄"的美学形态的形成，还是"物哀"的审美感兴的发动，都是由作者的特殊创作方法所决定的。但长期以来，日本古典诗学对自己的创作方法的总结、提升和说明明显不够。歌论和汉诗论大都受中国"修辞立诚"论的影响，强调作家要有"诚"，即真实地描写现实生活。在物语论中，有紫式部的"对于好人，就专写他的好事"的命题，接近"类型化"的创作方法论；在戏剧论中，有世阿弥的"物真似"的模仿论，还有近松门左卫门的"虚实在皮膜之间"的虚实论。这些说法和主张，都来自作家们的创作体验，具有相当的理论价值，但在概念的使用和表述上，总体上未脱中国诗学的真实论、虚实论的范畴，更多地带有与中国诗学理论相通的一般性，也难以概括日本文学的特征。只有在江户时代"源学"中逐渐形成的"物纷"论，才概括出了日本传统文学独特的创作方法、独特的艺术思维方式与审美理想。同时，"物纷"论也解释了《源氏物语》等日本传统创作方法及艺术魅力之所在，在这个意义上，"物纷"这一概念是打开日本文学审美之门的又一把钥匙。

从日本文学史上看，日本作家从古至今大都奉行"物纷"的创作方法。从古代妇女日记文学开始，作者习惯于"原生态"地、赤裸裸地写实，而不做是非对错的判断，谨慎流露观念上的倾向性。日本传统风格的作品中的人物，所谓好人与坏人、好事与坏事、正面人物与反面人物，都没有判然分明的区别，将人性的善恶集于一身。例如，《源氏物语》中的光源氏，作者把他看成是"知物哀"的"好人"，但从道德方面上他又干了许多坏事；中世文学的代表作《平家物语》没有简单地将战争的双方平氏家族、源氏家族的武士看作好人或坏人，而是写出了他们的不同的境遇、环境中人性的善与恶，以及值得同情或值得憎恶的两面性。江户时代以井原西鹤为代表的市井小说，以好色美学或"色道"美学来描写和评价人物，将道德上的恶行与审美上的风流潇洒的时尚的"意气"之美融为一体，使人难以厘清"美"与"善恶"之间的分界。直到日本近现代文学，在那些继承了日本传统"物纷"风格的作品中，都有这样的特点，如夏目漱石的后期代表作《心》，极具有道德反省精神的"先生"，却发现自己与最自私自利的叔父属同一类人；菊池宽的名剧《义民甚兵卫》

中甚兵卫是见义勇为的义民、智力不全的傻子，还是富有报复心的复仇者，令读者观众沉思；谷崎润一郎中的《春琴抄》中的女主人公春琴，在从天生丽质的美到毁容后的丑，从虐待者到被害者，美丑善恶，杂然一身，一言难尽；永井荷风的《墨东绮谈》等花柳小说中的男女主人公，是反抗世俗的纯爱，还是买春卖春的交易，难以说清；川端康成《雪国》里的岛村与驹子之间究竟是什么关系，也不好断言。这些作品实际上都是有意无意地以"物纷"的方法来处理情节与人物。现代名家名作是如此，至于当代流行的动漫文学中，此种情形更是普遍。

在理论与创作上最能体现"物纷"特点的，则是作为日本近代文学主潮的自然主义文学。自然主义主张纯客观的、"自然"的描写，如自然主义理论家长谷川天溪主张自然主义小说要"破理显实"，认为所有的思想、观念、理想、理性、写作技巧等，都属于"逻辑的游戏"，都应该加以排斥；另一个理论家片上天弦主张自然主义作家作品要"无理想、无解决"，就是只管客观描写，而对现实和事件不加以任何解释和解决。现在看来，自然主义的这些理论主张及其作家的创作实践，完全可以换用"物纷"这一概念加以表达。而且，西方的自然主义文学传到日本后，之所以被日本文坛发扬光大，并成为日本近代文学的主潮，这与日本的源远流长的"物纷"创作传统是有深刻联系的。换言之，从日本"物纷"的创作传统，到近代的自然主义小说，其间一脉相承、一线相通。

含有"物纷"方法创作的作品，往往给人以强烈的印象，但不能给人以明晰的逻辑条理，日本文学中的许多小说、名著都缺乏中国小说与欧美小说那样的严整结构。《源氏物语》篇幅较大，长度与《红楼梦》相当，但《源氏物语》实际上没有逻辑结构，而是一种类似短篇连缀式的、屏风式的并列结构。《源氏物语》之前的《宇津保物语》是日本最长的、卷帙浩繁的古典物语，但结构更加纷然，致使全书缺乏统一性。近现代文学名著夏目漱石的《我是猫》、志贺直哉的《暗夜行路》、川端康成的《雪国》等一大批小说名作，都处于无头无尾的"未完"形态。从"物纷"的角度看，这种没有结构的结构，最大限度地摆脱了人为的编排和削凿，是最接近生活原样的。与此相关，日本传统的叙事文学也是最缺乏"故事性"的，与中国古典小说及西方近现代小说相比，富有日本民族特色"物纷"的文学作品，其故事往往显得松散、平淡。就中国小说与西方小说而言，生活多么神奇，文学就要写得多么神奇；对日本的"物纷"的作品而言，生活有多么平淡，文学就得多么平淡。日本的"物纷"作品看似平淡无奇，但实际上却像生活一样复杂；中西文学作品看上去神奇，却只是生活的浓缩与提炼。浓缩和提炼后的生活，纯度增高了，蕴含饱和了，思想明晰了、深刻了，但原生态性、复杂性、纷繁性却不得不减弱了。

从世界诗学与美学史上看，中西诗学中似乎还缺乏"物纷"这样的洗练的概念。在中国诗学中，陆机在《文赋》中多次用到"纷"（"方天机之骏利，夫何纷之不理"）、"纷纭"（"纷纭挥霍，形难为状"）、"思纷"（"瞻万物而思纷"）等相关的词语。但在陆机看来，事物的"纷""纷纭"是难以描写的，诗人看到万物的纷纭复杂，便会"思纷"（思绪纷纭），而只有在"天机之骏利"（文思敏捷）的时候，才能将任何纷纭复杂的事情理清楚，就是所谓"夫何纷之不理"。由此看来，中国传统诗学充分意识到了"纷"的复杂性，但其审美理想却是"理纷"，也就是《史记·滑稽列传》中所说的"解纷"①，这与日本的"物纷"的原样呈现是大相径庭的。实际上，无论是中国文学还是欧洲文学，大都追求"解纷"的明晰性、逻辑性。虽然中西文论中都承认文学作品"诗无达诂"的不确定性、模糊性，但是同时，两者都尽可能地追求主题的明确性、结构的严谨性、叙事的完整性和人物的典型性。而在"物纷"的日本文学中，这些都很不重要。

总之，"物纷"一词从一般词语，到审美概念，经历了一系列提炼、

---

① 《史记·滑稽列传》："太史公曰：天道恢恢，岂不大哉！谈言微中，亦可以解纷。"

蒸馏和阐发的过程，这个过程到了荻原广道基本完成。然而江户"源学"的"物纷"论的阐释过于简单，更多的是一种直感的表达，缺乏理论逻辑上的论证。而现代日本学者大都安于"物纷"之"纷"，不加深究，这也许正是日本"物纷"所具有的"物纷"吧！但是今天，我们有必要站在现代美学、比较诗学的立场上，对"物纷"加以"解纷"，并进一步研究阐发。也许习惯于"物纷"的日本学者仍然安于"物纷"，而对"解纷"不以为然，但唯有先"解纷"，才能真正呈现"物纷"的意义，才能使"物纷"作为一个诗学与美学的概念，显示出独特的理论价值和普遍的参考价值，也有利于现代美学、东方美学、比较诗学的相关范畴、概念的进一步整理、确立与运用。对中国人而言，理解日本传统文学及日本传统文化，也许就有了一个新的切入口或新的视点。

第十三章　风雅之"寂"

——日本俳谐美学中的"寂"范畴与中国文化

"寂"（さび，sabi）是日本古典文艺美学，特别是俳谐美学的一个关键词和重要范畴。对日本古典俳论中的"寂"论及"蕉门俳谐"加以分析，可以发现"寂"的内涵构造有三个层面：第一是听觉上的"寂之声"，第二是视觉上的"寂之色"，第三是精神内涵上的"寂之心"。"寂之心"中又包含了"虚与实""雅与俗""老与少""不易与流行"四对范畴，所表示的是俳人的心灵悟道、精神境界与审美心胸。每一对范畴之间的对立、和谐即形成的张力，构成了"寂之心"的完整内涵。"寂"体现于具体的俳谐创作中则是"寂之姿"，是一种摇曳飘忽、余情余韵的"枝折"（しおり，shiori）乃至"细柔"（ほそみ，hosomi）之美，这是"寂"的外延。由此，"寂"范畴的完整的内在逻辑构造得以形成和显现。

"寂"是日本古典文艺美学，特别是俳谐美学的一个关键词和重要范畴，也是与"物哀"①"幽玄"② 并列的三大美学概念之一。在比喻的意

---

① 关于日本的"物哀"论，请参见本居宣长著《紫文要领》《石上私淑言》等著作，中文译文见王向远编译《日本物哀》，长春：吉林出版集团，2010 年。

② 关于日本文论史上的"幽玄"论，请参见能势朝次等著，王向远译《日本幽玄》，长春：吉林出版集团，2011 年。

义上可以说,"物哀"是鲜花,它绚烂华美,开放于平安王朝文化的灿烂春天;"幽玄"是果,它成熟于日本武士贵族与僧侣文化的鼎盛时代的夏末秋初;"寂"是飘落中的叶子,它是日本古典文化由盛及衰、新的平民文化兴起的象征,是秋末初冬的景象,也是古典文化终结、近代文化萌动的预告。从美学形态上说, "物哀论"属于创作主体论、艺术情感论,"幽玄论"是艺术本体论和艺术内容论,"寂"论则是审美境界论、审美心胸论或审美态度论。就这三大概念所指涉的具体文学样式而言,"物哀"对应于物语与和歌,"幽玄"对应于和歌、连歌和能乐,而"寂"则对应于日本短诗"俳谐"(近代以后称为"俳句"),是俳谐论(简称"俳论")的核心范畴。又因为"俳圣"松尾芭蕉及其弟子(通称"蕉门弟子")常常把俳谐称为"风雅",所以"寂"就是俳谐之"寂",亦即蕉门俳论所谓的"风雅之寂"。

一、"寂"的三个层面:"寂声""寂色""寂心"

"寂"是一个古老的日文词,日文写作"さび",后来汉字传入后,日本人以汉字"寂"来标记"さび"。对于汉字"寂",我国读者第一眼看上去,就会立刻理解为"寂静""安静""闲寂""空寂",佛教词汇中的"圆寂"(死亡)也简称"寂"。如果单纯从字面上做这样的理解的话,事情就比较简单了。但是"寂"作为日语词,其含义相当复杂,而且作为日本古典美学与文论的概念,它又与日本传统文学中的某种特殊文体——俳谐(这里主要指"俳谐连歌"中的首句即"发句",近代以来称为"俳句",共"五七五"十七字音)相联系。如果说,"物哀"主要是对和歌与物语的审美概括,"幽玄"主要是对和歌、连歌与"能乐"的概括,那么,"寂"则是对俳谐创作的概括,它是一个"俳论"(俳谐论)概念,特别是以"俳圣"松尾芭蕉为中心的所谓"蕉风俳谐"或称"蕉门俳谐"所使用的核心的审美概念,在日本古典美学概念范畴中占有极其重要的位置。

　　但是，相对于“物哀”与“幽玄”，“寂”这一概念在日本古典俳论中显得更为复杂含混，更为众说纷纭。现代学者对于“寂”的研究较之“物哀”与“幽玄”，也显得很不足。日本美学家大西克礼在 1941 年写了一部专门研究“寂”的书，取名为《风雅论——“寂”的研究》，是最早从美学角度对“寂”加以系统阐发的著作，虽然该书许多表述显得罗嗦、迂远、不得要领，暴露了不少日本学者所难以克服的不擅长理论思维的一面，但该书奠定了“寂”研究的基本思路与方法，而且此后一直未见有更大规模的相关研究成果问世，另外的一些篇幅较短的论文更显得蜻蜓点水、浅尝辄止。较有代表性的是语言学家、教育家西尾实的论文《寂》（收于《日本文学的美的理念·文学评论史》，东京河出书房 1955 年），他觉察到“寂”在内涵上有肯定与否定的对立统一的“二重构造”或“立体构造”，但他并没有将这种构造清楚地呈现出来。至于在我国，虽然有学者在相关著作中提到“寂”，但只是一般性的简单介绍，难以称为研究。

　　为了给我国学者的相关研究提供关于“寂”的原典资料，笔者把松尾芭蕉及其弟子的俳论择要翻译出来，又译出了大西克礼的《风雅论——“寂”的研究》，合在一起编译了《日本风雅》① 一书。在此基础上，笔者运用概念辨析的方法，特别是历史文化语义学、比较语义学的方法，试图将“寂”的复杂的内部构造描画出来，将其审美意义揭示、呈现出来。

　　综合考察日本俳论原典的对“寂”的使用，笔者认为“寂”有三个层面的意义。第一是“寂之声”（寂声），第二是“寂之色”（寂色），第三是“寂之心”（寂心）。以下逐层加以说明。

　　“寂”的第一个意义层面是听觉上的“寂静”“安静”，也就是“寂声”。这是汉字“寂”的本义，也是我们中国读者最容易理解的。松尾芭

---

　　① 〔日〕大西克礼，等．日本风雅 [M]．王向远，译．长春：吉林出版集团，2011.

蕉的著名俳句"寂静啊，蝉声渗入岩石中"，表现的主要就是这个意义上的"寂"。正如这首俳句所表现的，"寂声"的最大特点是通过盈耳之"声"来表现"寂静"的感受，追求那种"有声比无声更静寂""此时有声胜无声"的听觉上的审美效果。"寂静"层面上的"寂"较为浅显，不必赘言。

"寂"的第二个层面是视觉上的"寂"的颜色，可称为"寂色"。据《去来抄》的"修行"章第三十七则记载，松尾芭蕉在其俳论中用过"寂色"（さび色）一词，认为"寂"是一种视觉上的色调。汉语中没有"寂色"一词，所以中国读者看上去不好理解。"寂色"与我们所说的"陈旧的颜色"在视觉上相近，但"色彩陈旧"常常是一种否定性的视觉评价，而"寂色"却是一种完全意义上的肯定评价。换言之，"寂色"是一种具有审美价值的"陈旧之色"。用现在的话来说，"寂"色就是一种古色，即水墨色、烟熏色、复古色。从色彩感觉上说，"寂色"给人以磨损感、陈旧感、黯淡感、朴素感、单调感、清瘦感，但也给人以低调、含蕴、朴素、简洁、洒脱的感觉，所以富有相当的审美价值。"寂色"是日本茶道、日本俳谐所追求的总体色调（茶道中"寂"又常常写作"佗"，假名写作"わび"）。茶道建筑——茶室的总体色调就是"寂"色，屋顶用黄灰色的茅草修葺，墙壁用泥巴涂抹，房梁用原木支撑，里里外外总体上呈现发黑的暗黄色，也就是典型的"寂色"。"寂色"的反面例子是中国宫廷式建筑的大红大紫、辉煌繁复、雕梁画栋。中世时代以后的日本男式日常和服也趋向于单调古雅的灰黑色，也就是一种"寂色"；与此相对照的是女性和服的明丽、灿烂和光鲜。

日本古典俳谐喜欢描写的事物，常常是枯树、落叶、顽石、古藤、草庵、荒草、黄昏、阴雨等带有"寂色"的东西。"寂色"不仅在古代日本文化中具有重要的审美价值，而且在现代文化中，也同样具有普遍的审美价值。众所周知，在现代审美文化潮流中，"寂色"也相当彰显，甚至"寂色"已成为一种不衰的时尚。例如，20 世纪 50 年代后，从北美、欧洲到东方的日本,逐渐兴起了一股返璞归真的审美运动,表现在服装上,则是以牛仔服的颜色为代表的"寂色"服装持久流行,更有服装设计与制造者故意将新衣服加以磨损,使其出现破绽,追求"破衣烂衫"的效果与情趣,反而可以显出一种独特的"时尚"感。这种潮流到 20 世纪 90 年代后逐渐传到中国,直至如今,人们已经习以为常。但现代汉语中还没有一个恰当的词来表示这种色彩与风格,笔者认为,借用日本俳谐美学的"寂"及"寂色"这个名词来概括,最为合适。

"寂"的第三个层面指的是一种抽象的精神姿态,是深层的心理学上的含义,是一种主观的感受,可以称为"寂心"。"寂心"是"寂"的最核心、最内在、最深的层次。有了这种"寂心",就可以摆脱客观环境的制约,从而获得感受的主导性、自主性。例如,客观环境喧闹不静,但是主观感受可以在闹中取静。从人的主观心境及精神世界出发,就可以进一步生发出"闲寂""空寂""清静""孤寂""孤高""淡泊""简单""朴素"等形容人精神状态的词。而一旦"寂"由一种表示客观环境的物理学词汇上升到心理学词汇,就很接近于一种美学词汇,很容易成为一个审美概念了。

日本俳谐所追求的"寂心",或者说是"寂"的精神状态、生活趣味与审美趣味,主要是一种寂然独立、淡泊宁静、自由洒脱的人生状态。所谓"寂然独立",是说只有拥有"寂"的状态,人才能独立;只有独立,人才能自在;只有自在,才能获得审美的自由。这一点在"俳圣"松尾芭蕉的生活与创作中充分体现了出来。芭蕉远离世间尘嚣,或住在乡间草庵,或走在山间水畔,带着若干弟子,牵着几匹瘦马,一边云游一边创作,将人生与艺术结合在一起,从而追求"寂"、实践"寂"、表现"寂"。要获得这种"寂"之美,首先要孑然孤立、离群索居。对此,松尾芭蕉在《嵯峨日记》中写道:"没有比离群索居更有趣的事情了。"近代俳人、评论家正冈子规在《岁晚闲话》中,曾对芭蕉的"倚靠在这房柱上,度过了一冬天啊"这首俳句做出评论,说此乃"真人气象,乾坤之寂声",因为它将寒冷冬天的艰苦、清贫、单调寂寞的生活给审美化了。

　　过这种"寂"的生活,并非要做一个苦行僧,而是为了更好地感知美与快乐。对此,芭蕉弟子各务支考在《续五论》一书中说:"心中一定要明白:居于享乐,则难以体会'寂';居于'寂',则容易感知享乐。"这实在是一种很高的觉悟。一个沉溺于声色犬马、纸醉金迷之乐的人,其结果往往会走向快乐的反面,因为对快乐的感知迟钝了。对快乐的感知一旦迟钝,对更为精神性的"美"的感知将更为麻木化。所以,"寂"就是要淡乎寡味,在无味中体味有味。芭蕉的另一个弟子森川许六在一篇文章中就说过这个意思的话,他说:"世间不知俳谐为何物者,一旦找到有趣的题材,便咬住不放,是不知无味之处自有风流……要尽可能在有味之事物中去除浓味。"(《篇突》)这里所强调的都是"寂"是一种平淡的心境与趣味。这样的心境和趣味容易使人在不乐中感知快乐,在无味中感知有味,甚至可以化苦为乐。这样,"寂"本身就成为一种超然的审美境界,能够超越它原本具有的寂寞无聊的消极性心态,而把"寂寥"化为一种审美境界,摆脱世事纷扰,摆脱物质、人情与名利等社会性的束缚,摆脱不乐、痛苦的感受,使心境获得对非审美的一切事物的"钝感性"乃至"不感性",自得其乐、享受孤独,从而获得一种心灵上的自由、洒脱的态度。

　　"寂"作为审美状态,是"闲寂""空寂",而不是"死寂";是"寂然独立",不是"寂然不动",它是一种优哉游哉、游刃有余、不偏执、不痴迷、不执着、不胶着的态度。就审美而言,对任何事物的偏执、入魔、痴迷、执着、胶着,都只是宗教虔诚状态,而不是审美状态。芭蕉自己的创作体验也能很好地说明这一点。他曾在《奥之小道》中提到,他初次参观日本著名风景圣地松岛的时候,完全被那里的美景所震慑住了,一时进入了一种痴迷状态,不可自拔,所以当时竟连一首俳句都写不出来。这就说明,"美"实际上是一种非常可怕的东西,被"美"俘虏的人，要么会成为美的牺牲者，要么成为美的毁灭者，却难以成为美的守护者和美的创造者。例如，王尔德笔下的莎乐美为了获得对美的独占，把自己心爱的男人的头颅切下来，三岛由纪夫《金阁寺》中的沟口为了独占金阁的美，而纵火将金阁烧掉了，他们都成为美的毁灭者。至于为美而死、被美所毁灭的人就更多了。这些都说明，真正的审美，就必须与美保持距离，要入乎其内，然后超乎其外。而"寂"恰恰就是对这种审美状态的一种规定，其根本特点就是面对某种审美对象，可以倾心之，但不可以占有之，要做到不偏执、不痴迷、不执着、不胶着。一句话，"寂"就是保持审美主体的"寂然独立"，对此，芭蕉的高足向井去来在《三册子》中写道：不能被事物的新奇之美所俘虏，"若一味执着于追新求奇，就不能认识该事物的'本情'，从而丧失本心。丧失本心，是心执着于物的缘故。这也叫作'失本意'"。古典著名歌人慈圆有一首和歌这样写道："柴户有香花，眼睛不由盯住它，此心太可怕。"在他看来，沉迷于美和胶着于美，是可怕的事情。用日本近代作家夏目漱石的话来说，就是需要有一种"余裕"的精神状态，有一种"无所触及"的态度，就是要使主体在对象之上保持自由游走、自由飘游的状态。

二、"寂心"的四对范畴：虚实、雅俗、老少、不易与流行

那么，究竟要在哪里游走飘移，又从何处、到何处游走飘移呢？综观日本古典俳论特别是蕉门俳论，可以发现其中存在着四个对立统一的范畴（"四论"）及其相关命题：

第一，"虚实"论，提出了"游走于虚实之间"的命题；

第二，"风雅"论，提出了"以雅化俗""高悟归宿"的命题；

第三，"老少"论，提出了"忘老少"的命题；

第四是"不易、流行"论，提出了"千岁不易，一时流行"的命题。

要使"寂"这一审美理念得以成立，审美主体或创作主体就要在"虚与实""雅与俗""老与少""不易与流行"之间飘移，由此形成既对

立又和谐的审美张力,并构成"寂心"的基本内涵。

(一)"寂心"中的第一对范畴——"虚实"论

"虚实"论本来是中国哲学与文论中重要的对立统一的范畴,指的是有与无的关系、现实与想象的关系、生活与艺术的关系、虚构与真实的关系等。作为文论概念的"虚实"主要指一种艺术手法,具体表述为"虚实兼用""虚实互用""虚实互藏""虚实相半""虚实相生""虚实相间""虚实得宜"等,而虽然日本"虚实"概念的含义基本上与中国相当,但日本俳论中的"虚实"概念是包含在"寂"论之中的,与中国文论所不同。在日语中,有一个动词写作"さぶ",名词型写作"さび",这个词在词源上可能与"寂"有所不同,但显然与"寂"是同音近义的关系,所以也不妨将它作为"寂"的派生用法。"寂"("さぶ"、"さび")作为接尾词可以置于某一个名词之后,表示"带有……的样子"的意思,相当于古汉语中的"……然"的用法。例如,"翁さぶ""秋さぶ"分别是"仿佛老人的样子""有秋天的感觉"的意思;"山さび"是说某某东西像是"山"。在这里,本体是"实",喻体是"虚",这是"寂"作为接尾词在日语中的独特的语法功能。通过这一功能作用,我们就可以将"虚"与"实"两种事物联系、统一起来。

另一方面,"寂"论中的"虚实"论指的也不是中国文论中的"虚实互用""虚实相间"之类的艺术表现手法,而是主张审美创作者与美的关系,或者说是人与现实之间形成的一种既有距离,又不远离的若即若离的审美关系。用蕉门俳论中的术语来说,是要"飘游于虚实之间"。对此,《幻住庵俳谐有耶无耶关》一书中,以芭蕉的名义写了如下一段话:"于虚实之间游移,而不止于虚实,是为正风,是为我家秘诀。"并举了一个风筝的例子加以形象地说明:"虚:犹如风筝断线,飘入云中。实:风筝断线,从云中飘落。正:风筝断线,但未飘入云中。"以此来说明"以虚实为非,以正为是,漂游于虚实之间,是为俳谐之正"。在这个形象的比喻中,地为实,天(云)为虚,风筝是俳人的姿态。风筝断线,方能与

“实”相脱离，但又不能飘入云中，否则就是远离了“实”而“游于虚”。只有“飘游于虚实之间”，才是“寂”应有的状态。

对此，大西克礼在《风雅论》一书中，用德国浪漫派美学家提出的“浪漫的反讽”的命题加以解释。他认为，所谓“浪漫的反讽”就是“一边飘游于所有事物之上，一边又否定所有事物的那种艺术家的眼光”。“反讽”的立场，是把现实视为虚空，又把主体或主观视为虚空，结果便在虚与实之间飘游，在“幻像”与“实在”之间飘游，在“否定”与“肯定”之间飘游。按笔者的理解，“浪漫的反讽”实际上就是一种审美主体的超越姿态，就是以游戏性的、审美的立场，对主客、虚实、美丑等的二元对立加以消解，在对立的两者之间来回反顾，自由地循环往复。这样一来，“虚”便可能成为“实”，而“实”又可能成为“虚”。由此，才有可能自由地将丑恶的现实世界加以抹杀，达到一种芭蕉在《笈之小文》中所提倡的那种自由的审美境界，即“所见者无处不是花，所思者无处不是月”。

这一点集中体现在松尾芭蕉的创作里。在他“寂”的“审美眼”里，世间一切事物都带上了美的色彩。例如，他的俳句“黄莺啊，飞到屋檐下，朝面饼上拉屎哦”和“鱼铺里，一排死鲷鱼，呲着一口白牙”，都是将本来令人恶心的事物和景象，写得不乏美感。19 世纪法国诗人波德莱尔的“恶之花”的审美观与艺术表现与此有一点相似，但波德莱尔是立足于颓废主义的立场，强调的美与丑、美与道德的对立，而松尾芭蕉并非有意地彰显丑，而是用他的“审美眼”、用“寂心”来看待万事万物。有了“寂心”，就不仅会对非审美的东西具有“钝感性”或“不感性”，而且还能够“化腐朽为神奇”，化丑为美。一般而言，把原本美的东西写成美的，是写实；将原本不美的东西写成美的，才是审美。在这方面，不仅芭蕉如此，以“寂”为追求的芭蕉的弟子们也都如此。据《去来抄》记载，一天傍晚，先师对宗次说：“来，休息一会儿吧！我也想躺下。”宗次说：“那就不见外了。身体好放松啊，像这样舒舒服服躺下来，才觉得有凉风来啊!"于是,先师说:"你刚才说的,实际上就是发句呀!你将这首《身体轻松放》整理一下,编到集子里吧!"宗次的这首俳句是"身体轻松放,四仰八叉席上躺,心静自然凉"表现了俳人的苦中求乐的生态。这种态度,这种表达,就是俳谐精神,就是"寂"的本质。芭蕉的另一个弟子宝井其角,夜间睡眠中被跳蚤咬醒了,便起身写了一首俳句:"好梦被打断,疑是跳蚤在捣乱,身上有红斑。"同样是将烦恼化成快乐。在这些俳谐中所表现的,就是俳人的甘于清贫、通达、洒脱和本色,是一种无处不在的游戏心态和审美的态度。显然,在这洒脱的精神态度中,也含有某种程度的"滑稽""幽默""可笑"的意味。实际上,"俳谐"这个词的本义就是滑稽、可笑,因而俳谐与滑稽趣味具有天然的联系。所以大西克礼在《风雅论》中,以西方美学为参照,认为"寂"是属于"幽默"的一个审美范畴。这是因为"寂"飘游于虚实之间,同样也飘游于"痛苦"与"快乐"、"严肃"与"游戏"、"谐谑"与"认真"之间,并使对立的两者相互转换。于是,"寂"这种原本"寂寞""寂寥""清苦"就常常走到其反面,带上了"滑稽""有趣""游戏""满足"乃至"可笑"的色彩。

"虚实"及"虚实论"是一种俳人的人生态度与审美态度,是一个高度抽象的哲学问题。而在具体俳谐创作中,"虚实论"又具体表现为"华实论"。尽管日本俳论中各家对"华实"的解释各有不同,但基本上与中国古代文论中的"华实"论相通,就是主张以"实"为主,以"花"为辅。例如,向井去来在《去来抄·同门评》中,认为俳谐中吟咏的中心对象是"实",一首俳谐中"实"是确定不变的,而"作为修饰性的'花'可以有多种多样,但应选取有雅趣的事物"。

(二)"寂"论的第二对范畴——"雅俗"论

"寂"所包含的这种淡薄、宁静、自由、洒脱、本色、幽默的生活态度,从另一个角度来说,就是"风雅"。在这个意义上,"寂"常常被称为"风雅之寂"。"风雅"不同于日语中的另一个近义词"雅"(みやび)。"雅"是宫廷贵族的高贵、高雅之美,其意义结构是单一的,而"风雅"则是一种对立结构,是"风"与"雅"的对立统一,用日语来说,就是"俚"(さとび)与"雅"(みやび)的对立统一。对于"风雅"(ふうが)这个汉字词,日本人历来有种种解释,如"风"与"雅"是汉诗的"六义"中的两义,"风雅"指诗歌文章之道,是一种艺术性的风流表现。这些解释都是汉语中"风雅"的原意。日本俳论中对"风雅"一词的理解也很不一致、很不明确,但是只要我们对日语及日本文学、文论语境中的"风雅"加以分析,就会看出"风雅"是作为"寂"的一个审美条件,指的是"风"与"雅"的对立统一。"风"者,风俗也,世俗也,大众也,民间也,底层也,俚俗也;在"风雅之寂"的审美理念中,"雅"者,高尚也,个性也,高贵也,纯粹也,美好也。"风雅"的实质就是变"风"为"雅",就是将大众的、底层的、卑俗的东西予以提炼与提升,把最日常、最通行、最民众、最俚俗的事物加以审美化,就是从世俗之"风"中见出美,也就是通常所说的"俗"与"雅"的对立统一。为此,松尾芭蕉提出"高悟归俗"的主张。"高悟"后再"归俗",就不是无条件地随俗,而是超越世俗,然后再回归于俗。有时表面看上去很俗,实则脱俗乃至反俗。为此,松尾芭蕉还提出了所谓"夏炉冬扇"说。火炉与扇子固然是俗物,但夏天的火炉和冬天的扇子,一般人都会认为是不合时宜的无用之物,而"夏炉冬扇"作为一种趣味,恰恰可以表示一个人的不合时宜、不从流俗、特立独行的姿态。从语言使用的角度看,俳谐与和歌的不同点就是使用俗语,就此,蕉门俳论书《二十五条》鲜明提出俳谐创作就是"将俗谈俚语雅正化",与谢芜村在《春泥发句集序》中也提出俳谐使用"俗语"但又需要"离俗",其意思都是一样的。或者在雅归俗,或者在俗向雅,都存在着一个"雅"与"俗"互动,或者"俗"与"离俗"互动的审美张力。而根本的指向就是"以雅化俗",这也是"风雅之寂"最显著的审美特征。

"风雅之寂"作为一种心胸或态度,又叫"风雅之诚"。"诚"者,不仅仅是指客观的真实，更是指主观的真心、真性情，是很个人化、很自我的精神世界。"风雅之寂"与"风雅之诚"，就是一种超越雅俗的审美追求。这一点，我们也可以从一些俳人所起的名号中看出来，如有人叫"去来"，有人叫"也有"，有人叫"横斜"，有人叫"一茶"，有人叫"芜村"等，通俗至极，但奇特至极、风雅至极。站在现代社会的角度看，"风雅之寂"就是人的内在修养的外在表现，是"贵族趣味"与"平民姿态"的对立统一。一个人的精神趣味是贵族的、高雅的、脱俗的，但外在表现上却又是平民的、随和的、朴素的，这就是"风雅之寂"，是人格的一种大美。相反地，则是矫揉造作、假模假式、拿架子、摆派头，那就是不"寂"，就是丑。

（三）"寂"论的第三对范畴——"老少"论

"寂"这一概念的深层的意义，就是"老""古""旧"。本来，"寂"在日语中，作为动词，具有"变旧""变老""生锈"的意思。这个词给人的直观感觉就是"黯淡""烟熏色""陈旧"等，这是汉语中的"寂"字所没有的含义。如果说，"寂"的第一层含义"寂静""安静"主要是从空间的角度而言，与此相关的"寂然、寂静、寂寥、孤寂、孤高"等的状态与感觉，都有赖于空间上的相对幽闭和收缩，或者空间上的无限空旷荒凉，都可以归结为空间的范畴。而"寂"的"变旧""生锈""带有古旧色"等义，都与时间的因素联系在一起，与时间上的积淀性密切关联。

"寂"的这种"古老""陈旧"的意味，如何会成为一种审美价值呢？我们都知道，"古老""陈旧"的对义词是新鲜、生动、蓬勃，这些都具有无可争议的审美价值。而"古老""陈旧"往往表示着对象在外部所显示出来的某种程度的陈旧、磨灭和衰朽。这种消极性的东西，在外部常常表现为不美乃至丑。而不美与丑如何能够转化为美呢？

一方面，衰落、凋敝、破旧干枯、不完满的事物，会引起俳人们对生命、对于变化与变迁的惋叹、感慨、惆怅、同情与留恋。早在14世纪的僧人作家吉田兼好的随笔集《徒然草》第八二则中，就明确地提出残破的书籍是美的。在该书的第一三七节，认为比起满月，残月更美；比起盛开的樱花，凋落的樱花更美；比起男女的相聚相爱，两相分别和相互思念更美。从这个角度看，西尾实把《徒然草》看作"寂"的审美意识的最早的表达。在俳谐中，这种审美意识得到了更为集中的表现。例如，看到店头的萝卜干皱了，俳人桐叶吟咏了一首俳句："那干皱了的大萝卜呀！"松尾芭蕉也有一首俳句，曰："可惜呀，买来的面饼放在那里干枯了。"这里所咏叹的是"干皱""干枯"的对象，最能体现"寂"的趣味。用俳人北枝的一首俳句来说，"寂"审美的趣味，就是"面目清癯的秋天啊，你是风雅"，在这个意义上，"寂"就是晚秋那种盛极而败的凋敝状态。俳人莺立在《芭蕉叶舟》一书中认为，"句以'寂'为佳，但过于'寂'，则如见骸骨，失去皮肉"，可见"寂"就是老而瘦硬，甚至瘦骨嶙峋的状态。莺立在《芭蕉叶舟》中还说过这样一段话："句有亮光，则显华丽，此为高调之句；有弱光、有微温者，是为低调之句……亮光、微温、华丽、光芒，此四者，句之病也，是本流派所厌弃者也。中人以上者若要长进，必先去其'光'，高手之句无'光'，亦无华丽。句应如清水，淡然无味。有垢之句，污而浊。香味清淡，似有似无，则幽雅可亲。"这里强调的是古旧之美。芭蕉的弟子之一森川许六在《赠落柿舍去来书》中写道："我已经四十二岁了，血气尚未衰退，却也做不出华丽之句了。随着年龄增长，即便不刻意追求，也会自然吟咏出'寂'之句来。"可见在他看来，"寂"是一种自然而然的"老"的趣味。

但是，仅仅是"老"本身，还不能构成真正的"寂"的真髓，正如莺立所说的"过于'寂'，则如见骸骨，失去皮肉"。假如没有生命的烛照，就没有"寂"之美。关键是，人们要能够从"古老""陈旧"的事物中见出生命的累积、时间的沉淀，乃才是真正的"寂"之美。这就与人类的生命、人类的生命体验，产生了一种不可分割的深刻联系。任何生命都是有限的、短暂的，而我们又可以从某些"古老""陈旧"的事物中，某种程度地见出生命的顽强不绝、坚韧性、超越性和无限性。这样一来，"古老""陈旧"就有了生命的移入与投射，就具有了审美价值。最为典型的是古代文物。有时候，尽管"古老""陈旧"的对象是一种自然物，如一块长着青苔的古老的岩石，一棵枝叶稀疏的老松，只要我们可以从中看出时间与生命的积淀，它们就同样具有审美价值。

另一方面，俳论中的"寂"论确认了有着生命积淀的"古老""陈旧"事物的审美价值，但这并不意味着"寂"专门推崇或特别推崇"古老""陈旧"之美。诚然，正如中国苏东坡所说："大凡为文，渐老渐熟，乃造平淡。"（宋·周紫之《竹坡诗话》）又如明代画家董其昌所说："诗文书画、少而工、老而淡。"（《画旨》）是说人到老了，容易走向平淡，也就是容易得到"寂"。但这并不意味着"寂"是老年人的专利，也不意味着"老"本身就是"寂"之美。虽然俳谐的"寂"的审美理念中包含了"古老""陈旧"的审美价值，但我们也不能像大西克礼那样把俳谐划归于"老年文学"。总体而言，日本文学与中国文学的一个最大的不同，就是中国文学在观念上十分推崇"老"之美，常常把"老道""老辣""老成"作为审美的极致状态，而日本文学则把"少"之美作为美的极致，而尽力回避老丑的描写。例如，在《源氏物语》中，所有女性的主要人物都是十几岁至二十几岁的青年，男性则大多是属于中青年，作者对男主人公源氏也只写到 40 岁为止。作者笔下的若干最美的女主人公，都是在 20 岁前后去世的，这就避免了写她们的老丑之态。整个平安王朝的贵族文学中，基本情形就是如此。即便是到了俳谐文学这样后起的文学样式，也仍然继承了这一传统。最典型的代表是江户时代后期的俳人小林一茶，他在中晚年写了大量充满孩子气、天真稚气的俳句，如"没有爹娘的小麻雀，来跟我一块玩吧"；"瘦青蛙，莫败退，有我一茶在这里"等。可见，在日本文学中，似乎存在着一种"写'少'避'老'"的传统，存在着对"老丑"的一种恐惧感。例如，井原西鹤《好色一代女》中女主人公，在年老色衰后隐遁山中不再见人；又如，川端康成《睡美人》中的男主人公，因年老、性能力丧失而感到羞愧，只能面对服药后昏睡的年轻女子回顾往昔、想入非非。谷崎润一郎的《疯癫老人的日记》所描写的也是如此。

这一传统，在日本俳谐文学及俳论中的"寂"论中同样也有表现。"寂"论实际上包含了"老"与"少"这对矛盾的范畴。松尾芭蕉在《闭关之说》一文中，表达了他对"老少"问题的看法。他认为，年轻时代的男女因为"好色"而做出一些出格的事情来，是可以理解、可以原谅的，"较之人到老年却仍然魂迷于米钱之中而不辨人情，罪过为轻，尚可宽宥"。在芭蕉看来，青年壮年时代"好色"是人情，是美的，而年老时若只想着柴米油盐，而失去对"人情"的感受力与实行力，那是不可原谅的。这是以"少"为中心的价值观。所以芭蕉主张，老年人只有"舍利害、忘老少、得闲静，方可谓老来之乐"。换言之，老年只有"忘老少"，即忘掉自己的老龄，"不知老之将至""不失其赤子之心"，才能真正达到"乐"的境界，也就是"寂"的境界。蕉门弟子各务支考在《续五论》中也强调："有人说年轻则无'寂'，这样说，是因为他们不知道俳谐出自于心。"也就是说，有没有"寂"，不取决于年龄的老少，而决定于心灵状态，这一点与中国文论的相关议论也颇为吻合。明代项穆在《书法雅言·老少》中谈到书法风格时说："书有老少……老而不少，虽古拙峻伟，而鲜丰茂秀丽之容；少年不老，虽婉畅纤妍，而乏沉重典实之意。二者为一致，相待而成者也。"也许正是为了"老"与"少"的"相待而成"，晚年的松尾芭蕉努力提倡所谓"轻"（かるみ）的风格。所谓"轻"，是与"老"相对而言的，实际上就是"少"的意思，就是年轻、青春、轻快、轻巧、生动、活泼的意思。这个"轻"，与"寂"本来带有的"古老""陈旧"的语义是相对立的，而这一对立就是"老"与"少"的对立。不妨可以认为，以芭蕉的"夏炉冬扇"的反俗的、风雅的观点来看，人越是到了老年，越要提倡与"老"相反的"轻"、轻快、轻巧、生动、活泼的东西。芭蕉晚年的俳谐作品中固然有着老年的不惑与练达，却并没有暮年的老气横秋，也大量表现了新鲜、少壮、蓬勃之美。如此，就使得"寂"的"古老""陈旧"之美中，不乏新鲜与生气，不失去其生命活力。这就是"老"与"少"、"寂"与"轻"的相反相成的关系。换言之，"寂"之美就是从"老"与"少"的对立统一中产生出来的。

（四）"寂"的第四对范畴——"不易、流行"论

空间意义上的"寂"与时间意义上的"寂"的交织，作为一种生命状态、美的状态，不是刻板的、沉闷的，而是时刻都处在变与不变之中。在这个意义上，"寂"这一审美概念又与松尾芭蕉提出的"不易、流行"论密切关联。

所谓"不易"，就是不变，就是"千岁不易"；所谓"流行"，就是随时改变，就是所谓的"一时流行"。"不易、流行"就是变与不变的矛盾统一。它有两个层面的意思。浅层的是指俳谐作品的样式，即"不易之句"和"流行之句"。"不易之句"就是有传统底蕴、风格较为保守固定的俳句，"流行之句"就是追求新风的俳句。这里讲的是创作风格的变与不变的矛盾统一。但"不易、流行"的更深层的寓意，乃是指"寂"的一种本质内涵——也就是永恒与变化的矛盾统一、"动"与"静"的矛盾统一。芭蕉弟子之一服部土芳在《三册子》中曾引用芭蕉的一段话："乾坤变化乃风雅之源。静物其姿不变，动物其姿常变。时光流转，转瞬即逝。所谓'留住'，是人将所见所闻加以留存。飞花落叶，飘然落地，若不抓住飘摇之瞬间，则归于死寂，使活物变成死物，销声匿迹。"说的就是"动"与"静"的关系。"不易、流行"论所要揭示的道理就是："不易"是"寂"的根本属性，"流行"是"寂"的外在表征；换言之，"静"是"寂"的根本属性，"动"是"寂"的外在表征。绝对的"不易"或"静"就是纯粹的无生命，就是"死寂"；绝对的"流行"或"动"就是朝生暮死，转瞬即逝。只有"不易"与"流行"、永恒与变化、"动"与"静"的对立统一，才是真正的苍寂而又生气盎然的"寂"的境界。最能体现"寂"之真谛的俳谐，最美、最具有"俳味"的俳谐，

都是"不易、流行"、"动"与"静"的辩证统一。我们对芭蕉的为数众多的名句加以仔细体味,就可以常常感受到其中的"不易、流行"的奥妙。例如,"古老池塘啊,一只蛙蓦然跳入,池水的声音";"寂静啊,蝉声渗入岩石中"。这两首俳句写的是"静"还是"动"呢?没有古老池塘的寂静,哪能听得青蛙入水的清幽的响声?没有树林中的寂静,哪能感觉到蝉声渗入坚硬的岩石?在这里,"寂"并非寂静无声,而是因有声而显得更加寂静;"寂"也并非不"动",而是因为有"动"而更显得寂然永恒。这就是禅宗哲学所说的"动静不二"。"不易、流行"及"动、静"所达成的这种审美张力与和谐,也就是宇宙的本质,是世界与人之关系的本质,也就是"寂"的本质。

俳谐就是这样,作为世界文学中的最为短小的由 17 个字音构成的诗体,体式上极为简单,却包含了上述颇为复杂的哲学的、宗教的、美学的思想蕴含,也许正是在这个意义上,近代俳人、俳论家高滨虚子才断言:"和歌是烦恼的文学,俳谐是悟道的文学。"也就是说,和歌是以抒情为主的,而俳句是以表意为主的。和歌是苦闷的象征,俳谐是觉悟的表达。这样,俳谐的简单的体式与复杂的表意之间就构成了一种审美的张力,这也是"寂"的一个重要特点。

三、"寂"与"枝折"(しおり)

以上所说的"寂"论及"寂心"中所内含着的"虚实"论、"雅俗论"、"老少"论、"不易、流行"论这四个对立统一的范畴,作为一种形而上学之"道",只要被俳人所"悟",就必然会在具体的俳句作品中体现出来。将这四个对立统一的范畴总体地、浑然地、自然而然地加以综合表现而呈现出来的那种外在状态,就是日本俳论中所主张的所谓的"しおり"(旧假名标记法写作"しをり"),读作"shiori"。

从词源上来看,"しおり"是一个合成词,它的原型是树枝的"枝"字——日语音读为"し"(shi)——后头再加上一个动词"折る"(读作

"おる")而形成的动词"枝折る"（しおる），其名词形是"枝折"（し
おり）。"枝折"的意思是"折枝"，就是将柔软的树枝折弯、折下的状
态。在这个意义上，"しおり"又以汉字"挠"字来标记，写作"挠り"，
"挠"也就是"折"的意思；又因为被折弯或被折下的树枝显得软弱、萎
靡、沮丧，所以又以汉字"萎"来标记。写作"萎る"（しおる）时，作
为动词，它表示一种萎靡的状态和"蔫"之美。此外，人们在走山路的
时候，会折下或折弯路边的树枝用来作为路标，这时也写作"枝折"，又
从"路标"这个意思，引申为夹在书本中的书签，汉字写作"栞"。

　　综合上述"枝折"（しおり）的这些意思，可以看出这个词有两大特
征：第一，它表示一种柔软、曲折之美，一种可怜、可哀的"蔫"之美；
第二，它是一种标志物，是呈现在外的视觉性的特征。我们应该从这两个
特征入手，对"枝折"一词的美学属性加以分析和理解。

　　"枝折"这个概念在日本古典俳论中使用得相当多，但由于缺乏明确
的界定，也缺乏理论体系上的准确定位，以致一直以来学者们把"枝折"
与"寂"乃至与"细柔"作为同一层次的概念相提并论，从而产生了逻
辑上的严重混乱。笔者认为，"枝折"与上述的四对概念一样，也是
"寂"的一个从属范畴。如果说，"虚实"论、"雅俗论"、"老少"论、
"不易、流行"论这四个对立统一的范畴是"寂"的内在含义，那么，
"枝折"则属于"寂"的外在表现和一种外在标志。正如芭蕉弟子去来在
《答许子问难辨》中所说："'枝折'是植根于内而显现于外的东西。"倘
若借用日本古典文论中常常使用的"心"（内在精神）、"姿"（外在表
现）的比喻来说，四个对立统一的范畴是"寂之心"，而"枝折"就是
"寂之姿"。"寂"作为俳人的精神内涵，通常是沉潜着的、含而不露的，
当它表现在俳谐创作中的时候，必然要体现在外在的风格特征与表现形式
（日语称为"句姿"）上面，这种体现，就是所谓的"枝折"。

　　蕉门俳论中对俳句的"句姿"的"枝折"做了许多描述，如《祖翁
口诀》中说："句姿应如青柳枝上小雨垂垂欲滴之状，又如微风吹拂杨

柳，摇曳多姿。"这实际上也就是对"枝折"之美的描述。"枝折"就如同柔软的树枝那样的弯曲、纤细、摇曳、游弋、飘忽、扶摇、婀娜、潇洒的那种状态。假如借用上述的"虚实"论中飘游的风筝来做比喻，放风筝者有一颗"寂之心"，风筝就是"寂之姿"，风筝及风筝线细长、柔韧、浮游、飘飘忽忽，若有若无，若隐若现，其作用和功能是把"寂之姿"放飞、呈现出来，这种状态就是"枝折"。正因为如此，日本古典俳论常常将"枝折"与"细柔"（ほそみ）连在一起使用。在这种情况下，"细柔"就是"枝折"的状态的一种描述。换言之，"枝折"的，必然就是细柔的，正如风筝线一样，要让风筝飘起来，达到"枝折"的效果，就必然有一条"细柔"之线。再打个比方，"寂"就像一个蚕茧，蚕茧的外壳是"寂声""寂色"，内部包含着的蚕丝就是"寂心"。倘若蚕丝不抽出来，那就好比是"寂之心"没有外化。倘若蚕丝由内及外地抽出来，就使"寂心"有了外在表现。表现得好、表现得美，就是艺术创作，就是艺术表现，就呈现出了"枝折"之美、"细柔"之美，这种美就是"寂姿"。"寂姿"表现在具体的俳谐（俳句）创作中，就是日本俳论中常说的"句之姿"，是一种余情不绝、余韵缭绕、摇曳多姿、委曲婉转之美。这就是"枝折"的最基本的审美外化的功能。

四、"寂"的理论构造

假如以上的分析与结论可以成立的话，我们就用现代学术的逻辑分析与概念辨析方法，为历来众说纷纭、暧昧模糊的日本"寂"论，建立起了一个理论系统，显示出了它内在的逻辑构造。

"寂"在外层或外观上，表现为听觉上的"动静不二"的"寂声"，视觉上以古旧、磨损、简素、黯淡为外部特征的"寂色"。在内涵上，"寂"当中包含了"虚与实""雅与俗""老与少""不易与流行"四对子范畴，构成了"寂心"的核心内容，所表示的是俳人的心灵悟道、精神境界与审美心胸。"寂"表现于具体俳谐作品上，则是"寂姿"，是以线状连接、余情余韵为特征的"枝折";"枝折"将这上述四对范畴分别呈现、释放出来,从而使俳谐呈现出摇曳、飘逸、潇洒、诙谐的"枝折"之美。总之,从外在的"寂声""寂色",到内在的"寂心",再到外在的"寂姿",构成了一个入乎其内、超乎其外、由内及外的审美运动的完整过程。

上述结论用一个图示来表示,就是:

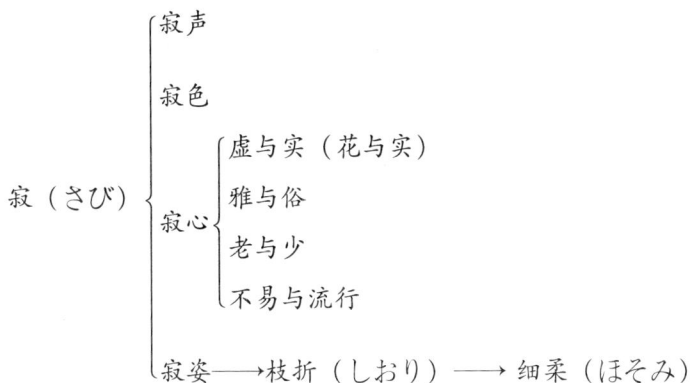

$$
寂（さび）\begin{cases} 寂声 \\ 寂色 \\ 寂心 \begin{cases} 虚与实（花与实）\\ 雅与俗 \\ 老与少 \\ 不易与流行 \end{cases} \\ 寂姿 \longrightarrow 枝折（しおり）\longrightarrow 细柔（ほそみ） \end{cases}
$$

这样一来,我们不但解释出了"寂"的内在构造或"立体构造",也将"寂"概念与"虚实""不易、流行""雅俗""枝折""细柔"等其他相关的次级概念的逻辑关系做出了清晰的定性、明确的定位与具体的分析阐发,可以解决长期以来日本学界对"寂"概念的解释言人人殊、莫衷一是、缺乏学理建构的混乱局面。

而且,将"寂"与"物哀""幽玄"一起作为日本文艺美学的三个一级概念之一,也相应地廓清了三大概念之间的历史的和逻辑的关系。盛开于平安王朝时代的绚烂的"物哀"之花,到中世文学中结为丰硕的"幽玄"之果,到近世则成为苍寂、飘然的"寂"之叶。"物哀"的王朝文学华丽灿烂,"幽玄"的中世文学含蕴深远,近世的"寂"的文学寂然而又枯淡。时光不断流转,代代有其"流行",唯有对"美"的追求千岁不易。直至今天,我们仍可以在日本的文学艺术,包括日本的近现代小说、影视作品及动漫作品中,乃至在日本人的日常生活趣味中,看到

"物哀""幽玄"与"寂"的面影。诸如西尾实在《寂》一文中所指出的:"在我们(日本人)的生活中,坚持'寂'还具有相当大的支配力。"的确,就"寂"而言,不妨说,夏目漱石的"有余裕"的文学及"余裕论",久米正雄等私小说家的"心境"及"心境小说"论,北村透谷的"内部生命"论与"万物之声"论,高山樗牛的"美的生活"论,川端康成的"东方的虚无"论,村上春树的"远游的房间"论,还有"村上式"主人公们那一点点窘迫、一点点悠闲、一点点热情、一点点冷漠、一点点幽默,还有那一点点感伤、无奈、空虚、倦怠,都明显地带有"寂"的底蕴。

说到底,"寂"作为一个美学概念,体现了日本文学,特别是俳谐文学的根本的审美追求,具有理论表述与思维构造上的独特性,同时也与其他民族的审美意识有所相通,特别是与中国文化有着深层的关联。在哲学方面,"寂"论显然受到了中国的老庄哲学的返璞归真的自然观、佛教禅宗的简朴而又洒脱的生活趣味与人生观念的影响。在审美意识上,"寂"的状态与刘勰《文心雕龙》中所提倡的"贵在虚静、疏瀹五藏、澡雪精神"的观点十分契合,与中国文论中提倡的"淡",包括"冲淡""简淡""枯淡""平淡"也一脉相通,与苏东坡提倡的"外枯而中膏、似澹而实美"(《评韩柳诗》),与明代李东阳提倡的"贵淡不贵浓"等主张若合符节。在艺术形态上,日本的俳谐以及由此衍生出来的"俳文""俳话"所显示的"寂"的风韵,与中国古代的瘦硬枯淡的诗、率心由性的随笔散文、空灵淡远的文人水墨画,都是形神毕肖的。日本古代俳人及俳论家的智慧,就在于把这些复杂的东西,以貌似简单的"寂"字一言以蔽之、一言以贯之,从而表现出日本化的理论思考,体现了日本古典文艺美学独特的风貌,形成了日本文学从古至今的审美传统,也为今天我们了解日本审美文化乃至日本人的精神世界,提供了一个不可忽略的聚焦点和切入口。

第十四章　宅人之"侘"

——日本的"侘""侘茶"与"侘寂"的美学

　　一直以来，一些日本学者对"侘"字的"人在宅中"的意义缺乏理解，甚至将"侘"字误写为"佗"字，妨碍了对其美学内涵的有效阐释。日本固有名词"わび"（wabi）本来是指一种孤独凄凉的生活状态，后来受中国语言文化的启发影响，用"侘"这个汉字来标记，并从"侘"字的"人在宅中"的会意性，而引申出"屋人""侘人""侘住"等词，指的是在离群素居中体味和享受自由孤寂。在日本茶道"侘茶"中，"侘"不仅指独处时消受孤寂，也指在人际交往中仍能感受并且享受孤寂。"侘茶"是一种不带功利目的、以茶会友、参禅悟道、修心养性的美学仪式和审美过程，"侘茶"的"和、敬、清、寂"四字经，最终是要由"侘"而达于"寂"，故而我们可以将"侘"与"寂"合璧，称为"侘寂"，使其超越社会伦理学的范畴而成为一个茶道美学概念。

　　"侘"是日本传统美学、文论中的一个十分重要的富有民族特色的概念。它以"侘"这个汉字的"人在宅中"的会意性，寄寓了日本人独处或与人杂处时的空间存在感。"侘"既包含着人们在特定的、有限的空间里有距离地接近的那种和谐、淡交的伦理观念，也寄寓着"人在宅中"、享受孤寂的那种"栖居"乃至"诗意栖居"的审美体验，可以视为"栖居美学"的范畴。"侘"就是不仅在独处时消受孤寂，而且在人多杂处时仍能感受孤寂，从而与他人保持一种优雅的距离感。在日本文学与美学史上，从古代贵族的"部屋"到中世僧侣的草庵，到名为"草庵侘茶"的面积极小的茶室，再到近代自然主义作家热衷描写的那种视野封闭的"家"，乃至直到20世纪末那些"宅"在家中自得其乐不愿走上社会的御宅族、宅人、宅男与宅女，更不必说当代名家村上春树所热衷建造的所谓"远游的房间"，古今日本人所热衷描写的都是狭小空间中的那几个人，描写他们深居简出的那种孤寂的生命体验及对孤寂的享受，体现了空间逼仄的海岛民族对狭小空间的特殊迷恋。如此种种，用一个字来概括，就是"侘"。以"侘"为中心，形成了日本文化的一种独特传统，并与大陆文学艺术的广阔恢弘的大气象形成了对照。

对于茶道及"侘茶"，现代日本学者做了大量的研究，可谓连篇累牍，在史料与观点上都值得参考。中国学者在这方面的研究中也有出色的研究成果。如张建立著《艺道与日本的国民性——以茶道和将棋为例》（中国社会科学出版社，2013年）一书上篇中的关于茶道的章节颇有见地，但是已有的成果对于"侘"这个关键概念本身仍然没有说透。长期以来，由于日本的一些研究者汉学功力不逮，或者在研究这个概念时脱离中国语言文化的语境，缺乏比较语义学的方法，对"侘"字的"人在宅中"的空间上的意义缺乏理解，甚至不少专门研究者的著作，如桑田忠亲的《茶道の歴史》、西田正好的《日本の美その本質と展開》一书中的第三章《わびの本質と展開》、大西克礼的《風雅論》一书中的有关章节等，均将"侘"误写作"佗"。尽管"侘"与"佗"字形极为相近，但两个字的意义却风马牛不相及。在这样的情况下，要对"侘"做出深入的阐释与研究，就很难做到了。

一、"侘"（わび）：孤独凄凉的心态与生态

"侘"是日本的固有词汇，在14—15世纪之前，一直没有使用"侘"

这个汉字来标记，《万叶集》时代使用的是"和備"这两个"万叶假名"（用汉字作为符号来标记日语发音），假名文字发明使用后，才逐渐被整理替换为假名，常用作动词（写作"わぶ"，音 wabu）、名词（写作"わび"，音 wabi）或形容词（写作"わびし"，音 wabisi）。《万叶集》有十几首和歌使用了该词，《古今集》《新古今集》等历代和歌集及其他文学作品使用更多。例如，《万叶集》卷四第 618 首："静静的黑夜，千鸟啼啼唤友朋，正是侘之时，更有哀之鸣"。"正是侘之时"（わびをる時に）的"わび"是一种寂寞无助的状态。《万叶集》卷十二第 3026 首："思君而不得，只有海浪一波波，岂不更侘么？""岂不更侘么"的"侘"原文是"わびし"，作形容词，表达寂寞孤独之意。《万叶集》卷十五第 3732 首"身不如泥土，想起妹妹来，可怜心口堵"用了"思侘"（思ひわぶ）这个词，作为合成动词，指的是心口堵得慌、苦恼的意思。《古今集》卷一第 8 首文屋康秀的歌："春日照山崖，山巅白雪似白发，观之倍感侘。"这里的"侘"是形容词"わびしき"，表达感伤寂寥之意。《古今集》卷十八第 937 首小野贞树的歌："若有宫人问我：日子过得如何？请如此回答：侘居山里在云雾中。"其中最后一句原文是"雲居にわぶと答えよ"，用"云居"来形容自己离群索居的"侘"（わぶ）的状态。《古今集》卷十八第 938 首小野小町的歌："我身如此侘，像根无根的浮草，随水漂去吧！"其中"我身如此侘"的"侘"原文是"わびぬれば"，指的是一种生活状态，一种无依无靠的败落状。《古今集》卷十八在原业平："有人如询问，答曰住须磨海边，像漂浮的海草一样侘。"这里的侘（わぶ）是动词，指的是一种落魄寂寥的生活境况。《后拾遗集》卷八有："从前曾奢华，如今零落沦为侘，只穿下人衣服啦。"这里的"侘"（わびぬれば）也用作动词，描述一种穷困潦倒的状态。

要之，在日本古代文学文献中，"わび"指的都是一种被人疏远、离群索居的寂寥与凄凉，所描述的是一种迫不得已的、负面的、消极的生活与心理状态。

到了室町时代，上述的"わび"仍被使用，但其含义却发生了显著的变化。室町时代是日本传统文化的成熟时期，传统的宫廷贵族文化、新兴的武家文化及庶民文化三者融为一体，同时完成了对中国的唐、宋、元文化的吸收。由于连年不断的武士征战所造成的社会动荡的常态化，以及佛教思想的深入，人们在无可奈何中形成了一种化苦为乐、乱中求静、躲进小楼成一统的超越心理，逐渐确立了对外界事物的超功利、超是非的观照、观想的态度，于是形成了以佛教禅宗为统领，以审美文化、感性文化为核心与中国的政治文化与伦理文化有所不同的独特的日本文化，在文化艺术方面集中体现在连歌、能乐、茶道等几个方面。而在美学趣味上，则是追求宁静、简朴、枯淡、孤寂，这些大都集中体现在"さび"（寂）与"わび"（侘）这个重要概念上。

在"わび"的使用中，虽然基本意义与以前没有根本变化，但这个词的感情色彩却发生了根本的变化，由一个主要描述和形容负面意义的词，而向正面意义转化；或者说，由表示消极的价值，转换为表现积极的价值。例如，相国寺鹿苑轩主的《阴凉轩日记》，在文正元年（1466 年）闰二月七日有这样一条记事：

细川满元家有一位家丁，老家在赞岐，名叫阿麻。不知因为什么缘故触怒了主人满元，满元一气之下把阿麻的俸禄取消了。此后阿麻并没有回老家，仍然住在京城。因没了生活来源，逐渐陷入了困顿。但是阿麻不以为苦，甘于京城的贫穷生活，倒也过得悠悠自在。没有钱买吃的，他就去挖杉菜（すきな）等野菜来充饥，如此度日。以前的熟人都笑他，他却吟咏了一首和歌，表达了自己的心情：

侘人过日子
吃的虽然是杉菜
倒也满自在
满元听闻后，很受感动，便恢复了他的俸禄。这正是当今一件风雅之事，对此，无论是僧侣还是俗人，皆以此为楷模。①

作者在《阴凉轩日记》中是把阿麻的故事作为风雅之事来记录的，表现的是无怨无怒、随遇而安、甘于贫穷的"侘人"的生活状态。在上引的这首和歌中，也许是和歌拟古的缘故，"侘人"的"侘"仍然写作"わび人"，而没有用"侘"字，但是文中的"阿麻不以为苦，甘于京城的贫穷生活，倒也过得悠悠自在"一句，恰恰是以表示居住状态的"侘"对"わび"的最恰切的表述，表明此时的"わび"的感情色彩已经与以前大有改变。阿麻的这首和歌之所以能让主人感动，还是因为把吃杉菜（すきな）与"风雅的"（日语"数奇な"或"すきな"）两个同音词，以双关语的形式相提并论，表现了以清贫为风雅的意思。这就使得"わび"这个词，由一种描述生活状态的词，近乎成为一种审美概念了。

不仅这个词的感情色彩发生了变化，而且在室町时代的文学作品中，"わび"开始用汉字的"侘"来标记了。在室町时代最有代表性的文艺样式"能乐"的剧本"谣曲"中，常常使用名词"わび"、动词"わぶ"或形容词"わびし"。但词干大都开始用"侘"这个汉字来标记。用汉字"侘"字来标记，也就意味着此时的日本人发现了"侘"与"わび"的契合性，并以此来训释"わび"了。而"わび"的汉字化，也就使得原来的"わびし""わび"由一个普通的形容词、名词，而具有了概念的性质。例如，在能乐的著名曲目《松风》中，有一节行僧的台词：

感谢施主美意。俺出家人云游四方，居无定所，而且对着须磨海边一直有留恋之情，所以特别来此地侘住之（"わざと侘びてこそ住むべけれ"）。古时在原行平曾有歌曰："设若有人问踪迹，海边盐滩侘而居也（藻塩たれつつ侘ぶと答えよ）！"再说那海滩上有一棵老松，据说是两位渔家女松风、村雨的遗迹，今日有幸过此，自当凭吊一番。

---

① 数江教一. わび——侘茶の系譜［M］. 东京：塙书房，1973：39.

这里两次使用"わび",第一次是"わび"作为一个名词与另一个名词合成"侘住"（侘住まい），第二次使用了动词形"わぶ",写作"侘ぶ"。这两个词都跟人的居住相关,都把"侘"作为一种有意追求的风雅状态。而在这种语境中,古代歌人在原行平的原本带有感伤意味的和歌,在此被引用之后,"侘而住之""侘而居"的状态也带上了积极的意味。同时,在许多文献中,"侘"作为一个词素,与其他字词构成一个词,常用的有"侘歌""侘言""侘声""侘住""侘鸣""侘寝""侘人"等,都是以"侘"来修饰、说明和描述的一种行为或生活状态,特别是"侘住",可以被看作"侘"的基本义。

这样一来,当用"侘"这个汉字来标记的时候,此前的"わび"的寂寞、孤独、失意、烦恼之类表达人的心理情绪词,便转向了一种"空间体验",即"侘"这个汉字的会意性之所在——"人在宅中"。同样的,在室町时代之前,这个"わび"与另外一个词"さび"几乎完全同义,而从室町时代起,"さび"用"寂"字来标记,主要指的是存在的时间性、时间感,具有经历漫长的时间沉淀、历史积淀之后,所形成的古旧、苍老以及呈现在外的灰色、陈旧色、锈色,并以此体现出独有的审美价值。而"わび"则用"侘"来标记,主要指存在的空间性及空间感觉,即在与俗世相区隔的狭小的房屋中的孤寂而又自由自在的感觉。换言之,"寂"属于"时间美学"的范畴,主要用于俳谐创作与俳谐理论①;"侘"则属于"空间美学"的范畴,主要用于茶道。

遗憾的是,一直以来,包括日本学者在内的相关研究者们,都没有将这一点道破。实际上,寂（さび）与侘（わび）两个词意义相同,但维度有别。晚近以来,也有学者将"寂"与"侘"并称,如当代美国学者李欧纳·科仁（Leonard Koren）写了一本简短的名为 *wabi - sabi*（1994）

---

① 王向远. 论"寂"之美——日本古典美学关键词"寂"的内涵与构造［J］. 清华大学学报, 2012（2）.

的小册子，中文译本译为《侘寂之美》①，实际上主要是从建筑美学的角度着眼的，其侧重点在"侘"的简约性。而在不需要严加区分的一般意义上，特别是在空间美学与时间美学相交的意义上，我们也不妨将两个词合称为"侘寂"，也更符合中文词汇双音双字的标记习惯，如此，"侘寂"这个词更容易让中国人上口、使用，"侘寂"可以成为理解日本传统美学的一个关键词。

"侘"的这种由消极意味到积极意味的变化，到了室町时代兴起的"茶道"（"茶汤之道"）的世界中，成为一个重要的核心理念。茶与"侘"相联系，或者说茶作为"侘"的载体，形成了所谓"侘茶"。"侘茶"之"侘"所表达的是一种排斥物质的奢华，甘于简单和清贫，而追求佛教禅宗的枯淡的"本来无一物"的高洁的审美境界，受到富贵者、贫寒者不同阶层的普遍欢迎。"侘茶"对于一般市井百姓而言，是安贫乐道、修心养性的所在。侘茶的简朴乃至寒碜，又与当时以追求奢华为特点的安土、桃山时代的新兴武士贵族文化特别是富丽堂皇的造型艺术、建筑艺术正好相反，但却得到了当时的武士强人织田信长、丰臣秀吉的支持。叱咤风云、所向披靡的武士强人织田信长、丰臣秀吉能喜欢并支持绍鸥、千利休的"侘茶"，根本的原因还是在于他们能够在空间狭小、简朴的草庵茶室中，体会那种与日常的征战杀伐、刀光剑影或纸醉金迷、富丽堂皇的城堡幕府完全不同的世界，在那里暂时获得与世隔绝般的恬淡无欲的"侘"的感觉。对他们而言，"侘茶"是一种调剂，一种补充，一种对比，是现实的功利的世界，走向超现实的、非功利的审美世界的简便途径，也是禅宗修行的一种方法与途径，这便是"侘茶"得到当权者庇护和推崇的原因。慢慢地，以茶道及"侘茶"为媒介，"侘"成为日本传统的重要审美观念之一。

日本学者数江教一认为："'わび'（wabi）的意思似乎一听就懂，实

---

① 〔美〕李欧纳·科仁. wabi-sabi 侘寂之美——写给产品经理、设计者、生活家的简约美学基础 [M]. 蔡美淑，译. 北京：中国友谊出版公司，2013.

际并不真懂。是因为这个词不能以其他词来加以说明。'わび'就是'わび'。要是换上'枯淡''闲寂',或者'朴素'之类的词来表示,那么'わび'的语感就丧失了,意思也大相径庭了。"① 他说的"'わび'就是'わび'",不能用其他词来做替换解释与说明,是很对的。"わび"虽然不能用"枯淡""闲寂""朴素"之类的词来解释,但并非不能解释,实际上,室町时代以后的日本人已经解释了,那就是用汉字"侘"来解释和训解"わび"。同样的,我们现在要对"侘"做进一步解释与阐发,唯一可行的方法,仍然是从汉字"侘"的字义入手。

二、从"わび"到"侘":"人在宅中"之意与"屋人"解

在汉语中,"侘"这个字属于生僻字,无论在古汉语还是在现代汉语中,都一直很少使用,在先秦时代,"侘"有时则与"傺"两字合成"侘傺"一词,见于屈原的《九章·哀郢》"惨郁郁而不通兮,蹇侘傺而含戚",又有"忳郁邑余侘傺兮",表达的都是失意、忧郁、落魄、孤独无助的状态与心情。汉代刘向的《九叹·愍命》"怀忧含戚,何侘傺兮!"也是同样的意思。总之,汉字"侘"在为数很少的用例中,往往与"侘傺"合为一词,因而"人在宅中"的意思无法孤立表达。日语却将"侘"字孤立使用,显然是基于对"侘"这个字"人"字加"宅"字所形成的"人在宅中"的会意性理解。关于这一点,江户时代初期的茶道及"侘茶"的代表人物寂庵宗泽在《禅茶录》一书中,明确谈到了他对"侘"的理解——

物有所不足的状态,就是茶道的本质。作为一个人,不与俗世为伍,不与俗人为伴,不喜万事齐备,以不尽如意为乐。这才是奇特的屋人。称为数奇者。②

---

① 〔日〕数江教一. わび——侘茶の系譜〔M〕. 东京:塙书房,1973:10.
② 〔日〕寂庵宗泽. 禅茶录〔M〕//千宗室. 茶道古典全集:第10卷. 京都:淡交社,1977:301.

寂庵宗泽在这里使用了"屋人"这个词，"屋人"就是"侘人"。"屋人"强调的是"人在宅中"或"人在屋里"的空间存在状态。"屋人"更明确地显示了千宗旦对"侘"的感悟和解释。宅在屋里是屋人，屋人"不与俗世为伍，不与俗人为伴"，认为这样的人可称为"数奇者"。

"数奇"这两个汉字，从词源上看，似乎最早是对日语中表示"喜欢""喜爱"之意的"すき"（suki）的汉字音读标记，又可以标记为发音相近的"数寄"（suki）。其中，写作"数奇"时，由汉字"数奇"本身所具有的"有数次奇特遭遇"而延伸出"命运多舛""经历坎坷"的意思。"数奇"者，就是久经磨难之后的安闲、安静，正如长途跋涉的人，那种万物无所求只需坐下来喝口水歇息一下的单纯的舒适感。人正因为曾有了"数奇"的磨难体验，所以特别向往"侘"，希望做一个"屋人"，这才是茶道的根本精神所在。这样的人，称为"侘数奇"。山上宗二在《山上宗二记》中所谓"无一物，是为'侘数奇'"，就是说"侘数奇"不求一物，不持一物，而仅仅就是喜欢"侘"。

在《禅茶录》中，寂庵宗泽更进一步阐述了"侘"与中国古代文化与文学的关系。他写道：

"侘"这个字，在茶道中得到重用，成为其持戒。但是，那些庸俗之人表面上装作"侘"样，实则并无一丝"侘"意，于是在外观上看似"侘"的茶室中，花费了好多金钱，用田地去置换珍稀瓷器，以向宾客炫耀，甚至将此自诩为风流。这实际上都是因为完全不懂"侘"为何物。本来，所谓"侘"，是物有不足，一切尽难如意、蹉跎不得志之意。"侘"常与"傺"连用，《离骚注》云："侘立也，傺住也，忧思失意，住立而不能前。"又，《释氏要览》有云："狮子吼普隆间云：少欲知足，有何差别？佛答曰：少欲者，不求不取；知足者，得少不悔恨。"综观之，不自由的时候不生不自由之念，不足的时候没有不足之念，不顺的时候没有不顺之感。这就是"侘"。因不自由而生不自由之念，因不足而愁不足，因不顺而抱怨不顺，则非"侘"，而是真正的贫人。①

在这里，寂庵宗泽对"侘"的语源、含义等做了相当清楚的解释。他明确地指出了"侘"来自中国古代文献中的"侘傺""侘立"和"侘住"。同时，他又明确提出了"贫人"的概念，并与"侘人"相对而言。"侘人"就是知足少欲，就是面对不自由、不足、不顺而泰然处之，无怨无悔。

南坊宗启在《南坊录》中，谈到绍鸥的"侘茶"的本质时，也谈到并使用了"屋"或"茅屋"的比喻：

绍鸥的侘茶，其精神实质，可以用《新古今集》中定家朝臣的一首和歌来形容，歌曰："秋夕远处看，鲜花红叶看不见，只有茅屋入眼帘。"鲜花红叶比喻的是书院茶室的摆设。现在鲜花红叶都不见了，放眼远望，深深咏叹，呈现在眼前的是"无一物"的境界，只看到了海岸上一间寂然孤立的茅屋。这就是茶的本心。②

也就是说，"侘茶"所见的，就是这样的"无一物"的境界，就是摆脱对五光十色的纷杂世间的顾盼，排斥视觉上的华丽，而只将"海岸上一间寂然孤立的茅屋"纳入眼帘。"侘人"就是"屋人"，同时也是心里有此屋、眼里有此屋的人。

从词义演变的角度看，由假名标记的日本固有词汇"わび"到用汉字"侘"来标记的"侘"，最大的变化是偏重于"人在宅中"的理解。但单纯表示孤独、寂寞的意思时，可以用假名"わび"来标记，如江户时代"俳圣"松尾芭蕉在《纸衾记》一文中，有"心のわび"（意为"寂寞之心"）的用法，因单纯表示寂寞之意，故未用"侘"字来标记。但一旦用"侘"字来标记，则几乎总是与人的空间存在状态有关，而且

① 〔日〕寂庵宗泽. 禅茶录［M］//千宗室. 茶道古典全集：第10卷. 京都：淡交社，1977：296.

② 〔日〕南坊宗启. 南坊録［M］//近世芸道論. 东京：岩波书店，1996：18.

大多带有"人在宅中"的本义。"人在宅中"之"侘"既可以表示"孤独、孤立、无助"等消极的意味，也可以表示"闲居、恬静、安闲、独居、幽居安乐、自得其乐、自由自在"等积极的意味。应该承认，"侘"这个汉字的"人在宅中"的会意性，在汉语的文献中的实际用例是极为罕见的，而室町时代及之后的日本人用"侘"来训释表示离群索居状态的"わび"，便使"侘"字的"人在宅中"的本意得以凸显。这表明，一个词用另一个外来词加以对应互释的时候，那么这个词的意义便可以得到进一步阐发。笔者认为，必须从汉字"侘"的"人在宅中"的本意来理解"侘"以及它所训释的"わび"，否则要么不得要领，要么强作解人。例如，日本学者唐木顺三在《千利休》一书中，也认为应该从"侘"的汉字本意来理解，但又认为"侘茶"之"侘"反映的是无可奈何的落魄者贫寒状况，可他却无法说清为什么"侘"可以用来表达这种落魄贫苦的状态。① 难道"人在宅中"的"侘"比其流离失所、无家可归的状态还要落魄贫苦吗？另一派日本学者相反，如久松真一、水尾比吕志，他们从积极的意义上理解"侘"，认为"侘"是"侘人"的一种人生境界，也是一种独特的艺术创造，即"侘艺术"，"侘艺术"就是"无"中生"有"的境界。② 但是这种说法仍然只说明"侘"的形态，而无法说明"侘"何以能够如此。因为他们没有点破："侘人"之所以能够创作"侘艺术"，根本是因为"人在宅中"，是因为人拥有了一个自由自在的空间，可以把孤独寂寞转化为艺术想象与艺术创造的必要条件，在狭小的"侘住"中冥思观想，因此，"侘"首先是一种空间美学。又如，对"侘"之美，日本学者一般认为，"侘"就是对不满足、不完美、有缺陷的状态（"不完全美"）的一种积极的接受，就是对缺陷之美的确认。③ 但对于"侘"的这种理解，与对"寂"的理解是一样的，也就是说，将"侘"与

---

① 〔日〕唐木顺三. 千利休 ［M］. 东京：筑摩书房，1973：22－27.

② 〔日〕久松真一. わびの茶道 ［M］. 京都：灯影舍，1987：30－34.

③ 〔日〕数江教一. わび——侘茶の系譜 ［M］. 东京：墙书房，1973：195.

"寂"这两个概念混同了。实际上，"寂"是俳谐美学的概念，主要强调时间性；"侘"是茶道美学概念，主要强调空间性，有空间造型感。表层上，"侘"是对茶室建筑、茶具、茶人的状态的描述与形容词；深层上，"侘"是一种空间上的审美体验，是"人在宅中"中的那种孤寂感、安详感、温馨感、自由自足感。

"人在宅中"本身是一种客观状态，因此，有人可以把"侘"感受、理解为孤独寂寞无助，有人可以感受理解为孤寂自由自在。这由各人的主观感受为转移。所以，"侘"历来有消极、积极两个方面的对立与转换。而"侘人""侘茶"的"侘"，则完全是在积极意义上而言的，而国内一些学者则把"侘"理解并翻译为"空寂"①，同样也远离了"侘"的本义。实际上，人在宅中的"侘"不是空寂，毋宁说"侘"通过将空间加以区隔与收缩，使人不觉其"空"，从而更能感受到空间的实在感，进而在佛教禅宗的意义上，去感受无限虚空中的"有"。

三、"侘茶"之"侘"是人间和谐相处的伦理学与诗意栖居的美学

按"侘"的"人在宅中"的本义，我们就能对茶道的"侘"的营造与利用，有更准确、更深入的理解。

"侘"首先是空间的狭小化、自然与朴素化。茶道及"侘茶"的创始者村田珠光（1422年—1502年）首创的茶汤，在茶室的设计上，一反此前的富丽堂皇的"书院座敷"（书院厅堂）的豪华，而建立了"草庵茶汤"，其基本特点是草顶土壁，空间狭小，结构简单。珠光将此前宽敞的茶室改造成四个半榻榻米的狭小茶室，并简化了其中的装饰。而到了"侘茶"的集大成的人物千利休（千宗易，1521年—1591年），对"侘茶"的空间"侘"，用心甚深。据山上宗二《山上宗二记》一书的记载，千利休将村田珠光、武野绍鸥时代的三个半榻榻米的草庵茶室，进一步简

---

① 〔日〕叶渭渠，唐月梅. 物哀与幽玄——日本人的美意识［M］. 桂林：广西师范大学出版社，1993：87－102.

化并加以缩小,先是设计了三个榻榻米的细长的茶室,进而更缩小为两个半榻榻米,甚至还在京都建造了一个半榻榻米的极小的茶室。为什么要设计建造这样局促狭小的茶庵呢?显然还是为了强化"侘",就是强化"人在宅中"的感觉。因为茶室很小,茶人可以且只能"一物不持",这有助于茶人进入禅宗的"本来无一物"的体验与境界,只在吃茶中体会"人在宅中"的"侘"的感觉。但"侘茶"的茶会与古代和歌中所表现的一个人独在一宅的"侘"相反,"侘茶"是多人在同一时间内共处一宅一室中。这样一来,"侘茶"的根本之处就在于如何进行同一空间内的人际交往。一个人独处宅中,是"侘";多人共处一宅中,则是"侘茶"之"侘"。千利休就是通过收缩茶室的空间来强化"侘"之感。实际用意在于最大限度地与俗世纷扰相区隔,以便不把茶人放在俗世背景下,从而在物理空间和心理空间上强化自我的主体性,不受物质世界的牵累束缚,不受俗世尺度的衡量,不与俗世俗人较劲攀比,而自行其是、自得其乐。日本茶道"石州流"的继承人松平不昧在《赘言》(1764)一书中提出了"侘茶"之道本质上是"知足之道",是切中肯綮之语。

正因为有了超世俗、超功利性的要求,"侘茶"的茶会也不能成为炫富斗富比阔的场所。在这一点上,千利休更是以身示范,告诉人们,"侘茶"这样的茶汤任何贫穷的人都可以做,从而进一步排斥了此前珠光、绍鸥过于重视所持文物茶具、茶人以持有珍贵文物茶具而自重的倾向,对茶会上的茶具的品质、来路等不做讲究,只是注意其搭配与谐调,从而使"侘茶"真正成为以茶为媒介的修心养性、审美观想的场所,使珠光、绍鸥开创的"侘茶",进一步摆脱文物茶具等外在物质束缚,而真正得了"侘"的精髓,蔚然而成茶道新风,在当时及后来产生了极为深远的影响,"侘茶"成为一种以简朴、清贫为美的人际交往方式与艺术形式。

照理说,多人共处,人就不再是孤独、寂寞、无助的了,因此就不再是"侘"了,而多人共处的"侘茶",其"侘"又如何保持呢?换言之,独居的时候,"侘"是较为容易拥有的。但在众人杂处的时候,"侘"是否还能拥有呢？这便需要特别的规矩规范，需要特别的修炼。为此，从茶祖珠光开始，都对茶会的人间相处做出了明确的规定。"侘茶"就借助茶会茶席，而使人在人群中仍能保有自我，从而体验和修炼众人杂处状态下的"侘"，认为这样的"侘"才是真正的"侘"。这显然来自佛教禅宗缘木求鱼、南辕北辙、水中取火、面南望北的心性修炼的基本思路。那就是必须把自我置于人群中然后保持自我，在吃喝饮食中体会恬淡无欲，在苦涩的茶味中体味那远远超越香甜美味的至味。简言之，就是群而不党、聚而孤寂、杂中求纯、不渴而饮、苦中求甘、化苦为乐。而这些，"侘茶"借助茶汤聚会，都可以做到。而为了做到这些，"侘茶"确立了一系列行为规范。当年，珠光在《御寻之事》中讲了茶席上的五条规矩要领，包括：一举一动要自然得体，不可惹人注意；在茶室，装饰性的花卉要适当从略；若焚香，以不太让人感觉到为宜；茶具使用上，年轻人、年老者各有其分；入席以后，主客心情都要平淡安闲，不可哗众取宠，这一点对茶道而言至关重要。这五条规矩，其实都是为了保证多人在宅的情况下，能够各自保持其"侘"，所以不可以过分显摆自己，不可以哗众取宠，不可以乱了老幼秩序，不可以让鲜花、焚香等分散了人的注意力。总之，"侘茶"的草庵茶室的环境，就是要保证每个人既要意识到他人的存在，又要保持自己的"平淡安闲"之心。这种状态就是"侘茶"之"侘"。

珠光稍后，"侘茶"的重要奠基者武野绍鸥（1504年—1555年）在《绍鸥门第法度》中，制定了茶会上的十二条规矩，其中，"茶汤需要亲切的态度""礼仪须正，以致柔和""不可对别处的茶会说三道四""不可傲慢""不可索要他人的茶具""不可拉客人的手"等，都是强调茶会上的交际规则。其中，"不可拉客人的手"是对主人的要求，但也表明，在草庵"侘茶"这样的空间狭小的场合，人与人之间在身体上需要保持距离，不可有过于亲密的肢体接触，这一点，与西方握手、拥抱等交往礼仪，有了明显的不同。又有一条规矩是："平淡适合此道，但过度追求之则适得其反；刻意表现'侘'，也会出乖露丑。两者有所分别，切记。"

要求一切都需自然而然。总之，相互之间要有一种优雅的距离感。

相传武野绍鸥还写过一篇关于"侘"的短文章，即《绍鸥侘之文》，其中有云：

"侘"这个词，前人在和歌中都常常使用，但晚近以来，所谓"侘"指的就是正直、低调、内敛。一年四季当中，十月最为侘。定家和歌有云："无伪的十月啊，人间谁人最诚实，听那潇潇时雨。"这样的和歌只有定家卿能吟咏出来。别人心与词难以相应，定家卿却能相得益彰，于事于物皆无所漏。

茶事原本是闲居所为，以在居所超然物外为其乐，朋友熟人来访，以茶点招待之，再随意折些鲜花来欣赏，以作慰藉。请教先师，先师云：这些都不是有意为之，而是以不扰各自的内心为本，在不知不觉中怡情悦性。这才堪称奇妙，方为难得之事……①

在这里，绍鸥对"侘"的基本内涵的界定是"正直、低调、内敛"。这些要求实际上都是对人的社交上的和道德伦理上的要求，乍看上去与审美没有什么关系，但是，接下来值得我们注意的是，作者认为茶事本来是不带社交性的，是一个人的"闲居所为，以在居所超然物外为乐"，但若朋友熟人来访，也不妨一起做茶事，还可以一起赏赏花。但这里有一个前提，就是"以不扰各自的内心为本"，也就是说，"侘"及"侘茶"本来就是自己独立的闲居状态，当有亲朋好友来聚时也可以有"侘"，以茶为媒介的相聚，就是"侘茶"。"侘茶"要有助于"侘"，就必须在人群中把持自我，一方面考虑别人的存在感，一方面保持自我自由自在的状态，所以，"侘"在这个层面上就提出了道德上的要求，即"正直、低调、内敛"。表面看这也是一种人际交往的要求与准则，但要求茶人"正直、低调、内敛"的目的，最终还是为了保持"超然物外""怡情悦性"的精神

---

① 〔日〕武野绍鸥. 绍鸥侘之文［M］// 户田胜久. 武野绍鸥. 东京：中央公论社，2006：154.

状态，也就是审美的心境与状态。茶会上与朋友熟人相聚，但主人客人相互之间都是无功利的审美的关系，而不是主仆的关系、利益的关系或相互利用的关系。换言之，"侘茶"要体验的"侘"是人群中的孤寂，是非功利、超现实的人际氛围与人际关系，这也就是"清"，即心灵世界的清洁与清净。在"侘茶"的狭小的空间里，既要相互间和与敬，又要互不相扰，各自保持心清气闲。因此，侘茶之"侘"，既是道德修养，又是审美的修炼。"君子之交淡如茶"是"侘茶"的人际交往的本质要求，因而日本茶人很喜欢使用汉语的"淡交"一词来概括茶道的精神。

喝茶总是跟聊天联系在一起。怎样聊天，在"侘茶"规矩中也是有明确要求的。据《南坊录》记载，南坊宗易将茶室的规矩的草稿拿给千利休过目讨教，千利休看罢非常赞同，并令刻于木板揭载。其中有三条涉及茶会上的人际交往准则：一是"无论庵内庵外，世事杂话，一律禁之"；二是"茶会上主客分明，不可巧言令色"；三是"茶会时间不超过两刻（约合四小时——引者注），但清谈'法话'（关于佛教的话题——引者注）则不限时间"。在这里，茶会上不准谈"世事杂话"，无论主客之间也都不可说"巧言令色"之类的恭维奉承的话，但是有关佛教的"法话"和无关乎世俗功利的"清谈"除外，这是千利休"侘茶"的规矩。本来是无事喝茶聊天的，聊天就势必会聊一些"世事杂话"，但一旦聊起世事杂话，则使"侘茶"不"侘"了，因为"侘"的实质在于用狭小的空间与俗世间相区隔，造成一个相对封闭的单纯的空间环境，而若大谈"世事杂话"，则"侘"与俗世了无区别，也就丧失了"侘"。同样，"侘"之所以是美的，在于"侘人"的自己主体性的确认，在于不受外在牵制的身与心、心与口的统一，而茶会上主与客之间的相互恭维、有口无心的虚假客套，都属"巧言令色"。总之，人与人之间要有亲切、平淡、自然的距离感，便是"侘茶"之"侘"的状态。既不能在人群中迷失自我，也不能无视他人的存在，相反，却是非常珍视他人的在场。

这种"侘"跟茶会上所谓"一期一会"的心情也密切有关。千利休的高足山上宗二在茶道及侘茶名著《山上宗二记》一书中，提出了茶汤之会要有"一期一会的心情"。这里的所谓"一期一会"，意思是每次相见，都要怀着"这是此生此世最后一次见面了"这样一种心情而倍加珍惜。想到是"一期一会"，那么即便平日里曾有什么矛盾纠葛，有什么利害冲突，有什么恩恩怨怨，都不必介怀了。所以，茶会上才不需要谈一些俗世家长里短的杂话，因为那很可能将日常俗事牵扯进来，而破坏"侘茶"的审美氛围。自然，"一期一会"的心情并不是"侘茶"及茶道独有的，但自从山上宗二明确提出后，到了江户时代末期，彦根地方的藩主井伊直弼（号宗观）著述《茶汤一会集》，在序文中对"一期一会"的含义做了阐述，认为"一期一会"的意思是：即便是熟人多次来会，但是今日之会只是今日，不再有今日的第二次了，故而今日之会在今生今世就是一生一次的珍贵之会，所以主人和客人都不能以马马虎虎的心情来赴此次茶会，并认为这是茶道的"极意"。之所以将"一期一会"作为"侘茶"的"极意"，本质上是建立在对"侘"的理解体悟之上。人的存在其本质是孤独的，与人的相处与相会是短暂的，也是不可预期的；换言之，对"侘"的体悟，须建立在与他人"一期一会"的体悟的基础上。有了"一期一会"的觉悟，自然就有了"和敬清寂"这四个字的要求。据说幕府将军足利义政向珠光询问茶事，珠光把"茶汤之道"归纳为"谨、敬、清、寂"四字经，到了千利休则将"谨"字改为"和"字，即"和、敬、清、寂"四字，成为茶道尤其是"侘茶"的基本法则。"和"与"敬"侧重人际关系而言，要求人们狭小的茶室里，能做到相互恭敬、气氛和谐，茶席散后也会把这种精神放大到一般社会。

如果说"和"与"敬"是对外在的行为的要求，而"清"与"寂"则侧重于心境修炼而言，其中"清"主要指茶汤对精神世界的洗濯、洁净作用，也就是村田珠光在《一纸目录》中所说的"心的扫除"，就是借助茶汤这种最低限度的物质中介来陶冶性情，剔除俗心杂念，强化隐遁之心，进入类似佛教禅宗的"观想"的状态。在这里，喝茶成为一种修行，是要在茶汤的苦味中，体味到"侘茶"二味，即"禅味"和"茶闲味"。为此，"侘茶"的名人们都强调"侘茶"的茶人要成为"侘数奇"。这里也涉及"侘"的另外一个相关概念，就是"数奇"（すうき），又可写作"数寄"（すうき），两词发音相同。写作"数寄"的时候，因为"寄"（寄る，yoru）作为日语中的动词，有靠过来、走过来、聚会、聚集等意思，很切合茶会的以茶会友的意思，"数寄"就是"数人聚会"的意思，于是"数寄"也就等于数人聚于屋中，也就是"侘"的意思。而所谓"数奇"，就是喜欢之意，言"侘茶之道"就是一种单纯的爱好，别无其他动机与目的。来吃茶的人，不是为了茶汤中解渴，不是为了在茶食中满足口福之欲，更不是因有求于他人而来，而仅仅是为了在茶会上找到人间的"和"与"敬"，在茶汤中寻求心灵中的"清"与"寂"。它是对茶汤的清淡、苦涩的享受品味，是对草庵茶室的粗陋、缺陷之美的认同，是对"清贫"本身的审美观照。

所以，武野绍鸥在《绍鸥门第法度》中对"数奇者"有一条重要的要求，就是"所谓'数奇者'，隐遁之心第一就须有'侘'，要深解佛法意味，理解和歌之心"。这是"侘茶"的宗教美学上的要求。所谓"隐遁之心第一就须有'侘'"，就是说"侘"要有禅宗的隐者精神，超越俗世、不入时流。同时，提出"要深解佛法意味，理解和歌之心"，将"佛法"与"和歌"两者相提并论，表明"侘"的隐遁的孤寂的生活态度，与日本和歌美学中的纯粹审美的"幽玄""物哀"的抒情精神本质上是共通的、一致的。实际上，"侘茶"在美学上也确实受到和歌及连歌的很大影响。"连歌"作为多人联合咏歌的一种社交性的艺术形式，人们必须具备"座"的意识，即与他人同处一个空间的连带感。而"侘茶"则也须有"侘"的意识，也是与人共处的一种连带感。两者都是要营造一种艺术性的人间氛围，不同的是连歌媒介是和歌，"侘茶"的媒介是茶汤；连歌本身是集体创作的和歌艺术，而"侘茶"则是力图将非艺术的日常生活加以艺术化；连歌的最高审美境界是"幽玄"，"侘茶"的最高审美境界是"侘"，而"侘"中的

"清寂",本来就是"幽玄"的题中应有之意。

　　总之,"侘茶"是通过茶汤之会,体会并实践以"和敬清寂"为理想的人间伦理学及交友之道,是一种不带任何功利目的、以茶会友、和谐相处、参禅悟道、修心养性、诗意栖居的"侘寂"美学。因此,"侘茶"不仅是一种茶汤之会,也是一种美学仪式和审美过程。就美学状态而言,"侘茶"的"侘"与俳谐(俳句)美学中的"寂"是完全相通的,"侘"与"寂"基本可以看作是同义词。"寂"字在"侘茶"中的"和、敬、清、寂"四字经中殿后,亦可表明它是"和、敬、清"的最终归结。换言之,最终要由"侘"而达于"寂",故而我们可以将"侘"与"寂"合璧,称为"侘寂",使其超越社会伦理学的范畴而成为一个茶道美学的概念。

第十五章 喜感 "俳谐"

——日本文论的 "俳谐" 及 "狂" 范畴与中国的 "俳谐"

中国古代文学及文论中的 "俳谐" 及 "俳谐诗" "俳谐文" 的文体概念传入日本后，逐渐取代了平安时代以降以优美、喜感为主要内涵的形容词 "哦可嘻"（をかし）而成为一个独特的文论概念，并产生了 "俳谐歌" "俳谐连歌" "俳谐"。它的次级概念 "滑稽" "狂" 等也对日本文学及文论有较大影响，造就了 "狂诗" "狂歌" "狂文" "狂句" 等一系列概念。中日两国 "俳谐" 的趣味点和笑点各有不同，前者着眼于社会性，后者多着眼于人性自然及男女情色。"俳谐" 在中国基本上被摒弃于正统文学之外，只用来标注诗文词曲诸种文体的风格特点，本身并未成为独立的文学样式或文体的概念；日本 "俳谐" 却逐渐由题材、风格的概念，最终成为一种独立的文学样式概念。

每个民族都有自己的表达悲喜情感的审美范畴。日本文学与文论中没有西方那样的严格的悲剧与喜剧的概念区分，但却有着表达 "悲感" 和 "喜感" 的概念。"悲感" 和 "喜感" 是悲剧喜剧的淡化状态。在日本传统文学中，如果说表达悲感的概念是 "物哀"，那么表达喜感、谐趣的概念，早期是日本固有词汇 "哦可嘻"（をかし），后期则是来自汉语的词汇"俳谐"。

一、表达喜感的固有词汇"哦可嘻"

在"俳谐"这个词汇传入日本并被大量使用之前，日本人用以表达喜感、笑意和谐趣的概念是"哦可嘻"（をかし）。这是一个形容词，表达的是主体对客体的一种积极的、赞赏性的评价、感受或感叹。

日本平安时代与紫式部齐名的女作家清少纳言在随笔集《枕草子》中，头一段有这样的文字：

春天是拂晓的时候最好。渐渐发白的山顶，有点亮了起来，紫色的云彩细微地飘横在那里。夏天是夜里最好，有月亮时候更好。就是在暗夜里，许多萤火虫到处飞着，或只有一两个发出微光点点，很有趣。连下雨的时候也很有趣。

秋天是傍晚最好，夕阳辉煌地照着，到了很接近山边的时候，乌鸦都要归巢去了，三四只一起、两三只一起，急匆匆地飞去，令人有"哀"（あはれ）感。更有大雁排成行列飞去，随后看上去越变越小，是特别有趣的……①

以上引文中带着重号的"有趣"，日语原文"をかし"（okasi），中文发音"哦可嘻"，是一个表达情感、感受的形容词。三省堂《新明解古语辞典》的释义是：①有意思，有趣味；②有雅趣、风流；③优秀、上品；④美丽；⑤滑稽、奇怪。这个词在《土佐日记》《源氏物语》《伊势物语》《落洼物语》等平安王朝时代贵族文学中是最常见的形容词之一，成为表达古代日本人审美感受的关键词。它与另一个审美概念"哀"（あはれ）都表达对客观事物的情感态度与审美感受，但却构成了美感及情感表达的两端："哀"是内省的、深叹的、动心的，有时是带有苦涩感、

---

① 〔日〕清少纳言. 枕草子［M］//日本古典文学大系 19 枕草子 紫式部日记. 东京：岩波书店，昭和三十三年：43.

沉重感的;而"哦可嘻"则是外在的、轻快的、轻叹的、微笑的、略微惊异的喜感。在这个意义上,用现代术语来说,不妨说它具有喜、笑等感情表达的"喜剧"因素和成分。平安时代贵族文学的一大特点就是情感表达的含蓄,因而"哦可嘻"对"笑"意的表达也是很含蓄的,是对事物充分的理解、欣赏、同情而产生的会心的微笑,而很少带有对事物加以鄙夷、否定、侮弄的那种讽刺意味,表达的是"有趣"或"有意思"之意。不仅是清少纳言的《枕草子》,紫式部的《源氏物语》也大量使用"哦可嘻",如在《萤》之卷中,紫式部写到了源氏与玉鬘谈论物语的阅读欣赏问题,源氏说道:

　　而且这些伪造的故事之中,看起来颇有物哀(あはれ)之情趣,描写得委婉曲折的地方,仿佛实有其事。所以虽然明知其为无稽之谈,看了却不由地徒然心动。例如看到那可怜的住吉姬的苦闷忧愁,便不由地同情她。又有一种故事写得很夸张,看着看着让人感到心惊目眩。但再冷静地听读第二遍的时候,虽然觉得岂有此理,但也会发现有些地方的描写很有趣(をかし)。①

　　这里讲了"有物哀之情趣"(あはれ)的物语与"有趣"(をかし)的物语这两种情形,实际上是两种审美形态。前者是写实的,功能是令人感知"物哀";后者是非写实的、夸张的、令人不可思议(あるまじき)的,功能是叫人感到"有趣"(をかし)。这不仅已经点出了文学创作中的写实方法与非写实的漫画手法之间的区别,也点出了"物哀"与"哦可嘻"在审美形态上的不同。"哦可嘻"是由夸张的、令人感到新异的漫画式手法所带来的喜感。在平安王朝时代的物语文学中,审美上偏重"哦可嘻"的,有《落洼物语》《堤中纳言物语》等,其中有不少"有趣"的乃至可笑的故事。例如,平安王朝后期的短篇物语集《堤中纳言物语》

① 〔日〕紫式部. 源氏物语 [M] //日本古典文学大系 15 源氏物语 二. 东京:岩波书店, 昭和三十四年: 431.

中，有一篇《折樱花的少将》，写男主人公在月夜里发现了一位美人，并趁黑夜把身材娇小的美人用车子偷偷运出来，结果发现偷出来的竟是美人的奶奶。这种"哦可嘻"的意趣已经很接近了谐谑、滑稽的趣味了。

除了物语之外，"哦可嘻"概念在和歌中也多有使用。在平安王朝时代的宫廷贵族举办的和歌比赛即所谓"歌合"中，有评判人要当场给左右两位参赛者的和歌给出胜负的评语即"判词"，在判词中也大量使用"哦可嘻"（をかし）一词。如天德四年（960 年）三月三十日的《内里歌合》中，对第三首（左）和第四首（右）有这样的判词：

左歌，构思富有趣（をかし）；右歌，写花儿凋谢，无甚可观，陈词滥调。故判左歌胜。①

对第十三首（左）和第十四首（右）有这样的判词：

左歌，颇有趣（をかし），写得栩栩如生；右歌，莫名其妙，颇荒凉也。其中"如今"云云，用词不佳。故以左为胜。②

对三十七（左）和三十八（右）首，有这样的判词：

左右歌，皆颇有趣（をかし），然左歌词更清新，故以左歌为胜。③

在此次"内里歌合"中，一共有二十组（共四十首）参赛和歌，其中使用"哦可嘻"（をかし）做判词的共有九次。此后，这个词与"良"（よし）、"优"（すぐれ）、"哀"（あはれ）等，成为最常用的和歌的审美评价用语之一。

综合平安时代的物语、和歌创作及其评论，可以看出"哦可嘻"主

---

① 天德四年三月三十日内裏歌合［M］//日本古典文学大系 74 歌合集. 东京：岩波书店，昭和四十年：81.
② 天德四年三月三十日内裏歌合［M］//日本古典文学大系 74 歌合集. 东京：岩波书店，昭和四十年：82.
③ 天德四年三月三十日内裏歌合［M］//日本古典文学大系 74 歌合集. 东京：岩波书店，昭和四十年：88.

要表达的是以喜感为基调的优美而又富有趣味的美感，概括了日本宫廷贵族有品位、有节度的趣味追求。作为日语中独特的概念，没有汉语可以对应，我们只能将它音译为"哦可嘻"，并以此兼顾音义。

到了镰仓时代、室町时代的日本文论中，"哦可嘻"的含义由平安时代的优美、有趣，而偏重于"笑"的意义。例如，室町时代的戏剧理论家世阿弥在《习道书》中这样写道：

> 说起来，所谓"哦可嘻"一定要能引发众人的笑。这是作为演员本来应该有的风体。笑当中包含着乐，这就是有趣、高兴之"感心"。一旦与这种感心相感应，观众就会笑，引起他们的兴致、兴趣，这就是幽玄的"哦可嘻"，方可称为"哦可嘻"的高手。从前的槌太夫，就具有这样的风情。①

在这里，世阿弥首次从戏剧学的角度，将能乐的幕间戏"狂言"的审美特征，规定为"哦可嘻"，而且明确提出"哦可嘻"就是要引发观众的"笑"。这显然是把平安时代"哦可嘻"所表达的喜感，进一步发展为"笑"了。喜感是内在的感觉与感受，而"笑"一定要付诸外在的表情动作。要付诸笑，就一定要诙谐滑稽。这样一来，平安时代以优美为基调的"哦可嘻"，便转向了以诙谐滑稽为主调的"哦可嘻"。当然，这种滑稽在美学上仍然要服从世阿弥最高的审美理念"幽玄"，因而世阿弥称之为"幽玄的'哦可嘻'"。也就是说，虽是笑，也不能丧失典雅含蓄、温柔敦厚的"幽玄"趣味。所以他又强调：狂言戏剧的"言辞、风体，都不能流于卑俗，对京都一带的公卿贵族所不喜欢的贫嘴、狂谈，要加以节制。要之，切不可因为'哦可嘻'，就在言辞、风体表演上流于卑俗"②。总之，既要有"哦可嘻"的自觉，又不能丢掉"幽玄"的贵族趣味。

---

① 〔日〕世阿弥. 習道書［M］//日本思想大系 24 世阿弥 禅竹. 东京：岩波书店，1974：239.

② 〔日〕世阿弥. 習道書［M］//日本思想大系 24 世阿弥 禅竹. 东京：岩波书店，1974：239.

到了江户时代,"哦可嘻"进一步被明确训释为"可笑"或"可咲"("咲"是"笑"的日语汉字),表明平安时代以优美、喜感为主要内涵的"哦可嘻",室町时代世阿弥戏剧理论中以"笑"为特征的"哦可嘻",到了此时已经演变为以"滑稽""可笑"为主要内涵的"哦可嘻"了。这个意义上的"哦可嘻",作为文学用语与美学概念,逐渐地被传来的一个汉语词——"俳谐"——所取代。"俳谐"传入日本后很快被概念化,成为与中国文学及文学理论之间的一个重要的扭结点。

二、来自汉语的"俳谐"及其次级概念"狂""滑稽"

"俳谐"一词,有戏谑、滑稽、嘲讽、游戏、嬉戏、玩笑之意。《汉书》有云:"俳谐者滑稽也。"是说俳谐与滑稽同义。司马迁在《史记》中专设《滑稽列传》,记载了三位滑稽人物的谐谑而又机智的言行,并评论说:"谈言微中,亦可解纷。"认为那些滑稽人物的滑稽言辞,有时候说到点子上的话,就会解决一些棘手问题。在文学与文论领域,"俳谐"作为一种以"笑"为特征的审美形态,作为一种以通俗诙谐为特点的文体,历来为一些人所推崇。魏晋南北朝时代,"俳谐"一词已常见于相关作品典籍("俳谐"有时也写作"诽谐""排谐"或"徘谐"),并把"俳谐"作为"文"之一体,称为"俳谐文"。如《隋书》卷三十著录南朝刘宋时代袁淑撰"《俳谐文》十卷",此外还有见于著录而又散佚的梁代《续俳谐文集》十卷、沈宋之《俳谐文》一卷等,可见当时"俳谐文"作为一种文体已成相当规模。在文论中较早使用"俳谐"这个概念的是晋代挚虞的《文章流别论》,他认为诗歌中的"雅音之韵,四言为正",而五言体、七言体"于俳谐倡乐多用之"。这里的"俳谐"是与"雅音"相对的通俗浅显、谐谑逗乐的诗体。刘勰的《文心雕龙》有一专章《谐隐》,论述的就是诗文中的谐词隐语等滑稽诙谐的文体,认为:"谐之言,皆也。皆悦笑也。"引人发笑是"谐"的特征。刘义庆在《世说新语》一书专列"俳调"一门,把"俳"作为一种风流潇洒之美。到了唐代,杜甫有两首诗的题目就标作《戏作俳谐体遣闷》，这是首次把"俳谐"作为诗之一体，称为"俳谐体"，于是在"俳谐文"之外又有了"俳谐诗"。李商隐也有一首诗，题目就叫《俳谐》。到了宋元明时代，在词、曲创作领域，又有了"俳谐词""俳谐曲"的概念。

"俳谐"一词是什么时候传入日本的，难以确考，但《万叶集》第3840首标题中有"笑歌"（嗤う歌）一词，说明至少到8世纪时，"俳谐"一词尚未被日本人使用。到了平安王朝时代，10世纪初编纂完成的日本文学史上第一部敕撰和歌集《古今和歌集》，在给和歌分门别类的时候，于"杂歌"中划分出了"俳谐歌"这一门类。"俳谐歌"这一门类显然是参照中国的"俳谐文""俳谐诗"乃至"俳谐词"的概念而产生的。"俳谐歌"指的是诙谐、滑稽风格的和歌，如著名的"六歌仙"之一的僧正遍昭写自己骑马在嵯峨野采摘一种名叫"女郎花"的花儿时，不慎落马的尴尬情形——

女郎花开惹我心
伸手欲折马下滚
不可告外人①

这里以"女郎花"暗喻"女郎"，以采摘女郎花暗喻沾花惹草，以翻身落马形容自己"偷鸡不成蚀把米"的窘态，充满谐谑，在日本文学史上被认为是典型的、上品的"俳谐歌"。

过了约100年，著名歌人、歌学家藤原清辅（1104年—1177年）在其和歌理论著作《奥义抄》的下卷第十九节，以问答的方式对"滑稽"及"俳谐歌"做了解释和说明。关于"俳谐"与"滑稽"的关系，藤原

---

① 〔日〕僧正遍昭. 题しらず［M］//古今和歌集第226首，载《新日本古典文学大系5 古今和歌集》，东京：岩波书店，1989年，第80页。此处用和歌的"五七五七七"的格律译出，见王向元、郭尔雅译. 古今和歌集［M］. 上海：上海译文出版社，2017：86。原文："名にめでて折れるばかりぞ女郎花 我落ちにきと人にかたるな。"

清辅引用《史记》等典籍中关于滑稽、俳谐的故事与事例，如西门豹及河伯娶妇的故事，再配以《古今集》中的俳谐歌的歌例，对"俳谐"的审美要素的构成做了阐释。

藤原清辅认为，"俳谐"即"俳谐歌"审美的第一要素是"机智"，属于"机智"的俳谐歌，就是《古今集》卷十九中的一首："远古的长柄桥/ 都有衰朽的时候/ 何况我的身体呢！"还有一首："你要是留在唐朝的吉野山/ 不想回来/ 我可不在这里死等着你啊！"表现的都是个人在语言上的机智应对。对于俳谐的"机智"特点，江户时代俳谐理论家服部土芳在其俳论书《三册子》中，转述了歌人藤原定家的一段话："关于俳谐，藤原定家卿曾说过：'巧舌善言，意在以言辞服人。对无心者以心相对，对不可言喻者付诸言辞，是为机智灵活之体。'"① 看来藤原定家也是将"机智"作为"俳谐"的首要条件的。

第二个要素是"辩说"，举出的是《史记》所载淳于髡奉齐王之命向楚王献鹄鸟，鸟儿飞失，却以巧妙辞令化险为夷，获得楚王嘉奖的故事，举出的例歌是《古今集》卷十九中的一首："假如感到人生无常，/便跳崖自杀，/那么山崖就变得很浅了。"这是为不自杀做出的"辩说"。

第三个要素是"巧言"，举出《史记》中的淳于髡如何巧言劝说齐威王放弃酗酒作乐的故事，举出的例歌是《古今集》中的一首："情话未尽天已明/ 秋天的长夜/ 快返回来吧！"

第四个要素是"狂"，举的是《史记》中的优旃以狂言劝止秦王的故事，举出的例歌是《古今集》卷十九的两首俳谐歌，一首是："这世间啊/太不公平/很多人都恨你呢！"另一首是："春天繁草中的鸟儿/ 都在扑打着翅膀求偶/ 我能不想佳偶吗？"认为这本来都是疯疯癫癫的"狂言"，但是这些言辞其实"皆出于心"。藤原清辅强调：

① 〔日〕服部土芳.三册子［M］//王向远.日本古代诗学汇译：下卷.北京：昆仑出版社，2014：631.所引藤原定家的这段话出典《桐火桶》。有日本学者考证，《桐火桶》是假托藤原定家的伪书。

"俳谐"一词，日语读作"わざごと"，因此有人皆误以为是戏言，其实未必。现在看来，滑稽之类，非道，而又成道；俳谐非王道，却是表达妙义之歌。准此，才是滑稽。其趣味在于巧舌如簧，指水为火，或以狂言以谕妙义。其中必须出于心，而表达于词。①

藤原清辅从"机智""辩说""巧言""狂"四个方面来分析、阐释"俳谐"亦即"俳谐歌"的审美构成，所着眼的都是俳谐的诙谐滑稽的语言艺术效果，其中关联度最大的，当属"狂"的概念。"狂"在中国古代是一种桀骜不驯、积极进取的人生姿态。《论语·子路》有云："子曰：不得中行而与之，必也狂狷乎？狂者进取，狷者有所不为也。"《孟子·尽心篇下》中认为，孔子所说的"狂"，是像琴张、曾皙、牧皮那样的人，之所以说他们"狂"，是因为"其志嘐嘐然"，即他们志向远大，说话口气也大。可见"狂"及"狂者"在中国儒家经典中是得到高度评价的。在唐宋诗人中，也有不少以"狂"自许者。如李白《庐山谣寄卢侍御虚舟》云："我本楚狂人，凤歌笑孔丘。"杜甫《狂夫》一首中有"欲填沟壑惟疏放，自笑狂夫老更狂"。白居易在《问少年》中云："回头却问诸少年，作个狂夫得了无？"《白发》："歌吟终日如狂叟，衰疾多时似瘦仙。"《有戏答绝句》又有："狂夫与我世相忘，故态些些亦不妨。"苏轼也承认自己为"狂"，而不与俗世俗人为伍，他在《送岑著作》一诗中说："我本不违世，而世与我殊……人皆笑其狂，子独怜其愚。"在《怀西湖寄晁美叔同年》一诗中云："嗟我本狂直，早为世所捐。独专山水乐，付与宁非天。"在《十拍子》中则有"莫道狂夫不解狂，狂夫老更狂"的词句。可见，中国古代诗人每每以"狂"自许、自负，来表现自己特立独行、放达洒脱的人生态度。

中国诗人中的"狂"态，对日本诗人也产生了相当的影响，如日本

① 〔日〕藤原清辅. 奥义抄［M］//王向远. 日本古代诗学汇译：上卷. 北京：昆仑出版社，2014：137.

14 世纪著名僧侣诗人一休宗纯,也以"狂"自许,出家后自号"狂云",将自己的汉诗集命名为《狂云集》《续狂云集》。日本文论中的"狂"概念也深受中国的影响,不但把"狂"视为俳谐的基本要素,还进一步以"狂"字来命名文学作品的题材门类,形成了"狂歌""狂言""狂文""狂句""狂骚"等概念。

"狂歌"一词作为古汉语词,多见于中国唐代诗文,如白居易《履道居三首》其三有云:"唯余耽酒狂歌客,只有乐时无苦时。"这里的"狂歌"是纵情放歌吟诗的意思。汉语的"狂歌"一词传入日本,如《喜撰式》谈到"歌病"时候说:"第四病者,若虽不去,又有何过?然而咏诵声不顺由也。诚是狂歌,何冷寒不去病,若言不清美如。"① 这里的"狂歌"指的是没有束缚的自由吟咏。《本朝文萃》卷一"杂诗"中,记载诗人源顺在读了同时代诗人的作品后感慨:"一感一叹,继而狂歌。"② 这里的"狂歌"指的是高声吟诗。藤原定家的日记作品《明月记》建久二年(1191 年)闰二月四日有一条汉语记事:"事毕,有当座狂歌等。"这里所说的"狂歌"之"歌"指的不再是汉诗了,而是"歌",即日本的和歌,"狂歌"就是内容谐谑滑稽的和歌,也就是"俳谐歌"。可见,《古今和歌集》中所说的"俳谐歌",也可称为"狂歌"。"狂"是"俳谐"的要素之一,"俳谐"中含有"狂",故"狂歌"就是"俳谐歌"。

"狂诗"这个词似不见于古汉语,是日本人的自撰词,指的是俳谐诗、滑稽诗,似乎主要受到了中国汉诗的影响与启发。"狂诗"产生于中世时代,流行于江户时代,其特点是用俗语写俗事,追求诙谐滑稽趣味。如一休宗纯的《题蚤》:"垢也尘耶是何物,原来见来更无骨,虽未喰人十分肥,瘦僧一捻无生涯。"写的是寄生在人体上的虱子,可谓狂诗的先

---

① 喜撰式［M］//王向远.日本古代诗学汇译:上卷.北京:昆仑出版社,2014:64.原文汉语,此处照录。
② 〔日〕源顺.夜行舍人鸟养有三歌［M］//新日本古典文学大系27 · 本朝文萃.东京:岩波书店,1992:136.

驱之作。江户时代文学家大田南亩（蜀山人），又号"寝惚先生"，意思是似睡非睡、迷迷糊糊，在这种狂态下写了许多狂诗、狂文，是"狂诗"的始作俑者，如《通诗选笑知》中有一首狂诗竟写《屁臭》，诗云："一夕吟鑭曝，便为腹张谷，不知透屁音，但有遗矢迹。"另外一位诗人灭方海甚至还写了以如厕为题材的狂诗《至野雪隐》（"雪隐"是日式的厕所，"野雪隐"是野外的厕所）："欲低临雪隐，雪隐中有人。咳拂尚未出，几度我身振。"写的是在厕所中的那个人迟迟不出来让位，而让诗人在外久等难忍的情景。可见"狂诗"以日常化、生活化、卑俗化的诙谐滑稽为追求，在题材上百无禁忌，率心由性，乃至以丑为美，世俗而又反俗，所以称为"狂"。

"狂言"一词原为汉语，《庄子·知北游》："夫子无所发予之狂言，而死矣夫。"《汉书》第八十五《谷永传》："将军说起狂言，擢之皂衣之吏，厕之征臣之末。"其中的"狂言"都是"狂妄之言"的意思。此外也引申为豪言壮语的意思，如杜牧《兵部尚书席上作》："偶发狂言惊满座，三重粉面一时回。""狂言"这个词传入日本并被日本人所接受，较早见于平安时代将汉诗、和歌交相吟咏编纂而成的《和汉朗咏集》一书的下卷。该卷的"佛事"部分引用了《白氏文集》卷七十一《香山寺白氏洛中集记》中的两句话："愿以今生世俗文字之业狂言绮语之误，翻为来世世赞佛乘之因当转法轮之缘。"① 这里的"狂言绮语"就是夸张修饰的华丽文辞。"狂"即"狂言"，除了狂妄之言、大言豪语的意思外，也具有了夸饰与华美修辞的含义。也许在这个意义上，日本人用"狂言"来命名后来产生的一种以滑稽谐谑搞笑为特征的科白短剧。"狂言"的"狂"与"狂歌""狂诗"中的"狂"一样属于"俳谐"（戏谑、滑稽、讽刺、嬉戏）审美的范畴，而"言"则主要是指以语言道白为表现手段的"科白"，并与歌唱、舞蹈等其他艺术手段相区分。这样一来，"狂言"就成

---

① 〔日〕藤原公任. 和漢朗咏集［M］//日本古典文学大系 55 和漢朗咏集 梁塵秘抄. 东京：岩波书店，昭和四十年：200.

为日本独特的以科白为主的滑稽短剧的称谓。"狂言"起先作为歌舞剧"能"（能乐）的幕间戏而演出，叫作"能狂言"，后来成为独立的剧种，其审美追求便是"狂"。

"狂文"是继"狂歌""狂诗""狂言"之后，"狂"的审美观念向文章领域的进一步延伸的结果。"狂文"产生于江户时代后期，嬉笑怒骂、诙谐滑稽、疯言疯语，皆成文章。属于"戏作"一类。主要代表作家有平贺源内（风来山人）、四方赤良、宿屋饭盛、手柄冈持等人。其中，始作俑者平贺源内曾写过《放屁论》《放屁论后编》等"狂文"名篇，在《放屁论后编》的跋中写道："风来山人弄出《放屁论后编》，还要在屁后放上几句跋文。按，查《放屁字典》：屁：反音，去声。《论语》所谓'风乎舞雩，咏而归'，指的岂不就是放屁吗？此书通篇狂言绮语、屁话连连，其中阐述万物之理与屁之极意，最后收尾时，又放了一个更大的屁。读者逐其臭味，或许能借屁之阶梯而不断高升，亦未可知。"① 由此可见"狂文"之"狂"。这种"狂文"，较之中国古代的"俳谐文"，在"俳谐"之外更见其"狂"。

此外，"俳谐"中还有"狂句"。"俳谐"本来就是诙谐滑稽的，而其中的"狂句"更标榜"狂"，是俳句中的滑稽、搞笑趣味最浓厚者。这种"狂句"以始作俑者、江户时代的柄井川柳的姓氏来命名，称为"川柳"。"川柳"追求狂放洒脱，把一般俳句所必须有的表示四季的词语即"季语"视为束缚，不再保留，只保留"五七五"的格律，题材上更为自由放逸，百无禁忌，而其趣味的中心就在"狂"。

在上述的"狂歌""狂言""狂文""狂句"等的"狂文学"的基础上，还有一个词——"风狂"。"风狂"的"风"指的是"风雅"的"风"，因此"风狂"就是狂热地追求风雅。这个词也不见于古代汉语，进一步体现了日本人在审美的意义上使用"狂"字的偏好。

---

① 〔日〕平贺源内. 放屁論後編 [M] // 日本古典文学大系55 風来山人集. 东京：岩波书店，昭和三十六年：255.

不仅和歌俳句、汉诗诗文有相对独立的"狂"体，而且在日本文学中，"狂"即狂态作为一种审美范畴也确立起来。在古典能乐中，有专门的一类人物形象，叫做"物狂"，是由于种种主观客观的原因而成为狂人（疯人）的人。能乐理论家世阿弥在戏剧理论著作《风姿花传》中有一节专门论述了演员对这种"狂人"的形象应该如何把握和表现。他强调，演员要对狂人的心理加以揣摩研究，既要表现出狂态，又要发掘狂态中的"花"，即美感。要"把'发狂'作为展示'花'的关键之处，如能深入表现人物内心世界的错乱，就一定会有看点，观众一定会被感动。若能以此使观众感动得落下眼泪，那就可以称之为最优秀的演员"。他强调："扮演'直面'的人物难，扮演狂人更难，要同时克服这两重困难，且要开出有趣之'花'，岂不是难上加难的事吗？必待刻苦学习而后可。"①说的是如何在狂人狂态中表演中表现出"花"之美，亦即在"狂"中表现美，是能乐艺术的魅力之所在。

"俳谐"的审美要素的构成，除了上述的"狂"之外，还有一个重要的附属概念——"滑稽"。关于"滑稽"，松尾芭蕉的弟子、俳谐理论家服部土芳在其俳论书《三册子》中的"白册子"部分这样写道：

> 还有"滑稽"一词。春秋时代有一个叫管仲的人到楚国去，他以"滑稽"的语言回答楚人问话。在日本，一休和尚善滑稽。这里说的滑稽，指的就是在与他人的言语对答中，能言善辩、巧舌如簧，与上述的定家卿所言是相同的。在连歌中，将日常中的滑稽用语加以巧妙运用，被世人称为"俳谐之连歌"。②

这里也主要是从谐谑、巧言、机智、游戏等语言风格的层面来阐释俳谐中的"滑稽"。而"滑稽"一词，正可以覆盖藤原清辅所分析的机智、

---

① 〔日〕世阿弥. 风姿花传［M］//王向远. 日本古代诗学汇译：上卷，北京：昆仑出版社，2014：271.
② 〔日〕服部土芳. 三册子［M］//王向远. 日本古代诗学汇译：下卷. 北京：昆仑出版社，2014：628.

巧言、辩说等俳谐的各种要素，抓住了俳谐审美的根本方面。江户时代文学的主流是町人的市井文学，而"滑稽"又是市井文学的主要风格。包括作为韵文的"俳谐"在内，还有散文小说领域的"读本""洒落本""人情本""谈义本""黄表纸"等名堂，其内容和风格都是滑稽的，当时统称为"戏作"，相关的作者被称为"戏作者"。到了明治时代的文学史研究中，学者们才把江户时代以滑稽为内容（除去以青楼妓院为主要题材的作品）的小说统称为"滑稽本"，也就是以"滑稽"这一概念统括这些作品的审美特征。

三、中日"俳谐"观念的关联与差异

"俳谐"本来是汉语词汇。在汉语中，俳谐也是一个文学概念，俳谐文、俳谐诗、俳谐词、俳谐曲，都是对诗文词曲的"俳谐"特性的概括。但是，长期以来，俳谐在中国文学与文论中只是一个依托在诗文词曲上的一个概念，它本身并没有成为一种独立的文体样式。相反，在日本，俳谐先是寄生在和歌、连歌上，然后脱胎而出。"连歌"本来是和歌的一种多人联合吟咏的方式，有似中国的联句。起初是将"五七五七七"五句三十一个字音的短歌，按"五七五"上句和"七七"下句的形式互相唱和，便形成了一首"短连歌"，作为一种语言文学的游戏在平安时代贵族歌人中广泛流行。到了14世纪后的室町时代，又逐渐形成了以三十六首（称为"歌仙"）为一组、五十首（称为"五十韵"）或一百首（称为"百韵"）为一组、数人在一起联合轮流吟咏的形式，叫做"长连歌"。比起传统的和歌来，连歌虽然也使用文言雅语，但其本质在于其游戏性，追求滑稽趣味，所以自然被称为"俳谐连歌"，意即"俳谐的连歌"。到了室町时代末期至江户时代早期，又有山崎宗鉴、荒木田守武等人努力使"俳谐连歌"独立为使用日常俗语的风格浅俗的"俳谐"。这样，"俳谐"便在语言风格即文体上，摆脱了连歌，而成为一种新的文学样式。到了松尾芭蕉之后，狭义的"俳谐"成为"五七五"三句十七字音的"发句"

（后称"俳句"）的别称。至此，"俳谐"成为一种独立的文学样式概念。这一过程从 10 世纪到 18 世纪，大约经历了八百多年。"俳谐"样式的独立，根本上就是"俳谐"作为一种审美观念的独立，也是日本古代以"物哀""幽玄"为审美理想的贵族文学，经由中世时代以"侘""寂"为审美理想的武士与僧侣的文学，再到以通俗平易、轻快滑稽为理想的"俳谐"的发展演变过程。于是，在江户时代的文学理论中，"俳谐"就成为一个重要概念。它既是一种文学样式的概念，也是一个审美范畴。

相比而言，在这一过程中，唐宋以后中国文学中的"俳谐"这一概念却一直未能有显著的变化发展。所谓"俳谐文""俳谐诗""俳谐词""俳谐曲"，都是用"俳谐"来描述和限定诗文词曲的题材风格，是对诗文词曲的一种审美风格的概括描述，"俳谐"并不是一种独立的文学样式或文学体裁的概念。因此，有学者从文体学的角度，把中国文学的"俳谐"比喻为"体裁中的寄居蟹"①，确是很形象、很恰当的判断。

中国的"俳谐"文学不是不发达，但在理论上，始终被不同程度地轻视。司马迁为《史记》单设《滑稽列传》，对滑稽之流颇为重视和欣赏。魏晋南北朝时代的俳谐文很兴盛，对此同时代刘勰《文心雕龙》有所反应。刘勰认为像宋玉的《好色赋》之类"意在微讽，有足观者"，但像东方朔、枚皋等人的作品，除了逗笑之外无所用处，算不上真正的"赋"，"其自称为赋，亦乃俳也"，是倡优之属。在这里，刘勰解释了"谐"字，也解释了"俳"字，指出了其功能与特点。最后他认为这类文字应该有所"会义适时，颇益讽诫"，否则"空戏滑稽，德音大坏"，不能只图滑稽嬉笑。可见他还是从儒家的宗经载道的角度来看待"谐""俳"和"滑稽"的。在创作上，唐宋时代承六朝俳谐遗风，并有所发展。唐代韩愈"以文为戏"，其《毛颖传》《送穷文》，还有柳宗元的

---

① 李士彪. 魏晋南北朝文体学 [M]. 上海：上海古籍出版社，2004：161.

《乞丐文》，宋代黄庭坚的《跋奚移文》等，都是俳谐文中的名文。而宋代的俳谐词更是繁荣。到了明清时代，随着市民文学的兴盛，文人群体的崛起，提倡俳谐诗词再兴，又有笑话滑稽故事流行。冯梦龙编笑话集《笑府》十三卷，李卓吾编写《开卷一笑》，清代署名"游戏主人"者又编出集大成的《笑林广记》等，都说明读者对此类文字的爱好。然而在文学观念与文学理论上，正统文人们则普遍认为这些都属"游戏文字"，与正经严肃的诗文不可相提并论。俳谐诗往往被称为"歪诗""打油诗"，正统诗人不屑为之。俳谐词往往被称为"俗词"，为高雅词人所排斥。如宋代曾慥（端伯）在《乐府雅词》的编选中，自称"涉谐谑则去之"；南宋诗人魏庆之在《诗人玉屑》中认为诗有"十戒"，其中有一戒就是"戒乎俳谐"。俳谐文也被视为"游戏文字"，不可跻身正统文章之列，如清代孙德谦《六朝丽指》第八十八谈到这个话题时认为，《昭明文选》把陶通明的《授陆敬存十赍文》、袁阳源的《鸡九锡文》和《劝进》、孔德璋的《北山移文》等俳谐文，与严肃正经的文章编在一起是不应该的，可见他对这种"游戏文字"是另眼相看的。

　　观念上的轻视乃至歧视，也影响了中国俳谐文学的进一步发展繁荣。若不对中外此类文学做比较，则也可以说中国的俳谐文学、滑稽文学是丰富的；但若做比较，如在中日两国之间做比较，就可以看出中国文学在这方面的缺憾。对此，周作人在给梁实秋的一封信中曾写道："江户时代的平民文学正与明清的俗文学相当，似乎我们可以不必灭自己的威风了，但是我读日本'滑稽本'，还不能不承认这是中国所没有的东西……总之在滑稽这一点上日本小说自有造就，此外诗文方面有'俳谐'与俳文的发展，也是同一趋势，可以值得注意。"①

　　在日本，对于"俳谐"，无论在创作还是理论上，不但始终无人轻视，相反却极为重视其价值。这一点，在"俳谐"文体的主要确立者之

① 周作人. 谈日本文化书［J］. 自由评论，1936（32）；周作人. 周作人文类编·日本管窥［M］. 长沙：湖南文艺出版社，1998：58–59.

中日"美辞"关联考论——比较语义学试案　>>>

一、江户时代早期俳人松永贞德的《御伞序》中有集中的表现：

俳谐的趣味何在？就是乘兴而吟，自得其乐而又使人快乐。可谓太平盛世之声。

自山崎宗鉴编撰《犬筑波集》以来，许多人重连歌，而轻俳谐。宗鉴把俳谐集命名为《犬筑波集》，并非看低俳谐。从前，二条良基曾编撰《筑波集》，宗祇法师曾编撰《新撰筑波集》，宗鉴为尊重前人，显示自己谦卑，而将自己编纂的集子命名为《犬筑波集》，因而这一名称并不意味着看不起俳谐。本来"筑波"这个词就是连歌的代称，而"犬筑波"这个词中的"犬"字，也是谦称。例如对于"蓼"字而称为"犬蓼"，对于"樱"字而称为"犬樱"，对于"神人"而称为"犬神人"，而对于连歌，则称为"犬连歌"。

从根本上说，俳谐与连歌没有区别。二者为一体，其中使用雅言者，谓之"连歌"；使用俗语者，谓之"俳谐"。"俳谐"这个词，见于中国的古典文献。在歌学中，有长歌、短歌、旋头歌、混本歌、俳谐歌等名称。这些分别都是和歌中的一体。俳谐对于连歌而言，假如是"犬连歌"中的"犬"字这个词所表示的低下、无价值的意思，那么当初纪贯之就不会在《古今集》中设立"俳谐"这一部类了。在《古今集》以降的歌集里，偶尔也设立"俳谐歌"这一部类，但因为处在乱世，俳谐深隐其姿，创作不振。如今正逢圣朝天子治下，国泰民安，谁人不心仪俳谐?! 无论城市乡村，也无论身份高低、年龄大小，一有吟咏俳谐者，都侧耳细听，以此为乐。①

在这里，首先，松永贞德从不同方面论述了俳谐的重要性，强调不能看不起"俳谐"，认为"俳谐"的审美趣味是"乘兴而吟，自得其乐而又使人快乐"，是"太平盛世之声"。他以"乘兴而吟"来强调俳谐的即兴

---

① 〔日〕松永贞德. 御伞序［M］//王向远. 日本古代诗学汇译：下卷，北京：昆仑出版社，2014：511-512.

278

性、临场性、日常性、生活化的特征，把快乐——包括"自得其乐"和"使人快乐"作为俳谐的根本功能。这实际上是对传统和歌的庄重、雅正的"物哀""幽玄"的一种超越，也是对连歌的以各种"式目"加以严格约束的中规中矩的贵族社交属性的一种突围。其次，松永贞德指出了"俳谐"与"连歌"的根本区别在于连歌使用"雅言"，俳谐使用"俗语"。俳谐的"俗"主要表现使用俗语，一旦使用俗语，那么那些用雅言、雅语所不能描述的事物和难以表达的思想感情，便可以得到描述和表达。松永贞德所说的"俗语"，在后来的俳谐理论（俳论）著作中，更多地被称为"俳言"①。正是站在这样的立场上，松永贞德特别强调了"俳谐"的正当性，强调不可小看"俳谐。"

中日两国对"俳谐"的重视程度不同，其趣味性、"笑"点也有不同。中国的"俳谐"的俳味谐趣具有浓厚的社会性，以玩笑、谐谑、滑稽的态度表达对社会问题的不满不平，或者是自嘲自虐，但是以男女情事来表现俳谐趣味的并不多。中国的"俳谐词"中固然有不少"艳词"，但大多表现得相当含蓄，"俳谐"味道其实并不浓重。相比而言，日本的俳谐固然也有社会性、风俗性，但更多地基于自然人性，而与性爱、男女情色密切相关。《古今和歌集》中的"俳谐歌"作为最早收入和歌集子的"俳谐歌"，主要是写男女恋情的，一休和尚的俳谐诗即"狂诗"多写自己的风流艳事，俳谐中的"狂句"即川柳的基本题材和笑点是男女情事。对此，当代日本学者晖峻康隆写了一本小书，题为《日本人的笑——庶民艺术中的性感》②，专讲狂句中所吟咏的各种男女关系及其俳谐的滑稽趣味。江户时代的以滑稽搞笑为特征的各种小说，如洒落本、滑稽本等，也可以看作是广义上的"俳谐文"，全都以"游里"（青楼）为主要背景，以"好色"为主题，以男女性爱为题材，写男女间的各种滑稽可笑

---

① 服部土芳《三册子 白册子》中有《俳言》一节。
② 〔日〕晖峻康隆. 日本人的笑い——庶民の芸術にただよう性感覚［M］. 东京：光文社，昭和三十六年.

之事。在此背景下，才有松尾芭蕉提出"寂"的美学理想，倡导"俳谐之诚"或"风雅之诚"，主张在俳谐创作中以雅化俗，使原本滑稽、搞笑的俳谐之趣味得以提高。但"寂"的美学趣味与原本的"俳谐"趣味，显然已经不属于相同的审美范畴了。

第十六章 "意气"风发

——日本古代美学范畴"意气"语义流变考论

"意气"（いき）是从江户时代游廓（妓院）及"色道"中产生出来的以身体审美为基础与原点，涉及生活与艺术各方面的一个重要概念，具体表现在德川时代的市井文学中，并由当时的《色道大镜》等"色道"著作加以初步提炼，到了现代又经美学家九鬼周造及其他日本学者加以研究阐发，从而成为继"幽玄""物哀""寂"之后具有日本民族特色的四大审美范畴之一。"色道"的实质就是"美道"，产生于色道的"意气"其实质是"身体美学"。"意气"是男女交往中互相吸引和接近的"媚态"与自尊自重的"意气地"（傲气）交互作用而形成的一种审美张力，是一种洞悉情爱本质，以纯爱为指向，不功利、不胶着，潇洒达观，反俗而又时尚的一种审美静观（谛观）。与"意气"相关的次级概念主要是"通"和"粹"。"通"是潇洒自如的男女交际行为，"粹"是纯粹无垢的心理修炼。将外在的"通"与内在的"粹"加以综合呈现，是"意气"之美的表征，有这种审美表征的人就是"通人""粹人"或"意气人"。

江户时代近二百七十年间社会安定，文化重心由乡村文化转向城市文化，城市人口迅速扩张，商品经济繁荣，市民生活享乐化，导致市井文化高度发达。有金钱而无身份地位的新兴市民阶层（町人）们努力摆脱僵硬拘禁的乡野土气，追求都市特有的时髦、新奇、潇洒、"上品"的生活，其生活品位和水准迅速超越了衰败的贵族、清贫而拘谨的武士，于是，町人取代了中世时代由武士与僧侣主导的文化，成为极富活力的新的城市文化的创造者。如果说，平安文化中心在宫廷，中世文化的中心在武士官邸和名山寺院，那么德川时代市民文化的核心地带则是被称为"游廓"或"游里"的妓院，还有戏院。（"游里"不必说，当时的戏院也带有强烈的色情性质。）正是这两处被人称为"恶所"的地方，却成了时尚潮流与新文化的发源地，成为"恶之花""美之草"的孳生园地。游里按严格的美学标准，将一个个游女（妓女）培养为秀外慧中的楷模，尤其是那些被称为"太夫"的高级名妓，还有那些俳优名角，成为整个市民社会最有人气、最受追捧的人。那些被称为"太夫"的高级游女、潇洒大方的风流客和戏剧名优们的言语举止、服饰打扮、技艺修养等，成为市民关注的风向标，为人们津津乐道、学习和模仿。富有的町人们纷纷跑进游廓和戏院，或纵情声色，享受挥霍金钱、自由洒脱的快乐，把游里作为逃避现实的世外桃源与温柔乡，在谈情说爱中寻求不为婚姻家庭所束缚的纯爱，自然而然地产生了一种以肉体为出发点，以灵肉合一的身体为归结点，以冲犯传统道德、挑战既成家庭伦理观念为特征，以寻求身体与精神的自由超越为指向的新的审美思潮。

一、"色道"与身体审美

这种身体审美的思潮，首先是由"色道"加以阐发的。

"色道"这个词，在古代汉语文献中似乎找不到，应该是日本人的造词。色道的始作俑者是德川时代的藤本箕山，他在《色道大镜》一书中创立了色道，被称为"色道大祖"。什么是"色道"呢？简言之，就是为好色、色情寻求哲学、伦理、美学上的依据，并加以伦理上的合法化与道统化、哲学上的体系化、价值判断上的美学化、形式上的艺术化，从而使

"色"这种"非道"成为可供人们追求、可供人们修炼的类似宗教的那种"道",而只有成其为"道",才可以大行其"道"。藤本箕山之后,江户时代关于"色道"的书陆续出现,如《湿佛》《艳道通鉴》等。此外还出现了一系列青楼冶游、与色道相关的理论性、实用性或感想体验方面的书,如《胜草》《寝物语》《独寝》等,它们也属于广义上的"色道"书。

与世界各国的同类书比较而言,日本"色道"著作具有自己的特点。这种"色道"不仅仅是性爱技巧、性爱医学的书,而是具备了一般审美的性质,是对人之美即"身体之美"的研究。换言之,日本"色道"所追求的是身体的审美化。用西方现代美学的术语来说,就是"身体美学"。当代西方的一些美学家鉴于西方传统经典美学虽标榜"感性"却忽略了一个重要的感性存在——肉体、身体的作用与意义,便提出了"身体美学"这一新的美学建构目标,英国美学家特里·伊格尔顿在《审美意识形态》中提出"美学是一种肉体话语",美国学者理查德·舒斯特曼明确提出要建立"身体美学"这一学科。实际上,在东方世界,在日本传统文化中,虽然没有"身体美学"之名,却早有了身体美学之实。日本江户时代的"色道"就属于身体审美即"身体美学"的一种典型形态。可以说,日本文学中的"好色",在很大程度上就是"好美",日本的"色道"归根到底就是"美道",是以审美为指向的身体修炼之道。

《色道大镜》等色道书,并不是抽象地坐而论道,大部分的篇幅是强调身与心的修炼,注重于实践性、操作性。用"色道"术语说,就是"修业"或"修行",这与重视身体的训练、磨砺和塑造的现代"身体美学"的要求是完全相通的。在日本"色道"中,一个具有审美价值的身体的养成,是需要经过长期不懈的社会化的学习、训练和锻炼的。身体本身既是先天的,也是后天的。在先天条件下,除了肉体的天然优点之外,其审美价值,更大程度上是依靠不断的训练和再塑造来获得。因而"身"(身体)的修炼与"心"(精神)的修炼是互为表里的。而那些属于"太夫""天神"级别的名妓,从小就在游廓这一特殊体制环境下从事身心的修炼，因而成为社会上的身体修炼的榜样和审美的楷模。

《色道大镜》等色道书，详细、分门别类地论述了作为理想的审美化的身体所应具备的资格与条件，特别是反复强调一个有修炼的青楼女子，在日常起居、行住坐卧、一举一动中所包含的训练教养及美感价值。理想的美的身体是美色与艺术的结合，因而身体修炼中用力最多的是艺术的修养。那些名妓往往是"艺者"，是"艺妓"，也是特殊的一种艺术家，她们的艺术修养包括琴棋书画等各个方面，并以此带动知识的修养、人格的修养和心性的修养。这种审美思潮在当时的流行文学——"浮世草子""洒落本""滑稽本""人情本"等市井小说中，乃至"净瑠璃""歌舞伎"等市井戏剧中，都得到了生动形象的反映和表现。

日本"色道"作为一种"美道"，作为一种身体美学，不仅全面系统地提出了身体修炼的宗旨、目标、内容、途径和方法，而且在这个基础上，从日本色道中产生了以"意气"为中心、包括"通""粹"等在内的一系列审美观念和审美范畴。

二、"通"与"粹"

江户时代的宝历、明和时期，是中国趣味——包括所谓"唐样""唐风"——最受青睐、最为流行的时期，万事都以带有中国风格、中国味为时尚为上品，而词语的使用以模仿汉语发音的"音读"为时髦。成为色道美学基本范畴的几个词都是如此，如"粹"读作"sui"、"通"读作"tsuu"、意气读作"iki"，发音都是汉语式的，而且表层意义上也与汉语相近。

"通"（つう）、"粹"（すい，日本汉字写作"粋"）、"意气"（いき）这三个词，在江户时代的不同文献中都是普遍使用的。日本有学者认为，前期多用"粹"，中期多用"通"，后期多用"意气"。从作品文本的使用上看，从"假名草子"到"浮世草子"这两种小说样式中多用"粹""洒落本"，"滑稽本"中多用"通"，"人情本"中多用"意气"。

但这只是一个大体的情形，具体的使用情况非常复杂，需要做更为细致的文献词汇用词统计和分析，才能做出更确切的结论。从三个概念的逻辑关系上说，"通"侧重外部行为表征，"粹"强调内在的精神修炼、"意气"总其成，而上升为综合的美感表征乃至审美观念。

先说"通"。

"通"这个词在日语中本来与中文相通，指的是对某种对象非常了解、熟悉。有通透、通晓、贯通、沟通、通达、疏通、通行等义，作为接尾词则有"料理通""消息通""食通"等用法。而且，在汉语中，也常用"通"字指两性关系，有"私通""通奸"之意。《广雅·释诂一》："通，淫也。"《小尔雅·广训三》："旁淫曰通。"在中国古典文献及文学作品中，"通"的这层含义使用甚广。作为色道美学概念的"通"兼有以上各种含义。

作为色道用词或游廓用语，"通"与"粹"密切相关，通者必粹，粹者必通。元文三年（1738年）出版的《洞房语园》明确说："京都曰'粹'，关东（江户一带——引者注）曰'通'。"说的是两个词在关东与关西两地的地方上的差别，意义上是相同的。《色道大镜》卷一《名目抄·言词门》对"通"的解释是："气，通也，与'潇洒'同义。遇事即便不言，亦可很快心领神会貌。"这里的含义与"粹"几乎没有什么不同。又如《通志选序》中说："游廓中的风流人物叫作'通'。""通"的人被称为"通者"或"通人"，非常"通"的人叫"大通"。在江户时代明和、安永年间以后，随着一系列"洒落本"，如《青楼奇闻》《辰巳园》《游子方言》等作品的出版，"通""大通"之类的词开始流行起来。开始时特指在某一方面的造诣和技能，特别是在酒馆、茶馆、剧场那样的公共社交场所，要求懂得"通言"（时髦的社交言辞），后来这个"通"主要作为游里专用语，是指熟知冶游之道，包括游里的风俗习惯、游女情况等，在与妓女交往中不会上当受骗，如鱼得水、游刃有余的人。

"通"的反义词就是粗俗、土气（野暮），而那些不通而装通、不懂装懂、死要面子净吃亏、拙劣地模仿"通者"的人，则被称为"半可通"（はんかつう）。那些为了显示自己的"通"而过犹不及的人，被称为"走过头"（ゆきすぎ）。"洒落本"大多是以这种"半可通"和"走过头"的人为描写对象，表现他们的似通不通，并以此取得滑稽搞笑的效果。例如，《游子方言》中，描写的是一位所谓"通者"带着儿子逛妓院，在那里他似通不通、不懂装懂，最终露怯的可笑行径。在商业繁荣、高速城市化的江户、大阪等地，青楼和戏院是人员最为复杂、对社交的艺术要求最高的地方。许多刚刚进城的乡下人和那些在经济上刚刚富裕起来但精神面貌不免"土气"的人，都希望尽快融入城市生活，特别是城市上层的体面生活圈，于是便努力追求"通"。而在游里这种特殊的场合，人与人之间的接触比其他场合更为特殊，更为密切和直接，因而对人际交往的修养的要求也更高、更严格。"通者"需要精通人情世故，需要在诚实率真的同时也会使用心计手腕，需要在自然本色中讲究技巧和手段，穿着打扮要潇洒不俗，言谈举止要从容得体。因而，"洒落本"的作者强调：真正的"通"不是外在的东西，而是要有所谓"心意气"（こころいき）。例如，闲言乐山人在《多名于路志》中说："须知'意气'不是外表的样子，只有外表不是'通'。"

　　再说"粹"。

　　一般认为，"粹"是从"拔粹""纯粹"中独立出来的，在汉语中，"粹"的意思是"不杂也"（《说文解字》），指纯净无杂质的米，进一步引申为纯粹、纯洁、精粹、美好等意思。根据相关辞书的解释，"粹，纯也"（《广雅·释言》）；"粹，引申为凡纯美之称"（段玉裁《说文解字注》）。日语的"粹"完全继承了汉语"粹"的这些语义，起初作为形容词，具有鲜明的价值判断，特别是审美判断的色彩。藤本箕山在《色道大镜·卷五·廿八品》第六品《瓦智品》中写道："天下人，皆将于色道有修炼者，称为'粹'，无修炼者，称为'瓦智'（がち）。"色道有修炼者为"粹"，这是对"粹"的最基本界定，在《拔粹品》又写道："真正的'粹'，就是在色道中历经无数，含而不露，克己自律、不与人争，被四方众人仰慕，兼有智、仁、勇三德，知义理而敬人，深思熟虑，行之安顺。"强调的是一种品性修养，是一种人格美。

"粹"的根本表征是在游廓中追求一种超拔的"纯粹"、一种"纯爱"，不带世俗功利性，不是为了占有，不落婚嫁的俗套，不胶着、不执着，而只为两情相悦。例如，井原西鹤在《好色二代男》卷五第三中，讲述的就是这样一个"粹"的故事。一个名叫半留的富豪，与一位名叫若山的太夫交情甚深。若山尤其迷恋半留，半留对此将信将疑。有一次他故意十几天不与她通信，然后又写了一封信，说自己家业已经破产。若山只想快一点见到半留，半留与她会面后，说想与她一起情死，若山当即答应，半留不再怀疑她的感情。若山按约定的日子穿好了白衣准备赴死时，却不由叹了一口气。半留听到了，认为若山叹气表明她不想与自己情死。若山告诉半留，她叹气不是怕死，而是想到他的命运而感到悲哀，但半留却因这声叹息而拿定主意，出钱将若山赎身，并把她送到老家去，而自己则很快与妓院中的其他妓女交往了……井原西鹤写完这个故事，随后做了评论："两人都是此道达人，有值得人学习的'粹'。"认为这种做法是"粹"的表现。在作者看来，在游里中，男女双方既要有"诚"之心即真挚的感情，又要有"游"（游戏的、审美的态度）的精神。半留和若山之间的感情都是"诚"的，半留希望若山对自己有"诚"，但又担心太"诚"，太"诚"则有悖于色道的游戏规则，那就需要以双双情死来解决；有所不诚，则应分手。换言之，一旦发现"诚"快要超出了"游"的界限或者妨碍了"游"的话，就要及时终止，而另外寻求新的"游"的对象。半留凭着若山的一声叹息，便做出了对若山的"诚"之真伪的判断，并最终做出了"粹"的选择。看来，井原西鹤所赞赏的正是这种以感觉性、精神性为主导的男女关系，这是一种注重精神契合、不强人所难、凭着审美直觉行事的"纯粹"或"粹"。

三、作为核心概念的"意气"

上述的"粹""通"都与"意气"密切相关。明和五年（1768年）刊《吉原大全》中有一段话：

> 对冶游者而言，贫富不论，贵贱无分，只要是名副其实的"意气人"，就会受女郎青睐。又，对女郎加以欺骗耍弄的人，不是真正的通人。所谓"意气地"，就是心地率真、招人喜爱、潇洒大方、英姿飒爽、人品高尚、内涵充实者，这样的风流倜傥的冶游者，方可谓"通人"。

这里使用了"意气人""通人""意气地""风流"等词，可以显示这些词在意义上的联系。也就是说，"意气人"是有"意气地"（或"意气路"）的人，也就是"通人"。换言之，"意气人"也就是"通人"。在"洒落本"中所描写的"通"中，分为表现在外在行为的"颜通"和含于内的作为一种心性修养的"气通"。一般认为理想的"通"是"气通"。"气通"者，就是"意气之通"，也就是"意气人"，这里再次体现了"通"与"意气"之间的密切关系。当"通"超越了外在的手腕技巧的层面，而上升到"气通"的层面，就与"意气"相通了。

事实上，与"通""粹"相比，"意气"这个词的含义要复杂得多。在江户时代的相关作品与文献中，"意气"这个汉字词都读作"いき"（iki），是模仿汉字发音的音读，可见这个词本质上是汉语词，而且含义与汉语的"意气"也基本相同。查《辞源》对"意气"的解释，一是指"意志与气概"，二是指"情谊、恩义"，三是指"志趣"。说的都是人的精神层面上的一种积极趋向。而所谓"情谊"，当然也用来指男女之间的关系，这也是日语中的"意气"一词的最表层的意义，例如，所谓"意气事"（いきごと）就等于"色之事"（いろごと），所谓"意气话"（いきな话），指的就是与异性交往有关的话题。虽是男女之事，但既然以"意气"相称，就更偏重精神层面。日本《增补俚语集览》对"意气"的解释是："いき：'意气'之意，指的是有意气之人、风流人物的潇洒风采。"这里的"意气"更多偏重于人的风度、风采。这种有"意气"之风采的人物在江户时代的"洒落本"和"滑稽本"中都有描写,而"人情本"描写得最多。藤本箕山在《色道大镜》卷一《名目抄·言辞门》中对"意气"的解释是这样的:

"意气"(いき),又作"意气路"(いきじ),"路"是指意气之道,又是助词。虽然平常也说意气的善恶好坏,但此处的"意气"是色道之本。心之意气有善恶好坏之分,心地纯洁谓"意气善",心地龌龊谓"意气恶"。又,意气也指心胸宽阔,心地单纯。

可见藤本箕山所说的作为"色道之本"的"意气",是"粹"与"通"的心理基础和精神底蕴,是一种心理的修炼和精神的修养。"意气"的指向是男女性关系的精神化和审美化。

"意气"作为一个形容词,在实际使用中有种种不同的侧面和角度,在色道文献和相关文学作品中,有"意气之姿""意气之声""意气之色"等种种用法。由于"意气"的意义的多面性,在色道文献与相关文学作品当中,许多作者喜欢根据不同的语境,不写汉字的"意气",而是置换为另外的更能具体表意的相关汉字词,再用"意气"日语发音"いき"这两个假名在该词旁边加以标注(即所谓"振假名"),强调其读音是"いき"(iki)。相关汉字词主要有"大通"(见《大通一寸郭茶番》)、"意妓"(见《意妓口》)、"好风"(见《春色凑之花》)、"当世"(见《清谈松之调》)、"好雅"(见《春告鸟》)、"雅"(《大通秘密论》)、"好意"(见《梅之春》)等。"いき"的这些不同的汉字标记不仅仅出于作者一己之好,而是表明"意气"这个词不仅具有种种不同侧面的意义,而且内容上都有一定的内在联系。例如,"意妓"强调的似乎是一种精神上的性对象;"当世"是现时、当下之意,也是时髦、赶潮的意思;"好雅""好风"说的是对风雅或风流的爱好,也是在强调"意气"的精神性。鉴于"意气"这个词的含义多样,有时用特定的汉字来标记会受到限定和限制,因而在一些作品与文献中,作者有时干脆不写汉字,而直接写作假名"いき"，这会使读者的理解更具有可能性和开放性。但是，从根本上说，由于"いき"原本是"意气"的日语发音，所以将相关汉字词训为"いき"，在很大程度上是用"意气"来训释相关的词，而直接使用假名"いき"，根本上还是依托着"意气"。

"意气"的精神性，决不仅仅是指外表的美或漂亮，而是指一种长期形成的精神气质、精神修养及由此带来的性感魅力。"人情本"中常有"いきな年増"（意为"意气的中年女子"）这样的说法。"年増"一词相当于汉语的"半老徐娘"，是指因年龄增大而黯然失色的女性，但人情本中常把"意气的年增"作为一种审美对象，而且是那些"未通女"（小姑娘）身上不具备的那种美。因而，"意气"这个词极少用来形容很年轻的女子，因为她们身上不具备"意气"之美。"意气的年增"是随着年龄增大而具有的一种女性特有的精神气质，就是带有"色气"（风韵犹存）的成熟女性的性感魅力。这种"意气"具有复杂的精神与性格的内涵，体现了一种社交、知识、性情方面的综合修养，难以概括和形容。年纪太轻的女子因"年功"未到，是不可能具备的。

关于"意气"与"粹"两个词的区别，哲学家、美学家九鬼周造在1930年发表的《"意气"的构造》一书的一条注释中谈了他的看法，他认为：

不妨把"意气"（いき）和"粹"（すい）看成是意思相同的两个词。式亭三马在《浮世澡堂》第二编的上卷中，写道了江户女子和关西女子之间关于颜色的对话。江户女子说："淡淡的紫的颜色真是'意气'呀。"上方女子："这样的颜色哪里'粹'（すい）呀！我最喜欢江户紫。"也就是说，"意气"（いき）和"粹"（すい）的意思在这里完全相同。……"意气"和"粹"的区别可能是江户方言和关西方言的区别……有些时候，"粹"多用于表示意识现象，而"意气"主要用于客观表现。比如，《春色梅历》卷七中有这样一首流行小曲："气质粹，言行举止也意气。"但是……意识现象中用"意气"的例子也很多……综上所述，不妨把"意气"和"粹"（すい）的意义内容看作是相同的。即使假定一种是专用于意识现象，另一种专用于客观表现，但由于客观表现本质上说也就是意识现象的客观化，所以两者从根本上意义内容是相同的。①

总之，九鬼周造认为"粹"和"意气"两个词只是地域使用的不同，在意义上几乎没什么区别，又认为"'粹'多用于表示意识现象，而'意气'主要用于客观表现"，接着又说"但由于客观表现本质上说也就是意识现象的客观化，所以两者从根本上意义内容是相同的"。他所强调的"意气"是"意识现象的客观化"的表现，这是非常值得注意的。所谓"意识现象的客观化"，就是将内在的精神意识表现在外面，使内在的无形的东西借助外在的有形的东西得到呈现。那么这种东西是什么呢？岂不就是我们通常所说的"美"吗？不知道九鬼周造是否意识到了，他的这种"意气"与黑格尔在《美学》一书中对"美"所下的那个权威定义——"美是理性的感性显现"——几乎如出一辙（尽管九鬼周造在哲学上主要接受的是海德格尔及现象学的影响）。换言之，"粹"只是一种"意识现象"，它还没有获得客观化的外在表现形式，因而"粹"还仅仅是一种"美的可能"，而不是一种美的现实。相反，只有获得了"意识现象的客观化"的"意气"，才能成为一种"美"的概念，才能成为一个审美范畴，成为表示日本民族独特审美意识的一般美学概念。

关于这一点，九鬼周造之后的日本学者也有相同的看法，并且表述得比九鬼更为明确清晰。例如，关于"通""粹""意气"这三个词的关系，日本九州大学中野三敏教授认为：所谓"意气"，是由"粹""通者""大通"等相互联系而形成的"意气地"（いきじ）的郑重表述，是表明"粹""通者""大通"等精神状态的一个概念。在这个意义上，"意气"和"粹""通"是完全重合、完全同质的存在。他进一步指出：

---

① 〔日〕九鬼周造. 「いき」の構造［M］. 东京：岩波文库，1979：30－31.

正因为"意气"(いき) 本来是用以表示"粹""通"中的精神性的概念,因而它就容易与审美意识直接结合在一起,与具体的色彩、形状或者具体的声音结合在一起,并赋予它们以精神性,从而把这些对象中的审美内涵表现出来。

换言之,"粹"与"通"自身不能是一种美,它只有依靠"意气",才能表示美的存在如何摆脱青楼这一特殊环境的制约,以使自身含有某种精神价值,从而升华到"意气"这一审美意识的高度。①

这是很有见地的观点。也就是说,正是因为"意气"这个词在含义上的这种精神性和抽象性,所以它比"通""粹"更具有超越性,使它更有可能由色道用语而成为一般社会所能使用的一种审美宾词和一种美学概念,而"粹"和"通"这两个词则不能。"意气"这个概念与"通""粹"的不同功能和根本区别就在这里。

然而,遗憾的是,近些年来,在九鬼周造的中文评介文字及有关译文、译本中,对"通""粹""意气"这几个关键观念的理解和翻译出现了严重的偏差和失误。一些译者将"いき"译成"粹",将九鬼周造的《"いき"の構造》译成《"粹"的构造》,或将"意气"译为"傲气"。这样的翻译都是不忠实的,都将"意气"这个核心概念缩小化了。实际上,"骨气"也罢,"傲气"也好,仅仅是"意气"的一个侧面的属性和表现而已。因而用"骨气""傲气"来翻译"意気地"(いきじ,释义详后)是可以的,但用来翻译"意气"绝不可以。

其实,"意气"到底是什么,九鬼周造在《"意气"的外延构造》一节中做过明确的说明:

所谓"意气",正如以上所说的,它在汉字的字面上写作"意气",顾名思义,它是一种"气象",有"气象的精粹"的意思,同时,也带有

---

① 〔日〕中野三敏.すい・つう・いき——その形成の過程 [M] //講座日本思想
　・美.东京:东京大学出版会,1984:141.

"通晓世态人情""懂得异性的特殊世界""纯正无垢"的意思。①

这段话很重要。因为这是作者对"意气"最明确的解释、定性和定位。首先，九鬼明确把"いき"对应、等同于汉字的"意气"，这就等于提醒我们应该把《"いき"の構造》翻译为《"意气"的构造》，而不能是《"粹"的构造》。其次，他将"意气"解释为"一种'气象'"。所谓"气象"（日文汉字写作"気象"，假名写作"きしょう"），按《广辞苑》中的解释，一是由宇宙的根本作用所形成的现象，二是指人的"气性"，即人的性情、气质，三是指气象学意义上的"气象"。前两条的"气象"释义都表明：作为"气象的精粹"的"意气"是根本的、基础的母概念，所谓"气象的精粹"就意味着"意气"可以把"精粹"即"粹"包括在内。换言之，若不把"意气"（いき）译成"意气"而译成"粹"，就会完全颠倒这两个概念的从属关系、主次关系。这表明，对于学术思想著作的翻译而言，翻译不仅是翻译，而且也是一种理解和阐释。译者的理解与阐释必须充分尊重原文，必须弄清概念与概念之间的学理的、逻辑的关系。翻译者必须明白，从原文的角度来说，九鬼周造书名毕竟是《"いき"の構造》而不是《"すい"（粹）の構造》，在九鬼周造的心目中，"意气"（いき）还是可以依托的根本概念。

总之，"いき"所对应的汉字是"意气"，因而如果要把这个"いき"还原为汉字的话，那么它一定必须是"意气"，而不能是"粹"或"通"。又，"粹"在表达"意气"的意义时，固然也可以训作"いき"、读作"いき"（iki），但"粹"在更多的情况下音读为"すい"（sui），"粹"难以包含"意气"（いき)"，"意气"却可以包含"粹"。事实上，无论是"通"还是"粹"，作为纯粹的色道用词，较之具有一般审美概念的"意气"，其意义要狭隘得多。归根到底，"意气"是核心概念，"通"

---

① 〔日〕九鬼周造.「いき」の構造［M］.东京：岩波文库，1979：37.（着重号为引者所加）

和"粹"是次级概念。"粹"是一种内在意识，而"意气"则是内在意识的外在显现。换言之，"粹"往往是指内容，"意气"则是内容与形式的综合与统一，也就是说，"意气"大于"粹"，"意气"可以包含"粹"，而"粹"则不能包含"意气"。

四、"意气"的内涵与外延

九鬼周造的《"意气"的构造》一书的功绩，就是已经很大程度地摆脱了"色道"概念的束缚，将"意气"从江户时代的游廓中剥离出来，赋予它以现代性，并作为日本民族独特的审美观念，运用欧洲哲学中的概念整理与辨析的方法，加以分析、整合和弘扬。这个工作没有在江户时代完成，当时的"色道"作家们局限于色道和游廓的范围内，不可能做到这一点。九鬼周造认为，"意气"这个词带有显著的日本民族色彩，欧洲各大语种中虽然存在和"意气"类似的词，但无法找到在意义上与之完全等同的词。"意气"是"东洋文化——更准确地说，是大和民族对自己特殊存在形态的一种显著的表达"。九鬼周造首先分析了"意气"的内涵，认为"意气"的第一内涵就是对异性的"媚态"。

所谓"媚态"，日语假名写作"びたい"，与汉语的"媚态"含义相同，但不含贬义，是个中性词。大体指一种含蓄的性感张力或性别引力，也可以译为"献媚"。九鬼周造认为，"媚态"只有在男女互相接近的过程中才能产生，一旦对方完全被得到，距离便消失，张力便消失，实际上就进入了类似婚姻的状态，美感丧失殆尽。"媚态"只是一种身体审美的过程，是一种唯美的追求，因而它与"真"和"善"都是对立的。"媚态"排斥现实性和真实性，而只要一种暧昧的理想主义；它也排斥"善"，不承认既有的婚姻、家庭等伦理道德。

九鬼周造认为，"意气"的第二内涵就是所谓"意气地"。这个词假名写作"いきじ"。顾名思义，就是"意气"有其"地"（基础），也就是"有底气""有骨气""傲气"的意思，也含有倔犟、矜持、自重自爱之意。"意气地"的同义词是"意气張",在一些文献和作品中也常写作"意气張",就是一种"意气冲天"而又诱人的傲气。没有"媚态",双方就不可能接近;没有矜持和傲气,接近就因为太容易而缺乏过程美感。只有"意气地"即"傲气"与"媚态"相结合的时候,男女之间、男女的身体与精神之间,才会产生一种审美的张力。

九鬼周造认为"意气"的第三个内涵是"谛观"。谛观,日语原文"諦め"(あきらめ,有人译为"达观",有人译为"死心",似乎都不确切),是一种洞悉人情世故、看破红尘后的心境。"諦め"的词干使用的"谛"字,显然与佛教的"四谛"(苦、集、灭、道)之"谛"有直接关系。佛教的"谛"是真理之意,"諦め"就是观察真理、掌握真理,达到根绝一切"业"与"惑"以获得解脱的最高境界,因而借用佛教的"谛观"一词来翻译"諦め"最为传神。从美学上看,"谛观"就是一种审美的静观。九鬼认为,所谓"谛观",也就是基于自我运命的理解基础上的一种不执着、超然的态度。对女人而言,是对男人的花心抱着一种类似绝望的谛观,不嫉妒,更不撒野;对男人而言,"谛观"就是始终对女性抱有一种审美静观的态度,明明知道女方在欺骗自己,却不从道德、实利的角度去苛求她。在审美过程中,明知受骗,甘愿受骗,甚至以被骗为乐。

在"意气"这个审美概念的内涵中,除了九鬼周造所指出的"媚态""意气地""谛观"三种审美要素之外,笔者认为还包括"时尚"与"反俗"之美。如上文所说,在江户时代,"意气"本身可训为"当世"二字,就是今天我们所说的"时尚"的意思。"时尚"就是不保守、就是追新求变,江户时代的游廓之所以能够引导时代与社会的审美潮流,就在于它的"当世"及时尚性。"时尚"就是不古板、不拘泥的一种随意和潇洒、一种个性化的美感。关于这一点,藤本箕山在《色道大镜》中,在当时的"浮世草子""人情本"等作品,都有表现和描写。

在《"意气"的构造》中,九鬼周造除了"意气"的内涵构造外,还分专章论述了"意气"的外延构造、"意气"的自然表现和"意气"

的艺术表现。认为"意气"的外延构造是作为"意气"之延伸的"上品""华丽""涩味"三个词,以及与之相对的"下品""朴素""甘味"三个词之间形成的二元张力。"意气"的自然表现主要在身体方面,"意气"的反义词是"土气"(野暮)。"意气"的体态略显松懈,身穿轻薄的衣物(但不能是欧洲式的袒胸露背式或裸体),杨柳细腰的窈窕身姿可以看作是"意气"的表现,出浴后的样子是一种"意气"之姿,长脸比圆脸更符合"意气"的要求。女子的淡妆、简单的发型、"露颈"的和服穿法,乃至赤脚,也都有助于表现出"意气"。在"意气"的艺术表现上,最能体现"意气"的是条纹花样中的简洁流畅的竖条纹,最"意气"的色彩是鼠色(灰色)、茶褐色和青色这三种色系,大红大紫、红花绿叶、花里胡哨的艳俗的颜色和面料不"意气",最"意气"的建筑样式是简朴的茶屋;在味觉方面,别太甜腻("甘味"),适度地带一点"涩味"是"意气"的等等。九鬼周造对"意气"之表现的概括与解释,主要材料来源是江户时代及此后的相关文献及艺术作品,特别是文学作品中的相关描写。

综合分析九鬼周造的见解,再加上我们的理解,尝试着尽可能简洁洗练地将"意气"定义如下。

"意气"是从江户时代大都市的游廓及色道中产生出来的以身体审美为基础与原点,涉及生活与艺术各方面的一个重要的审美观念,具有相当程度的都市风与现代性。狭义上的"意气"正如九鬼最早所说,是一种"'为了媚态的媚态'或'自律的游戏'的形态",是男女交往中互相吸引和接近的"媚态"与自尊自重的"意气地"(傲气)两者交互作用而形成的一种审美张力,是一种洞悉情爱本质,以纯爱与美为目的,不功利、不胶着,潇洒超脱,反俗而又时尚的一种审美静观(谛观),在这种审美张力与审美静观的交互作用中,形成了"意气"之美。

五、意气的组织构造

以上从历史文化的角度,对"意气"从色道概念到身体美学概念的产生、演变做了动态的纵向的梳理，对"意气"与"粹""通"等概念的关系做了分析，对"意气"的内涵和外延做了概括和界定。我们还需要从语义学、逻辑学的层面，将"意气"这一概念置于一个横向、平面的组织结构中，才能进一步理解"意气"在特定的语义组织系统中的地位，进一步看清"意气"与相关概念的逻辑关系。为此，笔者整理出了"意气"的组织构造图，如下：

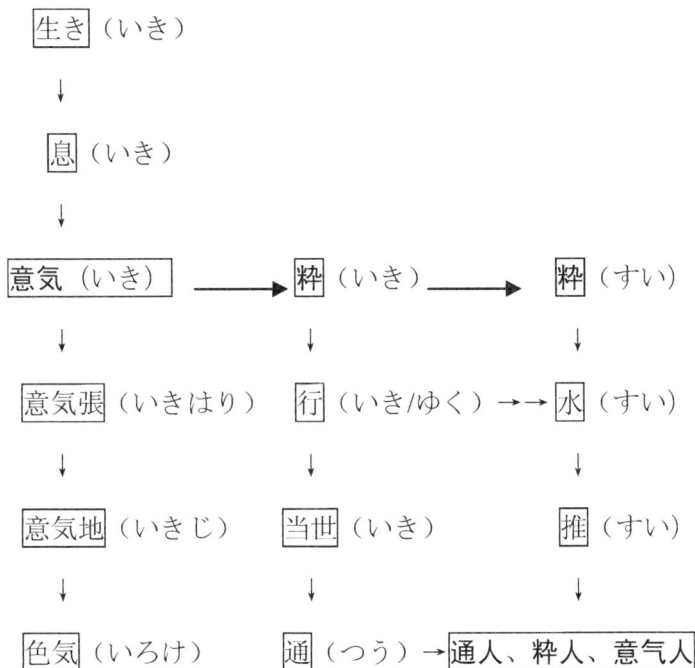

生き（いき）
↓
息（いき）
↓

| 意気（いき） → 粋（いき） → 粋（すい） |

意気張（いきはり）　行（いき/ゆく）→水（すい）

意気地（いきじ）　当世（いき）　推（すい）

色気（いろけ）　通（つう）→通人、粋人、意気人

接下来，需要对这张构造图加以解释。

这个图分为四行（独立不成行的头两个词"生き"和"息"不计在内）和三列。其中，"意气"处于第一行和第一列的最重要的位置，其他所有概念都是从"意气"生发出去的。第一行表示的是从"意气"到"粹"（いき）"和"粹"（すい）的逻辑关系。这三个词意义相同，但写法、读法不同，更重要的是，由于读法的不同，就与相同读法的其他词产生了意义上的逻辑关联，这主要表现在以这三个词开头的三列概念中。

先看图中的左侧一列。上下贯通地看,就是"意气"这个概念从"生き"(いき)到"息"(いき)、"意气"(いき),再到"意气张"(いきはり)、"意气地"(いきじ)乃至"色气"(いろけ)的语义形成与流变。从语义的逻辑起源上看,"意气"最早的源头应该是"生き"。"生き"读为"いき"(iki),意为生、活着。活着的人就要呼吸、就有气息,就有生命力,于是便有了"息"。"息"写作"息き",也读作"いき"(iki)。活着的、有生命力的人,就有精神,此种精神就是"意气"(いき)。关于这一点,九鬼周造在《"意气"的构造》的结尾处,有一条较长的注释,其中有这样一段话:

研究"意气"的词源,就必须首先在存在论上阐明"生(いき)、息(いき)、行(いき)、意気(いき)"这几个词之间的关系。"生"无疑是构成一切的基础。"生きる"这个词包含着两层意思,一是生理上的活着,性别的特殊性就建立在这个基础之上,作为"意気"的质料因的"媚态"也就是从这层意思产生出来的;"息"则是"生きる"的生理条件。①

这是非常具有启发性的见解。但是在"意气"之下,还需要继续往下推演。人有了"意气",就要表现"意气",意气的表现就是"意气张"(いきはり),就是伸张自己的"意气"。而"意气"一旦得以伸张,便有了"意气地"(いきじ),即表现出了一种自尊、矜持或傲气。而这种矜持和傲气在男女交际的场合运用得当、表现得体的时候,就产生了一种"色气"(いろけ),换言之,"色气"是"意气""意气张""意气地"的一种性别特征。

然后再看纵向的第二列,即从"粹"到"通"。"粹"在江户时代的有关作品和文献中,许多场合下被训作"いき",也与"意气"一样读作"いき"(iki)。这个读作"iki"的"粹"与"意气"完全同义,却在另

---

① 〔日〕九鬼周造.「いき」の構造 [M]. 東京:岩波文庫,1979:97.

一个延长线上，在"行き"（いき）这一链条上，扩大了其意义范围。对此，九鬼周造在上文提到的那段注释的后半部分，这样写道：

> 又，"行"也和"生きる"有着不可分割的关系。笛卡尔就曾论证说，"ambulo"（行走）才是认识"sum"（存在）的根据。比如在"意気方"（いきかた，生存方法）和"心意気"（こころいき，气魄、气质）等词的构成中，"意气"的发音明显就是"行き"（いき）的发音。"生存方式（意気方）很好"，也就是"行走得很好"的意思。而在"对喜欢的人的'心意気'"以及"对阿七的'心意気'"这样的表达中，"心意気"往往都与"对某某人"连用，有一种"走"向对方的趋势。此外，"息"（いき）采用"意気ざし"的词形、"行"（いき）采用"意気方"（いきかた）的词形，都是由"生"衍生出来的第二义，这是精神上的"生きる"（活着）。而作为"意気"的形式因的"意気地"和"谛观"，也是植根于这个意义上的"生きる"（活着）的。而当"息"和"行"高于"意气"地平线的时候，便回归到了"生"的本原性中。换言之，"意气"的原初意味也就是"生きる"（活着）。①

正因为如此，"粹"便指向了"行き"，而"行き"是动词"行く"（读作"いく"或"ゆく"）的名词型。动词"行く"除了"行走"的意思之外，还有其他意思，男女做爱时的性高潮的到来叫作"行く"，其名词型"行き"自然也就与男女之情有了内在的关联。"行き"是一种行走，行走到别人前面的时候，就处在了前沿、前卫的位置，也就有了先进性、时尚性，这就是所谓"当世"，因此，江户时代的相关文献与作品中，便将"当世"二字训为"いき"，意思是说"意气"的人、"粹"的人、"行"得快的人，必然是时尚、时髦之人。"行"得快者，必然懂得如何才能行得快，行走也就顺畅无碍，这种状态就是"通"（つう）。于是，"粹"（いき）就经过"行き"，再经过"当世"（いき），最后达到

---

① 〔日〕九鬼周造.「いき」の構造［M］. 東京：岩波文庫, 1979：97—98.

了"通"。

最后看表中的第三列概念。这一列的第一个概念"粹"（すい）是第二列中的"粹"（いき）的音读。由"すい"这个音读又引出了以下的相关概念，那就是"水"和"推"。

江户时代，"粹（すい）"这个词在假名草子中的"游女评判记"中，最早写作"水"，是非常形而下的肉体的、实用性的，所以这个"水"与第二列中的表示性关系的"行"相联系。为什么"粹"起初被写作"水"呢？日本学者一般认为，这里主要是借助"水"的柔软、融通、冲刷磨炼、随物赋形、随机应变的属性。一些日本学者认为"水"可以用中国《荀子》中一句话"君者盘也，盘圆而水圆；君者盂也，盂方而水方"来解释，是不无道理的。本来，在汉语中，"水"就有性爱、女性的隐喻。例如，"水性杨花"比喻女性的用情不专，"水乳交融""水乳之契"狭义上多指男女间的关系。而在一些汉语文献与作品中，"水"也用来比喻性事或娼妓的生活，如明代冯惟敏《僧尼共犯》第四折有："俺看那不还俗的僧尼们，几时能够出水啊！"《中国地方戏曲集成·安徽省卷·李素萍》："小女子情愿落水为妓，也不愿随那张客人前去。"这样看来，对当时的花街柳巷的嫖客与妓女之间的交际而言，"水"是非常生动而又实用性、功利性的比喻。值得注意的是，这个"水"字，日本人不读作固有的发音"みづ"（mizu），很显然是因为日语固有词"みづ"专指作为通常的液态物质的水，而不像汉语的"水"那样能够引发意义上的丰富联想。另一方面，在"游女评判记"中，"水"常常用来代指游女，而那些初出茅庐、一窍不通、没有体验的男人，需要入"水"得以洗礼，然后才能"粹"。这样的没有体验的男人又被称为"月"（假名读作"ぐわち"，又写作"瓦智"二字，亦即无知又土气），月映于水，叫作"水月"。《寝物语》中有专门的《水月》一章，讲的是月与水的关系，强调"月"在"水"中的浸润、历练。除了女性及情爱的隐喻外，"水"还被自由地加以引申，如在《难波钲》中，把嫖客在青楼花钱称作

"水",而游女千方百计让嫖客多掏钱也是"水"。聪明的"水"的游客就是如何依靠自己的机灵少花冤枉钱。对此,《寝物语》也说:"无论倾城女郎怎么跟你说悄悄话,都装作没听见,就叫'水'。听见了就要花钱。"

除了"水"之外,"粹"有时又写为汉字的"推"字,和"水"一样音读为"すい"。汉语中有"顺水推舟"一词,可见"水"和"推"是有内在联系的,指的都是一种由此及彼的流动、交往和推进。日本研究者一般认为,"推"字是"推察""推测""推量"的意思,是指在青楼冶游时的善解人意、见风使舵、机智灵活,更多强调的是一种处事手腕或行事方式,而较少精神层面的含义,近松门左卫门的戏剧作品中多用"推",就是在这个意义上使用的。

在第三列概念中,"粹"(すい)入于"水"(すい),经于"推"(すい),最终便成为"通人"。"通人"在江户时代常常读作"すい"。这样,在意义与语音的统一上,"粹"与"水"、"推"乃至"通人"就成为一个相互关联的概念系列。当然,最后的这个"通人",与第二列最后的"通",也有逻辑上的先后关系。"通人"也叫"粹人""意气人","通人"便是"意气"的最终的归结。至此,"意气"的语义关系和组织构造便系统、清晰地呈现了出来。

综上,现将"意气"与相关概念的组织构造尽可能简单地概括如下:

"意气"基于人的"生命""生息"及生命力投射之要求的"色气",反映在男女性爱交际中,表现为极有交际艺术、时尚帅气、潇洒自如的"通",还有内在心理上的纯粹无垢、通情达理、含蕴而又豁达的"粹",而将外在表现的"通"与内在心性修炼的"粹"加以综合呈现,便产生了"意气"之美。有这种审美表征的人,或者能够理解和欣赏这种美的人,就是"通人""粹人"或"意气人"。

六、"意气"之于传统和现代

从美学的角度看,"意气"之美正是当代西方美学家所提倡的"身体美学"。可以说，"意气"已经具备了"前现代"的某些特征，代表了日本传统审美文化的最后一个阶段和最后一种形态，对现代日本人的精神气质及文学艺术也产生着持续不断的潜在影响。

"意气"作为一种审美观念，从江户时代不知不觉、顺乎其然地流入明治时代后的日本近代文化中，成为日本近代文学、近代文化中的一种别样的传统。对此，阿部次郎反复强调："作为祖先的遗产之一的德川时代中叶以后的平民文艺，在明治、大正时代被直接继承下来，即便我们自以为可以摆脱它，但它已经成为一种文化势力，在冥冥之中深深地渗入我们的血肉中，并在无意识的深处支配着我们的生活。"① 虽然，在日本近现代文学中，西方理论思潮与西方概念的大量涌入，使得包括"意气"在内的传统审美观念与美学范畴受到了相当程度的遮蔽。由于"意气"等相关范畴产生于江户时代游里及好色文学中，涉及复杂的社会道德问题，把它加以学术化、美学化即正当化，既需要见识，也需要勇气。在1930年九鬼周造的《"意气"的构造》发表之前，人们几乎把"意气"这个概念忘掉了，正如日本另一个审美概念"幽玄"在近世时代被人们忘掉了数百年一样。九鬼周造出身名门贵族，曾留学德国师事胡塞尔、海德格尔等哲学家，而母亲星崎初子原本是个艺妓，据说是一位极富美感的女性，是九鬼的父亲九鬼男爵把她从妓院赎身并与之结婚（在近现代日本，上层社会的男人娶艺妓或妓女为妻者大有人在），后来初子因与著名学者冈仓天心恋爱，而与九鬼周造的父亲离婚，此后初子带着九鬼周造兄弟一起生活。这种特殊的家庭生活背景与经历，也许是九鬼周造研究和写作《"意气"的构造》的勇气与动机所在。无论如何，在《"意气"的构造》问世之后，"意气"这个概念在日本美学思想史上的地位没有人再敢忽视了。另一方面，虽然"意气"这个概念本身长期被忽视，但"意气"的审美传统并没有中断过。仔细注意一下就会感到，日本人的文学艺术，

---

① 〔日〕阿部次郎. 德川时代の芸術と社会 [M]. 角川书店，1972：24.

包括小说、电影乃至当代的动漫，都或明或暗地飘忽着那种"意气"。例如，一直到现代社会，艺妓仍然作为日本之美的招牌而广为人知，在文学创作中，对所谓"江户趣味"的追求已经形成了日本近现代文学的一种传统，从尾崎红叶、近松秋江带有井原西鹤遗风的情爱小说，到现代唯美派作家永井荷风对带有江户风格的花街柳巷的留恋和沉溺，再到战后作家吉行淳之介的妓院小说，乃至川端康成、渡边淳一等描写男女"不伦"之恋的小说，都以不同的方式体现了"意气"的审美与创作传统。可见，"意气"之于日本人与日本文艺，都具有普遍意义。

广而言之，在当代社会中，"意气"就是身体美、性感美的普泛化，其实质是以身体审美为指向的日常生活的审美化，这也就是"意气"这一审美观念的"现代性"之所在。我们只要在现代语境下对原本产生于青楼色道的日本"意气"加以提纯和净化，洗去它所带有的江户时代的町人放肆放荡的"洒落"气味，就有可能把它更生、转换为一般的审美观念，这样就具有了一定的现实意义和普遍意义。实际上，男女之间"意气"的身体审美现象正是人类日常美感的主要来源，这种情形在社会交往中似乎无处不在，远比艺术的审美来得更为频繁、更为自然、更为迅捷、更为生活化，因而也更为重要。特别是在人口密集的现代都市中，在萍水相逢、擦肩而过、转瞬即逝的公众交往中，甚至是在网络那样的虚拟世界中，男人女人们以其身体（包括服饰、发型、乃至举止、气质等）有意无意地向具体的或模糊的对象做出意欲靠近并博取对方好感的"媚态"，是人性的自然，是审美要求的本能表现。没有婚姻等任何功利目的，只是在审美动机的驱动下释放或接受"色气"即性别魅力，同时又在自尊自重的矜持与傲气中，与对象保持着距离。就是在这种二重张力中，体验着一种审美静观，确认生命的存在，感受生活的多彩。由此，男人女人们变得更美，我们这个世界也变得更美。我们不妨把这个理解为现代意义上的"意气"。这种现象既是普遍的一种心理（观念）现象，也是一种普遍的审美现象。

如今，有的西方美学家倡导美学研究应该从经典文本和艺术品的研究，转向活生生的日常，转向对身体审美（身体美学）的研究，提倡"日常生活的审美化"。若如此，"意气"的审美现象是否应该引起美学研究的充分注意呢？日本的"意气"概念是否仍有启发价值呢？应该意识到，思想是在阐发中不断增值的，概念范畴是在整理寻找中陆续呈现的，历史上的许多概念起初只不过是一般的词语，即一般的形容词、名词和动词，我们的哲学研究、美学研究也不应以那些既有的有限的概念范畴为满足，要像九鬼周造对"意气"的发现、发掘那样，从传统文本和现象中去发现、提炼、阐发新的概念与范畴。实际上，在中国传统的思想文化中，身体问题一直是核心问题之一，儒、释、道各家都有自己的身体观，但正统的身体思想都偏重于真与善，强调身体的道德性和清心寡欲的自然天性。具体而言，儒家在肯定身体的同时提倡节制，佛家追求身体静修与超越，道家与传统医学则指向养生。这些都不是主要的审美诉求。而另一方面，在中国非正统的审美文化传统中，却一直存在身体审美的传统，例如，魏晋时代盛行的人物品评主要是基于身体的审美批评，唐宋元明清各时代的市井通俗文化及相关文献中，也蕴含着丰富的身体美学的思想范畴的矿床，我们是否也应该从类似于"意气"及身体审美的角度，从大量的明清小说、戏曲及市井通俗文化现象中，寻找、提炼出属于那个时代的独特的审美观念来呢？是否可以把那个时代最为流行的某些形容词、名词、动词，给予筛选、整理、优化和阐发，并由此加以概念化呢？我们对日本"意气"加以研究的学术价值和启发性，也许就在这里。

第十七章　姿清风正

——"风·体·姿""风姿·风体·风情"论及
与中国文论之关联

　　在近千年的日本古代文论发展演变的过程中，许多文论家对"风"
"体""姿"及"风体""风姿""风情"等都做了界定和辨析，并逐渐将
它们概念化、范畴化。"体"是文学样式概念，"姿"是作品的审美风貌，
"情"是作品的内容构成，三个词前面又加上一个表示预感的"风"字，
表示的是对"体""姿""情"三者的审美感受，称为"风体""风姿"
"风情"。"风"的流贯又使得三者之间有了密切关联。从外部体式的"风
体"，到审美风貌的"风姿"，再到心与词相统一的审美意象"风情"，日
本人在对汉语的"风""体""姿""情"（心）的理解与运用中，强调
"姿清""风正"，并不断深化他们对和歌、连歌、俳谐、能乐等民族文学
的体式与风格流变的理解、阐释和把握。

　　对文学作品的样式加以分门别类，是文学鉴赏、文学批评和文学研究
的前提与基础。要分类，就首先需要相关的分类范畴，在这方面，日本古
代文论中既有对中国文论范畴的借用，也有自己对汉字字词特有的搭配组
合与使用方法。在早期和歌理论中主要有"样""体""风""姿"等概

念，后来逐渐将汉语中表示总体感觉、感受的“风”字作为词素，与“体”“姿”“情”结合，分别构成了“风体”“风姿”“风情”三个词，并在和歌论、连歌论、俳谐论、能乐论中大量使用，从而逐渐成为日本古典文论中表示体式与风格的三个基本概念。日本学者对这些概念做了一些研究，其中实方清博士的《日本文艺理论·风姿论》（弘文堂，1957 年）对“风姿”“风情”论的梳理最为系统，但与“物哀”“幽玄”“寂”“有心”“余情”“风雅”“风流”等范畴相比而言，这方面的专题论文很少。因此，研究者们有必要站在中国学者的立场上，从中日古代文学范畴关联的角度，进一步研究探讨相关概念的形成演变及其内在联系。

一、和歌论中的“样”“体”“姿”

“风姿”这个概念在和歌理论中的使用经历了一个较长的形成与定着的过程。最初，日本人在和歌分类时借用的是中国的“体”的概念。8 世纪时藤原滨成在《歌经标式》中提出了“和歌三种体”，即“求韵”“查体”和“雅体”。到了 10 世纪的《古今和歌集·真名序》，套用了中国的诗之“六义”说：“和歌有六义，一曰风，二曰赋，三曰比，四曰兴，五曰雅，六曰颂。”用日文书写的《古今和歌集·假名序》则对“六义”做了解释性的翻译，称为“风歌”“数歌”“准歌”“喻歌”“正言歌”“喻歌”，同时把这六种称为“歌之样”（歌の様）。所谓“样”（樣，さま）即和歌样式。这个“样”与“体”相比，更多地不是指内外浑然统一的实体，而是指外观，即外在的样貌。但是将《真名序》与《假名序》对照起来看，“样”与“体”所指相同。如在评价大伴黑主的和歌时，《真名序》说他的和歌“颇有逸兴，而体甚鄙”；《假名序》则表述为：“大友黑主之和歌样，带土俗气”。“体”与“样”就这样权且被作为同义词使用了。《假名序》在评价文屋康秀的和歌时，说他“用词巧妙，其歌样与内容不甚协调，如商人身穿绫罗绸缎”，把“样”与衣着联系起来，表明“样”指的是外在的样貌或外观。在 10 世纪歌人壬生忠岑的《和歌体十种》（945 年）中又使用了"体"的概念，称为"和歌体"。他区分确立了十种"和歌体"，即"古歌体、神妙体、直体、余情体、写思体、高情体、器量体、比兴体、华艳体、两方体"。他在序言中明确说明：和歌是日本独特的东西，其"咏物讽人之趣，同彼汉家诗章"，但人们对和歌之"体"知道得太少，通常用"风雅"来论和歌，也只能"当美判之词"，即认为"风雅"是审美判断，而"体"却"只明外貌之区别"。①壬生忠岑在这里表述得很明确："体"不是内在的审美判断用语，而只是用来区分"外貌"的。这样的"体"的概念，与中国古代文论中的"体"的概念几乎完全相同。

稍后，歌学家藤原公任（966 年—1041 年）在《新撰髓脑》（约 1041）中这样写道：

凡和歌，"心"深，"姿"清，赏心悦目者，可谓佳作，而以事体烦琐者为劣，以简洁流畅者为优。

"心"与"姿"二者兼顾不易，不能兼顾时，应以"心"为要。

假若"心"不能深，亦须有"姿"之美也。②

藤原公任的这段话非常重要，是因为他提出了"姿"（すがた）这一范畴，并且阐述了"心"与"姿"之间的关系。"心"是和歌的内容，故要求"深"；"姿"是外在样貌，故要求"清"。这里的"清"（きよげ）指的是清爽、清纯、清新、简洁、美。藤原公任所理想的和歌是"心"与"姿"的兼顾（原文"心姿相具"）。"姿"这个词在中国古代文论中极为少见，更没有作为概念来使用。"姿"概念的使用可以看作是对"样"的抽象性、"体"的实体性含义的超越，不仅强调和歌的外在样貌，更要求"清"的、美的样貌。也就是说，"样"与"体"是文体分类的概

---

① 〔日〕壬生忠岑. 和歌体十种［M］//日本歌学大系：第一卷，东京：风间书房，1959：45.（原文用生涩的汉文写成）

② 〔日〕藤原公任. 新撰髓脑［M］//日本古典文学大系·歌論集 能楽論集. 东京：岩波书店，1961：26.（原文日文，均由本文作者自行译出中文）

念，而"姿"则悄然转换为风格学的概念和审美判断的概念了。

　　除了"姿"这一范畴之外，还有"风体"一词。著名歌人、歌学家藤原俊成（1114年—1204年）在《古来风体抄》（1197）一书的书名中使用了"风体"（ふうたい）一词，另外在书中概括古代和歌集（如《拾遗集》《后拾遗集》等）的总体风格时，都使用了"风体"的概念。俊成对"风体"一词并没有明确界定，但我们可以看出"风体"这个概念是从前人的"体""样"及"歌体"演化而来的，含义大体上相当于"姿"。但"风体"的抽象度似乎更高些，是对和歌的总体时代风格、美学风格而言的，而"姿"则多指具体作品的具象性的审美风貌。俊成在交代该书执笔动机和"古来风体抄"的书名由来时说："此书也可以说是我的歌姿抄。"① 明确地表示他的"风体"指的就是"歌姿"。在他看来，"风体"就和歌而言，就是"歌姿"，于是他也将"姿"作为和歌批评的基本概念，提出把"如何才能表现歌姿之妙、辞藻之美"② 作为写作宗旨，也就是把"姿"与"词"作为中心问题。他还特别明确提出了"姿心"或"心姿"这一概念，认为虽然"很难说明什么是和歌的'姿心'，但它与佛道相通，故可以借经文加以阐释"，认为"歌道"与"佛道"相通，和歌是佛学修行之途径。③ 此外，他还特别强调："和歌，唯有在'心姿'上狠下功夫才好。"④

　　"姿"这一范畴不仅在歌论著作中，而且在同时期盛行的和歌"判词"中也逐渐确立起来。宫廷贵族府邸常常举办的和歌比赛会（"歌合"）中，"判词"就是在歌会中评判和歌优劣的用语。在平安王朝时代的《弘

---

① 〔日〕源俊赖. 俊赖髓脑［M］//新编日本古典文学全集·歌論集. 东京：小学馆，2002：254.

② 〔日〕藤原俊成. 古来風体抄［M］//新编日本古典文学全集·歌論集. 东京：小学馆，2002：252.

③ 〔日〕藤原俊成. 古来風体抄［M］//新编日本古典文学全集·歌論集. 东京：小学馆，2002：253.

④ 〔日〕藤原俊成. 古来風体抄［M］//新编日本古典文学全集·歌論集. 东京：小学馆，2002：340.

徽殿女御十番歌合》中，三次使用了"姿"这个词，如其中对第九番
（第九号）和歌，评判者藤原义忠做了"《末松山》一首，歌姿颇有情
趣"的评判，较早使用了"歌姿"（"歌の姿"）这个词。但与此同时，
也有判词使用了"歌品"（うたしな）、"歌柄"（うたがら）这样的词，
意义似与"歌姿"相若，表明"歌姿"这个词尚未完全独立确立唯一地
位。到了源俊赖的《俊赖髓脑》（1111 年—1115 年）一书中，虽然也用
了"样"的概念，但显然是把"姿"看作和歌审美的核心词。他在该书
序言中说："和歌之道，在于能够掌握和歌的多种姿，懂得八病，区分九
品，领年少者入门，使愚钝者领悟。"① 可见他把"姿"与"病""品"
是相区分的。与源俊赖同时期的歌人、歌学家源基俊在《中宫亮显辅家
歌合》的有关判词中，多处使用了"姿"，并且也使用了"歌姿"一词，
还用了"姿心"这样的词组，比如说"歌姿胜一筹""姿心俱佳，颇有情
趣""歌姿优美"，或否定的评价"歌姿丑"。在后来的歌论中，"歌姿"
"姿心"作为批评概念逐渐固定下来。

俊成之子藤原定家（1162 年—1241 年）对"体""姿""风体"及
其与"心""词"等概念之间的关系做了进一步的阐发。在《近代秀歌》
中，藤原定家大量使用"姿"，并明确提出了"'词'学古人，'心'须
求新，'姿'求高远"② 的命题，从而阐述了"词""心""姿"三者的关
系。也就是说，和歌只有具备古雅的用词、新颖的立意（心），才能有高
远的"姿"。在《咏歌大观》中，藤原定家开门见山地指出："情以新为
先，词以旧可用，风体可效堪能先达之秀歌。"③ 表达了与《近代秀歌》
相同的意思，但这里用"风体"一词取代了"姿"，也就是说，"风体"

---

① 〔日〕源俊赖. 俊赖髓脑［M］//新编日本古典文学全集·歌論集. 东京：小学
　馆，2002：16.
② 〔日〕藤原定家. 近代秀歌［M］. 日本古典文学大系·歌論集 能樂論集. 东
　京：岩波书店，1961：102.
③ 〔日〕藤原定家. 咏歌大観［M］//日本古典文学大系·歌論集 能樂論集. 岩
　波书店，1961：114.（原文为生涩汉文，此处照录）

方面要仿效那些有才能的先贤的秀歌。因为"风体"是约定俗成的体式，可以继承前人，"词"也是约定俗成的，可以使用旧词，但"情"（也训作"心"）须是个人的，应该有"新"意。在《每月抄》一文中，藤原定家在壬生忠岑《和歌体十种》的基础上，也曾提出《定家十体》（失传）。在《每月抄》中，定家提出了"幽玄体""事可然体""丽体""有心体""长高体""见体""面白体""有一节体""浓体"等，又论述了"体"与"姿"的关系。在他看来，"姿"是在各种"体"的作品中表现出来的，他说："关于和歌基本的'姿'，存在于我以前所举的十体之中。"① "姿"存在于"体"中，"体"作为和歌之实体，是一种物质性的存在，而"姿"是"体"所表现出来的美与美感。

大体看来，综合各家"歌论书"及历次和歌"判词"的评判记录，关于"姿"的概念最重要的有八种，即"哀之姿"（あはれなる姿）、优之姿（いうなる姿）、艳之姿（えんなる姿）、优美之姿（やさしき姿）、谐趣之姿（をかしき姿）、崇高之姿（長高き姿）、寂之姿（さびたる姿）、幽玄之姿（幽玄なる姿）。这八种概念都是对"姿"本身的限定，都是关于"姿"的审美风格的描述。这些"姿"与壬生忠岑的《和歌体十种》、源道济的《和歌十体》等歌论书中的和歌之"体"，既有相通之处，也有清楚的分野。每种歌体都有自己的体式风格外观，因此才能成其为"体"，但"姿"的概念更多是从各种"歌体"中总结、抽象出来的审美判断用语。

二、连歌论、俳谐论中的"风姿"与"风情""风体"

到了俊赖的儿子俊惠及俊惠的弟子鸭长明那里，和歌理论中的"风姿"论得到了进一步发展。鸭长明（1115年—1216年）在《无名抄》（1211）一书中，有《俊惠定歌体事》一节，记述了俊惠的歌论主张：

---

① 〔日〕藤原定家. 每月抄［M］//日本古典文学大系·歌論集 能楽論集. 东京：岩波书店，1961：127.

"世间一般所谓好的和歌，就如同纺得密密实实的织物，而我所说的优艳的歌，就如同浮纹的织物，就是漂浮于空中的那种'景气'是也。"① 接着鸭长明举出了两首和歌：一是"明石海湾朝雾中/小岛若隐若现/仿佛一叶扁舟"；二是"月是近年的新月，春是今年的新春/只有我的身/还是原来的身"。他认为这样的和歌是：

> 余情笼于内，景气浮于空。即便没有这样的风情，只要用词流畅，其姿自然会得到修饰，亦可具备此效果也。

这句话使用了"余情""景气""风情""姿"四个重要的概念。所谓"余情笼于内"，是说"余情"是内在的东西，但有了"余情"，内在的东西就表现出来，就会表现为"景气"。"景气"一词，藤原定家在《每月抄》中使用过，并与"朦气"相对而言，指的是一种文气充盈的优美风姿。在俊惠看来，"余情笼于内、景气飘于空"的作品，才是有"风情"的。所谓"风情"，与白居易《戏赠元九》中所谓"一篇长恨有风情，十首秦吟近正声"的"风情"似乎同义。"风情"就是形式完美与内容的充实，就是内在的"余情"与外在的"景气"的结合，换言之，就是"心"与"姿"的结合。"风情"更强调内在感情的表达，是对"风姿"的审美蕴含的更高要求。

鸭长明还在《无名抄》一书的《关于近代歌体》一节中，从"姿""词""心""风情"的角度，对历代和歌集做了概括性的评价，他认为：

> 《万叶集》时代，歌人们只是表现自己的真情实感，对于文字修饰似不甚措意。及至中古《古今集》时代，"花"与"实"方才兼备，其样态也多姿多彩。到了《后撰集》时代，和歌的词彩已经写尽，随后，吟咏和歌不再注重"姿"的表现，而只以"心"为先。《拾遗集》以来，其体更贴近外在之物，条理清晰，"姿"以朴素为上。而到了《后拾遗集》时

---

① 〔日〕鸭长明. 無名抄［M］//日本古典文学大系・歌論集 能楽論集. 东京：岩波书店，1961：88.

期，则嫌侬软，古风不再。……《金叶集》一味突出趣味，许多和歌失于轻飘。《词花集》和《千载集》大体继承了《后拾遗》之遗风。和歌古今流变，大体如此。《拾遗集》之后，和歌一以贯之，经久未变，风情丧失殆尽，陈词滥调，斯道衰微。①

　　在鸭长明看来，《万叶集》重"心"，《古今集》是"心"与"姿"兼备，《后撰集》时代则词穷，以"心"为主，《拾遗集》尚有朴素之"姿"，《后拾遗集》则"心"与"姿"俱无可观，"风情"也就尽失无遗了。他理想的和歌是《古今集》，因为《古今集》"用词古雅，专以风情为宗旨"②。鸭长明进而认为："风情"是"姿""词""心"综合作用的结果，"心"是内在的，"姿"是外在的，"心"与"姿"的关系是"花"与"实"的关系。

　　关于"姿"，鸭长明承认："和歌之'姿'领悟很难。古人所著《口传》《髓脑》等，对诸多难事解释颇为详尽，至于何谓和歌之'姿'则语焉不详。"③ 他对"姿"有自己的理解，那就是把"幽玄"、有"余情"，作为理想的"姿"。他强调：

　　　　登堂入室者所谓的"趣"，归根到底就是言词之外的"余情"、不显现于"姿"的景气。假如"心"与"词"都极"艳"，"幽玄"就自然具备了。

　　在他的"幽玄"的审美理想中，要有"姿"，但这"姿"中要有"景气"，而且并不清晰地显现出来，也就是要有"余情"。而有"余情"的"姿"或"风姿"就是"风情"，也是他的理想的和歌风格。

---

① 〔日〕鸭长明. 無名抄［M］// 日本古典文学大系·歌論集 能乐論集. 东京：岩波书店，1961：82 - 83.

② 〔日〕鸭长明. 無名抄［M］// 日本古典文学大系·歌論集 能楽論集. 东京：岩波书店，1961：85.

③ 〔日〕鸭长明. 無名抄［M］// 日本古典文学大系·歌論集 能乐論集. 东京：岩波书店，1961：86 - 87.

　　关于"姿"与"风情"之关系，后鸟羽天皇（1180 年—1239 年）在
《后鸟羽院御口传》中，开门见山地指出：

　　吟咏和歌，自古及今，对人不设清规戒律，对己不自缚手脚，但以天
性为本，曲尽风情之妙。然须知，和歌优劣并非从心所欲，技艺进退需要
时日，歌姿丰富多样，难以固守一途，或柔美动人，或壮美凛然，或平易
近人，或妖冶艳丽。或以风情为宗，或以姿为先。或"心"有余而"词"
不足，或得其"要"而遗其"旨"。①

　　在这里，后鸟羽天皇使用了"风情""姿""心"与"词"等概念。
一方面他承认了"姿"的多样性（他在后文中还说："各种歌姿，如人之
长相互有不同，不可能一一染指。"），承认了由于"心""词"不可兼顾
而形成了不同的"姿"，但他也清楚地将"风情"与"姿"并列，"或以
风情为宗，或以姿为先"。看来，"姿"是指不同作品的风格。他还对几
位重要歌人的作品之"姿"做了概括性的评论，如认为俊赖可以吟咏两
种"姿"的歌，既优美而又平易亲切，为他人所不及；释阿、西行的作
品"歌姿"平易等。另一方面，后鸟羽天皇所谓的"风情"却不像
"姿"那么多种多样，"风情"是不同风格中相通的东西，那就是心与词、
心与姿的结合。不同的"姿"都要"曲尽风情之妙"。在这一点上，后鸟
羽天皇与鸭长明的观点是十分接近的。

　　正彻（1381 年—1459 年）在其歌论书《正彻物语》中，除了使用
"姿""风姿"等概念外，还使用"风体"。《正彻物语》上卷开篇说到和
歌各流派时，颇推崇藤原定家，说："也有人不学定家，而学习末流之风
体。但我认为，学上道者，可得上道，若不能至，心向往之；上道不能，
中道可得。"② 可见"风体"不同于"姿"与"风情"。"姿"与"风情"

---

　　① 〔日〕后鸟羽院. 後鳥羽院御口伝［M］// 日本古典文学大系·歌論集 能樂論
　　　　集. 东京：岩波书店，1961：142.
　　② 〔日〕正彻. 正彻物語［M］// 日本古典文学大系·歌論集 能楽論集. 东京：
　　　　岩波书店，1961：166.

本身带有正面评价的意味，有姿、有风情的作品就是好的作品，但"风体"本身不带有主观评价，所以才说"末流的风体"，这就意味着有"末流"的风体，也就有"上流"的风体，于是"风体"就成为一种客观用语，含有"体式""风格""流派"的语义。在所有的"姿"中，正彻最推崇"幽玄姿"，有时又说成"幽玄体"，如在《下卷》第七七节，他举出了一首和歌——"花开花落一夜间/如梦中虚幻/唯见白云挂山巅"，并评论说：

　　这是"幽玄体"的歌。所谓"幽玄"，就是虽有"心"，却不直接付诸"词"。月亮被薄云所遮，山上的红叶被秋雾所笼罩，这样的风情就是幽玄之姿。①

　　接着正彻又举出了一首和歌，是《源氏物语》中写源氏初见继母藤壶妃子时的情景："相会一夜难重逢/真真切切在梦中/浑然不了情。"② 并评论说："这首歌，有幽玄之姿。"可见，正彻对"体"与"姿"是有明确区分意识的。"幽玄体"作为一种"歌体"，是客观的外在的体式或风格的表征，而"幽玄姿"则是"幽玄体"所体现出的审美效果，有了这样的审美效果，就有了"风情"，所以得出了"这样的风情就是幽玄之姿"的判断。

　　在连歌论与俳谐论中，"风体""姿""风情论"都随处大量使用，用法及语义大体与和歌论相同，但也有一些新的解释和阐发。如连歌理论的泰斗人物二条良基（1320年—1388年）在《十问最秘抄》中说："姿者，词也。"③ 是对"姿"最浅层的解释，但他又在《筑波问答》中认

----

① 〔日〕正彻. 正彻物語 [M] // 日本古典文学大系 · 歌論集 能楽論集. 东京：岩波书店，1961：224.
② 〔日〕正彻. 正彻物語 [M] // 日本古典文学大系 · 歌論集 能楽論集. 东京：岩波书店，1961：224.
③ 〔日〕二条良基. 十問最秘抄 [M] // 日本古典文学大系 · 歌論集 能楽論集. 东京：岩波书店，1961：110.

为："'姿'是最关键的。请教一下练弓术的人，他就会告诉你：'首先学会了正确的姿势，自然就会中的。'此言甚是，连歌也是如此。"① 这里又把"姿"理解为"姿势"，体现了对"姿"的独特理解。在《连理秘抄》中，他提出了"姿、风体都体现于词之花"② 的论断，这一论断将"姿""风体"与"花"联系起来，可以看作是此后世阿弥的能乐论中"风姿花"一词的前奏。关于"风情"，二条良基在《十问最秘抄》中把"风体"看作是随时代变化而变化的风格体式。在回答"现今流行的风体，是如何形成的"这个问题时，他指出："五十年来的风体，经历了四五次流转变化。善阿的风体是古体，而救济则从来不用古体。善阿的古体中也有一些好的作品，《菟玖波集》收了他十一首连歌，各有差异。前辈师匠的风体都是如此，何况他人乎？连歌本来是从和歌中变化而来的，它只是当时受到人们欣赏的一种风体。"③ 在这里，他强调了时代不同风体就不同，指出了"风体"的流变性，也就更突出了风体的"风"字的含义。他还提出了"正风"的问题：

《毛诗序》云："思无邪。"在俊成、定家的有关著述中，都强调正确的方法，勿堕入斜道。无论是中国还是日本的先贤们，对诗歌的看法都是如此。所以，连歌首先要求"心"要正，不正的叫"变风"，正的叫"正风"，这是孔子的用词。

作歌要用心推敲，即便要极尽风情，也要让人理解、端正。正如佛经中讲的衣服中的宝玉的故事。④ 最宝贵的风情就在心中，不假外求。应该

---

① 〔日〕二条良基. 十问最秘抄〔M〕∥日本古典文学大系·歌論集 能樂論集. 东京：岩波书店，1961：90－91.

② 〔日〕二条良基. 连理秘抄〔M〕∥日本古典文学大系·歌論集 能樂論集. 东京：岩波书店，1961：41.

③ 〔日〕二条良基. 十问最秘抄〔M〕∥日本古典文学大系·歌論集 能樂論集. 东京：岩波书店，1961：112.

④ 见《法华经》，讲的是一个穷人衣服中有一颗价值连城的宝玉，却不自知，到处流浪，历尽艰难。

在清风明月之类的古老唱和中见出新鲜,将普通平常之事写出新意,方可称为高手,而故意标新立异者可谓下手。①

这里关于"正风""变风"的说法,似来自《诗经》对"风"的区分,也可以看作是二条良基对"风体"之风的流变特性的理解,同时对后来的芭蕉弟子的俳谐论也有相当的影响。"蕉门"弟子将松尾芭蕉的俳谐风体称为"正风俳谐",强调了"风"要"正"。风正,即"风"的正统性。

在上段引文中,二条良基对"风情"这一概念的使用也值得注意。虽然他也把"风情"理解为主观性的东西,但又更进一步视其为作者个人独特新颖的艺术构思与表现手段。由于连歌是多人集体创作的艺术样式,需要在相互唱和中相互感应配合,所以二条良基才强调不可过分显示个人的"风情"。用他自己的话说,即便要显示风情,也要在场的人能够理解,强调"吟咏连歌并非是为显示风情",认为"那种流畅爽快、表情达意的连歌听上去很平常,但新意尽含其中,可谓最高明者"。②

在俳谐(俳句)论中,"姿"往往被称为"句姿"。例如,向井去来(1651年—1704年)在著名俳论书《去来抄》第四章《修行》中有这样一段话:

我认为:歌句是有"姿"的。

例如:"山鸡唧唧求佳偶/为伊消得身体瘦",初稿是"山鸡唧唧求佳偶,为伊落得身体衰"。先师说:"去来呀,你不明白句要有'句姿'吗?相同的意思,如果这样来写,'姿'就出来了。"于是被我修改成现在这样。

支考认为:所谓"风姿",就是如此,而以前在说"风姿"的时候,

---

① 〔日〕二条良基. 十問最秘抄 [M] //日本古典文学大系・歌論集 能楽論集. 东京:岩波书店,1961:110.

② 〔日〕向井去来. 去来抄 [M] //日本古典文学大系・連歌論集 俳論集. 东京:岩波书店,1961:112.

是将"风姿"与"风情"分开的。支考的说法很容易使人理解。①

这里把和歌中的"歌姿"置换为"句姿",说明俳论是自觉承续了和歌论和连歌论的。其中提到的著名俳论家支考(各务支考)关于"风姿"与"风情"的话,是支考在《续五论》一书的《新古论》一章中提出来并加以论述的。支考明确将"风姿"与"风情"加以区分,将"风情"之句与"风姿"之句区分开来,针对此前的"情先姿后"的说法,支考认为"姿先情后"才是最理想的。

那么,与和歌论中的各种"姿"相比而言,俳句的"句姿"是什么呢?向井去来在《去来抄》中认为,其中所谓的"枝折"(しほり)就是俳句的一种理想的"句姿"。他写道:

野明问:"俳谐连句的'枝折''细'(ほそみ)是何意?"

我答曰:"所谓'枝折'指的不是那种哀怜之句,'细'也不是指纤细柔弱之句。'枝折'指的是句姿,'细'指的是句意。"②

他在这里说得很清楚,"句姿"指的是俳句的用词要像树枝在风中摇曳(即"枝折"的原意)一样,要灵动、飘逸、潇洒、诙谐、洒脱。换言之,"句姿"是一种外在的审美风貌,在这一点上它与"歌姿"的含义完全相同。

三、世阿弥的"风"及"风姿""风体"论

在日本独特的古典戏剧理论"能乐"理论中,"风姿""风情"也是基本的理论范畴,在这一点上能乐论是继承了和歌论、连歌论中的"风姿""风情"论的。能乐理论的奠基者和集大成者世阿弥(1363年—1443

---

① 〔日〕向井去来. 去来抄 [M] //日本古典文学大系·連歌論集 俳論集. 东京:岩波书店,1961:368.
② 〔日〕向井去来. 去来抄 [M] //日本古典文学大系·連歌論集 俳論集. 东京:岩波书店,1961:368.

年）的代表作《风姿花传》一书，题名中使用了"风姿"一词。他在该书第五章中解释说："能乐之道，既要继承传统，又须个人独创，此事难以言传。继承传统，以心传心，即有花在，故将此书命名为《风姿花传》。"①他的题名中用了"风姿"一词，在具体著作中却更多使用"风体"这个概念。

通观世阿弥的能乐理论著作，其"风姿"与"风体"的意思是一样的。在《风姿花传·奥义篇》中，有一段话多次使用"风体"一词。他首先从地域的角度区分能乐的风体，提出了和州（今奈良一代）与江州（近滋贺县一代）"风体"的不同，认为江州风体的特点是"最重幽玄之境"，而动作的模拟表演为次；和州最重模拟，演员尽量多演各种模拟性曲目，同时也追求"幽玄"之情趣。接着他又从歌舞音曲的角度区分了"田乐"与"猿乐"两者不同舞乐的风体。他认为：真正的高手，要精通自家的风体，同时应兼善各家风体，这样才能保证"风姿""风姿花"的长久不衰。②由此看来，世阿弥所谓的"风体"与"风姿"基本同义。但他在行文中大量使用"风体"而不是"风姿"，似乎是把"风体"作为一种客观的戏剧风格用语，而"风姿"则更多地表现"风体"之美。

"风体"之所以在世阿弥的戏剧论中常用，主要是因为在戏剧理论中涉及大量的人体表演与人体造型。如果说"体"这个词在和歌论、连歌论、俳谐论中，是以人体为比喻，那么在作为歌舞表演艺术的能乐中，"体"就不是比喻了，人体之"体"是实实在在的艺术本体。他把演员的人体艺术的本体称之为"体""风体"，而且还以"体"来划分能乐剧本的类型。在论述如何进行剧本创作的《能作书》中，世阿弥把剧本分为"三体"，即"老体"（老人体）、"女体""军体"（武士体）。这就将

① 〔日〕世阿弥. 风姿花伝［M］// 日本古典文学大系·歌論集 能楽論集. 东京：岩波书店，1961：373.

② 〔日〕世阿弥. 风姿花伝［M］// 日本古典文学大系·歌論集 能楽論集. 东京：岩波书店，1961：373 - 374.

"体"人体化、具象化了。

同时，世阿弥还在抽象层面上使用"体"的概念，如在《至花道》中最后一节《论"体"与"用"》，专门论述了"体"与"用"之关系。他写道：

在"能"中，有"体"与"用"的分别。举例来说，"体"是"花"，"用"就是花香；"体"是月亮，"用"就是月光。因此，对"体"有了深刻理解和把握，对"用"就可自然掌握。在"能"的观赏中，内行用"心"观看，外行用眼观看。用"心"观看，看到的是"体"；用眼观看，看到的是"用"。初学时期的演员，用眼看"用"并模仿之，这是不明白"用"之性质的模仿。须知"用"是不可模仿的。懂得"能"的演员，是在用"心"观看，进而模仿其"体"。"体"模仿好了，"用"自然含在其中。不懂"能"的人，误以为"用"是独立存在之物并模仿之，以模仿来的"用"作为"体"而不自觉，这不是真正的"体"，其结果是"体"未得到，"用"也未能得到。艺术上如同无源之水，很快干涸。这种"能"只能说是旁门左道。

"体"与"用"固然是两种东西，但没有"体"，"用"就无所依凭，所以"用"实际上并不能独立存在，也就不能孤立地加以模仿。倘若误以为"用"是孤立的存在并模仿之，那将成何"体"？须知"用"在"体"中，并不是孤立的存在，因而不能单独去模仿"用"。①

这里是在哲学意义上使用"体"这个概念，并且把"体"与"用"作为一对概念来使用，显然来自中国传统哲学中的"体用"论，且对"体用"关系的论述也与中国哲学相同。但世阿弥把它应用于能乐理论，从艺术学习与修养的角度，对"体"与"用"做了很好的运用与发挥。这个"体"与此前作为文学体式概念的"体"有深层联系，但却主要是

---

① 〔日〕世阿弥. 至花道［M］// 日本古典文学大系·歌論集 能楽論集. 东京：岩波书店，1961：406-407.

指艺术本体之"体"，比起"风体"之"体"，比起文学体式之"体"，有了更高的概括与提升，是日本古典文论作为哲学概念之"体"的成功运用。

再回到"风体"。世阿弥认为，最理想的"风体"是"幽玄"的风体。"幽玄"的风体就是优美典雅的"风体"。这种"风体"就是"风姿"，有了这样的"风姿"，就有了"花"。世阿弥以"花"这个具象物来表示"风体"之美。在他看来，美的风体、幽玄的"风体"，就是"风姿花"。"风体"是客观的、传承性的、长久形成的、流派性的、地域性的，但"风姿花"却具是个人性的、天才性的，同时又像鲜花一样相对不可长久的。所以世阿弥反复强调，一个优秀的演员要尽可能持久地保持"花"的持久，而"花"的审美效果就是"风情"。

关于"风情"，世阿弥在《风姿花传》第三篇《问答条项》回答什么是"蔫美"① 时写道："此事（蔫美）无可言喻，这种风情也难以形容。不过，蔫美确实是存在的，是由'花'而产生出来的一种风情。仔细想来，这种风情靠学习无法获得，靠演技也无法表现，而只要对'花'之美有深刻领悟就是可以体会到的。所以说，即使在每次表演之中并无'花'，但在某一方面对'花'有深刻理解的人，想必也会懂得蔫美之所在。"② 可见"风情"就是一种美感的称谓，是花儿含羞般的"蔫美"，就是一种"风情"。

世阿弥的"风体""风姿""风情"论，又都和"风"密切地联系在一起。在日本古典文论中的"风体""风姿""风情"论中，世阿弥对"风"这个概念是使用最多的。日本列岛是个季风区域，日本人对于四季之"风"有切实敏锐的感受。"风"塑造了日本的四季风景，也逐渐影响

① 蔫美：原文"しほれたる"，指花被打湿或将要凋零之前的那种无力、无奈、颓唐、可怜、含情、余韵犹存的样子。与和歌理论中的"しをり"（"枝折"）意义相近。
② 〔日〕世阿弥. 風姿花伝［M］//日本古典文学大系·歌論集 能楽論集. 东京：岩波书店，1961：366.

了日本人的审美意识。日本神话中的著名人物须佐之男命就是风神，古代和歌、俳句、汉诗等文学作品对于"风"都有大量的吟咏和描写。在世阿弥的能乐论中，"风"不仅仅是一个形容词，也是一个概念。他用"风"来形容演员的表演风格、舞台形象与审美风貌，称为"风体"与"风姿"；他也用"风"来表现各种可取或不可取的表演与风格，如在《至花道》中，他把没有形成自己艺术风格的叫"无主风"，反之叫"有主风"，认为"无主风"是应该极力避免的。他还受中国的古代文艺理论影响，以"皮骨肉"来比喻文体风格，认为天生的潜质为"骨"，歌舞的熟练为"肉"，人体的幽玄之美为"皮"，从而把能乐表演风格分为"皮风""骨风""肉风"。在论述九种高低不同的"艺位"（艺术品位）的《九位》（一名《九位次第》）一文中，世阿弥把"九位"划分为上、中、下三个等级层次，第一等称为"上三花"，第二个层次叫"中三位"，第三个层次是"下三位"。而每个层次的"艺位"中，又有三种"风"，如"上三花"依次有"妙花风""宠深花风""闲花风"；"中三位"依次有"正花风""广精风""浅文风"；"下三位"依次有"强细风""强粗风""粗铅风"。可见这各种各样的"风"，实际上就是对艺术造诣、艺术品位、表演风格的一种感性的描述和把握。

通过对日本古典文论中"体、姿、风"及"风体""风姿""风情"等相关范畴的语义流变的梳理考辨，可以看出这几个相关的概念范畴深受中国文论的影响，其中的"体""风""风情"等，就是对汉语概念的借用，但同时也使用了"姿""风体"这样的自创范畴，还把中国用于人物品藻的"风姿"和用于人物品藻与男女之情的"风情"，转用于文论的范畴，来标记和描述文艺作品的审美风貌。在日本近千年的文论发展史上，不同文论家对这些概念等都做了界定和辨析，并逐渐将它们概念化、范畴化。

概言之，"体"是文学样式概念，"姿"是作品的审美风貌，"情"

是作品的内容构成，而"风"则是对"体""姿""情"三者的审美特质的标注和强调，故而前面又加上"风"字，称为"风体""风姿""风情"。"风"流贯到"体""姿""情"当中，"体""姿""情"三者相互之间也就有了密切关联。从外部的体式的"风体"到审美风貌的"风姿"，再到心与词统一的审美意象"风情"，日本人在对汉语的"风""体""姿""情"（心）的理解与运用中，不断深化着对于和歌、连歌、俳谐、能乐等民族文学的体式风格及其流变的理解与把握。

第十八章　诗韵歌调

——和歌的"调"论与汉诗的"韵"论

　　从公元8世纪到11世纪，日本文论家套用汉诗的"韵"，认为和歌也有"韵"的存在，并模仿诗学中的"诗病"订立了和歌中的"歌病"，以防音节单调而规避同一个字音反复使用。到了12世纪时藤原俊成才明确指出和歌并无汉诗那样的"韵"。和歌虽无"韵"，但在音律方面的特点却长期未能用一个概念加以概括，而只是用"拉长声音"之类的表述。到了江户时代，贺茂真渊才明确提出了"调"这一概念，明确了"调"的歌唱属性，指出"调"也是风格的表现。香山景树在批判贺茂真渊的基础上，强调和歌之"调"是自然真情的表现，因而不必刻意学习古人之"调"。八田知纪在对香川景树"调"论的进一步阐释中，将"调"与日本古代的"言灵"信仰联系起来。至此，和歌的"调"论与汉诗的"韵"论便渐行渐远了。

　　古代日本人对自己的民族诗歌"和歌"的认识是在汉诗的参照下逐步深化的，其中对和歌独特的音律节奏的认识也不例外。可以说，从套用汉诗的"韵"来论述和歌的"韵"，到意识和歌中其实并没有汉语的那种"韵"，再到以"调"（しらべ）这一概念来概括、论述和歌的音声节奏的特点，这一过程从 8 世纪到 18 世纪，经历了 1000 多年。诗"韵"歌"调"的意识，从一个层面上反映了中日诗歌及文论的独特关联。

一、套用汉诗而形成的"韵"论及"歌病"论

"韵"是汉语的形音义三要素中"音"的一种独特的音声和谐现象，历来是汉诗创作中的核心问题之一。空海的《文镜秘府论》将中国六朝隋唐的诗话诗论加以分类编纂，目的是为当时的日本人了解和学习汉诗提供方便。而要学汉诗，对日本人而言最重要的是要懂得汉字的声韵，于是在《文镜秘府论》的第一卷《天卷》开篇便讲平上去入"四声"，主要根据沈约的《四声谱》而提出了"调声"说。"调声"之"调"，可作为动词理解，即"调整"之"调"，是指调整诗中的平上去入、轻重清浊，以使得音律和畅。《文镜秘府论》的汉诗声韵论对日本和歌理论的音声理论产生了直接影响。

日本和歌也很讲究音声之美。受中国诗学的影响，日本和歌理论最早也是以"韵"这个概念来认识和探讨和歌的音声问题的。最早的歌学著作家、8 世纪的歌学家藤原滨成在《歌经标式》中，开篇就写道：

臣滨成言；原夫歌者，所以感鬼神之幽情，慰天人之恋心者也。韵者所以异于风俗之言语，长于游乐之精神者也。故有龙女归海，天孙赠于恋妇歌，味耜升天，会者作称威之咏。并尽雅妙，音韵自始也。近代歌人虽表歌句，未知音韵，令他悦怿，犹无知病。准之上古，既无春花之美；传之末叶，不是秋实之味。无味不美，何能感慰天人之际者乎？故建新例，别抄韵曲，合为一卷，名曰"歌式"。盖亦咏之者无罪，闻之者足以知音。①

这里数次使用了"韵""音韵""韵曲"等词，认为和歌是有"韵"

①〔日〕藤原滨成. 歌经标式［M］//佐佐木信纲. 日本歌学大系：第一卷. 东京：风间书房，昭和四十九年：1.

的，所以它不同于日常语言（"异于风俗之言"），从而具有审美价值
（"长于游乐之精神"），认为日本古代的"天孙赠恋妇"的歌谣就是最早
使用音韵的语言（"音韵自始"）。但是，在此之前，日本人虽然吟咏和
歌，却对和歌的"音韵"处在懵懂无知的状态（"近代歌人虽表和歌，未
知音韵"），也不知道音韵使用不当而出现"歌病"（"犹无知病"），所以
才提出了和歌在音韵方面的规范，也就是"歌式"。可见，藤原滨成的
"歌式"的制定，主要是从"韵"出发的。他接着所列出的"和歌七
病"，也都是关于"韵"方面的。但是，综观七病，其实都指的是和歌
（短歌）的五句中重复用"字"的问题。例如，"和歌七病"的第一病是
"头尾"病，指的是"第一句终字与第二句终字同字"，第二病是"胸
尾"病，指的是"第一句终字与第二句三六等字同字"等之类。他在讲
述"和歌三种体"（"体"即体式）的时候也以"韵"作为依据，如讲到
三体中的"求韵"体分长歌、短歌两种，其中长歌是指"以第二句尾字
为初韵，以第四句尾字为二韵，如此辗转相望"，短歌是指"以第三句尾
字为一韵，以第五句尾字为二韵"。

《歌经标式》之后的僧人喜撰所著《倭歌作式》（一作《喜撰式》）
仍以论述歌病为主，举出了和歌"四病"：

第一，岩树者，第一句初字与第二句初字同声也。如此云：……

第二，风烛者，每句第二字与第四同声也。

第三，浪船者，五言之第四五字与七言之第六七字同声也。

第四，落花者，每句交于同文，咏诵上中下文散乱也。①

《歌经标式》中用的是"韵"，《喜撰式》用的是"声"。在汉语诗学
中也常常是"声韵"或"音韵"并提，因而"声"与"韵"在这里意思
是一样的。《喜撰式》认为，若犯了这些歌病，其实也没有什么了不起

---

① 〔日〕喜撰. 喜撰式［M］//佐佐木信纲. 日本歌学大系：第一卷. 东京：风间
书房，昭和四十九年：18 - 19.

的，但它会造成"吟咏声不顺"，"言不清美"。10 世纪孙姬的《孙姬式》（一作《和歌式》）中，则列出"和歌八病"，看"病"的思路与上述的《歌经标式》和《喜撰式》一样，也是以"韵"论病，目的是为了"音韵谐调"。①

实际上，日语和歌中的所谓"同字"与汉诗中的"声韵之病"是完全不同的。因为日语并没有汉语中的那种"韵"，日语中的单个的字音（假名）也不同于汉语的"字"或"韵字"。在日语刚刚形成、和歌刚要规范化的 8 世纪，和歌者对日语及和歌的音声特点还没有清楚的认识，所以只能套用汉语及汉诗中的"韵"的概念及"韵"论了。

甚至一直到了 12 世纪，日本和歌理论还套用汉诗中的"韵"来说明或阐述和歌的"体"（"歌体"即和歌体式）问题。例如，藤原清辅在《奥义抄》一书中，讲到了和歌三体当即"求韵体""查体""雅体"，继承了藤原滨成的《歌经标式》中的"韵"论，而论述又有所细化。就和歌中的五句，分别使用了"初韵""二韵""三韵""四韵""终韵"的概念，还提出了"杂韵""同韵"以及"韵字""韵字不合"或"音韵不叶"等概念。② 藤原范兼（1106—1165）的《和歌童蒙抄》讲到"歌病"有七种，包括"头尾""胸尾""腰尾""厵字""游风""同声韵""遍身"，全都是从"韵"的角度所见的歌病。例如，"头尾"之病，指的是"五七五七七"五句中的第一句的"尾字"与第二句"尾字"相同；"胸尾"之病，指的是第一句尾字与第二句中的第三个尾字相同；"腰尾"之病，指的是"本韵"（即第三句）的尾字与其他句的尾字相同；第四病"厵字"病，指的是第五句的尾字与本韵（第三句）的尾字相同；"游

① 〔日〕孙姬. 孙姬式［M］//佐佐木信纲. 日本歌学大系：第一卷. 东京：风间书房，昭和四十九年：29.
② 〔日〕藤原清辅. 奥义抄［M］//佐佐木信纲. 日本歌学大系：第一卷. 东京：风间书房，昭和四十九年：230-232，368-369.

风"之病，指的是一句中有两个字音相同……①。对于歌病的论述，此后的歌学著作（如顺德天皇的《八云御抄》等）大多都有论及。

这一切都是为了避免在同一首和歌中，同一个字音使用太多，特别是尾字的字音相同的情况，因为日语音节单调，可用于尾字的助词、叹词等数量种类也十分有限，因此如何避免重复单调就成为和歌吟咏中很重要的问题。但是，日语的音节有限而又单调，这一点是改变不了的，无法像汉语的音韵那样有无限选择的余地，若像规避汉诗中的诗病那样规避音声方面的歌病是难以做到的，而且也往往是不必要的。对这一点，一些歌学理论家有所认识。例如，歌学家藤原公任（约1041）在《新撰髓脑》一书中也论及歌病的问题，但不是仅仅从韵或声韵方面论歌病，而是从"词"与"心"的两个层面，认为用词重复或意思重复作为歌病应该加以规避；有些尾字重复，"有碍听觉"或"听之不美"，也应该避免。② 平安王朝后期歌学家源俊赖在《俊赖髓脑》一书中也专门讲到了"歌病"，他写道：

> 若像古代髓脑③要求的那样，规避歌病，那么应该规避的则很多。若都要规避，那么搞不清歌病为何物的人，便无法吟咏了。到了后来，其实只需要了解最基本的歌病即可。实际上，古代和歌中不犯歌病者殆无所见。如今，需要规避的只是"同心病"和"文字病"。所谓"同心病"，就是使用的文字虽有不同，但意思却是一样的。……所谓"文字病"，就是意思虽然一样，但却使用了相同的文字。④

---

① 〔日〕藤原范兼. 和歌童蒙抄［M］//佐佐木信纲. 日本歌学大系：第一卷. 东京：风间书房，昭和四十九年：377－378.

② 〔日〕藤原公任. 新撰髓脑［M］//王向远. 日本古代诗学汇译：上卷. 北京：昆仑出版社，2014：96－100.

③ 髓脑：是日本古代歌学的指南类的著作的一种著述统称。这里似指《歌经标式》等"和歌式"而言。

④ 〔日〕源俊赖. 俊赖髓脑［M］//新编日本古典文学全集87歌論集. 东京：小学馆，2002：31－33.

源俊赖对于此前只以"韵"为据而立歌病表现出了疏离、淡化的态度。以前的"歌病"几乎都是声韵方面的，源俊赖显然受藤原公任的影响，在思想内容方面提出了歌病，一个是"同心"病，另一个是"文字病"。"同心病"就是表达的意思重复；所谓"文字病"的"文字"，其实更偏重于书写意义上的、思想内容层面上的"文字"，而不是吟咏意义上的音韵或声韵了。

12世纪的歌学家藤原俊成的《古来风体抄》一书，从和歌与汉诗求异性的比较中，对于此前流行的套用汉诗即诗论中的"韵"即"韵字"的概念来看待和歌并为和歌确定规则规范的现象，态度鲜明地做出了否定和批判，他说：

近来，听说有人主张长歌、短歌、返歌当中，要有所谓"韵字"。这实在叫人莫名其妙。在模仿汉诗"诗病"为和歌制定"歌式"、规定"歌病"时，又提出了"韵字"，主张和歌上段"五七五"的尾字与下段"七七"的尾字，"要避免使用相同的韵字"。实际上，和歌中绝没有所谓的"韵"。汉诗中有"切韵"，一旦确定了某一种韵，就要使用同韵的字。而在和歌中，只是上一段结尾的字，与下一段结尾的字，使用"なに""なん"之类，以汉诗的标准来看，句末的字才叫韵字，而在区区三十一字的和歌中，将第二句"七"、第三句"五"的末字叫做"韵"，真叫人汗颜。对汉学不甚了解却装作博学，到老年时才略学一二，却张口"毛诗"，闭口"史记"，未免太浮薄了。①

以上的尖锐批评完全否定了此前日本歌论中套用汉诗而形成的"韵"论即歌病论的价值。

二、对和歌之"调"的理论探索

意识到日本和歌实际上并不存在汉诗那样的"韵"，那么和歌作为

---

① 〔日〕藤原俊成.古来风体抄［M］//新编日本古典文学全集87歌论集.东京：小学馆，2002：339.

"歌"的特质，它的音乐性是什么呢？要用一个什么概念来概括呢？关于这个问题，日本人经历了上千年的思考。在当时贵族府邸举行的"歌合"（赛歌会）上，一些评判优劣胜负的"判词"，不以汉诗的"韵"来论和歌，而是对和歌本身的音乐感及其表现加以把握。例如，在《六条宰相家歌合》和《内大臣殿歌合》中所记录下来的判词中，常以"音声和畅"（なだらか）和"有歌音之美"（うためく）来形容和歌的音声之美，并且凡是被评为"音声和畅"或"有歌音之美"的，则大都被判为"优胜"。"音声和畅"或"有歌音之美"虽然只是形容词，但正如日本学者所指出的那样，实际上在这种形容词中已经有了"调"（しらべ）的意识。① 换言之，"音声和畅"或"有歌音之美"指的是和歌的"调"或调子。

"调"（しらべ）作为一个概念的明确提出，已经是江户时代的事情了。江户时代的和歌理论家们在中日文学比较、文化比较的大背景下，对汉诗与和歌做了比较。认为和歌在音声方面没有所谓"韵"，但有其独特的歌咏性。国学家荷田在满在《国歌八论》第一节《歌源论》中，把和歌的歌咏性称为"拉长声音"，认为："所谓歌，就是将声音拉长。"② 这就是"言"与和歌的"歌"的区别。换言之，把一个词的声音拉长，就是"歌"。他认为这就是和歌的"歌源"。《古事记》及《日本书纪》所记载的日本古代歌谣都是能够歌咏的，只注重音声之美而不太讲究辞藻。而越是到了后来，诗歌便越是不能用来吟唱了，相应地便开始注重辞藻即"言"。荷田在满认为日本和歌后来逐渐注重辞藻，是受了汉诗的影响："唐国比我国文华早开，《诗经》出现以后，逐渐重视辞藻之美，至李唐时代，诗文最盛。唐高祖时代相当于我国的推古天皇时期，而盛唐时代相当于我国的元明天皇、元正天皇时期。我国从大津皇子开始，创作诗赋，

---

① 〔日〕实方清. 日本文芸理论 風姿論 [M]. 弘文堂，昭和三十一年：63.
② 〔日〕荷田再满. 国歌八論 [M] // 新編日本古典文学全集 87 歌論集. 东京：小学馆，2002：514.

此后连绵相继，皆模仿唐诗。那时我国发现唐国从《诗经》之诗渐渐演变为唐诗，受此启发，开始重视华辞美藻，词语表现渐趋优美。"① 这里荷田在满意识到了和歌的"歌源"在于"歌"，而汉诗则在于"言"；"歌"之美在于调子，"言"之美在于辞藻。

　　荷田在满关于"言"与"歌"之区别的理论，在本居宣长的《石上私淑言》中得到了更细致的阐述。本居宣长认为歌是有情之物自然发出的声音，是人的感情自然流露的产物。"人云，歌者，自天地开辟之始，万物各有其理，风声水声，各有其音，皆为歌也"，认为"歌"的条件是"词美、有节律，且有文"。"所谓词美、有节律，就是指歌唱时用词适当，听起来流畅有趣；所谓有文，就是用词齐整有序……具有自然之美妙"②。他认为和歌的调子节奏都是自然而成的，并非一开始就有意按某种句数吟咏。日本的三十一字歌符合自然之"体"，语调优美动听、自然天成，故而后世之人多采用之。他强调：

　　歌并不是故意不用通常的词语，故意将声音拉长并使词语有文采。只有在情有不堪的时候咏歌，自然就会具备文采，声调也自然会拉长。感动不深的时候，用词较浅；感动很深的时候，声音拉长，文采自然产生。感动很深时，通常的词语已经不足以表达。即便是同一个词语，拉长语调，加以美化，就会有助于情感的表达。当情感浓烈到使用通常的词语并拉长语调，却无论如何也不能尽情表达的时候，就要使用更有文采的词语，并以长歌咏叹，词之"文"，声之"文"皆备时，深情则可足以表达。因而，依托词语的优美文采，长歌咏叹，便可表达无限的情感。而听歌的人，如果听到的只是通常的用词，感动即浅；若词有文采、声有长叹的

---

① 〔日〕荷田在满 . 国歌八論［M］// 新編日本古典文学全集 87 歌論集 . 东京：小学馆，2002：516.

② 〔日〕本居宣长 . 石上私淑言［M］// 本居宣长集 . 东京：集英社，昭和五十八年：253 - 255.

歌，听者也便深受感动。这些都是歌的自然之妙，所以感天地、动鬼神。①

在这里，一方面本居宣长认为和歌的"调"是自然形成的，目的是强调日本和歌的独特性、独立性，从而否认汉语诗韵对和歌的影响；另一方面，他在论述和歌的韵律、格律的时候，使用的是"声""体""文"之类的词。这些词实际上不是作为概念来使用的，也不能与汉诗的"韵"字相对，当讲到相当于汉诗"韵"概念的时候，他使用的是"将声音拉长"这样的表述，而没有使用"调"这一概念。他实际上仍然是在荷田在满"言"与"歌"相区分的延长线上接着讲的，而没有从根本上触及和歌之"调"的问题。

关于"调"（しらべ）这一概念，似乎是江户时代国学家、《万叶集》研究专家贺茂真渊最早提出来的。他在国学入门性著作《新学》一书中强调：

> 古代的歌以"调"为根本，这是因为它是用来歌唱的。所谓"调"，概而言之，就是将舒畅、明快、清新或者朦胧晦暗等各种感觉与感情加以音乐化，再冠之以崇高纯正之心，而且崇高中又有优雅，纯正中又含有雄壮。基于上述道理，作为万物之父母的天地，生出春夏秋冬四季，因而天地间的一切事物都因四季而有所不同，一切都对应于四季之分，而出声歌唱的"歌"也不例外。而且，春夏之交，秋冬之交，又含在四季推移中。而歌之"调"也对应于四季交替，而产生了丰富变化。②

可见，"调"的歌唱性、音乐性，是他对"调"的基本理解。另外，他认为"调"的丰富变化与大自然的四季变换有关，而且"调"又与男

---

① 〔日〕本居宣长．石上私淑言［M］//本居宣长集．东京：集英社，昭和五十八年：306 - 307.
② 〔日〕贺茂真渊．爾比末奈妣［M］//贺茂真渊全集：第十卷，东京：东京六合馆，1927 - 1932：311.

女性别、地方风土人情有关,认为"要得知古代的状况,如今我们可以从古代和歌的'调'中加以了解。从'调'中可以看出,古代的大和国①是"男性化"的,那时女人也带有男人气质,因而《万叶集》的歌风是男性的歌风。而此后的山城国②则是"女性化"的地方,男人也带有女性化特点。因而《古今集》的和歌属于纤细的女性化的歌风"③。这样一来,贺茂真渊便从"调"的音乐属性,延伸到了"调"的风格属性乃至文化属性了,并在这个层面上将"调"等同于"歌之姿"即歌的风格,最终在文化属性上对"调"做出了价值判断。贺茂真渊推崇《万叶集》的自然雄浑之"调",而贬抑《古今集》的纤细柔弱风格,特别是对纪贯之的《古今和歌集·假名序》中的观点不予认同,认为《假名序》在对六歌仙进行评价的时候,是将悠闲和清爽的风格作为标准的,而将刚硬的风格视为"土俗气"。真渊强调,事物因四季不同而有种种变化,如果像《假名序》那样来判断的话,则只有令人想起春季的温和感的歌风才是可取的,而具有夏季、冬季特点的歌风就应抛弃,那就只有变成女性化的歌风,而厌弃男性化的歌风了。他的结论是:"《古今集》问世后,人们认为柔和是和歌的本质,而鄙视男性风格的刚强的和歌,这是一个很大的错误。"④

贺茂真渊把对《万叶集》之"调"到《古今集》之"调"的把握,与他的复古主义及对中国文化影响的负面判断结合起来,认为:"古代天皇相继在大和国建都,那时天皇外表上威严可畏,而实际上却宽厚仁和。天下大治,国泰民安,人民尊崇天皇,民心朴素率真,此风代代相继。日

---

① 大和国:日本古代地域名称,今奈良县境内,日本古代文明的发祥地之一,后亦以"大和"代指日本。

② 山城国:日本古代地域名称,五畿内之一,今京都府南部一带。

③ 〔日〕贺茂真渊. 爾比末奈妣〔M〕//贺茂真渊全集:第十卷. 东京:东京六合馆,1927－1932:311.

④ 〔日〕贺茂真渊. 爾比末奈妣〔M〕//贺茂真渊全集:第十卷. 东京:东京六合馆,1927－1932:312页.

本自从迁都山城国后，天皇的权威逐渐削弱，人民也只知曲承奉迎，心地不再质朴。人们不禁要问：原因究竟何在？而我认为其原因在于：大和时代的男性风格丧失了，而变成了女性化的感受性的东西，而且由于中国文化的流行，人民对皇上不再敬畏，心地也不再质朴直率。由此，春天的温和，夏天的酷热，秋天的骤变，冬天的寂寥，种种的丰富性都没有了，一切事情就不再充分完满。"在这种情况下，他提倡时人好好学习《万叶集》，并且"要以男性阳刚之心来读《万叶集》，而且在作歌时要模仿《万叶集》并努力与之相似，久而久之，和歌的'调'与'心'就会得似于《万叶集》了"①。学习《万叶集》的目的，是要通过掌握《万叶集》中的古歌"调"，而得似古人之"心"。《万叶集》中的古歌所表现的"心"都是自然质朴、阳刚雄浑的，但不同的是"调"也有工拙美丑之别，有许多作品是粗糙的，所以，"在学习模仿的时候必须选择其中的优秀之作。从中选优并不容易，但可以根据上述的'调'来选择"。

贺茂真渊以"调"作为和歌艺术的本质属性，并且进而以"调"来判断和歌从《万叶集》到《古今集》的和歌风格的流变，这一点对后来的研究者关于"万叶调""古今调"的区别产生了深远影响。

三、香川景树"歌调"论的完成

贺茂真渊的上述观点，引发了香川景树（1768 年—1843 年）的批驳。香川景树在其《〈新学〉异见》（1812 年）一文中，将贺茂真渊《新学》的初章（相当于绪论部分）拆分为十四段，逐段加以剖析批驳，他强调：和歌是时代的产物，是不同时代人的感情的自然而然的率直表现，具有不可重复与不可模仿性；不同的时代有不同时代的和歌，因而现代人不必模仿古代和歌；《万叶集》的阳刚歌风与《古今集》的阴柔歌风都是时代使然，各有千秋，不能厚此薄彼，从而对贺茂真渊的复古主义进行了

---

① 〔日〕贺茂真渊. 爾比末奈妣［M］//贺茂真渊全集：第十卷. 东京：东京六合馆，1927 - 1932：311 - 312.

剖析与批判。其中关于"调"的论述，颇有理论价值。

贺茂真渊说："古代的歌以'调'为根本，这是因为它是用来歌唱的。"香川景树认为这种说法是错误的。他认为：

古代和歌的"调"与"情"是和谐统一的，原因无非在于古代人的单纯的"真心"。发于"真心"的歌与天地同调，恰如风行太空，触物而鸣。以"真心"触发事物，必能得其"调"。这可以以云与水作比喻，云一旦生成并在空中飘游，一朵朵云彩看上去像是低垂的花朵，而横飘的云彩则像是妇人的围巾，重合在一起则如同崇山峻岭；而水一旦流动，水面就起波纹，汇成深潭则呈碧蓝色，明净如镜，而激流涌动时则激起串串白色浪花。云与水就是这样千变万化，然而这些并非是有意为之，云只是随风吹而动，水只是随地势而流，而呈现种种样相。和歌也是如此。短的歌称为短歌，长的歌称为长歌，所见所闻，无非反映万事万物本来之性状而已。情就是客观事物的反应，如此而发生的和歌，自然而然就有了"调"。如人工刻意为之，是不可能创造出无与伦比的韵律来的。①

贺茂真渊所说的"调"指的是歌唱意义上的歌调、调子，而香川景树所理解的"调"则是广义上的自然形成的韵律或律动，是天籁，是出于天地的"诚"，不是靠人工"有意识地创作出来的"。他进而认为，古代和歌之"歌"，是拉长声调加以朗诵的意思，绝不等同于现在所说的音乐节奏，将声音加大加重而一吐为快，那是"歌"的本义。在古代，人们眼有所见，耳有所闻，心有所动，便放"歌"，但那种"歌"并非都要配上动听的旋律，因而后世的"咏"字大体就相当于古代的"歌"的意思。因此，《新学》断言古代的"歌"都是用来歌唱的，是对"歌"字的误解。

香川景树对贺茂真渊的关于"调"的风格化及男性化、女性化的看

---

① 〔日〕香川景树. 新学異見〔M〕//王向远. 日本古代诗学汇译：下卷. 北京：昆仑出版社 2014：1030.

法也加以批驳。贺茂真渊在《新学》中以"调"来表示他心目中的和歌
应有的风格,那就是《万叶集》的风格,即"万叶调",并提倡粗放雄浑
的男性化的"万叶调",反对以《古今和歌集》为代表的纤弱优美的女性
化的"古今调"。对此,香川景树认为:"把强力坚韧作为男性化的特征,
把温柔纤弱作为女性的特征,也是不能令人信服的。这只是因时代的变迁
所产生的变化。《万叶集》时代以质朴强健为时代特色,《古今集》时代
则重文采、偏轻柔,这都是时代变化使然,而不能仅仅局限在大和国或山
城国一两个地方而下结论。文雅而又追求'文华',自然形成了都市风
气;而强健质朴的倾向,自然形成了乡村的风气。那时人们不加任何伪
饰,本色天然。因而,'文'与'质'总是自然地表现出来,并非刻意的
选择。因此可以说,是时代造成了不同的歌风与特色。"①

对于真渊希望读者"要以男性阳刚之心来读《万叶集》,而且在作歌
时要模仿《万叶集》并努力与之相似"的观点,香川景树则不以为然,
他认为:"调"是自然的,而不是学来的。"倘若某一地方的时代风气是
女性化的,那个地方的和歌也自然是温柔摇曳的女性风格,这是那个时代
真实的表现。如果硬要别人学习男性风格,要别人模仿《万叶集》,那就
是教人违背真实、不要诚实,这是很可怕的。要是按这样的诱导而作歌,
那么久而久之,不知不觉间就会堕入观念的、虚幻的世界而失去真心,最
后必然罹患狂疾,作出来的和歌必然如同鸟兽之语,让人莫名其妙。本来
所谓'歌',就是让人一听就懂,不能令人费心思忖,也不能使人困惑难
解。当今的和歌,应该使用当今的语言、当今的调子。只是由于歌人秉性
不同,而自然而然地具有'万叶风''古今风'或其他各种歌风。但这一
切,都不会超出现代的歌风,它们表现的不是'万叶风''古今风',而
是时代的风格。现代歌风的特色,等到下一个时代歌风变化之后再加回

---

① 〔日〕香川景树. 新学異見 [M] // 王向远. 日本古代诗学汇译:下卷,北京:
昆仑出版社,2014:1033.

顾，会看得更加清楚。"① 可见，香川景树的"调"论，其实质就是反对贺茂真渊的复古主义，主张和歌之调是人的自然真情的表现，而不必刻意学习古人，也不必特意提倡女性化风格或男性化风格。这样的主张与近代文学独抒性灵的个性主义已经颇为接近了。

香川景树的"调"论在其弟子八田知纪的《调之说》和《调的直路》两篇文章中，得到了进一步的阐释和发挥。在《"调"之说》一文，八田知纪开门见山地说："歌不在说理，而在调，这是吾师的教诲。而一般世人所论的'调'，实际上指的是风格上的，是第二义的东西。吾师所说的"调"，则是第一义上的。'调'指的是嗟叹之声。"②他强调"调"与说理（ことわり）无关，"调"不是一个理论问题，"调"是浑然的、不可分析的，是"嗟叹"之美。同时，"调"既然是天赋自然之声，那就自然而然地与"言灵"相关联。"言灵"（ことだま）是日本特有的词语，在《万叶集》第十三卷就有"言灵之国"一句，是日本人在没有文字书写的时代，对言语之威力、语音之灵验的一种神秘信仰，也可以说是日本式的"语音中心主义"的一种表现，对"言灵"的信仰也区别于中国的以文字为中心的书写中心主义。八田知纪认为，如今日本的"言灵之道衰微，不得已就只好依靠用功学习的手段，搞明白言灵之道的'诚'。若能搞明白，则得其'调'，如雨水之自然降落，其调便自然和畅、抑扬顿挫、嗟而叹之，可以成男女、感鬼神。但是，若只学习了'调'的皮毛，则会局促不前，不懂得天赋之调，只会拾古人之牙慧，只会玩弄人工技巧"。可见，八田知纪的"调"是强调得之"言灵"，天赋自然，而不得已靠学习而得之，得到的也只能是技巧层面上的东西，而且若往往过分依赖学习与学问，则会造成许多毛病，包括"驳杂""踏袭"

---

① 〔日〕香川景树. 新学異見〔M〕//王向远. 日本古代诗学汇译：下卷. 北京：昆仑出版社，2014：1039.

② 〔日〕八田知纪. 調の説〔M〕//日本歌学大系：第九卷. 东京：风间书房，昭和四十七年：328 – 329.

"理窟""陈腐"等。在《"调"的直路》一文中，八田知纪说：

　　吾师在其随笔中说，我们日本国，山清水秀，食物清洁，音声清越而与神灵相感通。这是我们的幸运，对此崇信之，则为"言灵"。靠言灵而成声成调，则为和歌。①

可见，香川景树及弟子的"调"论，已经远远地脱开了古代的"韵"论，不仅与汉诗的"韵"毫无干系，而且"调"本身也无关乎格调之"调"即作品的风格，而只是一种表现和歌中的天籁之音，因而无须学习，只须崇信"言灵"即可获得。这表明，他所说的和歌的"调"已不同于汉诗的"韵"，"韵"是一种复杂的语言学现象，中国传统学术中的"音韵学"包含了对诗韵的研究，不学不成，不刻苦学也未必能成。但日本和歌之"调"在形式上主要表现为"五七调"或"七五调"，也就是五字音与七字音的交替搭配的问题。这个问题较之汉诗的"韵"要简单得多。对一般日本人来说，在传统文化与文学的熏陶下，不靠专门学习，只靠对"言灵"的虔诚信奉，只靠真实表达内心之"诚"，即可得"调"。作为站在传统社会与近代社会过渡期的香川景树，其"调"论强调"调"的天然性，显然也是为了对抗此前以贺茂真渊为代表的正统国学的复古主义及"歌学"学问化的倾向，但是又表现出了反抗中国儒家的理性文化的"非合理主义"或神秘主义倾向，从而成为传统的"言灵"与近代的浪漫主义之间的桥梁。

　　香川景树、八田知纪不主张将"调"加以学问化，但是到了现代，仍然有不少学者站在现代学术的立场上研究和歌之"调"，只不过大部分学者将"调"置换为外来语"リズム（rhythmical）"一词。"リズム"包含了节奏、节拍、音调、韵律等音乐性的要素，这实际上已经包含了和歌与西诗两者的比较。对于和歌的"リズム"而言，实际上主要仍然是

---

　　① 〔日〕八田知纪. 調の直路［M］//佐佐木信纲编. 日本歌学大系：第九卷. 东京：风间书房，昭和四十七年：336.

“调”即“五七调”的问题。总的看来，研究者们都是从不同角度论证和歌的“五七调”或“七五调”形成的必然性的。例如，作曲家小仓朗的《日本之耳》① 一书，从音乐学的角度论证了五七调最适合日本人的耳朵；松浦友久的《节奏的美学》② 从诗歌音律及中日诗歌节奏比较的角度说明了和歌中的五音和七音何以成为主流，认为中国诗歌的节奏是一拍含两个音节，而关于日本和歌有人认为是一拍含两音节，有人认为一拍含四个音节，他的结论则是后者；川本浩嗣在《日本诗歌的传统—— 七与五的诗学》③ 一书中，认为五音调与七音调都是四拍子加上休止音搭配而成。以上学者似乎都是把和歌看成了音乐作品，做了详细而又不免烦琐的节奏音律上的分析，可以看作是日本传统的“调”论的现代延伸。但实际上应该意识到，和歌的“调”既是客观的存在，也是很柔软的属于风格层面上的东西，正如香川景树所言：“所谓的‘调’，急促时有急促之调，轻缓时有轻缓之调，根据具体情况而变，因而没有预定的最好的调。”④和歌的“调”并不像现代音乐作品那样细微精确，不同的吟咏者会有自己的轻重长短的吟诵表达。归根到底，“调”不同于汉诗的严格的“韵”，也不是西诗的整然有序的音节和音步，而是日语及日本和歌所独有的音声现象。

---

① 〔日〕小仓朗. 日本の耳 [M]. 东京：岩波书店，1977.

② 〔日〕松浦友久. 节奏的美学——日中诗歌论 [M]. 石观海，等，译. 沈阳：辽宁大学出版社，1995.

③ 〔日〕川本浩嗣. 日本诗歌的传统——七与五的诗学 [M]. 王晓平，等，译. 南京：译林出版社，2004.

④ 〔日〕香川景树. 随所師説 [M] //斎藤清卫. 中世日本文学. 东京：筑摩书房，昭和四十四年：139.

参考书目举要

一、日文部分：

[1] 〔日〕大槻文彦. 新編 大言海〔M〕. 富山房，1982.

[2] 日本古典文学大辞典（全6册）〔M〕. 岩波書店，1983—1986.

[3] 〔日〕近藤春雄. 日本漢文学大事典. 明治書院，1985.

[4] 〔日〕有精堂. 日本文学研究資料叢書（全100卷）〔M〕.
1970—1980.

[5] 和漢比較文学叢書（全18卷），和漢比較文学会，汲古書院，
1986—1994.

[6] 〔日〕佐佐木信綱. 日本歌学大系（全10卷）. 風間書房，1957.

[7] 日本古典文学大系（全100卷）〔M〕. 岩波書店，1957—1967.

[8] 新日本古典文学大系（全105卷），岩波書店，1989—2005.

[9] 日本古典文学大系·歌論集 能乐論集. 岩波書店，1961.

[10] 日本古典文学大系·連歌論集 俳論集. 岩波書店，1961.

[11] 日本古典文学大系94·近世文学論集. 岩波書店，1961.

[12] 日本古典文学大系96·近世随想集. 岩波書店，1965.

[13] 新編日本古典文学大系·82近世随想集. 小学館，2000.

[14] 新編日本古典文学大系·87歌論集. 小学館，2001.

[15] 編日本古典文学大学·88连歌論集 能乐論集 俳論集. 小学

館，2002.

[16] 日本思想大系·世阿弥　禅竹．岩波書店，1974.

[17] 日本思想大系·近世神道论 前期国学思想．岩波書店，1972.

[18] 日本思想大系·近世芸道論．岩波書店，1972.

[19] 日本思想大系·古代中世芸術論．岩波書店，1973.

[20] 新潮日本古典文学集成　世阿弥芸術論集．新潮社，1976.

[21] 新潮日本古典文学集成　本居宣長集．新潮社，1983.

[22] 古典日本文学 33 本居宣長集．筑摩書房，1979.

[23] 古典日本文学 35 芸術論集．筑摩書房，1979.

[24] 日本の名著 3 空海 最澄．中央公論社，1977.

[25] 日本の名著 10 世阿弥．中央公論社，1969.

[26] 日本の名著 21 本居宣長．中央公論社，1970.

[27] 日本の名著 16 荻生徂徠．中央公論社，1974.

[28] 〔日〕島内景二，小林正明，铃木健一．批评集成 源氏物語（全五卷）[M].东京ゆまに書房，1999.

[29] 日本歌学史 [M] // 佐佐木綱全集：第十卷，六興出版社，1949.

[30] 日本文学評論史（全4卷）[M] // 久松潜一著作集．至文堂，1969—1970.

[31] 〔日〕福井助貞．日本古典文学評論史 [M]．櫻枫社，1986.

[32] 〔日〕今井卓爾．古代文芸思想史の研究 [M]．早稲田大学出版部，1933.

[33] 〔日〕折口信夫，等．日本文学の美の理念·文学評論史 [M]．河出書房，1955.

[34] 〔日〕栗山理一．日本文学における美の構造 [M]．雄山閣，1982.

[35] 〔日〕村田昇．日本古典文芸美の伝統 [M]．平凡社，1961.

［36］〔日〕岡崎義惠. 岡崎義惠著作集（全十卷）［M］. 宝文館, 1970.

［37］〔日〕相良亨, 等. 講座 日本の思想・美［M］. 东京大学出版会, 1984.

［38］〔日〕田中久文. 日本美を哲学する［M］. 青土社, 2013.

［39］〔日〕林屋辰三郎, 上田正昭, 山田宗睦. 日本の道［M］. 講談社, 1972.

［40］〔日〕倉沢行洋. 藝道の哲学［M］. 东方出版, 1998.

［41］〔日〕瀬古确. 日本文学の自然観照［M］. 右文書院, 2009.

［42］〔日〕山口諭助. 美の日本的完成［M］. 寳雲舎, 1942.

［43］〔日〕誠信書房. 日本芸術のこころ［M］. 1965.

［44］〔日〕吉田光邦. 日本美の研究［M］. 講談社, 1975.

［45］〔日〕実方清. 日本文芸理論・風姿論, 弘文堂, 1956.

［46］〔日〕西田正好. 日本美の系譜［M］. 创元社, 1979.

［47］〔日〕谷山茂. 谷山茂著作集（一）・幽玄［M］. 角川書店, 1982.

［48］〔日〕太田青丘. 日本歌学と中国詩学［M］. 弘文堂, 1958.

［49］〔日〕能勢朝次. 能勢朝次著作集（第二卷）・幽玄論［M］. 思文阁, 1982.

［50］〔日〕大西克礼. 幽玄とあはれ［M］. 岩波書店, 1939.

［51］〔日〕草鹿正夫. 幽玄の美学［M］. 塙書房, 1973.

［52］〔日〕数江教一. わび——侘茶の系譜［M］. 塙書房, 1973.

［53］〔日〕復本一郎. さび——俊成より芭蕉への展開［M］. 塙書房, 1983.

［54］〔日〕铃木贞美, 岩井茂树. わび さび 幽玄［M］. 水生社, 2006.

［55］〔日〕水尾比呂志. わび［M］. 淡交社, 1971.

［56］〔日〕望月信成. わびの芸術［M］. 創元社, 1967.

［57］〔日〕久松真一. わびの茶道［M］. 灯影舎，1994.

［58］〔日〕岡部政裕. 余意と余情［M］. 塙書房，1971.

［59］〔日〕赤塚行雄.「気」の構造［M］. 講談社新書，1974.

［60］〔日〕田中日佐夫. 日本の美の構造［M］. 講談社，1975.

［61］季刊 日本思想史 特輯 日本人の美意识. ぺりかん社，1978.

二、中文部分

［1］何文焕. 历代诗话（上下）［M］. 北京：中华书局，1981.

［2］丁福保. 历代诗话续编（上中下）［M］. 北京：中华书局，1983.

［3］空海大师. 文镜秘府论校注［M］. 王利器，校注. 北京：中国社会科学出版社，1983.

［4］中国社会科学院文学所文艺理论研究室. 中国历代诗话选［M］. 长沙：岳麓书社，1985.

［5］叶朗. 中国美学史大纲［M］. 上海：上海人民出版社，1985.

［6］徐复观. 中国艺术精神［M］. 辽宁：春风文艺出版社，1987.

［7］彭会资. 中国文论大辞典［M］. 天津：百花文艺出版社，1990.

［8］贾文昭. 中国近代文论类编［M］. 合肥：黄山书社，1991.

［9］陈良运. 中国诗学体系论［M］. 北京：中国社会科学出版社，1992.

［10］陆侃如. 文心雕龙译注［M］. 牟世金，译注. 济南：齐鲁书社，1995.

［11］《中国历代文论选》（全十卷）. 北京：人民文学出版社，1999.

［12］蒋述卓，等. 宋代文艺理论集成［M］. 北京：中国社会科学出版社，2000.

［13］蔡钟翔，邓光东. 中国美学范畴丛书（第一辑、第二辑，共20

种）［M］．南昌：百花洲文艺出版社，2001—2006.

[14] 王水照．历代文话（全十册）［M］．上海：复旦大学出版社，2007.

[15] 冯天瑜，等．语义的文化变迁（论文集）［G］．武汉：武汉大学出版社，2007.

[16] 于民．中国美学史资料选编［M］．上海：复旦大学出版社，2008.

[17] 本居宣长．日本物哀．审美日本系列：之一［M］．王向远，译．长春：吉林出版集团，2010.

[18] 能势朝次，大西克礼．日本幽玄．王向远，译［M］．长春：吉林出版集团，2011.

[19] 大西克礼，等．日本风雅．王向远，译［M］．长春：吉林出版集团，2012.

[20] 藤本箕山，九鬼周造，阿部次郎．日本意气．王向远，译［M］．长春：吉林出版集团，2012.

[21] 王向远．日本古代文论选译（古代卷、近代卷，全四册）．北京：中央编译出版社，2012.

[22] 徐中玉．中国古代文艺理论专题资料丛书（全四册）［M］．北京：中国社会科学出版社，2013.

[23] 余祖坤．历代文话续编（上中下）［M］．苏州：凤凰出版社，2013.

[24] 王向远．日本古代诗学汇译（上下卷）［M］．北京：昆仑出版社，2014.

[25] 大西克礼．幽玄·物哀·寂［M］．王向远，译．上海：上海译文出版社，2017.

[26] 奥田正造，柳宗悦，等．日本茶味［M］．王向远，译．上海：复旦大学出版社，2018.

本书各章初出一览表

序 号	论文名称	所载刊物与刊期
1	应该在比较文学及中外文学关系史研究中提倡"比较语义学"方法	《跨文化对话》2010 年第 1 期（总第 26 辑）
2	道通为一 ——日本古典文论中的"道""艺道"与中国之"道"	《吉林大学社会科学学报》2009 年第 6 期
3	气之清浊各有体 ——中日古代语言文学与文论中"气"概念的关联与差异	《东疆学刊》2010 年第 1 期
4	中日"文"辨 ——中日"文""文论"范畴的成立与构造	《文化与诗学》2010 年第 2 辑
5	日本古典文论中"心"范畴及其与中国之关联	《东疆学刊》2011 年第 3 期
6	释"幽玄" ——对日本古典文艺美学中的一个关键概念的解析	《广东社会科学》2011 年第 6 期；《新华文摘》2012 年第 20 期论点摘编
7	感物而哀 ——从比较诗学的视角看本居宣长的"物哀"论	《文化与诗学》2011 年第 2 辑

续表

序 号	论文名称	所载刊物与刊期
8	论"寂"之美 ——日本古典文艺美学关键词"寂"的内涵与构造	《清华大学学报》2012 第 2 期
9	日本美学基础概念的提炼与阐发 ——以大西克礼的《幽玄》《物哀》《寂》三部作为中心	《东疆学刊》2012 年第 3 期
10	日本的"哀·物哀·知物哀" ——审美概念的形成流变及语义分析	《江淮论丛》2012 年第 5 期； 《新华文摘》2012 年第 24 期摘要
11	日本身体美学范畴"意气"考论	《江淮论坛》2013 年第 3 期；中国人民大学报刊复印资料《文艺理论研究》2013 年第 8 期转载；《新华文摘》2013 年第 17 期摘要
12	中国的"感""感物"与日本的"哀""物哀" ——审美感兴诸范畴的比较分析	《江淮论坛》2014 年第 2 期 中国人民大学报刊复印资料《中国古代近代文学研究》2014 年第 7 期转载
13	日本"物纷"论 ——从"源学"用语到美学概念	《上海师范大学学报》2014 年第 3 期
14	"理"与"理窟"——中日古代文论中的"理"范畴关联考论	《社会科学研究》2016 年第 2 期
15	姿清风正 ——日本古代"风/体/姿""风姿/风体/风情"论及与中国文论之关联	《人文杂志》2016 年第 4 期
16	修辞立"诚" ——日本古代文论的"诚"范畴及与中国之"诚"关联考论	《山东社会科学》2016 年第 4 期

序 号	论文名称	所载刊物与刊期
17	诗"韵"歌"调" ——和歌的"调"论与汉诗的"韵"论	《东疆学刊》2016 年第 2 期
18	日本的"侘""侘茶"与"侘寂"的美学	《东岳论丛》2016 年第 7 期
19	"慰"论 ——日本文学功能论及与中国文论之关联	《东岳论丛》2017 年第 9 期
20	日本文论中的"俳谐"及"狂"范畴与中国"俳谐"	《广东社会科学》2018 年第 5 期

后　记

　　对于《中日"美辞"关联考论》这部书，我准备的时间很长。从 2008 年开始着手，2009 年陆续开始发表相关论文。当我写完几篇关于"道""文""气""心"的论文之后，我深深感到要展开全面研究，必须先从日本古典文论基本文献的翻译入手，于是从 2009 年开始一边翻译，一边研究写作。翻译出来的书陆续出版，共约 200 万字，写出来的论文也陆续发表。当前期相关成果积累到一定程度后，便以"中日古代文论范畴关联考论"为题，申报 2013 年度国家社科基金"一般项目"，并获准立项。此后为了认真研读研究所需要的原典资料，便继续翻译日本古代文论的原典，然后一本本地交付出版，同时一章一节地写作，一篇篇地作为单篇论文发表。最终到 2015 年 8 月底写完，2016 年完成结项。算起来，前后持续了 8 年之久。

　　老实说，对这个"一般项目"而言，我付出的时间与精力实在并不"一般"。时值中壮年登高爬坡时期，更不敢有所懈怠，一如既往地自愿放弃周末与节假日，也很少能在夜里 12 时之前就寝歇息。读书，思考，写作，看似年复一年、日复一日，但又日新月异，我享受着求知探索、与时俱进的快感与满足。在这样的状态下完成的《中日"美辞"关联考论》，给我的满足也同样前所未有。我自以为，这本书在方法论的自觉实践上，在“考”与“论”的结合上，在知识生产与思想生产的并行兼顾上，都有了新的进展与创获，我为此付出非同一般的精力与时间也很值得。

在这个漫长的过程中，我得到了许多宝贵的支持和帮助。国家社科基金项目评选专家们确定将这个课题予以立项资助，使我在研究经费方面无后顾之忧。期间，著名学者叶渭渠、唐月梅，以及王晓平、陈建华、孟庆枢、张中良、李心峰、林少华等先生一直给予我真诚的支持、关怀和鼓励；一些学术期刊的编辑向我约稿，如《广东社会科学》的韩冷女士、《山东社会科学》的陆晓芳女士、《吉林大学学报》的秦曰龙先生、《东疆学刊》的徐东日和马金科先生、《江淮论坛》的岳毅平女士、《上海师范大学学报》的陈吉女士、《清华大学学报》的罗钢先生、《北京师范大学学报》的宋媛女士等，使我的相关论文刚写完即能尽快发表问世；《新华文摘》《中国社会学科文摘》及李琳女士、何兰芳女士等，对我的有关论文予以摘编转载，出版社及责编樊仙桃女士全力支持本书的出版。在此我向各位表示由衷的感谢。

当初设计全书结构时，一方面注重整体的内在关联，另一方面为强化原创性，把每一章都当作可独立发表的论文来写，以致最后成书时，有的章节还带有单篇论文的一丝痕迹，文字上也有极少量的重复，我对此未做大的改动，只改了一些错处。

也正因为本书全部内容都已公开发表（见书后所附《本书各章初出一览表》），读者在网上查找阅读都很方便，作者的主要目的已基本达到，出书也就不必着急了。而我今后对出书的要求，是不仅把书做成实用品，更要做成艺术品，为此就须做成精装书，保证精致漂亮，也就需要找到能满足这一要求的出版社。直到前不久，收到光明日报出版社寄来的《关于资助出版〈博士生导师学术文库〉的商洽函》，商洽之后，我决定将书稿交予光明出版社出版，这也意味着这项持续了 8 年的工程已告结束。此时此刻，我感慨良多。深知人生有涯，痛感日月如梭，想做又该做的事情还有很多很多。而今马齿徒增，树叶飘零，然立说著书，所成者何几？多乎哉？不多也！比起前辈硕学著作等身，相去实不可以道里计。唯须继续努力！

王向远

2015 年 11 月 26 日

.